LES VENTS MAUVAIS

Michael Marshall

LES VENTS MAUVAIS

Traduit de l'anglais
par Jean-Pascal Bernard

Michel LAFON

DU MÊME AUTEUR
CHEZ LE MÊME ÉDITEUR

Les Hommes de Paille
Les Morts solitaires
Le Sang des Anges
Les Intrus

Titre original :
Bad Things

7-13 boulevard Paul-Émile-Victor, Île de la Jatte
92521 Neuilly-sur-Seine.

Pour Stephen Jones,
qui connaît les recoins les plus sombres des bois
– ainsi que le chemin qui mène des bois au pub.

C'est l'exercice du mal, donc en quelque sorte l'inhumain, qui est le signe distinctif de l'humain dans le règne animal.

JEAN BAUDRILLARD, *COOL MEMORIES V*

Prologue

Par un bel après-midi de fin d'été, un homme est posté sur sa terrasse, en pleine forêt, à un quart d'heure de voiture de Roslyn, jolie bourgade de l'État de Washington. Il habite une belle maison toute en poutres de chêne et pierres de torrent, nantie de confortables espaces latéraux et de hauts plafonds. La terrasse, large et profonde, entoure l'ensemble du premier niveau et s'avance au-dessus d'un jardin en pente où une femme se repose dans un fauteuil rustique d'artisanat semi-local. Dans les bras de cette femme, un bébé de neuf mois observe provisoirement un silence miraculeux. La maison et ses deux hectares de terrain ont coûté un peu moins de deux millions de dollars : l'homme se félicite d'en être le propriétaire et de jouir de cette terrasse. Il a passé la majeure partie de ce samedi enfermé dans son bureau, mais il en prend son parti car c'est précisément en acceptant de sacrifier ses soirées et ses week-ends que l'on acquiert une telle maison et le train de vie qui va avec. On récolte ce que l'on sème, c'est bien connu.

La terrasse offre une vue splendide sur un lac cerné d'arbres que les habitants du coin surnomment Murdo Pond, à soixante mètres de là, au pied de la descente boisée. Notre homme pense en posséder une petite partie – celle située dans les limites cadastrales de la propriété –, si tant est que l'on puisse « posséder » un lac. Monsieur porte une chemise en jean, un short en coton, et sa main tient un grand verre de bière glacée, accessoire inhabituel puisqu'il boit rarement chez lui – et rarement tout court, sauf quand les affaires réclament un petit raccourci vers la convivialité –, mais accessoire qui semble ce soir aussi mérité qu'approprié : à quoi d'autre peut-on aspirer, sur une terrasse pareille, après une journée comme celle-ci ?

Son épouse ne boit rien, mais il sait qu'elle apprécierait sans doute un verre et qu'elle va bientôt le lui réclamer. Pour quelques minutes encore il reste planté là, avec l'impression diffuse de ne former qu'un avec le monde, ou d'en être aussi près que possible compte tenu des exigences du quotidien et de l'intransigeance des gens, des situations, des choses. C'est alors qu'une brise traverse la terrasse, charriant avec elle la note épicée des feuilles brunissantes. L'espace d'un instant, le monde touche à la perfection. Puis le vent retombe, et il est temps de s'activer.

Alors qu'il s'apprête à demander à Madame ce qu'elle aimerait boire, il s'interrompt et fronce les sourcils.

— Où est Scott ? lance-t-il.

L'épouse relève la tête, surprise de voir son mari sur la terrasse.

— Je croyais qu'il était avec toi, répond-elle.

— Tu sais bien que je bossais.

— À l'intérieur, je veux dire.

L'homme se retourne et scrute le salon par les fenêtres grandes ouvertes. Malgré les traces laissées par son fils de quatre ans – jouets et livres éparpillés comme après une minitornade –, le garçon n'est pas en vue.

Il rentre pour inspecter la maison. Sans affolement, mais avec détermination. L'enfant n'est pas dans sa chambre, ni dans la cuisine, ni dans le bureau. Il n'est pas davantage caché dans le petit bout de couloir près de l'entrée, de l'autre côté de la maison, cet espace vierge qu'il a fait sien et où on le retrouve parfois niché, sans intention particulière mais absorbé dans une fascination qu'il se sent tenu d'éprouver.

L'homme regagne la terrasse d'un pas déjà plus vif.

La femme s'est relevée de son fauteuil, le bébé blotti dans ses bras.

— Il n'est pas là ? s'informe-t-elle.

L'homme s'abstient de répondre, estimant que son agitation parle d'elle-même. Et c'est bien le cas : l'épouse tourne aussitôt la tête vers la pelouse et les bois tandis que son mari se rend sur le côté droit de la terrasse.

De là non plus, l'homme n'aperçoit rien. Il repart en sens inverse et dévale la volée de marches en cèdre.

— Ça fait combien de temps que tu ne l'as pas vu ?

— Je n'en sais rien, répond Madame, l'air confuse.

L'homme prend soudain conscience de l'état de fatigue de sa femme. Le petit frère de Scott ne fait toujours pas ses nuits et n'accepte de s'endormir que dans les bras de sa maman.

— Je dirais une demi-heure, avance-t-elle. Avant que je descende au jardin. Il était dans le coin où il aime aller se fourrer, tu sais…

L'homme hoche brièvement la tête, appelle de nouveau son fils, regarde la maison. Le garçonnet ne réapparaît pas. La mère ne semble pas inquiète outre mesure, alors pourquoi cède-t-il à l'angoisse ? Scott est un enfant autonome capable de s'amuser tout seul ; on peut le laisser lire, jouer ou dessiner sans avoir besoin de l'entendre. Il lui arrive aussi de se promener autour de la maison, mais il reste sagement sur les sentiers et ne s'enfonce jamais dans les bois. C'est un bon petit, parfois remuant mais toujours obéissant.

Alors où est-il passé ?

Laissant son épouse au milieu de la pelouse, l'homme s'élance sur l'une des allées de terre menant aux bois et à la vieille cabane en ruine. Il constate au passage que le chemin mériterait un sérieux coup de balai. Il porte son regard entre les arbres et appelle son fils, mais il ne voit toujours rien et ses cris restent sans réponse. Ce n'est qu'en se retournant vers la maison qu'il finit par le repérer.

À cinquante mètres de là, planté devant le lac.

La famille n'est pas particulièrement portée sur le nautisme, mais la maison était vendue avec un petit abri de bateau ainsi qu'un embarcadère qui s'étire sur vingt mètres au-dessus de Murdo Pond, distance à laquelle ce lac commence à devenir très profond. C'est là que se trouve Scott.

À l'extrême limite du ponton.

L'homme alerte son épouse et se met à courir. La femme s'élance après lui, sans bien saisir la situation puisque le débarcadère se trouve caché par un taillis, dans le contre-jour des reflets blancs du soleil sur l'eau.

Quand elle aperçoit enfin son fils, elle pousse un cri. Mais Scott ne bouge pas.

L'homme se demande pourquoi elle braille comme ça. Leur fils est un bon nageur, sinon, ils ne seraient jamais venus vivre si près d'un plan d'eau – bien que ce lac soit toujours un peu trop froid pour y barboter, même en plein été. L'homme ne comprend pas davantage pourquoi il court lui-même à toutes jambes, en coupant à travers les arbres, insensible aux griffures des branches, criant lui aussi le nom de son fils.

Hormis les bruits affolés que produisent les deux parents, le monde semble parfaitement silencieux, lourd et immobile, comme si le bruissement des feuilles, le clapotis de l'eau, le grouillement des vers dans le sol, tout s'était arrêté.

Parvenu au ponton, l'homme s'immobilise. Pour ne pas faire sursauter l'enfant.

— Scott, dit-il en maîtrisant sa voix.

Pas de réponse. Le garçon reste droit comme un piquet, les pieds joints, les bras le long des flancs. Sa tête est légèrement baissée, le menton pointé vers le torse, comme s'il examinait quelque chose dans l'eau ou juste à la surface, à une dizaine de mètres du ponton.

L'homme pose un pied sur les planches.

Quand son épouse le rejoint avec le bébé qui commence à geindre, il lève la main pour lui défendre de crier.

— Scott, mon trésor, articule-t-elle avec une douceur exemplaire, qu'est-ce que tu fabriques ?

Le père commence à se détendre. Ils ont retrouvé leur fils, et, même s'il devait tomber, il sait nager. Mais, dans son for intérieur, d'autres fibres se nouent et se resserrent à chaque seconde qui passe. Pourquoi Scott ne répond-il pas ? Pourquoi s'obstine-t-il à leur tourner le dos ?

À vrai dire, la panique sourde qu'éprouve l'homme n'est pas de l'ordre de l'interrogation. Elle lui fait plutôt l'effet d'une présence dans l'estomac, comme si cette douce brise l'avait suivi depuis la terrasse et à travers bois pour lui tenailler le ventre. À présent, il lui semble, en outre, déceler une odeur, comme si une bulle de gaz venait d'éclater à la surface de l'eau, relâchant une substance sombre, riche et sucrée.

Il se rapproche encore d'un pas.

— Scott, dit-il d'une voix ferme, je veux bien que tu regardes le lac, mais alors recule un peu, d'accord ?

L'homme est soulagé de voir que son fils obtempère : le garçonnet s'écarte du bord et se retourne enfin – mais en plusieurs fois, à petits pas, comme s'il émergeait d'un rêve et craignait de faire un faux mouvement.

Quelque chose cloche sur son visage.

Le père met un instant à comprendre que l'anomalie n'est pas d'ordre physique. C'est son expression qui détonne : perdue, décomposée.

— Qu'est-ce qui ne va pas, Scott ?

Les traits de l'enfant s'éclaircissent, et il lève les yeux vers son père.

— Papa ? s'étonne-t-il. Pourquoi…

— Bien sûr que c'est moi, coupe l'homme avant de se rapprocher lentement, la nuque hérissée comme si la température avait baissé de dix degrés. Écoute, je ne sais pas ce que…

L'enfant ouvre lentement la bouche cependant que ses yeux semblent fixer un point lointain derrière son père. Ce regard est si appuyé que la mère tourne aussitôt la tête vers la forêt, sans même savoir ce qu'elle y cherche.

— Non, fait le garçon. *Non.*

Le premier « non » est murmuré, le second plus sonore. Puis l'expression de Scott change de plus belle, et c'est une métamorphose dont ses parents se souviendront jusqu'à la fin de leurs jours, quand ce visage qu'ils connaissent mieux que nul autre – mieux encore que les leurs – devient un masque de détresse bien trop affreux pour un enfant.

— Mais qu'est-ce que… ?

Scott se met à crier :

— Cours, papa ! Cours !

L'homme se précipite. Il entend son épouse faire de même. Mais, avant qu'ils aient pu l'attraper, le garçon perd l'équilibre, tombe sur le côté et bascule dans l'eau avec grâce.

Dans les derniers feux du soleil, l'homme est planté sur le ponton, son fils dans les bras.

La police est là : un jeune agent et un plus vieux, bientôt suivis de nombreux autres. Quatre heures plus tard, le coroner informera les enquêteurs, puis les parents, que la cause du décès ne fut ni la chute dans l'eau, ni celle sur le ponton, ni aucun autre événement antérieur.

Le garçon est mort, juste comme ça.

Première partie

Ce serait bien commode de pouvoir redessiner le passé, changer une chose ou deux ici et là, certains gestes scandaleusement stupides par exemple, mais, si on le pouvait, le passé ne cesserait pas de bouger.

RICHARD BRAUTIGAN,
Cahier d'un retour de Troie

Chapitre 1

Ted est venu me trouver peu après 19 heures, alors que je donnais un coup de main à la barmaid en tirant les bières des clients qui attendaient d'être installés en terrasse. La buvette du Pélican était minuscule, un espace exigu qui communiquait avec le dehors par une ouverture dans le mur. Mazy et moi nous y mouvions tels deux vieux chnoques se disputant une place de parking avec leurs camping-cars. C'était à peine assez large pour une personne, seulement voilà : Mazy avait beau être mignonne et sympa et posséder tous les piercings et les tatouages dont puisse rêver un jeune, elle était un peu lente côté margaritas, Budweiser glacée ou Coca light avec plein de glaçons mais sans rondelle. Je ne sais pas pourquoi, dès qu'il y a de l'océan et du sable, les gens ont envie de margaritas. Même en septembre, dans l'Oregon.

— Le petit con m'a fait faux bond, maugréa Ted.

Il avait le visage en feu et des mèches grises collées sur son crâne dégarni, malgré la clim'.

— Ça t'embêterait de… ?

— Pas de problème, j'ai répondu.

Sitôt bouclée ma commande en cours, j'ai gagné le cœur du restaurant où de vieilles chansons de John Pride tournaient en sourdine. Derrière les grandes vitres l'océan était gris et frais, et la plage de Marion Beach telle que je l'avais toujours connue.

La journée avait été particulièrement chaude pour la saison, bien qu'adoucie par une brise en provenance du sud-est. La plupart des clients avaient les yeux brumeux mais les vêtements propres et secs. L'air s'était toutefois alourdi à la nuit tombée, et je m'étais réjoui de servir en salle plutôt que d'étouffer devant le four à pizza, vers lequel je me dirigeais à présent.

Ce four était un ajout récent : il venait d'être installé à mon arrivée, voilà neuf mois, et il avait fait grincer pas mal de dents en condamnant tout un groupe de tables sur lesquelles des habitués venaient déguster leurs fruits de mer depuis près de trente ans. Je savais que Ted passait encore des nuits blanches à calculer si le coût d'un four à bois et la perte d'une douzaine de couverts (multipliée par deux ou trois, les bons soirs) seraient bientôt, sinon un jour, compensés par le fait que tous les petits Américains aiment la pizza alors qu'ils sont notoirement rebutés par le poisson. Sa femme pensait pour sa part qu'il avait commis une erreur, mais, comme elle pensait cela de tout ce qu'il entreprenait, il n'était pas disposé à lui laisser le mot de la fin, même s'il respectait son point de vue. Ted était un gars bien, mais sa longévité dans la restauration relevait du miracle. Cabane biscornue surplombant l'embouchure d'un ruisseau maigre et peu profond, et dont l'intérieur était chargé de filets poussiéreux, de bouées en plastique et non pas d'une seule mais d'innombrables effigies en bois de l'oiseau éponyme, Le Pélican avait pris suffisamment de distances avec la mode pour devenir l'un de ces endroits où l'on retourne parce qu'on y allait enfant, ou bien avec ses propres enfants, ou tout simplement parce qu'on y retourne. Car, pour être tout à fait honnête, on y mangeait très bien.

J'aurais pu faire le calcul de la pizza pour Ted, mais je préférais rester à ma place. Ce n'était pas non plus ma place de cuire ces foutus machins, mais au cours des cinq derniers mois il m'était arrivé quelquefois d'occuper ce poste lorsque Kyle, le roi officiel de la pâte fine, ne venait pas prendre son service. Kyle avait vingt-deux ans ; il était maqué avec Becki, la plus jeune des cinq filles du patron, une nana qui s'était inscrite dans une université californienne de troisième zone afin d'ingurgiter de la bouillie de ressources humaines mais qui avait rendu son bavoir dès la première cuillerée. De retour chez papa-maman, elle partageait son temps entre fêtes avec les copains et fumette sur la plage avec un jules qui pondait des pizzas immondes – sachant que la pâte était préparée le matin par l'un des Équatoriens cachés en cuisine – et qui n'était même pas fichu de concocter cette merde six soirs par semaine. Cela mettait Ted dans une telle rage qu'il était incapable d'y réfléchir, donc, de traiter le problème. Ainsi, Kyle faisait plus ou moins partie des meubles, quels que fussent ses efforts pour repousser les limites de sa nullité crasse.

Quand un client réclamait une pizza en l'absence de Kyle, je faisais tournoyer la pâte moi-même tandis qu'un autre collègue me remplaçait en salle. Cela ne m'embêtait pas : je m'étais aperçu que j'aimais bien étaler la sauce tomate en cercles contemplatifs, ajouter la dose idéale de mozzarella et de basilic, des rondelles de pepperoni, des miettes d'écrevisse ou du poulet au pesto, puis soulever la galette et la glisser dans le feu de bois. Je ne souscrivais pas à la politique de Kyle consistant à ajouter d'autres ingrédients au hasard – soi-disant une forme d'« art » (qu'il aura étudié pendant à peu près une semaine dans un établissement qui accepte même les chiens dès lors qu'ils raquent), ou, plus vraisemblablement, l'un des effets d'être défoncé vingt-quatre heures sur vingt-quatre et sept jours sur sept. Personnellement, je m'en tenais donc aux garnitures annoncées sur le menu, et cela m'assurait en général des retours positifs. Mes pizzas étaient aussi plus rondes que celles de Kyle, mais la question n'était pas là. Lui, c'était Kyle le pizzaiolo, et moi j'étais John le serveur. Ou plutôt un serveur parmi d'autres.

Mon article était indéfini. Et ça me convenait tout à fait.

Le petit génie a fini par se pointer une heure plus tard, déposé par un cabriolet qui balaya le parking en dérapage contrôlé avant de disparaître dans un nuage de poussière. Après une halte au vestiaire, il nous a rejoints, le visage traversé de tics.

— Ravi que t'aies pu venir ! lui ai-je lancé tout en ôtant le tablier spécial pizza.

Je me fichais que Kyle soit en retard. Je disais ça juste pour la forme. Il ne faut jamais rien passer à un camarade sous-fifre, sinon, ça devient chronique.

— Ouais, ouais, il a fait d'un air gêné. Mais bon, c'est mon taf, quoi.

N'ayant rien à répondre à ça, je suis retourné à mes tables. J'ai noté ce que les gens désiraient, sans omettre de vanter les spécialités du jour. J'ai transmis les commandes en cuisine, amorçant ainsi la confection de crevettes panées, d'espadon grillé et de mahi-mahi noirci, ainsi que de notre fameuse salade d'accompagnement arrosée de vinaigrette au miel. J'ai rapporté les produits finis en salle, avec des boissons et toute ma bonhomie. J'y suis retourné à deux reprises pour m'assurer que tout allait bien et renouveler les carafes d'eau glacée. J'ai accepté les paiements en liquide, par chèque ou par carte, et distribué en échange des bonbons à la menthe ainsi qu'une carte postale du restaurant. J'ai déclaré aux gens que ce serait un plaisir de les revoir, je leur ai recommandé d'être prudents sur la route, puis j'ai essuyé leurs tables pour accueillir les convives suivants – famille, jeune couple ou trio de vieillards venus célébrer leurs soixante ans de haine mutuelle.

Après deux fois ce cycle, la soirée s'est achevée et nous avons rangé avant de quitter le restaurant.

Il faisait nuit et l'air était particulièrement humide, comme l'haleine d'un gros chien en nage qui aurait bu de l'eau de mer tout l'après-midi. J'ai salué de la main mes collègues à mesure que leurs voitures rouillées s'ébranlaient sur la montée de gravier reliant Le Pélican à l'autoroute 101.

Les cuisiniers se sont empilés dans un break déglingué et cabossé, et le conducteur m'a dardé en passant le regard glacial de rigueur. Je supposais qu'ils logeaient tous ensemble du côté d'Astoria ou de Seaside, afin d'envoyer le maximum d'argent au pays, mais, en fait, je n'en savais rien.

Comme j'atteignais la route, j'ai entendu Kyle derrière moi. Je me suis retourné, surpris.

— T'es à pinces, Kyle ?

— Dans tes rêves, fit-il avec un rictus plein de morgue. Le vaisseau mère est en route. Grosse teuf là-haut, ce soir. C'est dans ta direction, si tu veux qu'on te dépose.

Aïe, dilemme. J'avais l'habitude de faire mes trois kilomètres à pied. Les autres employés le savaient et me prenaient tous pour un taré. J'aurais bien expliqué à ces jeunes visages pleins de grandes espérances que c'était une façon comme une autre de tuer le temps, mais je ne voulais pas leur flanquer la trouille. Je ne tiens pas spécialement à me considérer comme un non-jeune, mais quand vous avez trente-cinq ans et que vos collègues ont encore des roulettes à leurs vélos, vous avez vite l'impression d'être le gars qu'on viendra trouver pour obtenir des infos de première main sur la formation des plaques tectoniques.

Et puis le chemin était agréable. On longeait la route par la gauche, le côté droit étant couvert d'herbes hautes puis de rocaille. Entre soi et la mer défilaient les parkings de petits appartements rétro, trois étages au maximum, aux tons blancs ou pastel avec diverses notes de bleu et des noms comme Le Bécasseau, Les Vagues ou Les Alizés, ou bien des pelouses menant à des villas de bord de mer, ou même, sur de plus longs tronçons, rien que des broussailles et des dunes.

Mais ce soir-là j'avais les jambes lourdes et hâte de rentrer, sans compter qu'il y a une différence entre suivre ses petites habitudes et passer pour un ours.

— Avec plaisir, ai-je donc répondu.

Chapitre 2

Il nous a suffi de trente secondes pour comprendre que nous n'avions rien à nous dire hors du restaurant. Kyle a sorti un joint de sa poche de tee-shirt, l'a allumé, et après deux secondes d'hésitation me l'a proposé. Pour me montrer sociable, j'ai tiré une latte. J'ai aussitôt compris pourquoi les pizzas de Kyle étaient redoutables : si le lascar était abonné à cette herbe-là, je n'en revenais pas qu'il puisse seulement tenir debout. On est restés plantés en silence une dizaine de minutes, à faire circuler le pétard, cherchant en vain l'inspiration. Je commençais à regretter de ne pas avoir opté pour la marche. J'aurais coupé par les dunes pour trouver un peu de fraîcheur sur le rivage.

— Il va pleuvoir, déclara soudain Kyle, comme si quelqu'un lui soufflait son texte dans une oreillette.

Je hochai la tête.

— J'en ai bien l'impression.

Cinq minutes plus tard, par bonheur, la voiture de Becki a surgi sur la route, comme lancée à toute force par un dieu belliqueux. Sa distance de freinage fut prodigieusement courte, non sans dommages pour les pneus.

— Salut ! lança-t-elle, une cigarette aux lèvres. Le Marcheur solitaire accepte qu'on le reconduise ? Quel honneur !

J'ai souri.

— La journée a été longue.

— Tu m'étonnes, répondit-elle. Allez, grimpe.

Je suis monté derrière et me suis cramponné le temps que le véhicule reprenne sa vitesse supersonique. Visiblement, Kyle évitait de parler à sa poule lorsqu'elle pilotait. J'ai suivi son exemple, me contentant d'apprécier le vent malgré sa violence.

Le trajet ne fut pas long. Une centaine de mètres avant ma destination, j'ai tapoté l'épaule de Becki. Elle a pivoté de tout son buste pour voir ce que je voulais.

— Quoi ?

— Je crois que tu peux commencer à ralentir ! j'ai crié.

— Pigé !

Elle a tiré sur la bride et stoppé la voiture. J'ai sauté par-dessus bord ; mes deux pieds n'avaient pas touché terre que la radio s'allumait. Becki m'a salué du dos de la main puis le cabriolet s'est arraché dans le néant.

La côte était très calme, la nuit. De loin en loin, un pick-up poussait un rugissement fugace, lâchant une traînée de musique, des cris incohérents ou une boîte de bière vide qui rebondissait sur l'asphalte. Mais le reste du temps il n'y avait que le frisson de la vague par-delà les dunes. Lorsque je rentrais à pied et que je regagnais enfin mes pénates, ma soirée de travail me semblait appartenir à la veille, à la semaine précédente, ou même à quelqu'un d'autre. Tout venait s'agencer dans une longue série d'événements, sans grand lien entre les jours si ce n'est qu'ils se suivaient.

Je suis arrivé dans l'allée de mon bungalow, l'une des plus vieilles maisons de vacances du coin, bordée d'une pelouse à l'abandon et composée de deux octogones solidaires, ce qui devait paraître astucieux à une certaine époque, disons vers 1973. Avec le recul, cela ne faisait qu'offrir davantage d'arêtes à l'action de la pluie et de l'air marin, mais on y jouissait d'une belle vue, d'un accès direct à la plage par un sentier sur la dune, et puis, surtout, ça ne me coûtait rien. Peu après mon arrivée dans le secteur, j'avais rencontré un certain Gary dans un bar nommé L'Océan, à un kilomètre du Pélican par la 101. Fraîchement séparé de sa femme, Gary s'était installé dans l'Oregon pour se remettre les idées en place. On voyait tout de suite qu'il s'était encalminé dans la mer intérieure des jeunes divorcés : distrait, taciturne, les yeux hagards d'un capitaine essayant de redresser la barre d'un navire déserté. Parfois, ces hommes et ces femmes perdent pied, et on les retrouve dans les bars à picoler bruyamment. Mais le plus souvent ils s'accrochent, arc-boutés contre le vent, le regard portant à mille mètres au large sur ce qu'ils supposent être leur avenir.

Je connaissais cette expression. Alors on a brisé la glace, chacun a payé des bières à l'autre, et l'on s'est revus à plusieurs reprises avant qu'il reparte dans l'Est en me confiant la garde de sa maison. Je l'occupais, laissais une lampe allumée à l'occasion et me montrais dans le jardin, ce qui était censé dissuader les tentatives d'effraction. Je colmatais les éventuelles fuites du toit et je devais prévenir Gary si le petit octogone (celui qui abritait les deux chambres) continuait de s'affaisser autour des piliers de béton qui le maintenaient au-dessus de la dune. Par vent fort, on avait l'impression troublante d'être sur un bateau, mais ça tiendrait encore un petit moment. En théorie, j'étais censé plier bagage lorsque Gary reviendrait dans le coin, mais depuis deux ans que j'habitais ici cela ne s'était jamais produit. La dernière fois que j'avais eu Gary au téléphone – je souhaitais remplacer une moustiquaire de porte –, c'était trois mois auparavant : il vivait à Boston avec une nouvelle chérie et sa voix laissait deviner un bonheur mesuré. Cette maison de vacances devait faire partie des actifs qu'il ne pouvait se résoudre à liquider, un investissement dans un futur dont il n'avait pas fini de faire le deuil. Mais cela viendrait tôt ou tard, et alors j'irais vivre ailleurs.

Une fois à l'intérieur, j'ai ouvert les portes-fenêtres coulissantes pour sortir sur le balcon. Je me suis soudain rendu compte qu'on était vendredi soir. Je le savais déjà, bien sûr, d'une certaine manière. Le restaurant était toujours plus animé ce soir-là, quelle que fût la saison. Sauf qu'il y avait un monde entre « Le vendredi, c'est blindé » et « Putain, on est vendredi ! ». Et c'est peut-être ce constat qui m'a poussé à prendre deux bières dans le frigo, à moins que ce ne soit le demi-joint qui traînait dans mon organisme, couplé à la nervosité que j'éprouvais depuis le matin ; ou bien le fait d'être rentré un peu plus tôt que d'habitude et de m'être senti, face à Becki et à Kyle, âgé d'un million d'années.

J'ai décidé d'emporter les bières sur la plage. Un vendredi soir en solo, devant le spectacle des vagues et sous la symphonie des astres. Trop de la balle.

Je me suis assis sur le sable à quelques mètres de l'eau. J'ai scruté le rivage quelque temps et la lueur lointaine des fenêtres éclairées, tout en écoutant les fracas de l'écume. Le ciel virait bas et mat sous l'amoncellement des nuages.

J'ingurgitai méthodiquement ma première bière avec une impression de calme et de vide, à défaut de réelle quiétude. Pour la quiétude, il aurait fallu que je pense avoir une place dans ce monde plutôt que de venir m'enterrer sur la côte. Cela faisait presque trois ans que je vivais dans l'Oregon. Avant Le Pélican, j'avais servi dans divers bars du littoral, exercé des jobs improbables et joué les videurs dans des boîtes de Portland. Des boulots de soutier dans l'industrie des services, accessibles au tout-venant pour peu qu'on accepte de bosser pour pas cher, de nuit, et de s'exposer à d'éventuels affrontements physiques. Mes possessions se résumaient à quelques vêtements, à un ordinateur portable et à des bouquins. Même plus de voiture. J'avais pourtant de l'argent à la banque, et bien plus sans doute que ne l'auraient imaginé mes collègues ; mais que savaient-ils de moi, à part que j'assurais lors des coups de feu et que je fabriquais de la bouffe italienne à peu près circulaire ?

Il s'est enfin mis à pleuvoir. Une pluie irrévocable, battante, qui m'a trempé si vite qu'il n'y avait plus aucune urgence à rentrer. Alors je me suis attardé, pour regarder les gouttes rebondir sur les flots et piqueter le sable. Ce n'est qu'au terme de ma seconde bière que j'ai levé le camp.

Une chose était certaine : ce vendredi soir ne resterait pas dans les annales de la bringue.

De retour au bungalow, je me suis séché avant d'errer dans le salon. Il était près de 2 heures du matin, mais je ne pouvais me résoudre à aller au lit. J'ai donc passé une heure ou deux à jouer sur la Toile, ultime refuge des insomniaques et des grands blasés. En dernier ressort, j'ai consulté ma messagerie, cet autre moment de vide existentiel qu'Internet vous tend sur un plateau.

Hé, le monde. Envie de causer ?

Non ? Alors plus tard, peut-être.

On me proposait d'investir dans l'industrie chinoise, d'acheter des montres de contrefaçon et de faire des provisions de Viagra. Des « bombes à peine majeures » reprenaient également contact, toujours aussi enclines à raconter comment elles s'étaient tapé leur coloc, leur patron ou une harde d'élans aux idées larges.

J'ai décliné toutes ces offres, comme à l'accoutumée, en espérant qu'elles ne se vexeraient pas après tout le mal qu'elles s'étaient donné rien que pour moi. Je m'apprêtais à supprimer ces messages en bloc lorsqu'un dernier retint mon attention.

La ligne « sujet » indiquait : JE VOUS EN SUPPLIE, LISEZ-MOI.

Encore un spam, sans doute. Le classique de l'épouse/fils/chat d'un oligarque fraîchement décédé qui propose à un clampin chanceux de récupérer vingt pour cent de la fortune familiale en communiquant ses coordonnées bancaires complètes à un inconnu qui orthographie son propre nom de trois manières différentes dans le même mail.

S'il s'agissait de cela, le titre était malin. Difficile d'ignorer une telle combinaison de mots. J'ai cliqué dessus tout en bâillant et en me demandant – sans résultat – depuis combien de temps je n'avais pas reçu de vrai message.

Le texte était très court :

Je sais ce qui est arrivé

Six petits mots et pas même un point pour clore la phrase. Le nom de l'expéditeur – une certaine Ellen Robertson – ne m'évoquait absolument rien. Un spam de plus, autrement dit.

J'ai supprimé le message et suis allé me coucher.

Chapitre 3

Le lendemain débuta par une promenade sur la plage, un café à la main. C'était un rituel quotidien auquel je n'avais jamais dérogé depuis que j'occupais la maison de Gary. De mon point de vue, ceux qui ne commencent pas leur journée par une marche le long du rivage devraient déménager dans les terres et laisser la côte à ceux qui en comprennent l'intérêt.

Je m'étais levé de bonne heure et la grève était encore plus déserte qu'à l'accoutumée. J'ai croisé deux types qui agitaient leurs cannes à pêche au-dessus des flots, plus quelques personnes comme moi – des hommes et des femmes solitaires en short et vieux tee-shirt, sur leur parcours habituel, souriant brièvement aux inconnus. Parfois, quand le soleil brillait sans porter la moindre ombre sur le monde, j'imaginais de petites empreintes aux côtés des miennes. Mais pas souvent, et pas ce matin.

J'ai marché plus loin que d'habitude, et pourtant il n'était que 8 h 30 lorsque je suis rentré à la maison. Il y avait déjà un message sur le répondeur.

« Bon sang ! lâchait Ted sans préambule. Écoute, j'ai horreur de t'embêter comme ça, mais est-ce que tu pourrais me donner un coup de main ? On a été cambriolés. Au restau. »

Sa voix s'assourdit un instant, le temps de rembarrer quelqu'un. Quand il ramena le téléphone devant sa bouche, il semblait encore plus furax.

« Écoute, tu es peut-être déjà sorti pour la journée, mais si ce n'est pas le cas… »

Je l'ai rappelé.

Pour gagner du temps, il est venu me prendre en pick-up dix minutes plus tard. De qui Becki tenait son style de conduite n'était un mystère pour personne : Ted fit demi-tour sans décélération notable avant de stopper brusquement à ma hauteur. J'étais adossé au poteau téléphonique devant mon allée, une cigarette au bec. Je me suis avancé pour lui parler à la vitre.

— Tu as besoin que je prenne des outils ?

Il secoua la tête.

— J'ai ce qui faut dans la réserve. Il va falloir acheter des vitres et des planches, mais je m'en occuperai plus tard. Ça promet d'être une belle journée de merde !

Je suis monté dans le camion, et sitôt ma portière refermée Ted a mis le pied au plancher.

— Tu as découvert ça quand ? ai-je demandé.

Son visage était plus rouge, et ses cernes plus noirs que jamais.

— J'ai été prévenu par un des cuistots. Raúl, je crois. Il est arrivé à 7 heures avec le reste de l'équipe, et il m'a appelé tout de suite.

— C'est lequel, Raúl ?

— Bonne question. Je crois qu'ils s'appellent tous Raúl.

— Et l'alarme, alors ? Elle ne s'est pas déclenchée ?

— Si, si. Elle couinait encore à mon arrivée.

— Mais la compagnie qui te l'a vendue n'est pas censée envoyer un vigile ? Ou au moins te passer un coup de fil ?

Il parut embarrassé.

— Ça fait un moment que j'ai arrêté de payer pour ce service, avoua-t-il. Ça coûte huit cents dollars par an, et jusqu'ici on n'en avait jamais eu besoin.

Nous approchions déjà de la sortie vers Le Pélican.

— Les dégâts sont importants ?

Ted lâcha le volant pour lever les mains au ciel, exprimant par là toute la difficulté à évaluer la malchance, dès lors que le grabuge le plus minime vous promet une journée de branle-bas, de paperasse et de dépenses dont vous n'aviez vraiment pas besoin.

— Disons que ça pourrait être pire, répondit-il. C'est surtout que je ne comprends pas. J'ai mis des écriteaux sur toutes les portes – devant, derrière, sur celle de la cuisine – pour signaler qu'on ne laisse jamais d'argent la nuit. Alors à quoi ça leur sert, hein ? Quelle tête de nœud s'amuserait à faire tout ce chemin en pleine nuit juste pour le plaisir de te pourrir ton samedi ?

— Peut-être qu'ils ne t'ont pas cru, pour le fric. Parfois, les têtes de nœud sont aussi de sacrées têtes de pioche.

Comme nous abordions le parking, j'aperçus la voiture de Becki.

— Ne me dis pas que Kyle est déjà là !

Ted s'esclaffa. L'espace de quelques secondes, il parut moins à cran et moins fâché avec le genre humain.

— J'ai été obligé d'appeler Becki pour qu'elle me dise comment trouver ton numéro dans la base de données. Je lui ai dit qu'elle n'avait pas besoin de venir, mais elle a quand même rappliqué.

Il rangea le pick-up à côté du cabriolet de sa fille.

— J'imagine que tu as prévenu la police ?

— Oui, elle est déjà repartie. Elle nous a dépêché ses deux meilleurs éléments, comme tu t'en doutes. M'étonnerait qu'ils aient décroché une mention à l'examen du « faire semblant d'en avoir quelque chose à cirer », cela dit. Et pourtant je leur en ai offert, des apéros gratuits, à ces deux-là…

On est descendus du pick-up et j'ai suivi Ted. Il m'a fait passer par la porte de derrière, celle qui séparait la terrasse de la salle.

Le battant, ou ce qu'il en restait, béait sur ses gonds. Quelques bouts de verre pendaient encore, et les croisillons de la vitre gisaient en miettes parmi les débris. Becki était accroupie dans le petit couloir, armée d'une pelle et d'une balayette.

— Salut ! me lança-t-elle.

— Salut, Becki. Ça n'a pas l'air si catastrophique, dis-moi.

— Plus maintenant, dit-elle en se redressant.

On voyait qu'elle était sur le pont depuis un bon bout de temps. La sueur à son front avait capturé deux mèches blondes, et elle semblait passablement énervée.

— Mais les gars sont loin d'avoir fini, derrière.

Je franchis la deuxième porte – forcée plus proprement – pour gagner l'espace principal. Le système de facturation et de réservation consistait en un Mac récent relié à un tiroir-caisse externe. Ce dernier avait été attaqué sans succès au burin et/ou au pied-de-biche. J'examinai le travail quelques instants avant de me rendre à la cuisine.

— Ils ont mis un beau bazar, souligna Ted en me rejoignant.

Les cambrioleurs avaient en effet mis un point d'honneur à tout flanquer par terre.

— Et ils auraient piqué une machine, ajouta-t-il.

— Un presse-agrumes, confirma le cuistot qui m'avait fusillé du regard la veille au soir.

Le gars faisait moins le fier ce matin-là, et on devinait pourquoi. Lui et ses comparses non américains n'avaient pas dû adorer la visite des flics qui s'était sans doute traduite pour eux par une pause-clope prolongée sur le bord de la route, cinq cents mètres plus loin. Ils savaient aussi que beaucoup de gens les soupçonneraient d'office soit d'avoir fait le coup eux-mêmes, soit d'avoir confié le job à des complices en leur soufflant que l'alarme n'ameuterait personne.

— C'est assez débile, comme effraction, lançai-je à son intention. Tout le monde sait qu'il n'y a pas d'argent la nuit.

— Eh oui, répondit le cuisiner, on le sait tous. Mais il y a des gens… Ils trouvent ça drôle, ce genre de chose.

— Sûrement des mômes, répondis-je, tout en avisant l'entrée du vestiaire derrière lui. Rien n'a disparu, là-dedans ?

— Non, non, répondit Ted. Les casiers étaient vides puisqu'on était tous rentrés.

— Mais oui, suis-je bête.

Me retournant, je vis que Becki m'observait depuis la salle.

Je n'ai jamais suivi de formation de bricolage, mais, avec un peu de jugeote et d'application, on se débrouille. Mon père était doué de ses mains, et j'avais passé de longues heures, enfant, à le regarder faire. Ted et moi avons mesuré les carreaux et les boiseries à remplacer, il a noté mes instructions concernant deux autres soucis, puis il a filé vers un magasin de bricolage d'Astoria. Pendant ce temps, Becki est allée racheter un tiroir-caisse chez un vendeur de Portland déniché sur la Toile.

En attendant le retour de Ted, je me suis installé sur la terrasse avec un Coca light. Une idée me démangeait, mais je refusais d'y céder. Si je m'étais trouvé au bungalow comme d'ordinaire à cette heure-ci, je n'aurais pas pu résister, même si je savais que c'était stupide. La meilleure politique, avec les actes irrationnels, c'est de ne jamais commencer : quand on a mis le doigt dans l'engrenage, on ne peut plus s'arrêter.

Au bout de dix minutes, j'ai craqué. Je me suis installé devant le Mac, j'ai tapé l'adresse de mon fournisseur d'accès dans le navigateur que Becki n'avait pas refermé, et je me suis dépêché de vérifier mes mails avant d'avoir pu changer d'avis.

Je n'avais rien reçu.

Au moins, j'étais fixé.

Ted est revenu une heure plus tard, et je me suis mis au boulot. Les coups infligés au carreau de la porte avaient fendu le bois tout autour de la serrure. J'ai démonté la partie cassée sous le regard attentif de Ted.

— Tu sais ce que tu fais, j'espère ?

— Plus ou moins. Plus que toi, en tout cas.

— On est d'accord, dit-il, avant de retourner à l'intérieur.

J'ai procédé de manière lente mais méthodique, solution la plus sage avec les objets au tempérament revêche. Ted possédait une belle collection d'outils, ce qui se révéla appréciable, tout comme le fait d'avoir appris à changer une moustiquaire – celle de Gary – quelques mois plus tôt. La sécurité et le bon sens commandaient de remplacer cette porte par un modèle plus costaud, mais Ted tenait à ce qu'elle reste identique, au nom de la tradition. Je l'avais tout de même convaincu d'acheter du verre blindé, ainsi que des barres métalliques pour renforcer l'armature.

Alors que je vaquais à cette partie-là du boulot, Becki est réapparue. J'ai reposé la scie et le marteau pour lui donner un coup de main avec le tiroir-caisse, qui pesait à peu près une tonne. Pour finir, elle m'a laissé le porter seul, mais en m'encourageant et en me demandant, tandis que je le fixais au comptoir, si je voulais un soda. Puis elle fut accaparée par une autre affaire en cuisine, si bien que je m'étais déjà remis à ma porte lorsqu'elle revint avec un Dr Pepper plein de glaçons.

Elle s'assit dans un coin pour me regarder bosser en silence. Au bout de cinq minutes, elle lâcha :

— C'était sympa de ta part, tout à l'heure.

— Quoi donc ?

— Tu sais, quand t'as fait comprendre aux cuisiniers que tu les croyais innocents.

Je me suis concentré pour manipuler le carreau et m'assurer qu'il était correctement encastré avant de visser les barres de fer. Quand je me suis retourné, Becki m'observait encore, un sourcil à demi relevé.

— Quoi, encore ? j'ai souri.

— Tu n'as pas toujours été serveur, pas vrai ?

— Non, mais c'est ce que je suis maintenant.

Elle hocha lentement la tête et repartit vers la salle.

À la mi-journée, le cuistot nous servit à manger. Je n'avais rien demandé, et je ne m'y attendais pas. Un délicieux assortiment de chaussons aux crevettes et au poisson, façon *empanadas*.

— C'était divin, lui dis-je lorsqu'il vint récupérer le plateau. Vous devriez pousser Ted à les inscrire au menu.

Il sourit et haussa les épaules.

— John, me présentai-je en lui tendant la main.

— Eduardo, répondit-il en la serrant.

— Alors, la pâte est prête pour notre jeune maestro ?

Il ricana et retourna à ses fourneaux.

Après six heures d'efforts, tout était en ordre. J'avais réparé les trois portes ainsi que le reste ; Becki avait branché et configuré le nouveau tiroir-caisse avec un dévouement et un professionnalisme que je ne lui connaissais pas. Quant à nos Équatoriens, ils avaient rendu à la cuisine son lustre immaculé.

Ted fit son inspection et se déclara satisfait. Il empoigna une dizaine de bières et nous réunit sur la terrasse, Becki, les gars et moi – plus la serveuse, Mazy, lorsqu'elle débarqua, fraîche comme un bouquet de printemps.

Nous avons trinqué, bavardé de tout et de rien, et Ted a fini par s'apercevoir qu'il employait plusieurs Eduardo mais pas un seul Raúl.

Comme Becki rapportait des cannettes fraîches de la cuisine, je vis à ma montre qu'il était presque 17 heures. J'avais passé la moitié de la journée sous le cagnard et le dos de ma chemise était trempé.

— Je dois repasser chez moi pour me changer, annonçai-je à la cantonade. Je ne vais pas tarder.

— Je te raccompagne, proposa aussitôt Becki.

— C'est sympa de ta part, lui dis-je, tandis que nous marchions vers sa voiture.

Elle ne répondit rien.

Elle patienta sur ma terrasse pendant que je me douchais. Je l'ai retrouvée assise face à la mer, en train de téter une de mes bières. J'ai pris le second fauteuil.

— Il est temps de repartir, Becki.

Elle a hoché la tête et contemplé ses mains. Je lui ai offert une cigarette et on a fumé en silence.

— Il a vraiment de gros ennuis ? ai-je fini par demander.

Becki a relevé la tête. Elle avait la peau tirée autour des yeux.

— Comment t'as deviné ?

— Qui volerait un vieux presse-agrumes plutôt qu'un ordinateur ? Le saccage de la cuisine était disproportionné, et on aurait dit que le tiroir-caisse avait été attaqué par un chimpanzé. Personne n'est venu pour le fric, cette nuit. Alors c'était caché où ? Dans le vestiaire ?

Elle confirma de la tête.

— Herbe ou poudre ?

— Pas de l'herbe.

— Pour combien ?

— Quelque chose comme dix mille dollars, murmura-t-elle.

— Bon sang, Becki ! Il faut être complètement débile pour cacher autant de came dans le restau de son père !

— Je ne savais pas que c'était là, protesta-t-elle. Tout ça, c'est les histoires de Kyle.

— Kyle ? Mais comment a-t-il pu amasser un tel capital ? Pitié, ne me dis pas que le fric vient de toi…

— Il a emprunté. À des mecs qu'il connaît.

J'ai failli éclater de rire.

— Bravo, c'est finement joué. Non seulement il ne peut plus honorer ses commandes, mais il n'a plus aucun moyen de rembourser l'argent qu'il doit. Bref, il est dans la merde jusqu'au cou.

— C'est assez bien résumé, soupira Becki, avant de finir sa bière d'une traite. Mais épargne-moi les sermons, d'accord ?

— Moi, des sermons ? Tu penses ! Je trouve ça trop cool, la drogue. Des connards qui font fortune en bousillant la vie des autres et en restant planqués pendant que des aspirants caïds comme ton idiot de copain prennent tous les risques. Non, c'est un chouette business.

— On ferait mieux d'y aller. On a une grosse soirée devant nous.

— Dois-je comprendre que je vais me retrouver préposé aux pizzas ?

Elle eut un bref sourire, tordu et triste. Je m'apercevais que j'appréciais cette fille et que son existence menaçait de dévier sur un chemin sombre et boueux.

— Je ne sais même pas où il est, en ce moment, confia-t-elle.

— Et tu es obligée de rester avec lui ?

— Je l'aime, déclara-t-elle comme on ne sait le faire qu'à vingt ans.

Elle m'a redéposé en haut du chemin de gravier.

— Va le trouver, Becki. Et procure-toi les noms de tous ceux à qui il aurait pu dire où il stockait son matos.

Elle me regarda.

— Et après ?

— On verra.

J'ai tapé deux fois sur le capot, et elle a remis les gaz.

Des collègues étaient en train de disposer les chaises sur la terrasse. La porte de devant était grande ouverte, mais j'ai préféré tester celle que j'avais passé une bonne partie de la journée à réparer. Je l'ai éprouvée d'un coup d'épaule. Elle m'a paru très solide.

Il y a quelque chose de revigorant à retaper une porte. On a l'impression de se rendre utile, et puis cela nous permet de croire que les choses sont réparables, même quand on sait que la plupart ne le sont pas.

Chapitre 4

Que faire lorsque tout commence à partir à vau-l'eau ?

D'abord et avant tout, ne pas paniquer, sans quoi on est fichu. La panique résiste à la discussion, à l'analyse, comme à toute forme d'argument massue. La panique n'écoute pas, elle n'a pas d'oreilles, seulement une voix. La panique est une traînée de poudre dans l'âme qui traverse les étroits sentiers de la raison à la recherche de bois tendre et d'herbe verte, et que les vents de l'anxiété répandent dans les moindres recoins du cerveau.

Carol n'aurait su dire quand cela avait commencé, ni pour quelle raison. Les deux derniers mois avaient été plutôt positifs. Elle avait enfin l'impression de prendre ses marques. Elle commençait à se sentir chez elle dans cet appartement, et elle avait décroché un mi-temps à la bibliothèque, sous les ordres de la redoutée Mlle Williams. Ranger les chaises, scotcher des affiches et organiser les groupes de lecture : l'emploi semblait plutôt destiné à un senior en fin de course ou à un ado sorti de l'œuf, mais c'était un gagne-pain comme un autre. Elle se rendait au travail à pied, ce qui ne l'avait pas empêchée de reprendre quelques kilos du fait qu'elle avait recouvré un semblant d'appétit. Elle rencontrait des gens, avait même misé quelques espoirs timides sur deux amitiés potentielles, et d'une manière générale elle cessait de se comporter comme un témoin sous protection.

Parfois, il lui arrivait même… d'oublier. C'était ça, le pire, ces moments où tout lui revenait brusquement à l'esprit, car cela prouvait que, sur une période plus ou moins longue, elle avait cessé d'y penser.

Mais, depuis quelques jours, ce n'était plus pareil. Elle se réveillait avec le sentiment de s'être enfoncée dans le matelas durant la nuit. Au lieu de se savonner énergiquement sous la douche, elle restait voûtée sous le jet, les yeux rivés sur une trace de moisissure entre deux carreaux, à se demander pourquoi elle ne l'avait pas remarquée plus tôt, si elle pouvait encore y remédier, ou si elle était condamnée, à brève échéance, à être de ces femmes qui sont aussi impuissantes face à leurs joints moisis que face à l'état de leur pelouse, de leur garde-robe ou de leurs cheveux. Le chaos menace chacun de nous : il guette les failles dans nos routines quotidiennes, la tâche négligée. Dès que l'on prend la mesure de tout ce qu'il faut pour faire bonne figure, il devient affreusement facile de perdre la foi.

C'était toujours un peu mieux quand elle sortait de chez elle, mais même dehors, désormais, elle avait l'impression de rechuter. Les livres lui glissaient des mains ; elle ne trouvait plus les articles dans les rayons des magasins ; un bleu était apparu sur sa cuisse suite à une collision mineure dont elle n'avait aucun souvenir. Cela lui rappelait de manière agaçante l'un des adages de son ex-mari, comme quoi on reconnaît un moral qui flanche à ce que le monde des objets se retourne subitement contre soi, comme si la tempête qui se prépare dans la tête affectait jusqu'au règne inanimé.

C'est ainsi que, trois soirs plus tôt, elle était retournée vérifier si la porte qu'elle venait de verrouiller pour la nuit était bien fermée.

Elle savait que cette porte était bouclée. Le verrou était tourné, la chaînette était mise. Elle se souvenait de l'avoir fermée, bon sang ! Elle sentait encore la froideur des chaînons entre ses doigts ! Ce soir-là, les souvenirs lui avaient suffi. Mais, dès le lendemain, elle devait vérifier à deux reprises.

La veille, la main fébrile et l'œil hagard, c'est huit fois qu'elle s'était vue faire et défaire la chaînette, huit fois qu'elle avait tourné la clef dans un sens puis dans l'autre avant de se résoudre à l'ôter de la serrure. Or, ce soir, elle ne se contenterait pas de compter jusqu'à neuf. Ce serait trop beau. Si elle ne mettait pas le holà, la prochaine étape serait celle des séries de huit.

Seize, vingt-quatre…

Pour comprendre à quel point une personne peut se méfier de la réalité comme d'elle-même, il faut s'être retrouvé dans un couloir froid, les yeux brouillés par des larmes de frustration et de haine de soi, à regarder ses mains vérifier un simple verrou plus de vingt fois d'affilée.

Les parois du crâne ne constituent pas un bastion imprenable. Des pensées peuvent s'infiltrer par les brèches, et elles ne s'en privent pas. Certains états d'esprit prouvent même que c'est déjà fait. Plus Carol laisserait entrer la panique, plus elle risquerait de repartir sur la mauvaise pente. Alors pas question de paniquer.

Ces pensées occupèrent la majeure partie du trajet depuis la bibliothèque, sous un ciel gris et uniforme. Sitôt à la maison, Carol prépara du café noir. Lui arriverait d'ici une heure. C'était plus facile quand il était rentré : il l'accaparait suffisamment pour la distraire de ses angoisses. Mais cela signifiait aussi qu'elle n'était plus libre de ses mouvements.

Penser à Tyler l'apaisa. La préparation du dîner pourrait attendre. Ni lui ni elle n'avaient le palais difficile, alors elle improviserait un plat au dernier moment. Et donc…

Carol déplaça son ordinateur du salon vers la cuisine. Une fois connectée à Internet, elle resta pensive, les doigts au-dessus du clavier.

Que faire ? Son disque dur renfermait des milliers de mots, d'innombrables PDF et deux cents favoris. Le problème, c'était que les créateurs de tous ces sites ignoraient combien leur travail était capital. Ils étaient comme des promeneurs qui auraient remarqué que les trottoirs blanchissent parfois mais n'auraient jamais entendu parler du concept de neige. Il fallait comprendre l'ensemble du système pour replacer tous ces témoignages dans le bon contexte. Or Carol le comprenait, ce système, fût-ce de manière intuitive. Et puis elle n'était pas sotte, bien qu'elle eût le sentiment d'avoir un peu gâché ses facultés.

Par moments, elle avait cru entrevoir la liberté, notamment au cours des deux derniers mois – lorsqu'elle s'était dit que cette histoire était peut-être absurde, que le nuage dans son champ de vision n'avait peut-être jamais été qu'une poussière dans l'œil. Mais elle avait beau multiplier les métaphores – l'anglais était sa matière de prédilection au lycée –, au fond d'elle-même, elle savait qu'elle croyait, d'une foi sombre et inébranlable. Hélas, le savoir ne lui était d'aucun secours, et, pour tout réconfort, cette foi ne faisait qu'attiser sa peur.

Elle reporta son attention sur l'écran et consulta les agrégateurs RSS chargés de détecter les nouvelles pages sur la série de sites qu'elle avait présélectionnés. Il n'y avait rien de neuf. Elle vérifia le reste de ses favoris – consacrés à la mythologie, au folklore, aux éphémérides locales ou aux faits insolites. Mais rien non plus de ce côté-là.

Pourquoi s'en étonner, d'ailleurs ? Ses émotions n'étaient pas fonction des variations dans l'éther. Elle n'était pas le microcosme de l'univers, ni la moitié d'aucune autre espèce de chimère pathétique – et revoilà l'anglais du lycée ! Non, c'était strictement personnel. Chaque fois qu'elle explorait la Toile et qu'elle en revenait bredouille, le réconfort qu'elle avait pu y puiser en était entamé : les mêmes sites qui lui suggéraient naguère qu'elle n'était pas seule tendaient aujourd'hui à lui confirmer le contraire. Alors quoi ? Quand on sent que quelque chose cloche mais qu'on ne sait ni comment ni pourquoi, que peut-on faire, au juste ?

Ne pas paniquer. Et c'est tout.

Elle fut tirée de sa torpeur par des frappements répétés.

Clignant des yeux, elle comprit que cela venait de la porte. Évidemment. Elle s'extirpa de sa chaise et se traîna hors de la cuisine, constatant avec désarroi qu'elle avait consacré tout ou partie de sa pause à une idée qu'elle pensait révolue : celle de se supprimer.

Elle découvrit à la porte une Rona radieuse de fraîcheur adolescente.

— Maman ! cria d'en bas une voix fluette.

Carol s'accroupit pour recevoir le câlin de Tyler. Il était très fort en câlins. Elle se redressa avec son fils dans les bras et montra son plus beau sourire à la baby-sitter.

— Merci, Rona, dit-elle, tandis que le garçonnet de quatre ans se tortillait pour jouer avec le verrou de la porte.

Les verrous et les interrupteurs étaient un peu son herbe-aux-chats, peut-être parce qu'ils lui offraient un début d'emprise sur le monde. De contrôle sur le chaos. Pourvu qu'il ne sache jamais combien ces machins peuvent nous rendre cinglés...

— Tyler est une crème, apprécia la baby-sitter.

Son entrain semblait inébranlable. Carol savait que son fils était parfois tout, sauf une crème, mais cela ne transparaissait jamais dans les comptes rendus de Rona.

— Alors à vendredi matin, c'est ça ?

— C'est ça, répondit Carol sans détacher les yeux du verrou que triturait Tyler.

Je n'en ai pas fini avec toi, pensa-t-elle.

— Tout va bien, madame Ransom ?

Carol fixa les yeux sur le visage intrigué de sa jeune voisine.

— Parfaitement bien, répondit-elle avec un grand sourire forcé.

Puis elle referma la porte.

Tout en préparant le goûter de Tyler, elle l'interrogea sur le déroulement de sa journée. L'information devait être extraite à chaud, car il ne fallait pas plus de deux heures pour que les événements vécus au jardin d'enfants perdent tout intérêt, pour que le passé se vide telle une pile usagée. Comme sa mère lui enviait cette faculté...

Il en ressortit que Tyler avait fait « des trucs » et que, oui, ça s'était bien passé.

Ils s'installèrent sur le canapé avec un livre pour enfants – l'un des avantages du métier de bibliothécaire était l'accès à une manne inépuisable d'ouvrages – et après un quart d'heure Carol décompressait. Les enfants avaient ce pouvoir-là : ils étaient tellement eux-mêmes qu'il suffisait parfois de se laisser aspirer dans leur orbite pour oublier un instant son propre univers.

C'est alors que le téléphone sonna.

Mère et fils échangèrent un regard. On les appelait très rarement.

— Le téléphone sonne, nota Tyler.

— Je sais, mon trésor. (Carol se leva, marcha jusqu'à la table et attrapa le combiné.) Allô ?

— Bonjour, ma chère, dit une femme.

Carol la reconnut tout de suite. Il lui fallut un moment pour formuler une réponse, dans un murmure tremblant :

— Comment avez-vous eu ce numéro ?

— Mon petit doigt me l'a soufflé. Allez, il est temps de rentrer. Nous pouvons t'aider.

Carol reposa l'appareil.

— C'était qui ? demanda son fils.

— Personne, chéri.

— Comment ils font pour parler, alors ?

— Des fois, ils y arrivent quand même.

Carol suggéra à Tyler de compter les vaches sur la page, après quoi, elle courut aux toilettes pour vomir.

Ce soir-là, avant de se coucher, elle vérifia le verrou trente-deux fois de suite, bien qu'elle sût qu'il était déjà trop tard. Le « personne » en question avait réussi à forcer l'enceinte. Telle est, en définitive, l'essence de la panique : le bruit du monde qui vous murmure à l'oreille, quand votre vie se retrouve aux mains d'une chose qui n'est pas là.

Comme si ce « personne » lui parlait sans cesse.

Chapitre 5

Nous n'avons pas chômé, au restaurant. Pour éviter que Ted se demande d'où je tenais l'info, je me suis gardé de l'avertir que son pizzaiolo ne viendrait pas. J'ai attendu qu'il me prie d'assurer l'intérim, et je me suis exécuté comme si de rien n'était. Je me suis partagé entre le four, la salle et le bar, pour deux services à moitié pleins. C'était un score inespéré par rapport à cette période de l'année, et cela permit à Ted de se détendre un peu : cette recette providentielle épongerait une partie des dépenses de la journée et calmerait les foudres des méchants dieux du cash-flow.

Je fus le dernier employé à quitter les lieux, en même temps que Ted. Le patron examina une dernière fois la nouvelle porte avant de la verrouiller.

— Bon boulot, dit-il. Il faudra que je pense à te récompenser.

— Mais tu le fais déjà, Ted.

Il m'observa un instant.

— Tu veux que je te dépose ?

— T'inquiète pas pour moi. Je suis attaché à ma promenade.

— T'es vraiment un drôle de zèbre, toi. (Parvenu à son pick-up, il se retourna.) Merci encore, John.

— C'est compris dans le service.

Il secoua la tête et grimpa dans son camion, comme n'importe quel homme pressé de poser les pieds sur la table basse afin de siroter une bière devant la télé, loin de se douter que, pour des raisons dont il ignorait tout, son monde était ce soir un peu plus fragile que la veille. Mais cela relève sans doute de ces choses dont on ne prend conscience qu'après coup, quand le mal est fait.

J'attendis qu'il ait disparu pour prendre l'une des chaises empilées et m'installer sur la terrasse. Je leur laissais une demi-heure, quarante minutes au grand maximum, mais il a suffi de vingt minutes pour qu'un véhicule s'engage sur les gravillons.

Mon cœur s'est serré quand j'ai reconnu la voiture de Becki. J'ai quitté mon siège pour aller l'accueillir. J'avais autant envie de m'attarder ici que de me pendre, mais je ne pouvais m'en prendre qu'à moi-même. À moi et à ma grande bouche. Un geste en entraîne un autre, et les mots aussi sont des actes – une vérité que l'homme en général et ma pomme en particulier ont toujours eu du mal à intégrer.

Kyle était assis à la place du mort. Il releva les yeux puis les détourna sans un mot, ses dix doigts pianotant fébrilement sur ses cuisses.

— Salut, Superdébile. On a passé une bonne journée ?

— Je me suis déjà chargée du sermon, protesta Becki.

— Entendu. Alors, qu'est-ce qu'il a pour moi ?

Elle dévisagea son copain, qui lâcha à mi-voix :

— Rick. Et peut-être Doug.

— Et ces messieurs sont… ?

— Des connards, répondit Becki. On les trouve parfois sur la plage. Ils étaient à la fête, hier soir.

Je revins à Kyle.

— Alors comment ont-ils su où tu planquais ton stock ?

L'apprenti dealer s'agaça.

— Ils étaient au courant, c'est tout. On va pas commencer à…

— Écoute-moi, Kyle. Je vois que tu as compris le message. Mais j'ai besoin de savoir si ces mecs ont découvert ta planque parce qu'ils sont malins et qu'ils savent baiser les types de ton genre, ou si c'est juste toi qui t'es montré un peu trop bavard, ce qui les aura incités à tenter le coup sur le chemin du retour.

Vu le degré d'amateurisme du cambriolage, je pencherais plutôt pour la seconde hypothèse, mais je préférerais en avoir le cœur net.

— C'est moi qui leur ai dit. Disons que ça m'a échappé.

Becki pesta entre ses dents.

— Bien, poursuivis-je. Et tu sais où ils habitent ?

— Ouais.

J'ai ouvert la portière.

— Alors, en route.

Kyle n'était pas content.

— Qu'est-ce que ça peut te foutre, de toute façon ? C'est mon problème, *man*. Becki me l'a assez dit.

— Qui t'a fourgué la coke ?

— Des mecs de Portland.

— C'est pas énorme, dix mille, pour ce type de transaction. Mais ils voudront quand même toucher leur pognon. Il n'y a pas de pertes acceptables pour ces gens-là, Kyle. Ça la fiche mal, de perdre du fric, et pas question pour eux de passer pour des blaireaux. S'ils n'arrivent pas à récupérer ce que tu leur dois, eh bien, ils élargiront leur rayon d'action, avec toi dans le rôle de la mouche coincée au centre de la toile. Ça signifie qu'ils s'en prendront à Becki. Et comme elle non plus n'aura pas ce qu'ils veulent, eh bien, ils s'attaqueront à son père et à son restaurant.

Kyle cligna des yeux.

— Aucun homme n'est une île, Kyle. Tu vois ce que tu as fait, maintenant ?

J'avais conscience de m'acharner sur un homme à terre, mais il fallait que cet épisode lui serve de leçon, sinon, ce serait pire la fois suivante.

— Ouais, murmura-t-il.

— Parfait, dis-je, en montant dans le cabriolet. Allons voir s'il y a moyen de régler cette affaire.

Le pavillon était situé au nord-est de Seaside, ville intercalée entre Marion Beach et Astoria. Il nous a fallu quarante minutes pour l'atteindre. Entre-temps, j'ai demandé à Kyle d'appeler les deux gars, comme si de rien n'était, et de convenir avec eux d'un rendez-vous pour le lendemain. Leur conversation se déroula sans accroc et permit d'établir qu'ils étaient bien à la maison. Je fus également conforté dans l'idée que nous n'étions pas face à des criminels de haute volée mais face à deux trouducs qui se payaient la tête d'un pigeon en lui mentant effrontément. Or, s'il est un genre que je déteste, c'est bien celui-là.

J'ai dit à Becki de se garer cinquante mètres plus loin. Je suis descendu et j'ai ouvert le coffre, à la recherche d'un outil.

— O.K. Kyle, tu viens avec moi.

— Et moi, alors ? s'affola Becki.

— Fais-moi confiance. Je suis sûr que tu te bats très bien, mais, au cas où il faudrait décarrer en quatrième vitesse, je pense que tu es la plus qualifiée pour tenir le volant.

Elle n'insista pas. Kyle descendit de voiture et me fixa d'un air sceptique.

— Et on fait quoi, maintenant ?

— Tu me suis. Et tu m'obéis.

Nous avons remonté la rue par le trottoir opposé. La baraque était suffisamment éclairée pour indiquer une présence, mais pas assez pour une orgie sur lit d'argent frais.

— Reste ici, Kyle.

J'ai traversé la chaussée et fait le tour de la maison, en silence, pour jeter un œil à l'intérieur. Pas grand-chose à noter : de la musique dans l'air, mais trop discrète pour une fête ; une pièce où l'on semblait avoir déversé le contenu d'un dépôt-vente avant de retirer tout ce qui valait plus de cinq dollars ; un séjour avec deux canapés miteux disposés en angle droit face à un vieux téléviseur branché sur MTV ; puis une troisième pièce jonchée de linge sale et de boîtes de soda vides, avec un matelas à même le sol.

Côté jardin, la cuisine, où des ampoules nues suffoquaient sous la fumée de cigarette. Deux jeunes assis autour d'une table, de la musique *emo* sortant d'un iPod relié à des enceintes, quelques bouteilles de vin, de grands sachets de Doritos, et un cendrier rempli de poudre blanche en guise d'accompagnement. Le paradis sur terre, version glandouille. Avec, sur le comptoir latéral, un presse-agrumes industriel tout cabossé.

Je suis revenu sur mes pas et j'ai fait signe à Kyle de sonner à la porte. Après un temps d'hésitation, il a traversé la rue.

Je suis reparti dans le jardin et j'ai attendu le coup de sonnette. Quand celui-ci a retenti, les deux gus se sont regardés puis l'un a quitté la cuisine tandis que l'autre glissait le cendrier plein de drogue dans l'un des sachets de chips.

J'ai tourné la poignée de la porte de derrière, mais elle était verrouillée. T'en répares, t'en démolis… Je l'ai forcée d'un coup de talon.

Le gars resté à la table n'avait pas commencé à se lever que je l'attrapais par les cheveux pour l'enfoncer dans sa chaise, tout en lui laissant voir le démonte-pneu dans mon autre main.

— T'es Rick ou Doug ?

— Putain, mais t'es qui…

— Non ! coupai-je en lui frappant la rotule. (Il jappa comme un chiot.) C'est pas comme ça qu'on joue. Tu veux réessayer ?

— Rick.

— C'est mieux. Où est la came, Rick ?

— Mais c'est quoi, ce plan ? s'exclama une nouvelle voix.

Relevant les yeux, j'avisai Kyle et le deuxième gars – Doug, présumai-je – dans l'encadrement de la porte. Les pupilles de Doug étaient encore plus rétrécies que celles de son pote, et il me regardait comme si j'étais une pub pour la lutte anticancer venue exprès gâcher la teuf.

— Que je t'explique ! lui lançai-je.

C'était lui qui avait eu l'idée de visiter Le Pélican au milieu de la nuit : on reconnaît tout de suite les gros chiens, même quand ce sont tous des nains.

— C'est moi qui ai fourni la dope à votre copain Kyle, déclarai-je.

— Merde ! s'exclama Doug.

— Comme tu dis.

Je poussai Rick sur le côté, en veillant à ce qu'il reste collé à sa chaise et mange le carrelage.

— Merde…, répéta Doug en clignant des yeux.

Aussi bête et stone fût-il, il lui restait assez de jugeote pour comprendre que la soirée prenait une très mauvaise tournure.

Après une courte pause, j'ai fendu l'air avec le démonte-pneu, pulvérisant une ampoule aux quatre coins de la pièce.

Kyle et Doug eurent un mouvement de recul et se couvrirent la tête, pendant que Rick se débattait avec sa chaise pour atterrir sur ses jambes.

J'ai posé un pied sur sa poitrine ; il s'est recouché sans demander son reste.

— Dites-moi qu'elle est encore ici. Sauf la part que vous avez déjà sniffée, bien sûr.

Doug hocha fiévreusement la tête. Je ne l'avais pas encore frappé, et ce privilège lui était cher. Il irait loin pour le préserver.

— J'attends.

Il n'hésita pas longtemps. Courut jusqu'au frigo, plongea la main dans le bac à légumes, en sortit un sac en papier brun et me le jeta comme une patate chaude.

Je vérifiai que la came y était avant de lancer le paquet à Kyle. Puis je fis un pas vers Doug et le fixai dans le blanc des yeux.

— Tu sais que t'as vraiment du cul, toi ?

Il opina comme un dément.

— J'espère bien, Doug. Parce que, en temps normal, ça ne se serait pas du tout passé comme ça. Kyle raconte que vous êtes des mecs corrects, malgré les apparences, alors j'espère que vous n'allez pas vous réveiller demain matin avec l'envie de lui faire payer votre déballonnage de ce soir.

— Aucun risque, jura Doug.

— Bien. Parce que, sinon, je viens mettre le feu, pigé ? Et je ne parle pas de cette décharge où vous créchez.

— Sérieux, mec. Reçu cinq sur cinq.

J'ai fait un signe de tête à Kyle et on est ressortis.

À mi-chemin de la voiture, je lui ai touché le bras. Il a pivoté avec crainte. On lui aurait donné douze ans.

— Je n'ai pas besoin de t'expliquer les choses sur le même ton, si ?

Il a secoué la tête.

— Alors débarrasse-toi vite de cette merde. Rembourse les gens qui t'ont fourni, puis ceux qui t'ont prêté les sous. Et ne recommence jamais. Tu n'es pas fait pour cette vie-là, Kyle. Contrarie un gus placé un poil de cul plus haut que toi, et tu finiras en légume ou en cadavre. Je ne dis pas ça pour te manquer de respect, mais juste pour te faire profiter de mon expérience.

Il hochait la tête en continu, les mâchoires contractées.

— O.K., répondit-il.

— Voilà comment ça marche, dans ce milieu. Au sommet de la pyramide, tu as les gars qui produisent la dope et approvisionnent les grossistes : les ombres qui empochent les vrais bénefs et ne se font jamais pincer. Puis tu as le niveau en dessous, les types à qui tu as acheté ton stock. Eux aussi s'en mettent plein les fouilles, jusqu'à ce qu'ils tombent ou se fassent buter par la nouvelle génération. Et enfin, tout en bas, il y a le gars que tu essaies de devenir, le petit soldat des rues. Qui se fait un peu de blé au début mais qui finit toujours junkie, ou taulard, ou mort, et dont les gars d'en haut n'ont absolument rien à branler. (Je lui ai pincé le menton pour m'assurer de son entière attention.) C'est ça, ta vocation, Kyle ? Être le chien-chien d'une ordure qui se prélasse en ce moment même sur un yacht plus gros que toutes les bicoques que tu pourras jamais t'offrir ?

Il secoua la tête du mieux qu'il pouvait.

— Non.

— Parfait. (J'ai lâché son visage pour lui tapoter l'épaule.) L'incident est clos. Rentrons à la maison.

À la vue du sac en papier, Becki s'est affaissée dans son siège, aussi soulagée qu'incrédule.

— Mais comment… ? Est-ce que ça… ?

— Tout est réglé, Becki. Ton chéri a été parfait.

Malgré le succès de l'opération, je n'avais pas vraiment la conscience tranquille. J'ai regardé la ville qui défilait, puis le fleuve que nous enjambions vers le sud, et pour finir les dunes précédant la mer sombre.

Becki se rangea devant chez moi avec infiniment plus de douceur que la veille.

— Merci, me dit-elle avec gratitude. Merci, et à demain.

Parvenu au bout de mon allée, je me suis retourné. La voiture n'avait pas bougé. Becki et Kyle se tenaient enlacés, leurs fronts pressés l'un contre l'autre, sa main à elle sur sa nuque à lui. Rien ne peut battre ça. Rien au monde.

Je me sentais las et coupable. Je suis rentré dans le bungalow en songeant que j'aurais pu parcourir un millier de kilomètres dans n'importe quelle direction sans avoir la moindre raison de me retourner.

La douche m'a remis un peu de baume au cœur. Je me suis ensuite installé sur le balcon avec un Coca et une clope. J'avais aussi envie d'une bière, mais je sais déjouer ce piège.

Pas de quoi fouetter un chat, avais-je décrété, tandis que l'eau chaude courait sur mon crâne. Ne rien faire aurait mis en péril des personnes auxquelles je tenais, et n'était-ce pas là une justification aussi valable qu'une autre ? D'ailleurs, n'avais-je pas passé la soirée précédente, seul face à la mer, à regretter de m'être peu à peu coupé du monde ?

Je secouai la tête pour rompre le fil de ces pensées. Je connais les bienfaits d'une bonne nuit de sommeil : parfois, ce qui paraît insurmontable et destructeur à 1 heure du matin n'est plus qu'un mauvais rêve quand on a placé sept heures d'inconscience entre soi-même et ses soucis. Demain n'est pas seulement un autre jour, mais un jour vécu par un autre. Et, chaque fois que l'on s'endort, on lui dit au revoir. Amen.

J'ai rempli un verre d'eau avant de prendre le chemin du lit. En passant devant l'ordinateur, je me suis dit qu'interroger ses mails était une bonne façon de conclure la journée.

Je n'avais reçu que des spams. Puis, alors que je me relevais de ma chaise, arriva un message tout frais.

Sujet : !! INTERROMPUE !!

Je me suis maudit d'avoir rouvert l'ordi. Maintenant, j'étais obligé de lire. Debout, j'ai cliqué sur l'enveloppe.

Je vous en prie, contactez-moi.
Je sais ce qui est arrivé à votre fils.

Chapitre 6

Après un court sommeil, j'ai vu le soleil se lever.

Suite à la réception du mail, j'avais fait les cent pas une heure durant entre l'ordinateur et le balcon. Spontanément, j'avais envie de supprimer ce message, de vider la corbeille et d'oublier l'incident. Mais je ne pouvais l'effacer aussi facilement. Première question : comment cette personne s'était-elle procuré mon adresse – celle-ci, tout au moins, puisque j'en possédais plusieurs ? Il y avait mon adresse principale, sur laquelle je ne recevais que d'occasionnelles missives de mon ex-femme. Puis mon compte Gmail, destiné à un usage bien précis et que je n'avais pas interrogé une seule fois en trois ans, mais qui a priori existait encore. Et enfin une adresse professionnelle, survivance de certaines activités passées. Celle-ci hibernait depuis un bon bout de temps, mais à l'évidence elle était toujours valide.

C'est à cette dernière que le mail était parvenu. Autrement dit, l'expéditeur savait où j'avais bossé jadis – expéditeur qui était soi-disant une expéditrice, mais sur la Toile ce genre d'affirmation n'a strictement aucune valeur. Aucune allusion n'était faite à quelque rencontre antérieure, et le nom affiché ne m'évoquait rien du tout. En entrant celui-ci dans un moteur de recherche, je n'obtins que des individus lambda sur des blogs personnels, des organigrammes d'entreprises, des listes de bibliophiles ou dans des troupes de scoutes, ainsi qu'une poignée sur des sites de généalogie.

Au bout du compte, j'ai fait la seule chose qui me venait à l'esprit. J'ai cliqué sur « répondre » et j'ai tapé :

Qui êtes-vous ?

J'ai contemplé ces trois mots pendant un long moment. Je n'entendais même plus le bruit des vagues, ne percevais que les contractions noueuses dans mon ventre. Fallait-il envoyer ce message ? Il était encore temps de faire le mort, de ne plus vérifier mon courrier et de m'en tenir à ma nouvelle vie.

J'ai finalement cliqué sur « envoyer » avant de regagner la terrasse.

J'ai bu verre d'eau sur verre d'eau, en retournant tous les quarts d'heure interroger ma boîte. Je savais que j'avais peu de chances de recevoir une réponse dans la nuit, si réponse il devait y avoir. Mais, malgré leur spécificité, on voudrait toujours que les échanges par mail perpétuent les promesses des modes de communication plus anciens. Si je dis quelque chose, pense-t-on, l'autre me répondra sur-le-champ.

Ce qu'il (ou elle) n'a pas fait.

À 3 heures du matin j'ai verrouillé les portes et éteint l'ordinateur. En me déshabillant, je me suis rendu compte que les nuits fraîchissaient, autrement dit, que l'automne était là, malgré la chaleur des journées.

Je me suis glissé dans un lit qui paraissait immense et j'ai écouté le sang palpiter dans mes tympans, en tâchant de taire mes souvenirs, jusqu'à ne plus être moi-même.

Pas plus de réponse à l'aube, ni à la mi-journée, ni à 16 h 30 lorsque j'ai enfilé ma tenue de travail pour rallier Le Pélican. Il avait beaucoup plu durant la nuit, et j'avais effectué ma promenade du matin sur un sable terne, grêlé et jonché d'algues. Le ciel allait sans nul doute remettre ça cette nuit : d'ici à deux heures, il pleuvrait avec la constance grise qui fait la réputation de l'Oregon, ce qui se traduirait par une nuit calme au restaurant. Mais c'eût été le cas de toute façon, et Ted n'allait pas tarder à fermer le dimanche. La saison était terminée.

Je profitai de cette séance de marche pour me raisonner. Ce maudit mail n'était sans doute que l'œuvre d'un ou d'une cinglée opportuniste fonctionnant en cycle lent. Si sa démarche était un tant soit peu sérieuse, il ou elle m'aurait recontacté sans délai. Quand on poste un tel message avec des intentions sincères, on guette la réponse pour renchérir au plus vite. Une fois le poisson ferré, on ne lui laisse pas le temps de se débattre.

La thèse d'une sinistre plaisanterie semblait donc la plus sensée, et j'eus beau rejouer la séquence dans ma tête pendant une dizaine de minutes, je parvins chaque fois à la même conclusion. J'allais donc essayer de m'y tenir et de tourner la page.

On peut drôlement gamberger sur trois kilomètres. Une telle distance permet aussi de s'apercevoir qu'on n'est pas dans son meilleur jour. Arrivé parmi les premiers, j'ai mis mes soucis de côté en aidant à tout installer. Un peu plus tard, alors qu'il sortait faire une pause, Eduardo m'a aperçu par la fenêtre et m'a montré son paquet de Marlboro. Je l'ai rejoint derrière le bâtiment pour fumer avec lui et deux autres cuistots, ce qui fut sympathique et néanmoins bizarre après ces longs mois passés à s'ignorer mutuellement. Eduardo était le seul des trois à maîtriser l'anglais, et je suis nul en espagnol. L'expérience se résuma donc à fumer en groupe dans une atmosphère de bonne volonté mutique.

En retournant à l'intérieur, j'eus la surprise – mais ce n'en était pas vraiment une – de voir le cabriolet de Becki s'engager sur le parking. Kyle en émergea avec près de trois quarts d'heure d'avance. Je l'ai regardé entrer dans le restaurant, puis mon regard s'est porté sur Becki, assise derrière le volant.

Son sourire m'indiqua que tout allait bien. Et que ma carrière de pizzaiolo venait probablement d'avorter, en tout cas, jusqu'à nouvel ordre.

L'affluence fut honorable pour le premier service, mais ensuite la cadence chuta, jusqu'à ce qu'il ne reste plus qu'une famille au milieu de la salle, attablée dans un silence si mortifère qu'il semblait achever jusqu'à la musique de fond. Ted renvoya Mazy chez elle au bout d'une heure, et le restant de l'équipe erra tel un essaim de voiliers sur une mer d'huile : les mains dans le dos, s'établissant l'un après l'autre en divers coins du restaurant, à regarder le ciel s'alourdir dans des tons violets.

— Ça va péter, lança quelqu'un. Genre « boum » !

C'était Kyle, debout derrière moi. Le jeune homme avait visiblement des idées météorologiques très arrêtées. Nous avons contemplé les nuages pendant un moment.

— Ça va, toi ? ai-je enfin demandé.

Il a hoché la tête. Ce n'était peut-être que mon imagination, mais il paraissait un peu plus âgé que la veille, et un brin tendu. Il balaya la salle du regard puis ajouta, un ton en dessous :

— Je suis en train de régler tu sais quoi. J'ai bien pigé ce que tu m'as dit. Surtout que Becki en a rajouté une louche… (Il baissa les yeux.) Merci, au fait. Je te l'ai pas dit hier soir, mais j'aurais dû.

— Après la sale journée que t'avais eue, tu ne pouvais pas penser à tout.

Le silence est revenu, mais je sentais qu'il n'en avait pas terminé. Il a fini par cracher le morceau.

— Alors dis-moi, où t'as appris à faire… ce genre de truc ?

— Mais je n'ai rien fait, Kyle. J'ai juste parlé à deux mecs.

— Parce que t'appelles ça « parler », toi ?

— C'est tout ce dont je me souviens.

— Mais tu savais même pas de quoi les keums étaient capables ! T'es entré là-dedans et t'as foutu le bronx !

— Tu me les avais décrits.

— Mais j'aurais pu me planter. Les sous-estimer. Ça arrive, non ?

— Tout s'est bien terminé, Kyle.

— Ouais mais…

— Que pense Becki de cette histoire ?

— Elle pense que tu nous as sauvé la mise, et qu'on devrait en rester là et faire comme s'il ne s'était jamais rien passé.

— Il y a pire conseillère que Becki, tu sais. Sur ce sujet comme sur beaucoup d'autres. C'est une chouette fille. Tu as de la chance de l'avoir.

— Ouais, ouais, je sais.

— Avoir de la chance peut être parfois très chiant, c'est sûr. Mais bon, faut faire avec.

Il réfléchit sur ces paroles, sourit et se retira vers son four. Une demi-heure plus tard, un couple de joyeux Anglais se faisait refouler par Ted au motif qu'ils étaient ivres morts, et cet épisode signa peu ou prou la fin de la soirée. Nous avons fermé tôt, peu après 21 heures.

J'ai partagé un joint avec Kyle en terrasse pendant qu'il attendait Becki, puis j'ai repris le chemin de la maison.

J'ai atteint le bungalow quelques instants avant que toutes les eaux de la création se déversent du ciel. J'ai déroulé le store du balcon et me suis installé avec une bière et une cigarette pour admirer le spectacle. Les planches et la toile encaissaient les gouttes comme autant de balles de petit calibre.

Ma bière vidée, je suis rentré. En allumant l'ordinateur, j'ai pensé que j'allais peut-être, une fois n'est pas coutume, me réjouir de ne recevoir que des messages d'arnaqueurs et de vendeurs de pilules, accompagnés de virus à retardement lâchés sur le monde par des gosses frustrés de ne pas savoir nouer de vrais contacts humains, c'est-à-dire obtenir un baiser d'une fille en chair et en os.

J'ai combiné deux touches et j'ai patienté.

Elles étaient bien là, ces ombres électroniques du vide avec leurs offres et demandes creuses.

Mais il y avait davantage.

Chapitre 7

Le texte était bref :

Si je ne décroche pas, merci de me laisser un message. Il faut qu'on parle.

Ellen Robertson

Suivait un numéro de téléphone, que je fixai tel un écriteau DANGER sur une porte. Quand vous envoyez un mail, vous savez que, sauf plantage de serveur, filtres antispams trop zélés ou autres impondérables, le destinataire le recevra sous peu. Dans un futur plus ou moins proche, il le lira puis, éventuellement, y répondra. Le temps et la chance jouent ainsi un rôle dans l'affaire. Mais, avec le téléphone, c'est différent. En composant un numéro, vous risquez fort de tomber directement sur la personne et de converser en temps réel.

Ce mail était parti à 19 h 12. L'horloge de mon ordi affichait 22 h 24. Pouvais-je appeler aussi tard ? Après tout, quelle importance ? Si cette personne tenait à jeter une grenade dans ma vie, allais-je, en plus, la laisser dicter les termes de ma réponse ? Les minutes passèrent à 25, puis à 26. Plus j'hésitais, plus l'heure tournait. Alors j'ai empoigné mon téléphone et je me suis jeté à l'eau.

Cinq ou six sonneries, puis on décrocha.

— Allô ? fit une voix féminine.

— John Henderson à l'appareil.

Trois secondes de silence, peut-être quatre.

— Je vous rappelle, marmonna la femme.

Et elle raccrocha.

J'ai attrapé mes cigarettes et suis sorti sur le balcon. Incapable de m'asseoir, j'ai observé la pluie debout. Et attendu, attendu…

Je ne fume plus à l'intérieur, ni ne bois jamais sous un toit. C'est le moyen que j'ai trouvé pour enrayer mes compulsions. J'ai eu le temps d'enchaîner deux cigarettes avant que le portable sonne dans ma main.

— Oui, dis-je, en me retranchant dans la maison, loin du bruit de la tempête.

— Je n'ai que deux minutes, annonça la nana.

J'entendais un froissement régulier, comme celui d'un manteau.

— Qui êtes-vous ?

— Je m'appelle Ellen Robertson.

— Merci, j'avais compris. Mais…

— J'ai besoin de votre aide.

— Comment ça ?

Une pause.

— J'ai peur, confia-t-elle.

— Peur de quoi ?

— Je sens qu'il va m'arriver la même chose.

— Écoutez, j'ignore ce que vous croyez savoir à propos de…

— Je vis près de Black Ridge, poursuivit-elle, comme si je n'avais rien dit. À trente kilomètres de là où vous habitiez avant.

Sur le coup, cette remarque m'a désarçonné, puis je me suis rappelé que l'histoire avait été relatée par la presse locale. Consultable en bibliothèque, et à coup sûr sur Internet.

— Et donc ?

Les froufrous de manteau reprirent, un peu plus rapides. Cela dura une vingtaine de secondes, après quoi la correspondante ramena l'appareil devant sa bouche. Elle avait le souffle court.

— Je dois vous laisser, dit-elle.

Sa voix n'était plus la même : inquiète, nerveuse, ou pire.

— Je suis désolée, mais…

— Écoutez, fis-je sur un ton que je n'avais pas employé depuis un bail, sauf peut-être la veille avec Kyle. Je ne sais absolument pas qui vous êtes, et ce que vous me racontez là n'a aucun sens.

— C'est moi qui ai besoin d'aide, répliqua-t-elle avec une fermeté inattendue, quasi hystérique. Vous êtes le seul qui puissiez me croire, mais là je m'aperçois que non, même pas vous. Je pensais que vous saviez peut-être, mais à l'évidence ce n'est pas le cas, et je ne peux plus envoyer de mails parce que maintenant il surveille le Wi-Fi. Si je vous explique tout par téléphone, vous allez me prendre pour une folle et…

Elle s'interrompit. Suivirent deux secondes de blanc, puis elle escamota un « au revoir » et m'abandonna au silence assourdissant d'une ligne coupée.

Le réflexe normal eût été de rappeler, mais cet « au revoir » avait sonné de manière évanescente, comme si le téléphone replongeait déjà vers une poche. Je pouvais toujours considérer cette femme comme une cinglée décidée à profiter de moi d'une manière qu'il me restait à déterminer, sauf que je sais reconnaître la voix d'une personne terrifiée. À la fin de notre échange, mon interlocutrice présentait tous les symptômes de la terreur. Bref, ce n'était pas le moment de faire couiner un bidule dans sa veste.

Un mail ne semblait toutefois guère plus indiqué. L'idée qu'un certain « il » – sûrement son mari – puisse intercepter ses messages semblait un brin paranoïaque (c'est moins facile à faire qu'on ne le pense), il n'empêche que le mail est un acte irréversible. Quand vous tombez sur la mauvaise personne au téléphone, vous pouvez toujours feindre le faux numéro ou raccrocher dare-dare en croisant les doigts pour ne pas être démasqué par un identificateur d'appel. Mais quand un mail part, il part. Vos propos sont comme tagués au mur, à la peinture indélébile.

— Merde ! ai-je gueulé.

La maison n'avait rien entendu d'aussi bruyant depuis que je vivais entre ces murs. Lorsque j'ai compris que je criais, ce juron n'était déjà plus qu'un écho. Je n'aimais pas que mon corps s'autorise de tels éclats.

J'ai fourré le téléphone dans mon jean et traversé la terrasse pour descendre dans les dunes. Il pleuvait toujours, mais je n'avais pas d'autre endroit où aller, ni autre chose à faire.

Le lendemain matin, à 8 heures, j'ai tenté de joindre le restaurant, sans succès. Quand j'ai réessayé une demi-heure plus tard, quelqu'un a fini par décrocher.

— Pélican, énonça une voix inconnue.

— C'est qui ?

— Eduardo, dit le cuistot avec méfiance. (Parler au client ne faisait pas partie de ses attributions.) Et vous êtes... ?

— C'est John. J'aurais besoin que tu me trouves un truc dans l'ordinateur.

— Je sais pas, John. Ted serait pas très content si j'y touchais.

— Il n'y a aucune raison qu'il l'apprenne.

— Mais je connais rien aux ordinateurs...

Je m'efforçai de rester zen.

— C'est trois fois rien, Eduardo. Je te guiderai pas à pas. J'ai juste besoin d'un numéro de téléphone.

— Quel numéro ?

— Celui de Becki.

— Ah ! facile, dit-il en retrouvant son entrain. Elle l'a noté sur une feuille après le cambriolage. Avec ceux de tout le monde. Pas de problème.

— Super, répondis-je, heureux d'avoir abrégé son calvaire. Tant qu'on y est, je veux bien celui de Ted aussi.

Il me dicta laborieusement les deux numéros. L'ayant remercié, je m'apprêtais à raccrocher quand il demanda :

— Tout va bien ?

— Tout va bien, Eduardo.

J'ai d'abord contacté Becki. Je ne m'attendais pas qu'elle soit levée ni qu'elle ait l'esprit alerte de si bonne heure. Elle m'écouta sans broncher et accepta immédiatement les deux faveurs que je lui demandais.

Puis j'ai appelé Ted.

— Ne me dis pas qu'ils ont recommencé ! s'écria-t-il d'emblée.

— Le restaurant va très bien, rassure-toi.

Je lui annonçai que je m'absentais un jour ou deux et que Becki acceptait de me remplacer en salle si les réservations l'exigeaient – ce qui était, en fait, peu probable.

— Et je peux te demander pourquoi ? s'enquit le patron.

— Un problème familial.

— Ah bon ? Je savais même pas que t'en avais une. De famille, je veux dire.

— Eh bien si. J'en av… J'en ai une.

— Et je peux faire quelque chose pour t'aider ?

— C'est sympa, Ted, mais, non, il n'y a rien que tu puisses faire.

— Bon. Au cas où, n'hésite pas.

J'appréciais sa gentillesse, mais j'étais pressé de raccrocher.

— Promis, Ted. Ce n'est rien de très méchant. C'est juste que ça urge.

— Aucun problème.

Une demi-heure plus tard, j'avais rempli un petit sac de voyage et fermé le bungalow. Puis Becki est arrivée pour me conduire à Portland.

J'ai embarqué dans l'avion de 12 h 40, en classe affaires, car il ne restait plus que ça. J'ai passé l'essentiel du vol à scruter le dossier du siège de devant, en essayant de me concentrer sur ces grandes retrouvailles avec le ciel. J'avais souvent pris l'avion dans ma vie. Pour le travail, et avant cela pour d'autres motifs, dans d'autres circonstances et à bord d'appareils où l'on n'offrait pas de boissons chaudes.

Assis dans ce vol pour Yakima, j'ai calculé que je n'avais pas pris les airs depuis trois ans.

Mais c'est comme le vélo, ça ne s'oublie pas. Mes mains ont bouclé ma ceinture de leur propre initiative ; j'ai consciencieusement parcouru le dépliant « Imaginons qu'un crash ne nous réduise pas tous en boule de feu hurlante », et j'ai accepté un café avec toute l'indifférence blasée du *frequent flyer*.

La distance entre alors et maintenant est toujours bien plus courte qu'on ne le croit. Le temps que l'appareil atteigne sa vitesse de croisière, le passé m'avait repris dans ses bras rigides pour me raconter sa vieille histoire.

Celle qui disait que j'avais eu un fils, et qu'il était mort.

Chapitre 8

Par la vitre du café, Kristina regarda sa mère repartir à pied vers sa tanière. Elle gonfla les poumons puis expira tout doucement.

Les gosses, encore et toujours…

C'était quand même fabuleux, la façon dont maman ramenait sans arrêt cette question sur le tapis – fabuleux dans le sens restreint d'« incroyablement pénible ». À croire qu'elle n'avait aucun autre sujet de discussion en rayon. Elle ne faisait jamais allusion au fait que sa fille n'avait ni mari ni petit copain. Mais alors pas de gosse ! Une véritable affaire d'État ! Comme si elle-même avait été une mère parfaite, un modèle de ménagère couches-et-biberons, et qu'elle avait simplement hâte de voir le génie maternel donner de nouveaux fruits. Comme si les hommes n'étaient au mieux qu'une distraction, que seule importait l'interminable lignée de femmes – car, voyons les choses en face, c'était une petite-fille qu'elle voulait.

Comme si son peu regretté mari n'avait jamais su se faire aimer de leur fille.

Comme si elle ne se doutait vraiment pas que Kristina aurait parfois tant aimé la voir morte.

Elle commanda un deuxième café. Tant qu'à faire… Elle ne commençait son travail qu'à 17 heures, alors pourquoi ne pas savourer le riche spectacle d'un après-midi à Black Ridge en reprenant de cette boisson chaude issue du commerce équitable et bonne envers toutes les créatures de Dieu ?

Quelques minutes plus tard, une voiture passa lentement, ses pneus chuintant sur la chaussée mouillée. Puis une autre voiture passa en sens inverse. De quoi faire la une du JT.

Encore cinq minutes, et une nana qu'elle avait connue à l'école traversa la rue en diagonale et en roulant des fesses, direction le salon de coiffure. À première vue, celle-ci avait réussi à décrocher le statut de mère, et à six ou sept reprises. Ou alors elle avait un sérieux problème de grignotage.

Kristina songea soudain qu'elle aussi devrait/pourrait/aimerait se faire couper les cheveux. Elle sortit son téléphone de son sac et prit rendez-vous pour le surlendemain. L'appareil rangé, elle ramena son regard sur la rue. De nouvelles minutes défilèrent, comme si on leur avait soufflé que ça ne valait pas le coup de s'arrêter.

Le plus agaçant, c'est qu'elle ne savait même pas pourquoi elle était revenue, et au fond cela expliquait peut-être pourquoi les discussions avec sa daronne finissaient si souvent en eau de boudin. Elle savait que sa mère considérait son retour comme une victoire morale, et Kristina aurait aimé lui montrer que cette décision n'était nullement un signe de paresse ou de faiblesse. Elle refusait d'y voir la main de la fatalité.

Refusait de se dire que sa mère avait gagné.

En même temps, pourquoi revenir sur son lieu de naissance, qui était aussi celui de ses parents, de ses grands-parents et de ses arrière-grands-parents, après dix longues années d'absence ? Pour les amis ? Aucun risque : ils avaient tous déménagé, soit géographiquement, soit dans les replis douillets de la parentalité. Pour papa ? Il était mort. Pour la Très Chère Mère en question, alors ? Inutile : il y a bien assez de place sur une carte de vœux pour rappeler sa progéniture à ses supposés devoirs et/ou lui prendre la tête sur la seule chose qui compte dans la vie : faire des gosses.

Elle avait quitté la ville moins d'une semaine après ses dix-huit ans. *Salut, merci pour pas grand-chose, j'ai eu ma dose.* Elle avait travaillé, payé des impôts et réglé des loyers dans cinq États américains et trois pays étrangers, dont la Thaïlande où elle passa six mois délirants dans le rôle de la grande perche qui tient le bar : payez-lui le coup si vous voulez, mais soyez gentil de comprendre que ça n'ira jamais plus loin. Elle avait vécu des choses intéressantes, des moments marrants, et beaucoup de journées oubliables ou partiellement oubliées – y compris parmi les mémorables et les ébouriffantes. Elle aurait pu continuer comme ça, ou bien persévérer. S'enterrer dans le Vermont, à Chicago ou à Barcelone, se construire une existence ou bien s'investir dans l'une de celles qu'elle avait testées, plutôt que de fuir en laissant des petits mots dans les cuisines d'amants transis.

Et pourtant la revoilà sur sa terre d'origine, rentrée de son propre chef et ne pouvant blâmer qu'elle-même. Cela faisait – mon Dieu, déjà ? – presque neuf mois qu'elle moisissait dans ce trou.

Elle n'avait aucune envie d'être ici !

Et pourtant – ces mots lui faisaient maintenant l'effet d'un clou planté dans son cerveau, frappé sans répit par un marteau qu'elle tiendrait de sa propre main –, et pourtant… la revoilà.

Elle se laissa resservir par l'employée, une jeune fille qui, malgré un anneau dans le nez et des cheveux turquoise, avait un physique si bovin qu'on aurait voulu la brûler vive – indépendamment du fait qu'on la sentait bouillir d'aigreur face à la minceur de son unique cliente. (Tu veux un scoop, chérie ? Tes hanches sont ce qui arrive quand on ne se nourrit que de cake et de fromage.) Kristina se demanda brièvement d'où cette ado tenait sa fibre rebelle. Du petit copain d'il y a deux ans, qui lui aurait chaviré le cœur et mis la tête à l'envers avant de passer son chemin ? De l'oncle qui était vachement plus cool que papa et maman, même s'il passait son temps à leur taper du fric ? Ou bien des parents eux-mêmes, qui auraient trimballé leur bébé par monts et par vaux, calé sur la hanche dodue de maman, de festival en manif et de manif en festival. Non que Kristina s'estimât tellement différente : on croit être soi-même jusqu'au jour où l'on se découvre en test bêta pour devenir Maman 2.0, le pire étant qu'il n'y a même pas de récompense prévue pour celles qui empruntent la voie longue, tant le phénomène est banal.

Tenait-elle là son explication ? Était-elle revenue en ville parce qu'elle savait que garder ses distances ne changerait rien ? Que ces montagnes, ces arbres, le tracé brouillon de ces rues, tout cela ferait à jamais partie d'elle-même, en tant que lieu des origines ?

Non, elle ne le croyait pas. Et pourtant…

Merde, à la fin !

Elle se leva à temps pour ne pas terminer sa phrase. Elle laissa un gros pourboire afin d'embrouiller la hippie, puis elle quitta le café.

Il faisait froid dehors. L'hiver frappait au carreau et Kristina savait qu'elle ne serait jamais prête à remettre les voiles avant Noël. D'un autre côté, elle avait toujours aimé les fins d'année dans la région : le terrain était conçu pour, tant que l'on appréciait la neige et la compagnie un rien oppressante des arbres – argument qui pourrait éventuellement lui servir d'excuse. En fin de compte, elle allait peut-être prouver que l'on peut rentrer chez soi puis repartir pour de bon. Elle l'espérait très fort.

Les piétons allaient et venaient sur le trottoir. Certains la saluaient d'un signe de tête mais la plupart l'ignoraient. Elle remontait lentement la rue, cherchant un moyen de s'occuper avant de pointer au boulot. C'était un peu comme si elle s'était assoupie après dix ans de veille intense – à moins que ce ne soit le contraire. Il n'y avait rien pour elle ici. Rien qui lui fasse envie, en tout cas.

Et pourtant elle était à nouveau là.

Chapitre 9

Nous avons atterri à 15 heures et des poussières. J'ai roulé pendant une heure jusqu'aux contreforts des Cascades puis quitté la 90 par le nord pour cinquante kilomètres de forêt jusqu'aux abords de Black Ridge. La première fois, cette ville peut donner l'impression de ne posséder que des abords : même quand on arrive dûment renseigné sur ses principaux attraits, un instant d'inattention, et le centre se trouve déjà dans notre dos.

Perchée à mille mètres d'altitude, Black Ridge aligne des pavillons en bois sur de modestes terrains qui laissent voir d'une rue à l'autre. Elle s'étire sur vingt pâtés de maisons irréguliers dans un sens et onze dans l'autre, avant d'être reprise par la forêt qui grimpe jusqu'aux deux principaux lacs des environs, Cle Elum et Kachess. Il y a des carrefours tirés au cordeau où s'alignent des quincailliers ou des cavistes, une poignée de restaurants qui ne s'encombrent pas de filets de pêche ni ne se piquent de gastronomie, ainsi que deux loueurs automobiles – sans doute pour aider les gens à fuir. Dans la partie la plus ancienne – un tronçon de quatre-vingts mètres à l'extrémité ouest de la ville –, une brève enfilade de façades en rondins abrite un antiquaire/brocanteur, un bouquiniste/cafetier, un grill, une pizzeria, deux bars, et c'est à peu près tout.

Le temps de monter jusqu'ici, j'avais peaufiné mon plan. Étape numéro un : trouver un motel. J'ai dépassé un Super 7 et deux bed & breakfast défraîchis avant de me retrouver nez à nez avec un établissement familier. Je savais depuis le début qu'il serait là – j'y avais séjourné près d'un mois –, mais cela faisait quand même drôle de le voir toujours en activité, inchangé depuis l'époque où rien n'était pareil. Je n'ai pas souhaité m'y arrêter. À la place, j'ai déniché au nord-ouest de la ville un certain Marie's Resort, motel de plain-pied à l'ancienne dont trois des douze chambres n'avaient pas de voiture devant leur porte. Ce bâtiment de couleur rouille était comme encastré dans la forêt. Je me rappelais vaguement sa façade, et je me suis dit que ça ferait l'affaire.

Petite femme râblée au visage revêche, ladite Marie – si c'était bien elle – semblait avoir connu tout ce que l'existence peut vous offrir dans ces contrées mais n'en avoir retenu que le plaisir de brailler. Elle avait un teint de vieux lait, et les cheveux blond-roux empilés sur son crâne semblaient avoir reçu leur dernier shampoing dans une vie antérieure. Sauf pour m'indiquer le tarif et savoir la durée de mon séjour, elle se tint sur son quant-à-soi du début à la fin de la transaction. Je lui ai dit que je comptais rester une nuit, peut-être deux. D'une pièce reculée nous parvenait le son de l'émission *Cops*, et la bonne femme se retournait sans cesse vers le téléviseur, s'attendant peut-être à reconnaître un proche parmi la faune de prévenus qui protestaient mollement de leur innocence. Elle ne me regarda en face qu'au moment de me remettre la clef.

— Je vous connais ? demanda-t-elle alors en fronçant les sourcils.

— Non, non. Je ne fais que passer.

J'ai déplacé ma voiture jusqu'à la porte 9 et suis entré avec mon sac. La pièce était froide. Un lit deux places, un fauteuil en déshérence, une petite table d'appoint et une télé préhistorique, sur une moquette qui, à en juger par sa texture, semblait, pour tout lavage, avoir été frottée à la savonnette. Je n'ai pas pris la peine d'inspecter la salle de bains, accessible par un étroit couloir au fond de la chambre, puisque cela n'aurait sans doute servi qu'à me déprimer. Hormis une liste d'interdits grossièrement encadrée au mur, cette piaule offrait peu de distractions et n'incitait guère à s'y cloîtrer. J'ai sorti mon téléphone et composé le numéro que l'on m'avait transmis la veille par mail. Il y eut six sonneries, puis ce fut le répondeur.

— Bonjour, madame Robertson, fis-je avec un entrain factice. Ici John, de la librairie Henderson. Juste pour vous dire que votre commande vient d'arriver. Elle vous attend à la boutique. Bonne journée et à bientôt.

Je me sentais stupide. Stupide d'user de subterfuges dignes du club des Cinq pour laisser un message codé sur le mobile d'une femme. Stupide d'être venu à Black Ridge. Stupide d'être tout court.

J'ai quitté le motel. Quand on ne sait pas où l'on est censé se trouver, bouger reste encore la meilleure des politiques.

J'ai passé l'heure suivante à arpenter la ville. On voyait qu'il avait beaucoup plu dans la matinée, et d'ici peu les gens commenceraient à guetter les premières neiges. Je n'avais jamais considéré Black Ridge comme un chouette lieu de sortie. Je la connaissais mal et elle n'aurait pas levé le petit doigt pour que je m'y sente à l'aise. Des pick-up remontaient lentement des artères mouillées. Des gens regagnaient leurs pénates ou s'absentaient de chez eux. De jeunes garçons se tenaient avachis sur le trottoir, comme si l'espace en trois dimensions était un truc méga-casse-couilles. Les rares pancartes À VENDRE plantées dans les jardins semblaient là depuis un bout de temps, et les fermetures d'entreprises, plus nombreuses que les créations. Vu de l'extérieur, Black Ridge faisait l'effet d'une ville en soldes prolongés, faute de chalands.

En levant les yeux au-dessus des toits, on voyait les arbres dressés à seulement quelque rues de là, et les nuages épais qui descendaient de la montagne pour rappeler à la population qui faisait la loi ici. Il est des endroits où l'on jurerait que l'homme a dompté la planète, qu'il l'a réduite au rang de support logistique pour notre espèce. Mais l'État de Washington ne fait pas partie de ceux-là, et d'une manière générale les montagnes ne nous ont jamais témoigné beaucoup d'égards. Après trois années au bord de la mer, cela me faisait du bien de les revoir.

Pendant ce temps-là, mon téléphone s'obstinait à ne pas sonner.

Je me suis mis à dévisager les rares passantes, me demandant si l'une d'elles était la femme que je cherchais. Comment savoir ? D'ordinaire, les inconnus ont des têtes de figurants ; leur rôle est purement décoratif. Mais, dès qu'on y regarde de plus près, chacun semble pouvoir incarner une personne particulière.

J'ai fini par flâner sur Kelly Street, la seule rue qui puisse retenir un touriste plus de temps qu'il n'en faut pour faire le plein d'essence ou avaler un hamburger. J'ai acheté un café et une barre de céréales maison au comptoir des Write Sisters, où me servit une fille joviale aux cheveux bleu pétant, puis je suis allé siroter mon jus sur un banc public. Les commerces paraissaient tourner au ralenti, à l'exception du Mountain View, sur le trottoir d'en face. Mais même les clients de ce bar avaient l'air de traîner la patte, lâchés à demi torchés sur des pentes qu'ils étaient les seuls à voir.

Black Ridge était, depuis toujours, une sorte de trou paumé. Jadis, Carol et moi y descendions très rarement, préférant faire nos courses à Roslyn ou à Sheffer (les bourgades les plus proches de chez nous) ou encore à Cle Elum (plus grande que Black Ridge, sans être encore la capitale mondiale de l'éclate). De temps à autre nous franchissions le col de Snoqualmie et mettions le cap sur Seattle, à trois heures de chez nous. La route égrenait alors une poignée de petites villes – Snoqualmie Falls, Snohomish ou Birch Crossing – qui pouvaient chacune valoir le détour dès lors qu'on était souple avec la notion de bon temps.

Bref, Black Ridge n'était pas un de nos lieux fétiches, et c'est l'une des raisons pour lesquelles j'avais choisi de m'y retirer quelques semaines, voilà deux ans et demi. J'avais passé l'essentiel de cette pause terré dans ma chambre avec de l'alcool dans le sang, ou bien carré dans un siège de jardin face à une vieille piscine vide – alcoolisé, là encore. L'ébriété était alors devenue ma spécialité. Mais je m'en étais sorti, et c'est pourquoi je n'avais aucune indulgence aujourd'hui pour les habitués de ce Mountain View. Comme j'ignorais toutefois si

Ellen Robertson était du genre à fréquenter les bars au milieu de l'après-midi, je gardais l'œil ouvert.

C'est ce que je me racontais, du moins. Car en vérité je ne savais ni quoi faire, ni où aller, ni à quoi cette femme ressemblait. Tant qu'Ellen ne m'aurait pas rappelé, je ne serais qu'un pauvre imbécile coincé sur un banc. J'ai fait durer mon double express aussi longtemps que possible, jusqu'à ce que le soleil se décale et que le froid me déloge.

Alors que je me relevais, une femme arriva de l'autre côté de la rue, de belle taille et emmitouflée dans un manteau aussi noir que ses cheveux, comme un grand corbeau dégingandé. Elle entra dans Le Moutain View d'un pas résolu, révélant un bout de joue pâle au moment de pousser la porte.

S'agissait-il d'Ellen ? Non, probablement pas.

La fille venait de disparaître quand quelqu'un cria dans mon dos. Me retournant, je vis un type fondre sur moi. Mon sang se glaça de surprise et d'appréhension.

— Nom de Dieu ! s'exclama le gars. Mais qu'est-ce que tu fabriques ici ?

— Quel accueil, répondis-je.

— Bon sang, John ! Ça doit faire... Tu as perdu du poids, dis donc.

— Ouais, admis-je, tout en me préparant à subir un de ces câlins qui faisaient la marque de fabrique de Bill Raines.

Lui n'avait rien perdu, au contraire. À l'époque de notre rencontre, il avait juste une forte carrure, mais au fond de lui un homme plus gros ne demandait qu'à sortir, et il l'avait drôlement bien aidé. Bill avait toujours été ce grand nounours affectueux, prompt aux blagues idiotes mais désarmantes sur le climat du Nord-Ouest pacifique, rapport à son nom qui sonnait comme « Bill Pleut ».

Ses bras massifs me relâchèrent.

— Ben ça, alors, dit-il. Qu'est-ce que tu deviens ?

J'ai haussé les épaules.

— Carol est avec toi ?

— Non. Je suis juste de passage.

Suivirent quelques minutes de bavardage, d'où il ressortit que Bill habitait toujours dans le nord de la ville, travaillait toujours pour le cabinet d'avocats familial à Yakima, et se rendait justement chez un client pour une affaire qu'il ne doutait pas un seul instant de perdre. J'ai indiqué pour ma part que je vivais et bossais dans l'Oregon, sans plus de précisions, et je n'ai pas avancé de raison à ma venue dans cette ville. Je me suis néanmoins enquis de sa femme, puisque ce sont des choses qui se font.

— Elle va très bien, me répondit Bill tout en consultant sa montre. Tu connais Jenny : toujours quelque chose sur le feu. Écoute, John, je suis vraiment désolé mais… faut que je me sauve. Je suis même méchamment à la bourre. Tu es libre ce soir ?

— Peu de chances.

— Dommage. Mais si c'était le cas, passe-moi un coup de fil. Jenny est en déplacement, alors on ira se murger comme au bon vieux temps. Qu'est-ce que t'en dis ? On en aura, des choses à se raconter !

— Ça marche.

— O.K., super. (Il marqua un temps d'arrêt puis me tapa sur l'épaule.) Merde, il faut vraiment que je te laisse. À tout à l'heure, peut-être ?

— C'est ça.

Je l'ai regardé traverser la rue jusqu'à sa voiture, me saluer d'un signe et démarrer en trombe. J'ai ensuite marché jusqu'à mon hôtel pour récupérer mon propre véhicule et céder à la tentation qui m'avait titillé tout l'après-midi – celle qui constituait peut-être, en définitive, la véritable raison de ce voyage.

Parviendrais-je à rencontrer Mme Robertson ? Rien n'était moins sûr, et ce n'était pas forcément très grave. J'avais un deuxième objectif, et celui-là je pouvais l'atteindre seul. Depuis le temps que je me débinais…

Chapitre 10

J'ai ralenti cent mètres avant le portail pour laisser l'auto s'arrêter en douceur. Cela faisait dix minutes que je tremblais, et ce qui n'était au départ qu'un frisson invisible était allé crescendo jusqu'à m'obliger à broyer le volant pour rester maître de moi. Mais, sitôt que le moteur se tut, les spasmes cessèrent. Quand je fus certain que c'était fini, j'ai ouvert la portière et je suis descendu.

Je me trouvais au nord-est de Black Ridge, à un quart d'heure de voiture. Je m'étais élevé progressivement par la route de Sheffer avant de reprendre vers les sommets par un axe secondaire. Quelques kilomètres plus loin, celui-ci s'estompait en une piste éternellement boueuse à cause des engins des services des forêts.

J'ai marché jusqu'au portail cadenassé, et posé le menton par-dessus pour contempler l'allée.

Était-ce suffisant ?

Au fil des deux dernières années, je m'étais souvent imaginé planté à cet endroit précis, sauf que dans ces rêveries morbides le portail était toujours ouvert et j'avais le droit d'entrer. Il me semblait aussi, dans ces projections mentales, accomplir un acte à la fois juste, nécessaire et profond. Mais, comme bien souvent, la réalité décevait le fantasme.

J'ai sorti mon téléphone. Je me souvenais du numéro de la maison, à supposer que ce fût toujours le même. Et si…

Une voiture s'approcha. Un 4×4 étincelant, de ces modèles légers et élégants prisés par ceux qui n'ont pas vraiment besoin d'une bagnole robuste mais dont le standing requiert quelques fioritures.

Le véhicule s'arrêta quelques mètres après moi, et la vitre du conducteur se baissa sur le visage d'un fringant quinquagénaire.

— Bob vous a posé un lapin ? me lança-t-il.

— Comment ?

Le type sourit.

— Attention, c'est un excellent agent immobilier. C'est lui qui nous a vendu notre maison, deux kilomètres un peu plus haut, je ne sais pas si vous voyez… On a quitté Black Ridge il y a un an et Bob a été formidable pour tout ce qui était démarches et paperasse. Mais, bon, la gestion du temps n'a jamais été son domaine d'excellence !

— Ce n'est pas bien grave, répondis-je. Je venais un peu sur un coup de tête.

L'homme opina longuement, comme s'il ne comprenait que trop bien ce genre de chose, même s'il avait l'air d'un type dont le dernier caprice en date remontait à cinq ou six ans, un caprice statistiquement sensé comme transférer des liquidités non vitales d'un portefeuille à faible risque vers un autre.

— Pour tout vous dire, nous aussi avions visité cette maison. Elle était trop petite pour nous, mais sinon elle a tout pour plaire. Elle offre un accès direct à Murdo Pond, mais je suppose que Bob vous a déjà expliqué tout ça…

— Ça fait donc si longtemps qu'elle est en vente ?

— Quoi, vous n'êtes pas au courant ? dit-il en s'accoudant à la portière afin de ménager son effet.

Il arborait un gros pull à col roulé noir et semblait n'avoir jamais eu froid de sa vie.

— Je suis sûr que Bob vous l'aurait dit tôt ou tard. En fait, la baraque est quasi inoccupée depuis deux ou trois ans. Il s'est passé un drôle de truc, à ce qu'on raconte, et les acheteurs suivants ne s'y sont jamais sentis bien. Cela fait maintenant deux ans qu'ils essaient de revendre. (Un clin d'œil.) En d'autres termes, vous devriez réussir à négocier le prix à la baisse. Mais je ne vous ai rien dit, O.K. ?

— Quel genre de truc ?

— Pardon ?

— Ce qui s'est passé dans cette maison. Avant qu'elle soit rachetée par les propriétaires actuels…

— Eh bien, commença-t-il d'un air hésitant, comme s'il craignait d'en dire trop et de compromettre ses rapports avec l'agent Bob (qu'il devait croiser régulièrement au supermarché de Sheffer), mais craignait non moins de passer pour un rustre s'il faisait machine arrière. En gros, lâcha-t-il, il y a eu un mort. Un gosse. Un petit garçon.

J'ai hoché la tête. Pourquoi je m'infligeais ça ?

— Vraiment ?

— Eh oui. Et le hic, d'après ce que j'ai compris, c'est que personne n'a jamais su expliquer ce décès. Je ne crois pas que la famille ait été accusée de quoi que ce soit, mais bon… Le gosse était apparemment un très bon nageur, et pourtant il a trouvé le moyen de se noyer sous les yeux de ses parents, et sans autres témoins. Alors, forcément, ça laisse songeur.

— C'est sûr, répondis-je en serrant les dents.

— Mais ça fait déjà trois ans, et une maison reste une maison, pas vrai ? Croyez-moi, pour ce type de bien, vous aurez du mal à trouver un investissement plus sûr. Après tout, on ne creuse pas des lacs tous les quatre matins. Et puis vous n'avez quand même pas peur des fantômes, hein ?

— Oh non, répondis-je en souriant jusqu'aux oreilles.

Ce devait être un peu raté, car le type rangea aussitôt son bras dans l'habitacle.

— Quelques infos de première main n'ont jamais fait de mal à personne, dit-il, comme pour se justifier. Mais encore une fois…

— Vous ne m'avez rien dit. C'est compris.

— Parfait. Eh bien, au plaisir, alors.

— Au revoir. À propos, vous avez un feu arrière en panne. Vous devriez arranger ça.

— Bien sûr, acquiesça-t-il, un brin perplexe, avant de remonter sa vitre.

Je l'ai regardé s'éloigner, et dès qu'il fut hors de ma vue j'escaladai le portail.

Ce devait être la première fois que je remontais cette allée à pied : je n'avais jamais remarqué qu'elle grimpait d'un bout à l'autre des cinq minutes qu'il me fallut pour atteindre la maison.

Au détour du dernier virage, la vue m'a saisi violemment, presque trop familière, comme sortie d'un rêve que j'aurais fait la veille.

Sauf que tout était différent.

Le gazon s'était transformé en herbes folles et les bouleaux du fond semblaient plus proches, envahis par les aulnes et les cornouillers. J'ai descendu la pente jusqu'au milieu de la pelouse, mon jean battu par l'herbe humide, puis je me suis retourné pour regarder la maison.

On aurait dit qu'elle dormait. Toutes les fenêtres étaient obturées avec des planches bardées d'autocollants signalant la présence d'une alarme. Si l'on partait du principe que, contrairement à Ted, les propriétaires actuels continuaient de payer leur abonnement, le moindre carreau cassé ou mouvement de porte alerterait une entreprise de sécurité du côté de Cle Elum. De toute manière, cela représentait une sacrée trotte de venir jusqu'ici. Pour des vandales comme pour n'importe qui.

Alors que je contemplais cette silhouette triangulaire sur un fond d'arbres et de ciel sombre, ma poitrine s'est bloquée et mon cou s'est raidi, les nerfs tendus comme des cordes de piano.

Je me suis dirigé vers les marches menant à la terrasse panoramique. Je ne tenais pas spécialement à me frotter aux murs de la baraque, mais puisque j'étais là... Ce serait trop bête, de retour dans l'Oregon, de se consumer de regrets pour quelques mètres non parcourus. Le fait que nous ayons vécu ici jusqu'à trois mois après le drame rendait cette impression d'autant plus ridicule, mais en gravissant ces marches j'ai bien cru percevoir un souffle : le frôlement d'un homme, un peu plus jeune que moi, dévalant l'escalier à la recherche de son fils. Alors qu'il ne s'agissait, bien sûr, que d'une vulgaire brise.

J'ai traversé lentement la terrasse, examinant au passage les portes et fenêtres aveuglées. Pour efficace qu'elle fût, une telle protection ne devait guère faciliter la vente du pavillon : un de ses meilleurs atouts était la vue à couper le souffle, or cela ne saute pas forcément aux yeux quand on pénètre dans un cercueil avec plafond cathédrale. J'essayais d'imaginer combien il fallait être riche pour s'offrir une telle maison puis la laisser vacante pendant deux ans. Je me demandais aussi pourquoi les nouveaux propriétaires n'étaient pas restés. Personnellement, j'avais été fou de cette bicoque. La vue, la forme, la disposition : chaque pièce vous susurrait une bonne raison de s'y attarder.

Le problème tenait peut-être moins à la maison qu'au voisinage, lequel s'était visiblement bricolé son petit scandale croustillant, avec Scott dans le rôle de la JonBenét Ramsey[1] locale et Carol et moi dans celui des parents négligents – ou meurtriers – laissés en liberté faute de preuves. J'ignorais ce qui motivait ce type de commérage, mais le conducteur du 4×4 avait bien fait de repartir à ce moment-là. De même qu'il serait plus sage pour moi de renoncer au petit crochet nostalgique par Roslyn ou Sheffer, au cas où quelqu'un me reconnaîtrait et prononcerait la phrase de trop.

De toutes les fenêtres, une seule pouvait suggérer une tentative d'effraction, celle située sur le côté, à l'arrière de la maison. Les malfrats avaient forcé un coin au pied-de-biche avant de renoncer. Derrière cette vitre se trouvait un petit cellier attenant à la buanderie, et l'espace d'un instant je revis en esprit son contenu. Des étagères chargées de produits régionaux, des stocks de piles électriques et d'eau minérale – Carol semblait persuadée que l'effondrement de la civilisation n'était qu'une question de temps et qu'il valait mieux se tenir prêt. Et puis des draps en train de sécher, dans une douce odeur de propre.

Revenu de mon tour d'inspection, je me suis arrêté quelques instants au milieu de la terrasse, là où j'avais l'habitude de me

1. « Bébé-miss » retrouvée assassinée à l'âge de six ans dans la cave de ses parents, en 1996 à Boulder, Colorado. *(N.d.T.)*

poster à la fin d'une journée de boulot, ou bien le matin avec mon premier café. Le point précis où j'avais demandé à Carol où Scott était passé.

L'expérience aurait dû être saisissante, vertigineuse, horrible, mais elle ne fut rien de tout cela. Juste triste. Le jardin était en friche ; le mobilier artisanal avait disparu, et je n'arrivais pas à me rappeler s'il était parti avec Carol ou si nous l'avions cédé aux nouveaux proprios. La seconde solution, sûrement. Quoi qu'il en soit, il n'était plus là.

Contemplant les bois, je me suis souvenu que j'avais remarqué le piteux état des sentiers, le jour du drame. Ceux-ci étaient à présent recouverts de fougères. Une soixantaine de mètres en contrebas de la terrasse se dressaient les vestiges d'une vieille cabane datant de l'époque des pionniers. Si la maison restait trop longtemps inhabitée, elle risquait de disparaître encore plus vite que cette ruine, et cette pensée me démoralisait.

J'ai repris l'escalier et traversé la pente pour gagner l'ultime endroit qu'il me fallait revoir. Les dernières lueurs du jour se reflétaient sur le lac en une lame blanc-bleu. J'ai marché d'un pas égal jusqu'au quai, puis je me suis arrêté. Ici, très peu de choses avaient changé. Le lac s'étirait au loin avant de se cacher sur la droite. Nous étions les seuls à disposer d'un accès direct à cette rive. Tout autour, les arbres venaient lécher l'eau et y répandre leurs feuilles mortes, lambeaux humides aux tons bruns, vert sombre et or.

De tous les endroits du monde, c'était sans doute dans celui-ci que j'étais le plus susceptible de m'effondrer. C'était ici que mon fils avait parlé, respiré, vécu pour la dernière fois. Mais, là encore, je suis resté maître de mes nerfs. J'étais dévoré de chagrin, mais j'avais les yeux secs.

Chaque fois que je repense à ce maudit après-midi, c'est toujours à la troisième personne. Je n'arrive pas à me dire que « j'ai » fait ceci ou ressenti cela, et, malgré le recul que je me suis efforcé de prendre, ce souvenir ne se conjugue jamais qu'au présent. Dès l'instant où je pose le pied sur le débarcadère, je revis la scène en direct. Il ne s'agit peut-être que d'un énième mécanisme de défense, une façon de donner à la chose l'apparence d'un fantasme élaboré de frais, plutôt que celle d'un événement ayant une place fixe dans l'histoire.

Mais cette place existe bel et bien. Il s'agit d'un après-midi vieux de trois ans, lors duquel mon fils est mort sous mes yeux, lors duquel j'ai plongé dans l'eau puis me suis tenu exactement là où je me tiens aujourd'hui, serrant dans mes bras un être pour qui j'avais préparé un sandwich quatre heures plus tôt, conscient que ce garçon pour qui j'avais glissé de la charcuterie et du fromage entre deux tranches de pain avant de donner à l'ensemble la forme triangulaire désirée, que ce garçon était parti, et que l'enveloppe lourde et mouillée qu'il en restait n'était qu'une imposture.

Qu'est-ce qui sépare ces deux états ? Personne n'en a la moindre idée. Les toubibs et le légiste l'ignoraient, en tout cas. Il n'ont rien su me dire, sinon que Scott était mort avant de toucher l'eau, et qu'ils ne savaient ni comment ni pourquoi.

Je suis navré, monsieur Henderson. Mais il s'est juste éteint, comme ça.

La différence entre ces deux états est ce qui pousse notre espèce à pratiquer des sacrifices, à observer des rites, à égrener des mots sourds dans les petites heures de la nuit. Dans ce système, les dieux ne sont que des auxiliaires, des oreilles pour nos supplications face au monolithe froid de la réalité. Nous avons besoin que quelqu'un écoute ces prières, car pour qu'elles se réalisent il faut bien que quelqu'un les entende, et c'est pourquoi il faut des dieux, mais des dieux bienveillants, sinon, ils n'accéderont jamais à nos requêtes, et à ce moment-là pourquoi nous adresser à eux ? C'est un raisonnement circulaire, comme toutes les névroses. Une épaisse coquille vide.

Si les dieux existent, alors ils sont soit sourds, soit indifférents. Ils commettent leurs méfaits puis passent leur chemin.

Il était temps pour moi de repartir. D'avaler un morceau à Black Ridge, de tirer une soirée morne dans un hôtel bon marché avant de reprendre l'avion pour Portland et de trouver un chauffeur pour Marion Beach. Aussi potes que nous ayons été, je n'étais pas d'humeur à évoquer le bon vieux temps avec Bill Raines dans un bar, et ce pour toutes sortes de raisons.

Comme je tournais le dos à Murdo Pond, quelque chose m'arrêta. Le vent s'était levé, et les feuillages autour de la maison sifflaient comme les râles d'un patient à l'agonie, tandis que l'eau du lac clapotait contre les pieds du quai telle une langue promenée à l'intérieur d'une bouche. La combinaison des deux sons était assez déroutante, et l'espace d'un instant l'air me parut nettement plus froid. Je songeai que personne ne savait où j'étais, et si, en temps normal, cela m'aurait plutôt réjoui, là il n'en était rien. Ce quai, ces bois, cette baraque qui m'avaient appartenu me signifiaient soudain que je n'avais rien à faire ici.

Puis un vent plus fort déferla des sommets de l'ouest – d'où venait sans doute la première brise glacée – et il y eut un puissant craquement au cœur de la forêt. Sûrement un vieil arbre sec et à bout de forces, ayant plié une dernière fois avant de rompre pour de bon. Je restai figé, m'apercevant que je n'avais aucune envie de remonter vers la maison. Puis le quai devint instable, comme si une autre force que l'onde du lac secouait ses piliers, et le phénomène s'amplifia jusqu'à produire une vibration dans ma cuisse, comme si…

— Pauvre con ! lançai-je tout haut.

Je plongeai la main dans ma poche. C'était mon mobile qui vibrait.

Je le collai contre mon tympan.

— Qui est à l'appareil ?

C'était Ellen Robertson.

Chapitre 11

J'ai atteint le Mountain View peu après 20 heures. C'était le seul endroit de Black Ridge qui me soit venu à l'esprit, et je tenais à montrer que je contrôlais un minimum la situation. J'aurais toujours pu inviter l'inconnue à mon hôtel, mais ça ne se fait pas. Elle avait acquiescé sans même demander l'adresse et promis de se pointer entre 20 h 30 et 22 heures, selon ses possibilités, tout en prévenant qu'elle ne pourrait pas rester longtemps.

Ce rendez-vous pris, j'ai quitté le débarcadère et remonté le jardin en direction de la maison vide. Du sommet de la pente, je me suis retourné pour lui dire au revoir avant de redescendre la longue allée. J'avais un peu l'impression d'être venu pour rien.

Il n'y avait pas foule à mon arrivée. Des clients solitaires tenaient les coins de la salle tels des piquets de tente. Il n'y avait pas un chat au comptoir, alors que c'est d'ordinaire le perchoir favori du buveur professionnel – pour les rincettes immédiates, et pour la fausse chaleur d'une causette avec le barman. Soit je débarquais en plein changement d'équipe, soit l'établissement n'avait jamais courtisé cette catégorie d'irréductibles, soit, enfin, Black Ridge s'enfonçait dans la nasse et les poivrots s'en étaient rendu compte les premiers. Le Marilyn Manson recraché par le juke-box ne devait rien arranger : tout le monde n'apprécie pas la musique qui vous veut du mal.

Je poireautais au comptoir depuis deux minutes quand j'entendis quelqu'un sortir de l'arrière-salle. En me retournant, je reconnus la nana repérée plus tôt dans l'après-midi, alors que je squattais un banc de l'autre côté de la rue.

Elle me regarda un instant, puis leva les sourcils.

— Je vais avoir des ennuis ?

— Aucune idée, répondis-je. J'ai juste envie d'une bière.

Les sourcils retombèrent. La fille frappa ses pompes à bière du plat de la main à mesure qu'elle m'indiquait leur contenu.

— Qu'est-ce qui marche le mieux ?

— L'argent et le bonheur, renvoya-t-elle. Mais nous ne faisons ni l'un ni l'autre.

Je choisis d'un signe de tête la pompe du milieu.

— On peut fumer, ici ?

— Oh oui, on n'a pas peur.

J'ai regardé la fille se pencher sur le côté pour m'attraper un cendrier. Elle devait approcher la trentaine. Grande et maigre, le front haut et les traits prononcés, les cheveux fraîchement teints en noir et coupés en un carré savamment désordonné. Sa peau était pâle, ses mouvements, rapides et sûrs.

— Vous préférez payer tout de suite ou plus tard ? demanda-t-elle.

— Plus tard. J'attends quelqu'un.

— Ah ouais ? Qui ça ?

Me voyant hésiter, elle me décocha un clin d'œil. Je n'étais pas sûr d'avoir jamais vu ça venant d'une femme.

— C'est bon, fit-elle. Inutile d'en dire plus.

— Détrompez-vous. C'est juste une vieille amie.

— Si vous le dites…

J'ai profité de ce qu'un des piquets de tente venait se ravitailler pour m'esquiver. J'ai pris un tabouret face à la vitre et j'ai sorti mes cigarettes. Cela faisait un bail que je n'avais pas fumé ni même bu entre quatre murs, et les souvenirs que j'en gardais n'étaient pas glorieux. Vous est-il jamais arrivé, soûl comme un cochon, d'incendier les mèches de votre front en voulant allumer une cigarette alors que vous en aviez déjà une en train de brûler dans le cendrier ? C'est le genre d'exploit qui n'épate personne.

Mais ça, c'était avant.

Ma période d'ivresse dura environ un an. Cela commença de la même façon que l'on choisit de se rendre au supermarché par telle route plutôt que telle autre : de manière innocente, sans même avoir conscience de prendre une décision. La première fois, c'est le hasard. La deuxième, c'est comme la première. Ensuite, c'est l'habitude.

J'étais autrefois un homme qui ne buvait ni chez lui, ni seul, ni trop. Puis je me suis converti. Petits changements, grosse différence. Juste comme ça, parce que.

L'avantage d'être bourré, ce n'est pas que cela favorise l'oubli, bien que cela permette de maintenir le réel à bonne distance. L'ébriété confère une sorte de grandeur lyrique aux choses qui nous travaillent, ce qui peut paraître préférable à des faits bruts et âpres. Pour moi, le problème n'était pas tant la boisson – qui ne m'a jamais rendu agressif ni violent (mais seulement ivre, et larmoyant) – que les gueules de bois qui s'ensuivaient. Je n'ai jamais atteint le stade qui vous fait basculer chez les pros, quand on conjure la casquette du lendemain en réattaquant aux aurores, si bien que je me débattais quatre ou cinq matins par semaine dans un désespoir sec, anéanti de savoir que je trahissais la mémoire de Scott en me montrant incapable d'être l'adulte solide et autonome que j'avais rêvé qu'il devienne un jour.

Les lendemains de cuite, je ne tenais le coup qu'en me repliant sur moi-même, ce qui signifiait grosso modo que je n'étais là pour personne. Seulement, Carol avait besoin que je l'écoute. Sa façon à elle de surmonter le drame dont nous ne pouvions parler – puisque celui-ci ne souffrait aucune interprétation, une fois établi que le corps médical n'avait aucune idée de ce qui avait pu faire disjoncter le cerveau de Scott, et après des heures tout aussi inféconds à fouiller sur Internet –, sa façon à elle consistait à parler de tout le reste, comme si noyer le chaos du quotidien sous des flots de paroles et de détails obsessionnels permettait de neutraliser son pouvoir de nuisance. Non seulement je n'adhérais pas à cette théorie, mais j'avais beaucoup de mal à supporter ces soliloques absurdes, surtout de la part d'une femme naguère si concise et posée.

Résultat, pour supporter ces phases d'écoute, je buvais encore plus. Mes gueules de bois augmentaient en intensité comme en fréquence, tandis que ma patience auditive continuait de s'amenuiser. Nous en étions arrivés au point où Carol parlait non-stop dès que nous étions ensemble : elle savait que je n'écoutais pas mais refusait de s'arrêter, incapable de voir que je commençais à la haïr pour ce boucan permanent qui m'empêchait, moi, de relever la tête. En conséquence de quoi nous avons passé de moins en moins de temps ensemble et j'ai raté plusieurs épisodes de son grand récit – jusqu'à m'apercevoir que j'avais perdu le fil de son histoire, et finalement que je n'en faisais même plus partie.

J'ai compris ça quand elle m'a quitté. De toutes les choses qu'elle essayait de me dire, c'est celle-là qui est le mieux entrée. Quatre mois après la mort de Scott, je me suis levé un matin, tard, dans une maison vide et silencieuse. Titubant en robe de chambre, j'ai constaté que des éléments cruciaux manquaient, au premier rang desquels ma femme et mon deuxième enfant. J'ai fini par trouver une lettre, posée en évidence sur mon bureau, qui disait en substance : « Le monde part en vrille, t'es une épave et je me casse. »

J'ai consacré les six semaines suivantes à faire ce que nous aurions dû faire bien plus tôt, ainsi que Carol m'y avait maintes fois poussé : vendre la maison. Je lui ai reversé les trois quarts de la recette après remboursement du crédit et autres règlements, soit une moitié pour elle et un quart pour Tyler, puisqu'il s'appelait ainsi. Le choix de ce prénom m'avait toujours paru curieux, mais ce n'était pas le mien. Nous avions eu du mal à avoir cet enfant, et dès la grossesse il fut clair que ce serait le fils de Carol, comme si le fœtus nous avait dicté ses conditions depuis le ventre. Je l'aurais quand même aimé, bien sûr, mais mon fils à moi c'était Scott. Depuis qu'il était mort je ne me sentais plus père, et je n'arrivais même pas à faire semblant.

La dernière fois que j'avais revu Carol, c'était pile six mois après le drame. Nous nous étions retrouvés dans un restaurant équidistant de Renton (où elle vivait près de son frère, de l'autre côté de Cascades, dans la banlieue de Seattle) et de Black

Ridge où je louais alors cette fameuse chambre d'hôtel. Elle m'avait paru fatiguée, sur les nerfs, tandis que Tyler ne semblait manifester aucune réaction forte à l'absence de son papa, ni à sa réapparition momentanée. J'appris qu'il faisait enfin ses nuits – quasiment depuis qu'il était parti. Carol et moi étions mariés depuis presque sept ans, et séparés depuis un mois. Mais, cet après-midi-là, ces proportions semblaient inversées, et on sentait qu'aucun de nous deux ne souhaitait recoller les morceaux.

— Tu bois toujours ? avait-elle demandé tout en laissant ses mains réarranger nos couverts sur la table.

— Non, avais-je menti.

En réalité, je buvais déjà de manière moins soutenue, comme si le démon était conscient d'avoir réussi son coup et se préparait à saccager l'existence d'une prochaine victime. Mais ce redoux était fragile, et je ne voulais pas hypothéquer mes progrès en y mêlant Carol. Depuis que ma femme m'avait quitté, mon alcoolisme ne regardait plus que moi, et il me faudrait encore six mois pour le dompter complètement.

À sa façon de lever le menton, je sus que Carol devinait la vraie réponse et ce que cela impliquait. Non que ce fût tellement gênant. C'était même agréable de se sentir marié et connu par cœur. Mais, en fait de complicité, je dus me contenter de ça. Au bon vieux temps, j'aurais décelé un sourire dans les yeux de Carol. À présent, je les trouvais juste sombres, tristes et vieux.

Vingt minutes plus tard, nous nous levions pour nous saluer d'une bise sèche. Je ne les ai pas revus depuis, ni elle ni Tyler. Carol aurait sans doute pu en faire ou en dire davantage, mais, pour être franc, moi non plus je ne m'étais pas foulé. Nous avions formé un beau couple tant que le ciel était dégagé, puis l'orage monstre nous avait arraché le mode d'emploi des mains. Nous avions essayé la thérapie, seulement le mariage est une langue orale, sans tradition écrite : dès que l'on commence à le codifier, il s'étiole. Et puis les relations amoureuses comportent toujours une part de magie, or à trop parler on finit par révéler ses tours. L'illusionniste peut-il encore plaire, désire-t-on encore partager sa vie quand on connaît toutes ses ficelles ?

Nous avions, en somme, vécu une relation pour temps clair, jusqu'à ce que le ciel nous tombe sur la tête. Ce soir-là, en me carrant dans un siège de jardin pour picoler devant la piscine vide de l'hôtel, j'avais le sentiment que les nuages noirs ne s'effaceraient jamais. J'ai fini par perdre connaissance, avant d'être réveillé peu après 4 heures par la pluie.

Le lendemain, j'ai rendu ma chambre. J'ai roulé pendant deux mois sans destination précise, cherchant à ensevelir le passé sous des paysages et des sons, et c'est ainsi que j'ai abouti dans l'Oregon. Cette région possède une texture lâche : vous pouvez vous y couler et mener une existence potable sans que l'on vienne vous emmerder outre mesure. J'ai continué à boire pendant quelque temps, puis j'ai arrêté, préférant m'endormir.

Il était 21 h 30 et je devenais irritable. Malgré mes efforts de lenteur, j'avais absorbé assez d'alcool pour renouer avec des sensations anciennes, et pas forcément les meilleures. Les trottoirs paraissaient froids et déserts, et ce bar n'était pas tellement plus douillet.

— Une autre ?

Je relevai les yeux. La serveuse se tenait accoudée à deux mètres de moi, scrutant la rue avec une calme indifférence d'autochtone.

— Pourquoi pas ? Dites, il faut se placer où, au juste, pour avoir la vue sur la montagne ?

— Dehors, répondit-elle en se tournant vers moi. (Son regard était aussi froid que semblait l'être la rue.) Et il faut légèrement se tordre le cou, ou alors marcher jusqu'au carrefour. Pourquoi ? Vous voulez nous attaquer pour enseigne mensongère ?

— John, dis-je en lui tendant la main.

Elle la serra d'un mouvement franc mais bref. Sa paume était large et sèche.

— Kristina. Je vous apporte votre bière. Attendez, ce ne serait pas votre rencard, là ?

Je regardai vers la vitre. Les commerces d'en face étaient tous fermés pour la nuit, à l'exception de la pizzeria, et les réverbères de Kelly Street faisaient primer le cachet historique sur la luminosité. Sous l'un d'eux se tenait une silhouette féminine.

— Je ne sais pas, dis-je spontanément.

— Ouais, ça fait souvent ça, avec les vieux amis.

— Et merde, grognai-je en secouant la tête. C'est quoi, cette boisson, à la fin ?

— Du sérum de vérité, pardi.

Sur ces mots, elle sourit et partit chercher ma bière.

J'observai la femme postée de l'autre côté de la rue. Elle resta figée deux minutes, puis vint dans notre direction.

Le temps qu'elle traverse la chaussée, j'avais compris que c'était elle.

Chapitre 12

J'ai pivoté sur mon siège pour qu'elle voie mon visage en entrant.

— Ellen ?

Elle ne répondit rien, ne tourna même pas les yeux vers moi, mais vint directement s'asseoir sur le tabouret voisin. Puis elle changea d'avis et opta pour une table au centre de la salle. Je lâchai un soupir, lui emboîtai le pas et pris place devant elle.

— Ce n'est pas l'endroit idéal, dit-elle d'entrée de jeu.

Elle gardait son manteau fermé. Elle avait la même voix qu'au téléphone, une élocution nette et précise. De taille moyenne, elle avait des cheveux blonds lustrés et des yeux marron, avec le genre de pommettes saillantes et de traits symétriques qu'affectionnent les marques de cosmétiques. Elle arborait d'ailleurs un maquillage impeccable, et soit les coiffeurs de Black Ridge étaient plus doués que je ne l'aurais cru, soit elle se faisait coiffer ailleurs. Je lui donnais environ trente ans.

— Moi, ça me convient, rétorquai-je. Je n'ai pas vu de Hilton en ville, sinon, j'aurais…

— Pour moi, je veux dire, coupa-t-elle d'un air agacé.

— Dans ce cas, allons ailleurs.

Elle secoua la tête.

— Je n'ai que très peu de temps.

Kristina m'apporta ma bière.

— Vous prendrez quelque chose ? demanda-t-elle à Ellen.

Celle-ci déclina.

— Venons-en au fait, proposai-je dès que nous fûmes de nouveau seuls. Le plan « Je ne peux pas parler, je n'ai pas beaucoup de temps et je m'assieds loin de la vitre pour ne pas être vue », ça va bien deux minutes. Pourquoi vouliez-vous me voir ?

Elle attrapa ma bière, but une gorgée et la reposa sur le tapis de bar, ce qui me plut modérément.

— Je suis dans une situation délicate.

— Mais encore ?

— Mon mari est mort il y a quatre mois, déclara-t-elle, invalidant d'un coup toutes les hypothèses que je venais de former.

— Vous m'en voyez désolé.

Elle grimaça un bref sourire, comme on le fait pour agréer des condoléances purement formelles.

— Ce n'était pas un homme pauvre, poursuivit-elle.

— D'accord. Et donc ?

— Il a de la famille dans le secteur.

Chaque seconde passée en compagnie de cette femme renforçait mon scepticisme. Puis j'ai songé que ce n'était pas forcément – ou pas seulement – par coquetterie qu'elle distillait ses informations au compte-gouttes. Elle se tordait les mains jusqu'à faire blanchir ses jointures. Je repris une gorgée puis reposai le verre au centre de la table. Elle remarqua le geste mais n'y donna pas suite.

— Et votre mari n'était « pas pauvre » comment ?

— Dix-huit millions de dollars. Sans compter la maison. Comme quoi ce n'était pas non plus Bill Gates. De toute façon, on avait signé un contrat de mariage. Personne ne conteste la manière dont l'héritage a été réparti, si ce n'est le fait même que j'aie pu toucher quelque chose. Mais, puisque c'était la volonté de Gerry, les autres ne pouvaient pas s'y opposer. Nous étions quand même mariés depuis quatre ans !

— D'où venez-vous ? demandai-je.

Elle s'étonna.

— De Boston, pourquoi ?

— Comment avez-vous rencontré M. Robertson ?

— Lors d'un séjour à l'étranger. C'est important ?

— Aucune idée. J'essaie simplement de comprendre en quoi cette histoire peut bien me concerner. Donc, si le problème n'est pas l'argent, de quoi s'agit-il ?

— Je me sens en danger.

— Ça, vous me l'avez déjà dit. De même que vous avez invoqué la mort de mon fils, raison pour laquelle j'ai sauté dans le premier avion. Maintenant, j'aimerais croire que je n'ai pas perdu quelques centaines de dollars et beaucoup de temps pour rien. Alors je vous écoute.

— Il est arrivé quelque chose. À Gerry.

— Il est mort.

— Oui, il est mort, insista-t-elle, comme si je mettais sa parole en doute.

— Et dans quelles circonstances ?

— C'était après son footing. Il courait dix kilomètres tous les après-midi, à partir de 16 heures. Vers 17 h 30, je me suis dit : « Bizarre, il devrait déjà être rentré », alors je suis sortie sur le porche et… il bien était là, dans le fauteuil où il aimait se reposer après l'effort. D'habitude, il m'appelait ou faisait du bruit, histoire de signaler son retour, mais bon, peu importe, j'ai fait demi-tour. Puis j'ai pensé que c'était tout de même étrange, parce qu'il m'avait sûrement entendue sortir sur le porche à l'instant, et pourtant il n'avait rien dit. Comme on s'était disputés un peu plus tôt dans la journée – rien de grave, des bricoles –, je suis revenue sur mes pas pour m'assurer que tout allait bien. Gerry était toujours assis dans son fauteuil, une bouteille d'eau à la main, mais il semblait en nage et à bout de souffle, comme s'il avait couru plus longtemps ou plus vite que d'habitude. Là, il s'est retourné, il m'a vue, il a esquissé un sourire. Puis tout à coup…

Elle leva les mains au ciel, un geste qui me rappela celui de Ted lorsqu'il avait fallu évaluer les dégâts dans son restau. Quels dégâts ? Suffisamment. Trop.

— Crise cardiaque ? hasardai-je.

Elle confirma de la tête.

— Je suis navré, Ellen.

Je ne mentais pas. Aussi étrangers que me fussent les soucis de cette femme, il y a les gens qui ont perdu un être cher et les autres. Quand on appartient à la première catégorie, on sait que les proches qui meurent nous entraînent dans leur course, comme si nous étions attachés au corbillard par une corde – demandez donc à ceux qui n'ont plus leur mère comment ils abordent Thanksgiving. Puis, un jour, on se rend compte que l'on est bel et bien en vie. Alors on verse sur sa part de dinde le jus de viande préparé par une autre, tout en s'estimant heureux d'avoir été seulement convié. C'est soit ça, soit sombrer.

— Tout va bien ? demanda Ellen.

Je m'aperçus que j'étais en train d'examiner mes doigts. Ellen paraissait un peu moins tendue qu'au début.

— Oui, oui. Et donc ?

— Certains refusent de croire à cette version.

— Pourquoi ça ?

— Mais je ne sais pas ! J'aimais vraiment Gerry. Et nous étions heureux…

— Combien avez-vous touché ?

La question parut l'embêter.

— Deux millions de dollars. Vous croyez que c'est assez ?

Je haussai les épaules. Assez pour tuer quelqu'un ? Sans aucun doute. Mais vu que les gens s'entretuent pour des baskets ou un iPod, on pourrait soutenir que le nombre de zéros ne fait pas le mobile. Le fric n'est ni nécessaire ni suffisant pour motiver un meurtre, et puis deux millions de dollars, ce n'est pas tant que ça.

— Écoutez, Ellen. (Je me sentais vidé, comme mon verre.) Je suis venu ici parce que…

— C'est la maison.

— La maison ? m'étonnai-je. (Je crus d'abord qu'elle parlait de mon ancien chez-moi.) Ah, votre maison à vous. Eh bien, quoi ?

— Elle fait partie d'un ensemble de trois bâtisses disposées autour d'un étang. Elles sont assez vieilles, mais elles ont été réagencées par un architecte réputé, je ne sais plus lequel. Le domaine se trouve sur la route entre Roslyn et Sheffer. Gerry et moi occupions la maison moyenne. La toute petite est pour les concierges, et les enfants de Gerry logent dans la plus grande. Il avait déjà été marié, mais il était veuf depuis dix ans. Je n'ai pas hérité de la maison parce qu'elle appartenait à la famille depuis toujours, mais j'ai le droit d'y rester aussi longtemps que je le souhaite. Gerry a été très clair sur ce point. C'est écrit noir sur blanc.

— Et pourquoi tenez-vous tant à rester ?

— Parce que j'aime cet endroit. Et puis... J'ai drôlement dégusté, à une certaine période de ma vie. Ce temps-là est révolu. Mais, depuis que Gerry est mort, les choses se sont gâtées.

— Qu'entendez-vous par là ?

— Tout compte fait, je boirais bien quelque chose.

Kristina n'étant nulle part en vue, je me suis levé pour commander au comptoir. C'est alors que mon téléphone a sonné. M'attendant à un appel de Becki, je l'ai sorti de ma poche, mais le numéro inscrit à l'écran ne m'évoquait rien, puis l'appareil s'est tu.

— C'était qui ? voulut savoir Ellen.

Cette femme était vraiment impayable.

— Aucune idée, avouai-je.

Puis les sonneries reprirent et le même numéro s'afficha. Je m'apprêtais à répondre quand Ellen me tordit le poignet pour voir l'écran.

Je n'avais encore jamais vu quelqu'un devenir blanc comme un linge. L'expression reste exagérée, mais je n'en connais pas de meilleure pour décrire le phénomène qui s'empara d'Ellen. Elle se leva en catastrophe, commença une phrase puis fonça vers la porte.

En un clin d'œil elle fut dehors. Je sortis pour la rattraper, mais je ne sus déterminer par quel carrefour elle avait fui.

Quand je suis revenu dans le bar, les buveurs tapis dans les coins discutaient avec d'autres ou bien scrutaient le fond de leur bière. Kritina avait réapparu derrière son comptoir.

— Un mot malheureux ? me lança-t-elle.

— Ha, ha. Facile.

Elle soutint mon regard, et pour la première fois je remarquai la vraie couleur de son iris, un vert clair tournant au gris, comme de la roche émergeant d'un tapis de lichen.

— Vous avez tout du gars habitué à fraterniser avec les barmen et les barmaids, dit-elle sèchement. Vous devez donc savoir qu'on a un stock de blagues limité. Je peux vous encaisser ?

— Désolé, dis-je sans le penser. La journée a été longue, je suis rincé et j'en ai ma claque. Mais vous n'y êtes pour rien, bien sûr.

— Ravie de vous l'entendre dire. Vous reprendrez une bière ou pas ?

Je hochai la tête. Elle actionna la pompe.

— Alors comme ça, reprit-elle, Ellen s'est sauvée comme une voleuse ?

— Vous la connaissez ?

— Pas vraiment. Elle passait ici de temps en temps, avec Gerry Robertson.

— Son mari ?

— Exact.

— Et personne d'autre ?

— Oh non, pas le genre. C'était un joli couple. Grosse différence d'âge, certes, mais on les sentait proches. Et Gerry n'avait rien d'un pigeon.

Elle paraissait sincère, mais elle ne me disait pas tout.

— Et ? Mais ?

— Vous êtes détective privé, un truc comme ça ?

— Non, je suis serveur.

Elle s'esclaffa.

— Sérieux ?

— Sérieux. Apportez-moi des assiettes et je vous montre comment je slalome avec.

— Désolée, on ne sert plus de bouffe. Trop de décès.

J'ai éclaté de rire, et l'espace d'un instant il m'a semblé que le courant passait entre nous. Mais il suffit parfois d'une bière de trop pour se faire des idées.

— Qu'est-ce que vous me cachez, Kristina ? Allez-y, dites-moi.

— Grosso modo, la même chose que vous quand vous prétendiez être un vieil ami d'Ellen.

— Je ne vous suis pas…

— Le fond de ma pensée, c'est qu'il ne saurait être question de « vieux amis » avec cette femme. Que sa vie avant Black Ridge ne regarde qu'elle, si vous voyez ce que je veux dire…

Je voyais, en effet. Mais quant à savoir si cela changeait quoi que ce soit – et si j'en avais quelque chose à foutre…

J'ai sifflé mon verre et retrouvé la nuit. Il faisait de plus en plus froid et le vent charriait une odeur de pluie imminente.

C'est en mettant mon téléphone à charger que j'ai remarqué l'icône sur l'écran : j'avais reçu un message.

Comme j'étais rentré du Mountain View d'un pas soutenu, et avec le téléphone au fond de ma poche de veste, j'avais très bien pu louper un appel d'Ellen. Mais avais-je envie d'entendre ses explications ? Il m'avait fallu un quart d'heure pour regagner l'hôtel, soit bien assez pour décider que je reprenais l'avion le lendemain, éventuellement après un petit détour par Renton, de l'autre côté des montagnes – éventuellement, c'est-à-dire à condition que Carol soit disposée à me revoir et ne panique pas en me voyant surgir dans son monde après trois ans d'absence. Je savais que les chances étaient minces, mais je cherchais un moyen d'atténuer le caractère inepte de ce voyage.

N'importe comment, quels que fussent ses arguments, je doutais fort qu'Ellen parvienne à me retenir dans ce trou. Alors autant savoir ce qu'elle voulait.

J'ai donc interrogé ma boîte, prêt à effacer le message d'une simple pression du pouce.

Je suis tombé sur une voix de femme, mais pas celle d'Ellen.

Une voix qui disait :

« Ne l'écoutez pas. Elle ment. »

Chapitre 13

Vous habitez un lieu, vous lui donnez vie, et à la longue il peut prendre le rôle d'un enfant de substitution : votre responsabilité, votre sort, votre joie et votre croix. Brooke le comprenait de mieux en mieux avec l'âge. Elle y songeait encore en cet instant, debout au fond de son boudoir, les yeux perdus dans le velours noir de la forêt en contrebas.

Partir est toujours difficile, surtout quand votre terre a été le théâtre d'épreuves et de bouleversements traversés avec une force d'âme dont peu de familles oseraient rêver, même sur une seule génération. Il faut un sang neuf pour bâtir un endroit nouveau, pour mettre au monde une ville.

Puis des générations entières devront s'appliquer à séparer le bon grain de l'ivraie, et alors seulement les gens verront qui contrôle le centre, et qui le contrôlera toujours.

C'était l'une des leçons que lui avait transmises son grand-père au temps béni de l'enfance, avant que surviennent les malheurs et que s'ouvrent les mornes plaines de l'âge adulte. Le terme qu'il employait était celui d'*omphalos*, « nombril » en grec ancien, ce qui désignait aussi par extension l'idée de maillage. Papy n'avait connu d'Internet que ses balbutiements, mais il en avait assimilé le principe bien avant tout le monde, et bien mieux que ceux qui perdaient désormais leurs journées à consommer, papoter et fanfaronner en ligne avec des individus qui, s'ils étaient d'une compagnie réellement agréable, ne passeraient pas leur vie seuls devant un ordinateur.

La grande vérité, selon papy, c'était que toutes les choses du monde se trouvaient liées les unes aux autres, et qu'on pouvait toutes les faire passer à travers un même point. Toi, moi, soi.

Pour illustrer ce principe, il prenait le premier objet qui lui tombait sous la main – une boîte d'allumettes, un *doughnut*, n'importe quoi. Dans le cas des allumettes, il expliquait d'abord que la boîte était en carton, lequel carton venait du bois. Il embrayait alors sur la diversité des arbres, sur la fabrication du papier, sur ses propres ancêtres et sur le rôle décisif de l'exploitation forestière dans le peuplement du Nord-Ouest pacifique en général et de Black Ridge en particulier – une industrie que son père, Daniel, avait contribué à installer. Puis il s'intéressait aux images imprimées sur la boîte, aux différentes couleurs et à leurs usages traditionnels – rouge pour Noël, noir pour la mort – avant un détour par la typographie et la manière dont celle-ci permettait de dater les objets, puis de nouvelles digressions sur des sujets comme la fonction commerciale des cadeaux publicitaires, le développement de l'imprimerie ou les débuts de l'écriture.

Avant même qu'il eût abordé l'utilité des allumettes en soi, et l'importance du tabac dans la colonisation de l'Amérique ainsi que dans les rituels des tribus locales de l'époque, plus d'une heure s'était écoulée, et tôt ou tard quelqu'un venait rompre le charme en surgissant dans la chambre. Alors Brooke relevait la tête et clignait des yeux, entraînée si loin dans les profondeurs de l'objet, au cœur même d'un vertigineux réseau de correspondances, qu'elle en avait oublié jusqu'à sa propre existence.

Cela marchait avec tout. Les *doughnuts* menaient au sucre (sa culture, son raffinement, son rôle crucial dans le développement de l'Afrique et des Caraïbes, sa composition chimique et ses différentes formes), à la boulangerie (la place prépondérante du blé, OGM ou non, dans les échanges internationaux ; la dimension culturelle du pain sans levain), et à l'histoire de la compagnie Krispy Kreme (qui avait conservé un chouette logo années cinquante, contrairement à d'autres comme Holiday Inn qui avaient fini par boire la ciguë du design et tomber sous le joug du rectangle). Là-dessus, le grand-père se levait pour farfouiller dans un tiroir et exhumer une vieille pochette d'allumettes montrant l'enseigne d'un ancien Holiday Inn du Massachusetts, non loin de la ville où les Robertson avaient vécu avant de prendre la longue route des pionniers de l'Ouest.

Les cercles se refermaient un court instant, puis la toile s'épanouissait de plus belle, à mesure que l'araignée foulait de ses pattes l'ensemble de la création.

Lorsque Brooke fut un peu plus grande, son grand-père l'encouragea à tisser des toiles analogues, ne lui soufflant des pistes que lorsqu'elle venait à sécher. Quand on a compris qu'on est intégré à tout ce qui nous entoure, on sait que rien, en définitive, n'est anodin dans l'univers.

Et que oui, en effet, tout tourne autour de soi.

Or pendant tout ce temps, durant les innombrables heures qu'ils consacrèrent à ce jeu, pas une fois il ne la toucha. Elle savait qu'il en brûlait d'envie, mais de le voir se retenir ne fit qu'accroître l'amour qu'elle lui vouait.

On ne peut lutter contre les sentiments. Les sentiments sont pareils à des chats, disait aussi papy. On peut les apprécier ou les maudire, mais on n'a aucune prise sur eux. Chats et sentiments échappent à l'autorité humaine. La volonté permet toutefois d'accomplir (ou de ne pas accomplir) à peu près tout ce que l'on veut. Ça aussi, elle l'avait appris de lui, et ce bien avant de découvrir les charlatans du genre d'Aleister Crowley, avec leurs excuses adolescentes pour céder aux plus bas instincts de notre espèce, ces enfants gâtés qui s'ingéniaient à jouer avec leur merde dans le seul but de choquer le parent éternel omniprésent.

L'homme est là pour fournir l'échine, et non le sang. Il doit être la force, l'acier, l'arbre de la forêt autour duquel pousse le reste. Les uns font, les autres organisent. Certains possèdent la puissance – brute, encline à l'excès – et d'autres apprennent à la diriger, à en tirer avantage.

Le forgeron fabrique l'épée. Le chevalier la manie.

Papy s'était montré fort. Tout comme son père avant lui. Le père de Brooke, par contre, beaucoup moins. Oh ! il avait toujours été gentil, bien sûr, mais ce n'est pas avec de la gentillesse que l'on bâtit des murs destinés à tenir deux cents ans. Ce qui tourmentait les nuits de Brooke, désormais, c'était l'avenir de la lignée. Elle avait évité une catastrophe, mais cela ne suffisait pas. Restait son frère, qui avait promis d'essayer.

Comme elle ne pouvait rien faire de plus dans l'immédiat, elle s'attarda devant le spectacle des bois jusqu'à ce que la frontière entre elle et eux s'estompe. Quand vous vivez dans un lieu depuis assez longtemps, c'est lui qui vit en vous.

Puis quelqu'un sonna et elle entendit Clarisse se hâter vers la porte d'entrée. Une douce voix masculine s'éleva vers l'étage avant de s'émousser lorsque le visiteur fut introduit au salon. Les affaires reprenaient.

En traversant la pièce, Brooke passa devant le miroir. Le reflet fugace qu'elle y vit ne lui déplaisait pas. Grande, svelte, élégante, d'épais cheveux châtains, des yeux bleus limpides, et le type d'ossature qui n'a rien à craindre des ans. Elle ressemblait à ces femmes qui hantent les vernissages et siègent au conseil d'administration du club de tennis local – ce qui était son cas. Les gens ne savent que ce qu'ils voient. Paraître ceci tout en étant cela : le plus élémentaire des artifices. Personne n'a besoin de connaître les ravages intérieurs.

Elle descendit l'escalier principal de la maison – sa maison, leur maison, *la* maison – et traversa le couloir jusqu'au salon. Un homme se tenait assis sur le bord d'un fauteuil. Il portait des lunettes et un manteau de belle facture.

— Richard ?

Il hocha la tête fébrilement.

— Oui, Rick. Richard, ou Rick. C'est bien ça. Je suis un ami de…

— Je sais tout ce que j'ai besoin de savoir sur vous, coupa Brooke. Sinon, vous ne seriez pas ici.

Il tiqua, peu habitué sans doute à ce qu'une femme lui parle sur ce ton – à part son épouse, évidemment. Il avait tout du type mielleux et sûr de lui auquel une compagne aurait souvent l'occasion de lancer des mots crus.

— Oui, certes. Bien sûr.

— Alors que puis-je pour vous, Rick ?

— Je me suis laissé dire, risqua-t-il, que vous pouviez provoquer certaines choses.

— Provoquer, dites-vous ?

— Pousser les gens à commettre certains actes. Ou bien les faire changer d'avis.

— J'y arrive parfois, en effet.

L'homme prit une grande inspiration et baissa les yeux. Une telle attitude était fréquente chez les nouveaux, lorsqu'ils se demandaient une dernière fois s'ils avaient réellement envie de franchir cette ligne.

— J'ai un problème, lâcha-t-il.

Chapitre 14

Le lendemain matin fut lumineux et dégagé, contrairement à ma cervelle après cette longue nuit dans un lit où le très mou et le très dur alternaient tous les centimètres. Le vent m'avait bien embêté, lui aussi, en rabattant les branchages contre le mur de l'hôtel, produisant d'affreux grattements. À 3 heures et des poussières, c'était devenu si pénible que j'envisageais sérieusement de sortir pour élaguer les arbres à la main. Je suis resté allongé dans le froid et l'obscurité, cherchant le courage de me lever, pour finalement glisser vers un état intermédiaire entre le plus ou moins endormi et le quasi éveillé, jusqu'à ce que la chambre commence à s'éclaircir.

La douche ne me fut d'aucun réconfort, le long face-à-face avec le miroir non plus. Cela faisait drôle de ne pas pouvoir sortir directement sur la plage, et pour la première fois j'ai mesuré combien je m'étais habitué à ma nouvelle vie. Peut-être faut-il essayer de rentrer chez soi pour s'apercevoir que chez soi est ailleurs…

Dans le Nord-Ouest pacifique, il se trouve toujours quelqu'un pour vous vendre un café potable, alors j'ai choisi de m'offrir ça en remplacement des vagues. Après cinq minutes de marche, je suis tombé sur un gars trapu qui installait sa camionnette et son percolateur sur un parking. Je suis resté quelques minutes à discuter le bout de gras, sans apprendre grand-chose sinon que ma vision de l'humanité, pourtant moyennement optimiste, restait plus riante que certaines. Quand les opinions du gus concernant la politique locale, les homosexuels et les Amérindiens sont devenues trop déprimantes, je suis reparti vers l'hôtel.

En chemin, j'ai réécouté le message téléphonique reçu la veille au soir, deux phrases lapidaires et anonymes. Je n'admets pas ce genre de manières, et je n'étais déjà plus très sûr de quitter la ville ce matin-là. Tout en continuant de marcher, j'ai rappelé à tout hasard au numéro indiqué.

Après plusieurs sonneries, quelqu'un a décroché.

— Résidence Robertson, dit une voix féminine et courtoise, différente de celle du message.

— Pardon, j'ai dû me tromper, dis-je avant de couper.

Je n'étais pas surpris. Cela collait avec le fait qu'Ellen avait reconnu le numéro sur mon écran. Mais cela laissait aussi supposer que notre Mme X avait eu accès au mobile d'Ellen à son insu, car, sinon, comment se serait-elle procuré mon numéro ?

Quelle que fût la vérité au sujet d'Ellen Robertson, une chose était certaine : quelqu'un lui pourrissait la vie. Était-ce mon problème ? Pas vraiment.

Il n'empêche.

De retour sur le parking de l'hôtel, je vis une femme venir vers moi. Je mis du temps à reconnaître Marie, la maîtresse des lieux.

— Bonjour, dit-elle avec un grand sourire. On a bien dormi ?

— Très bien, bredouillai-je, un rien déconcerté.

Avec les cheveux propres, lâchés sur les épaules, et une robe de coton plutôt qu'un vieux jean et un tee-shirt informe, la matrone de la veille était méconnaissable. Même son teint avait changé, non plus gris et sec mais chaleureux et coloré, l'arête du nez criblée de taches de rousseur.

— Vous êtes sûr qu'on ne se connaît pas ? demanda-t-elle en penchant la tête sur le côté. Enfin, bien sûr qu'on se connaît, puisque vous logez chez moi ! (Je me joignis poliment à son rire.) Mais avant ça, on ne s'est jamais croisés ?

— Non, je ne pense pas.

— Ah bon. C'est tout moi, ça. Je passe mon temps à m'emmêler les pinceaux. Alors, dites voir, vous avez décidé si vous restiez une nuit de plus ?

— Pas encore. Cela va dépendre de deux ou trois choses. Vous avez besoin de le savoir dès maintenant ?

— Non, pensez-vous. J'en ai cinq qui partent d'un coup aujourd'hui... alors, quoi que vous fassiez, j'aurai de la place ce soir. Mais si vous pouviez me prévenir avant midi, comme ça je pourrais envoyer Courtney faire la chambre... Numéro 9, c'est ça ?

— Exact. Dites, je peux vous demander un renseignement ?

— Je vous écoute.

— Voilà, je me passionne pour les vieilles demeures, et il paraît que la propriété Robertson vaut vraiment le coup d'œil...

— Ça, pour sûr ! Hazel l'a fait restaurer de fond en comble par ce type, là... Zut, son nom m'échappe. Un gars célèbre qui vient de l'Est. Du Wisconsin, peut-être...

— Qui est cette Hazel ?

— La première femme de Gerry Robertson.

— Alors vous les connaissez ? Les Robertson ?

— Mais tout le monde les connaît, ici ! C'est Henry Robertson qui a tracé les premières rues de Black Ridge dans les années 1870.

— J'ai très envie de monter là-haut pour visiter. Vous croyez qu'ils accepteraient ?

La patronne réfléchit.

— Honnêtement, ça m'étonnerait. Gerry aurait peut-être dit oui. Hazel, sans aucun doute. Elle était très fière de ses aménagements. Elle avait passé sept années là-dessus, et investi beaucoup d'argent. Mais quand les travaux ont enfin été terminés, la malheureuse n'en avait plus que pour cinq mois à vivre.

— De quoi est-elle morte ?

— Accident de voiture. Au col de Snoqualmie, deux semaines après Noël 98. Elle a quitté la route et plongé dans le ravin. On n'a retrouvé la voiture que deux jours plus tard. Apparemment, elle ne serait même pas morte sur le coup. Pauvre femme...

Un ombre passa dans ses yeux, puis elle retrouva son entrain.

— Mais bon, ça ne coûte rien d'essayer, pas vrai ? Vous voyez comment vous y rendre ?

— C'était ma deuxième question.

Marie s'appliqua à me fournir des indications détaillées, nouveau contre-pied à son accueil mutique de la veille. À l'évidence, je l'avais rencontrée dans un mauvais jour. Sur la fin de ses explications, je fus distrait par un animal qui sortit de l'hôtel pour s'approcher d'un pas tranquille.

— Sacré chien, commentai-je.

Marie se tourna vers la bête.

— Il a de l'allure, n'est-ce pas ? Moitié loup, à ce qu'on raconte, mais je pense que c'est impossible, à cause des histoires de gènes. Ce n'était qu'un chiot quand je l'ai recueilli, et ç'a toujours été un amour.

Le chien rejoignit sa maîtresse et me regarda. À côté d'elle, il paraissait encore plus immense. Gros, gris et silencieux, comme un nuage d'orage.

— Salut, toi, lui lançai-je.

Je n'ai jamais été très amateur de chiens. Les yeux de celui-ci étaient marron foncé, presque noirs. Il les posa longuement sur moi, puis regarda ailleurs. Je me sentis jugé.

Marie lui tapota le dos.

— Une femme qui vit toute seule, faut bien qu'elle se protège, pas vrai ?

— Et comment. Merci pour toutes ces informations, madame.

— Si vous avez besoin d'autre chose, faites-moi signe. Et pensez à me dire si vous restez ou pas.

Elle caressa son monstre et ils s'en allèrent vers la route.

Quinze minutes plus tard, je m'arrêtais devant la grille en fer forgé qui se dressait en retrait de la route 903, à mi-chemin entre Black Ridge et l'embranchement de notre ancienne maison. Il n'était pas encore 9 heures. Malgré le café et ma petite promenade matutinale, je ne me sentais qu'aux trois quarts éveillé. Je suis descendu de voiture pour actionner l'Interphone situé sur la gauche du portail. Après un instant, un timbre d'homme grésilla :

— Qui est là ?

— Je m'appelle Ted Wilson et je…

— Que voulez-vous ?

Je lui servis la même histoire qu'à la gérante de l'hôtel. S'ensuivit un long blanc, puis un bruit électrique.

— Entrez, fit la voix tandis que s'ouvrait le portail.

Je m'engageai à pied dans l'allée. Elle menait à une grande pelouse au centre de laquelle dormait une mare artificielle. Autour du plan d'eau s'élevaient deux bâtisses robustes mais élégantes, peintes en blanc et de style néogéorgien, ainsi qu'une troisième, plus proche du simple cottage. Nulle feuille morte à la surface de l'eau, malgré le voisinage des arbres. Un gazon tondu de frais et tout aussi net. Même les cailloux de l'allée semblaient avoir été triés par taille et par couleur.

J'obliquai vers la plus grosse maison, gravis le perron et sonnai. La porte s'ouvrit presque aussitôt sur une frêle dame âgée en tablier. Je la suivis dans un large couloir, après quoi elle mima un sourire et s'esquiva par une porte latérale.

Je patientai une dizaine de minutes en admirant les cadres au mur. Quand j'entendis enfin des pas dans l'escalier derrière moi, je me trouvais planté devant un panneau de couleur crème sur lequel était calligraphié un court extrait de poème. Me retournant, je découvris un homme d'à peu près mon âge, voire un tantinet plus jeune, mais plus lourd de trente kilos. Onéreusement vêtu d'un pantalon de coton beige, d'une chemise blanche et d'un pull vert cendré à col en V, il semblait avoir pris ses conseils vestimentaires auprès d'un décorateur d'intérieur afin de se fondre au mieux dans son environnement.

Il me détailla du regard, visiblement moins emballé par ma propre dégaine.

— Cory Robertson, dit-il en me tendant une main douce et chaude. Vous êtes donc féru d'architecture ?

— Exactement.

— Et comment avez-vous entendu parler de cette maison ?

— Par la patronne de mon hôtel. Quand je lui ai confié que j'aimais les belles demeures, elle m'a demandé si je connaissais la maison Robertson... ou *les* maisons, devrais-je dire. Alors j'ai décidé de venir tenter ma chance.

— Y a-t-il un motif professionnel derrière cette visite ?

— Oh non, aucun. L'article du *Digest* de 1997 était déjà très complet. Je suis ici en simple amateur.

J'eus droit à un rapide tour du propriétaire, ce qui me révéla une maison spacieuse, bien entretenue, enrichie de nombreux aménagements aussi cohérents que discrets. Cinq minutes de cybercafé à la sortie de la ville m'avaient fourni suffisamment d'éléments sur cette baraque pour faire semblant de comprendre ce que je voyais, et placer dans la discussion le nom du célèbre architecte.

L'étage se divisait en deux ailes, de part et d'autre d'un vaste palier. D'après Ellen, cette maison était celle des enfants de Gerry ; l'aile que Cory s'abstint de me montrer devait donc être occupée par un frère ou une sœur. Sa partie à lui était propre et soignée, la seule touche personnelle consistant en quelques photos de lui et d'une poignée de camarades patriciens, posant en veste matelassée et casquette de chasse orange, un sourire postcoïtal aux lèvres, au-dessus de quelques créatures de Dieu réduites à l'état de charognes. L'un de ces visages me disait vaguement quelque chose.

Nous sommes ressortis sur le palier, où la fenêtre offrait une vue sur le fond de la propriété. Je discernai une piscine couverte et des courts de tennis, avant le début de la forêt. Je vis aussi que tous les rideaux étaient tirés de l'autre côté de la mare.

— La deuxième maison a été refaite, elle aussi ?

— En effet. C'est même là que les travaux ont été les plus importants. On a agrandi tout l'arrière.

— Ah oui ? Je peux voir ?

— Je crains que ce ne soit impossible, dit Cory d'un ton affable. Cette maison est habitée. La personne est absente pour le moment, mais je préfère respecter son intimité.

— Bien sûr, répondis-je. Vous louez donc une partie des lieux ?

— Si l'on veut. Mais cette personne va bientôt s'en aller.

— Ah oui ? Quelle drôle d'idée ! Si j'avais le privilège de vivre ici, il faudrait se lever tôt pour me déloger !

Cory eut à peine un rictus.

— Merci de m'avoir accordé tout ce temps, dis-je, alors que nous redescendions le grand escalier.

— Mais tout le plaisir était pour moi. Quand on a été gâté par la vie, il est normal d'en faire un peu profiter les autres.

— Noble attitude, répondis-je, bien que la seconde épouse du papa n'eût visiblement pas droit aux mêmes largesses.

De retour dans le hall, mon attention fut de nouveau attirée par le poème au mur. Cory récita à voix haute :

— « Les ports où nul ne t'invite / La route où nul ne t'assiste / Va, construis-les avec ta vie / Marque-les de tes morts. »

— *Le Fardeau de l'homme blanc*, c'est ça ?

— Gagné. Mon grand-père en était fou.

— De Rudyard Kipling, ou de l'impérialisme en général ?

— De Kipling, précisa Cory avec un sourire pincé. Mais quand son père à lui est arrivé ici avec sa femme et leurs quatre jeunes enfants, croyez-moi, civiliser les autochtones n'avait rien de superflu.

Il resta sous le porche le temps que je redescende l'allée. Lorsque je me suis retourné, ses yeux n'étaient plus braqués sur moi mais sur l'autre maison, où il me sembla voir bouger l'un des rideaux à l'étage. Mais, comme le ciel était chargé de nuages filants, il ne s'agissait peut-être que d'un reflet.

J'ai regagné ma voiture sans trop savoir ce que j'avais appris ni ce qu'il fallait penser du sieur Cory Robertson. Il était tellement imprégné de cette terne arrogance liée à la richesse et au prestige – et des manières doucereuses qui généralement vont avec – que j'imaginais mal ce type inquiéter qui que ce soit. Sauf, peut-être, lorsqu'il évoquait le départ prochain de sa « locataire », ou qu'il déclamait un poème qui – quoique bien reçu en son temps, et pétri d'une condescendance à distinguer du racisme pur et simple – semblait défendre les droits territoriaux des « civilisés » sur tous les autres.

Marque-les de tes morts...

Je me demandais en outre si Cory avait jamais songé que ce vers s'appliquait fort bien à sa mère, elle qui avait quitté ce monde dans une atroce solitude, prisonnière d'un amas de tôle froissé, en contrebas d'une route que les ancêtres de Cory avaient eux-mêmes creusée dans ces montagnes.

Mon petit doigt me disait que oui.

Chapitre 15

Sur le chemin du retour, j'ai tenté de joindre Ellen Robertson, hélas sans résultat. Arrivé à l'hôtel, j'ai rempaqueté mes affaires en moins de deux minutes. En roulant à fond jusqu'à Yakima, je parviendrais peut-être à rejoindre Le Pélican pour le service du soir, mais ce serait vraiment à l'arraché, et puis je me sentirais lâche de repartir sans avoir au moins essayé de voir Carol – ce qui, le cas échéant, m'empêcherait à coup sûr d'atteindre Marion Beach à temps. En d'autres termes, il valait mieux prévenir le restaurant.

Mais d'abord mon ex-femme. L'idée de l'appeler m'épuisait d'avance. Notre dernière conversation remontait à cinq mois : un bref et cordial échange de nouvelles, aussi peu nombreuses de son côté que du mien – du moins pour celles qu'elle était prête à me confier. Discuter avec un ancien amour est une expérience perturbante. Le fossé entre alors et maintenant est trop profond, et trop bizarre, pour être ignoré, et il n'y a rien de plus étrange qu'un être qui fut jadis tout le contraire d'un étranger. Quoi qu'il en soit, j'ai composé le numéro de mobile de Carol, en me concentrant sur le ton badin avec lequel j'allais m'inviter pour le café.

— Salut, c'est moi ! lançai-je dès qu'elle décrocha.

Ces mots sonnèrent moins bien que prévu. Et, comme ils furent suivis d'un blanc, je fus contraint de préciser :

— C'est John.

— Ah, salut, réagit-elle avec une chaleur forcée, comme si je me faisais de nouveau passer pour un libraire.

C'était précisément à cause de ce ton, de cette distance qui se voulait une preuve de maturité, que je n'appelais pas plus souvent.

— Salut, Carol. Alors, comment ça va ?

Elle allait bien. Tyler aussi. En revanche, le frère de Carol s'était esquinté la cheville en glissant sur le sol mouillé d'un supermarché. Très vite, les états d'âme du frangin Greg quant à l'intérêt de poursuivre le magasin en justice dépassèrent en temps de parole celui consacré à mon ex-femme et à mon deuxième fils. J'ai emporté le téléphone sur le parking de l'hôtel pour prendre mon mal en patience à l'aide d'une cigarette. Qu'y a-t-il de plus barbant que la vie des proches d'un ou d'une ex ? C'est comme si l'on vous montrait un magnétoscope VHS de 1975 en s'attendant que la qualité d'image vous soutire des « Oh ! » et des « Ah ! ».

— En fait, plaçai-je quand le sujet s'épuisa de lui-même, il se trouve que je suis dans le coin. Alors je me demandais si...

— T'es ici ?

— Oui. Enfin non, pas à Renton. À Black Ridge.

Un silence.

— Je peux te demander pourquoi, John ?

— Ça faisait longtemps. J'avais envie de revoir la maison.

— T'es allé à la maison ?

— Oui. Personne n'y habite, en ce moment.

— Mais... qu'est-ce que t'es allé fabriquer là-bas ?

— Il était temps que j'y retourne, je te dis. (Son agressivité commençait à me crisper.) Je m'apprête à rentrer dans le Sud. Mais comme j'étais dans le secteur, je pensais te faire un petit coucou.

— Mais je pars bosser, là.

— Cet après-midi, alors ? Je reprendrai l'avion à Seattle et...

— Non, pas cet après-midi non plus.

— J'ai le droit de voir mon fils, Carol.

— Ah oui ? Après trois ans de silence radio ?

— Après trois ans, dix ans ou vingt ans... C'est quoi le problème ? Tu me caches quelque chose ?

— Nous sommes divorcés, John. Rien ne m'oblige à te raconter quoi que ce soit, et je n'ai ni besoin ni envie de te revoir. Alors retourne dans l'Oregon et restes-y.

Sur l'instant, je n'ai pas su quoi répondre. Puis j'ai trouvé :

— Va te faire voir, Carol.

Mais elle avait raccroché.

Je suis resté plusieurs minutes planté devant la chambre, à serrer l'appareil si fort que j'en avais mal aux doigts. Le discours entre époux n'est pas toujours un modèle de raison et de politesse, mais entre divorcés… On s'envoie tranquillement des phrases qui, dans n'importe quel autre contexte, vous feraient sortir les couteaux. Carol et moi n'en étions cependant jamais arrivés là. Cela m'embêterait-il d'apprendre qu'elle refaisait sa vie ? Aucune idée. Mais quand bien même cela m'aurait blessé, je suis un grand garçon et j'aurais su encaisser. Carol aurait dû le savoir.

J'ai essayé de la rappeler, mais elle n'a pas décroché. Et je n'ai pas vu l'intérêt de lui laisser un message.

Je rangeais mon sac dans le coffre quand mon téléphone sonna.

— Vous êtes venu, lâcha une voix de femme.

— Oui, répondis-je. Et vous étiez là aussi, Ellen. Contrairement à ce que m'a dit Cory quand j'ai demandé à visiter votre pavillon.

— Mais qu'est-ce que vous fichiez là ?

Je commençais à en avoir marre que les femmes me posent cette question.

— Je suis venu parce que j'ai reçu un message sur mon mobile hier soir, après votre départ précipité. Une correspondante anonyme m'appelait de chez les Robertson pour me dire de ne pas vous écouter car vous mentiez.

Il y eut un silence. Puis je perçus des sanglots dans l'écouteur.

— Maintenant, je rentre chez moi, Ellen.

Elle continua de pleurer. Je consultai ma montre : bientôt 11 heures. La perspective d'être rentré pour le service du soir était plus que compromise, mais ce n'est pas ça qui m'a fait changer d'avis. Je pense plutôt que deux conversations s'entrechoquaient dans ma tête – la prise de bec avec Carol, cette explication-ci – et que je me sentais tenu d'agir sur au moins l'un des deux fronts. La colère et la détresse d'une femme diffèrent de celles de l'homme : elles paraissent plus critiques, comme si elles rompaient l'équilibre du vivant. Or devant une femme en souffrance se révèlent deux types de mâles : ceux qui se mettent en devoir de résoudre le problème, et ceux qui, dans un recoin de leur âme qu'ils ne souhaitent pas localiser, salivent à l'idée de pouvoir jeter de l'huile sur le feu.

— Retrouvons-nous quelque part, proposai-je, et nous reparlerons de tout ça. Pas forcément à Black Ridge. J'ai une voiture et une carte de la région.

Après un temps d'hésitation, elle murmura :

— Je peux vous faire confiance ?

Je lui promis que oui.

J'ai reposé mon sac dans la chambre et fait un saut à la réception pour indiquer que je restais une nuit de plus. Une jeune fille aux longs cheveux bruns remplaçait Marie derrière le comptoir, plongée dans une longue liste de tâches qui, à voir sa mine, semblait rédigée en chinois.

— Bonjour, mademoiselle.

La fille releva la tête, lentement, et m'observa en clignant des yeux. Seize ou dix-sept ans, très jolie. Je devinai à sa blouse qu'elle était la femme de chambre, et on aurait dit qu'elle n'avait pas dormi depuis une semaine. Elle ne faisait pas fêtarde, mais plutôt insomniaque.

— Bonjour ? renvoya-t-elle.

J'eus beau me répéter, elle parut hermétique à ce que je lui expliquais. Non qu'elle eût l'air débile, mais l'information refusait d'entrer. De guerre lasse, je me suis penché par-dessus le comptoir pour attraper une feuille de papier et noter la chose en grandes lettres capitales. La fille ne s'est pas formalisée – je ne suis même pas sûr qu'elle ait remarqué mon geste. Quand j'ai pris congé, elle m'a regardé quitter les lieux comme on suit des yeux un nuage.

Dehors, j'ai appelé ma troisième nana de la matinée. J'avais si peur que Becki ne refuse de me remplacer un deuxième soir de suite qu'il a fallu qu'elle me dise oui pour que je remarque sa petite voix.

— Tout va bien, Becki ?

— Ouais, ouais. Enfin, si on veut.

— Ne me dis pas que Kyle s'est remis à déconner !

— Je ne sais pas, avoua-t-elle. Mais je le trouve bizarre, irritable, et… Laisse tomber, Marcheur solitaire, c'est vraiment pas tes oignons. Et toi, ça va de ton côté ? Tu m'appelles d'où, au fait ?

— De l'État de Washington. Un bled du nom de Black Ridge.

— Et cet impératif familial ? Ça se passe comme tu voulais ?

— Oui, oui, ça roule. Écoute, je fais tout pour être là demain soir, d'accord ?

— Ce serait pas mal, conclut-elle avant de raccrocher.

J'ai marché jusqu'à la voiture en pensant que, pour un homme qui passait toutes ses nuits seul depuis trois ans, j'étais drôlement servi côté gonzesses.

Ayant une heure à tuer avant mon rendez-vous avec Ellen, je me suis arrêté au Write Sisters pour casser la croûte. Si l'on faisait abstraction de ses qualités diététiques, la bouffe n'était pas trop mauvaise. Mais, quand j'ai voulu terminer sur une note caféinée, pas moyen d'attirer l'attention de la serveuse aux cheveux bleus : il a fallu que je retourne jusqu'au bar, où la fille mania son percolateur avec une maladresse de débutante.

— Vous allez bien ? finis-je par lui demander.

Elle haussa les épaules.

— J'ai un peu mal au ventre, c'est tout.

— Vous avez vu un médecin ?

— Pour quoi faire ? Il me dira juste de prendre un comprimé.

— Et là ça vous fera mal au cul…

Ces mots réussirent à la dérider un chouia.

Tout en sirotant les fruits de son labeur, je feuilletai le petit guide touristique exposé sur le comptoir. Il datait d'une dizaine d'années et je n'y reconnus qu'un seul établissement, le Marie's Resort. Tous les autres avaient dû mettre la clef sous la porte.

Black Ridge possédait la même histoire que la plupart des communautés du coin, et celle-ci était assez facile à retenir. Cette zone où s'étaient succédé diverses tribus salish fut confisquée par l'homme blanc après que ce dernier eut convaincu un indigène lambda d'apposer sa griffe au bas d'un traité. Après cela, tout Indien présent sur une terre détenue par un Blanc pouvait être considéré comme intrus et délogé manu militari.

Et on ne se gêna pas, bien sûr. Le peuplement blanc se fit par à-coups, jusqu'à ce que, en 1872, un certain Henry Robertson découpe son domaine en parcelles, trace des rues et fasse enregistrer la commune, cela avec le concours de John Evans, de Nikolas Golson, de Joshua Kelly et du producteur de lait Daniel Hayes. Tous originaires du Massachusetts, ces hommes et leurs familles étaient arrivés soit en groupe, soit les uns à la suite des autres. Hormis les Kelly, qui repartirent dans l'Est au bout de quelques mois, et Golson, qui fut chassé de la ville pour un banal larcin, ces pionniers allaient connaître la prospérité : le bois s'imposa peu à peu comme l'activité maîtresse de la région, et la ville fut suffisamment riche et solide pour devenir dès 1903 une municipalité à part entière. Les quelques pâtés de maisons qui m'entouraient actuellement en formaient alors le centre, un quadrillage de voies courtes et tordues qui semblait avoir été dessiné dans le sable avec un bâton.

À ce stade du texte, je me suis tourné vers la vitre pour tâcher d'imaginer onze saloons bruyants et dangereux alignés de part et d'autre d'une piste boueuse, avec leur faune d'hommes moustachus et de femmes guindées. Mais je n'y arrivais pas. Soit la fièvre s'était dispersée dans le sol à la manière d'une flaque de sang, soit les esprits folâtres s'étaient retranchés dans la forêt depuis des lustres.

Pendant un temps, les Indiens des tribus locales avaient joué un certain rôle dans l'histoire de la ville, le plus souvent positif et dévoué – même s'il arrivait que, poussé à bout, on colle une gifle à un morveux blanc –, mais petit à petit ces natifs se retirèrent de Black Ridge, comme, au fond, la plupart des choses un tant soit peu intéressantes. Black Ridge était aujourd'hui une ville fatiguée, sans puissance ni ambition, les batteries à plat. Le seul point qui m'étonnait, c'était que Henry Robertson eût choisi de bâtir sa demeure si loin du centre-ville, et non en plein milieu comme la plupart des grands pionniers de l'époque, tel Henry Yesler à Seattle. La maison Evans était encore debout, qui hébergeait la bibliothèque municipale depuis les années soixante-dix. L'ancien terrain des Hayes se trouvait lui aussi à deux pas d'ici, aujourd'hui propriété d'une banque sur le parking de laquelle j'avais dégoté mon café le matin même. Quant à la famille Kelly, qui n'avait pourtant pas tenu plus de six mois dans ce trou, elle avait réussi à donner son nom à la grand-rue. Alors pourquoi Henry Robertson avait-il élu domicile à six kilomètres de là ? Je ne le saurais sans doute jamais, et cela n'avait pas grande importance.

J'ai réglé l'addition, augmentée du prix du guide, et je suis sorti. La serveuse avait le teint de plus en plus gris, et j'espérais qu'elle n'avait pas déjeuné sur son lieu de travail – ou alors que je n'avais pas consommé la même chose qu'elle.

Ellen avait choisi une aire de pique-nique entre Cle Elum et Shcffcr. Huit tablcs au milicu dcs arbres, et un parking de gravier où m'avait précédé un coupé rouge. J'espérais qu'il s'agissait de la voiture d'Ellen, sinon, la vue de ce véhicule étranger risquait de lui faire rebrousser chemin. En posant pied à terre, je distinguai une silhouette au fond du bois, quelques mètres après la dernière table. Il me vint à l'esprit qu'Ellen ignorait ce que je conduisais et qu'elle peinerait à me reconnaître à une telle distance.

— Ellen ? lançai-je en m'avançant lentement.

Pas de réponse.

Après quelques pas de plus, je me dis qu'elle devait être postée plus loin que je ne l'avais cru, ou qu'elle s'était déplacée, ou que je l'avais tout simplement confondue avec un arbre.

— Ellen ? C'est John Henderson.

Où qu'elle fût cachée, elle pouvait maintenant m'apercevoir, alors j'ai décidé d'attendre sans bouger. Après une minute environ elle est sortie de sa cachette, à peu près là où il m'avait semblé la repérer. Elle avait une sale mine.

— Vous êtes seul ? dit-elle.

— Bien sûr, pourquoi ?

— Parfois les gens ne le sont pas.

— Eh bien, moi, si, répondis-je en ouvrant les paumes comme pour embrasser le monde. Même les petites voix ont cessé de me parler…

Elle se mordit la lèvre, et finit par sourire.

Chapitre 16

Nous nous sommes assis à une table, l'un en face de l'autre. Ellen portait un jean et un gros pull bordeaux. Son maquillage et ses cheveux étaient moins soignés que la veille, ce qui la rajeunissait de deux ans.

— Alors, Ellen. D'où venez-vous, en réalité ?

— Je vous l'ai déjà dit.

— Non, je sais que vous n'êtes pas de Boston. Considérons les deux prochaines minutes comme un test. Quelqu'un cherche à me convaincre que vous n'êtes pas digne de confiance, et moi j'aimerais croire le contraire. Alors d'où venez-vous ?

— Comment l'avez-vous su ?

— J'ai une bonne oreille. Votre accent est excellent, mais plus je l'entends, plus il s'avère que vos voyelles sont parfois un peu trop rondes, et il vous arrive aussi de mal choisir vos mots. Personne ici ne s'en rendra compte : c'est juste que j'ai longtemps côtoyé des Bostoniens pure souche.

— Et ça fait de vous un expert ?

J'ai patienté en silence.

— Je viens de Roumanie, lâcha-t-elle avec défi.

— Et vous vivez ici depuis longtemps ?

— Huit ans. Avant ça, j'ai passé un bout de temps en Angleterre, puis en France. Moi aussi, j'ai l'ouïe fine, et, comme je voulais me faire une situation aux États-Unis, j'ai pris la peine de travailler mon accent. Mon français n'est pas trop mauvais non plus.

— Quel âge avèz-vous ?

— Trente-quatre ans. Et cette question est inconvenante dans toutes les langues.

Cette réplique me soutira un sourire.

— Très bien, Ellen. Vous avez joué franc jeu et je vais en faire autant. Je suis navré que vous ayez des soucis, mais ceci est la dernière conversation que nous aurons ensemble, à moins que vous ne disposiez d'informations solides concernant la mort de mon fils.

— Et vous ? demanda-t-elle. Vous venez d'où, en vérité ?

— De Newport Beach, dis-je en allumant une cigarette. En Californie.

— Ce n'était pas le sens de ma question. (Elle me piqua une clope et emprunta mon briquet.) D'après le journal, vous étiez avocat.

— En effet. Je l'étais.

— Mais vous n'avez pas fait que ça, à mon avis.

— Alors, maintenant, c'est vous l'experte ?

Elle se contenta de me fixer dans le blanc des yeux. J'avais du mal à reconnaître la femme de la veille au soir, et j'ai repensé à ce que m'avait dit Kristina sur son compte.

— J'ai été soldat, confiai-je. Plus tard, je suis devenu avocat. Et, entre les deux, j'ai tâté de diverses choses.

— Comme quoi ? Décortiquer les accents et les paroles d'autrui ?

— Cela remonte à loin.

— La Roumanie aussi.

Alors je lui ai raconté.

Après une adolescence erratique, je me suis engagé dans l'armée à l'âge de vingt ans pour échapper à une vie qui partait en déconfiture. Cinq ans plus tard, j'en suis ressorti vivant, avec à peine quelques points de suture ici ou là. J'ai démissionné peu après avoir rencontré Carol, et j'ai alors opté pour le Secret Service en me disant qu'au moins je passerais la majeure partie de l'année sur le sol américain. Mais, malgré ce nom qui en jette, le boulot d'un agent du Secret Service est à mi-chemin entre fédéral de base et garde du corps – concrètement, on fait beaucoup de surplace. J'y ai tiré deux années durant lesquelles je n'ai rencontré ni le Président ni le vice-Président, ni essuyé le moindre tir. Puis j'ai été recruté par un service de renseignements lié à la Sécurité intérieure, et en parallèle j'ai préparé une licence de droit en bûchant le soir et le week-end. J'ai entrepris ces études quand ma femme est tombée enceinte et que j'ai senti que je n'aurais bientôt plus envie de passer mes journées entouré d'armes à feu, à jouer les boucliers humains aux quatre coins du pays.

J'ai donc rejoint un petit cabinet d'avocats, l'un des plus anciens de Yakima. Il appartenait au père d'un vieux copain de l'armée, Bill Raines, qui y travaillait aussi. Je ne me suis pas mal débrouillé dans ces nouveaux habits. Les clients se bousculaient au portillon et j'alignais assez d'heures pour vivre confortablement. Je recueillais des dépositions, rassemblais des pièces et jouais les assistants pour des collègues comme Bill. J'eus rarement à dissuader quelqu'un de s'attaquer à moi, à un client ou à notre cabinet, et ceux qui s'y sont risqués se sont pour la plupart cassé le nez – mais ils l'ont pris avec philosophie. L'ironie de l'histoire, c'est que j'ai bel et bien failli me faire tirer dessus, un après-midi, par un avocat de la partie adverse qui se révéla être un affreux cocaïnomane, et surtout un loser fini.

Mais dans l'ensemble je menais une vie agréable, calme et respectable. Elle aurait dû se poursuivre selon un schéma tout tracé : j'aurais fini par acquérir des parts dans le cabinet d'avocats, et je serais devenu gras du bide et incollable sur les grands crus. Mais tout a basculé en un après-midi.

Je me suis arrêté là, car j'en avais déjà trop dit. Ellen était douée pour écouter. Ses yeux vous invitaient à la confidence, mais sans rapacité.

Elle digéra ce que je lui avais confié, puis elle s'ouvrit à son tour.

Ils s'étaient rencontrés à Paris, un après-midi de printemps, contraints de partager une table à la terrasse bondée du Flore. Deux touristes étrangers courant les hauts lieux de Saint-Germain-des-Prés, venus cocher la case « café où les premiers existentialistes venaient pensivement siroter un crème ». Elle était alors l'assistante d'un banquier de Boston, et Gerry Robertson effectuait son quatrième voyage annuel en dehors des États-Unis depuis le décès de son épouse, un rituel qu'il ne parvenait toujours pas à savourer pleinement. Comme il avait mené une carrière de directeur financier à Yakima avant de prendre sa retraite vers l'âge de cinquante-cinq ans, Ellen et lui avaient des choses à se raconter. Ils en trouvèrent, en tout cas. Ils convinrent de se revoir le lendemain pour un deuxième café, puis de là ils dînèrent ensemble, et de fil en aiguille…

Kristina avait vu juste, ai-je pensé à mesure qu'avançait ce récit. Quand Ellen évoquait les prémices de cette relation, faits de coups de fil, de mails et de week-ends à deux, qu'elle décrivait la demande en mariage de Gerry, à La Nouvelle-Orléans, le jour du cinquième anniversaire de la mort de sa femme – et les raisons d'un tel choix : vivre avec son passé, plutôt que de l'occulter –, ou bien qu'elle relatait les impressions éprouvées lors de son emménagement dans la propriété que j'avais visitée le matin même, je ne doutais pas que ces deux-là avaient été profondément amoureux. Et pourquoi pas, d'ailleurs ? Il existe bien sûr des différences entre deux personnes nées à dix, vingt, ou même trente ans d'intervalle (ce qui prouve du reste que le plus vieux des deux a fait un minimum attention à ce qui se passait autour de lui), mais il y en a moins, en définitive, qu'entre deux enfants de quatre et deux ans. De toute façon, quand on n'est ni jeune ni vieux, on est tous des idiots.

Suivirent alors pour Ellen quatre années de bonheur conjugal et de voyages en première classe, la seule ombre au tableau étant les enfants de Gerry. Non que ceux-ci se fussent montrés froids, bien au contraire : Cory et Brooke Robertson accueillirent Ellen avec une chaleur presque suffocante, et elle finit par comprendre qu'ils la traitaient ni plus ni moins comme une nouvelle sœur – une sœur qui partageait la maison (et le lit) de papa.

Après qu'Ellen eut avoué son malaise à Brooke, les deux rejetons reprirent leurs distances, mais rien d'excessif – un simple rééquilibrage, à ses yeux. Alors la vie suivit son cours, ponctuée par le traditionnel déjeuner dominical dans la grande maison.

— Sur quoi portait votre dispute ? demandai-je, à la fin de ce préambule.

Ellen sembla perdue.

— Hier soir, vous m'avez dit que vous vous étiez disputée avec Gerry. Le jour de sa crise cardiaque.

Elle écrasa son mégot sur la table et le jeta au loin.

— C'était à propos des gosses. Mais pas les siens.

— Vous vouliez des enfants ?

— Cela faisait six mois que la question était dans l'air. Et même neuf, si l'on compte notre première querelle à ce sujet, le soir de notre quatrième anniversaire de mariage. Comme je vous l'ai dit, j'ai déjà trente-quatre ans. (Elle fit osciller son index.) Tic-tac, tic-tac…

— Mais lui, il pouvait vous en donner ?

— Oh oui, je pense. Gerry était encore plein de vigueur.

— Mais un peu vieux quand même pour se farcir les biberons de 3 heures du matin. Surtout s'il avait déjà donné trente ans plus tôt.

Elle me fusilla du regard, en ma qualité de représentant de la gent masculine.

— Pourquoi ne m'a-t-il pas prévenue avant qu'on se marie, dans ce cas ? Il s'est bien gardé de me dire : « Nous ne pourrons pas avoir d'enfants. » Alors bon, on ne s'est jamais envoyé d'assiettes à la figure, mais c'est vrai que la question revenait de plus en plus souvent.

Ayant été marié, je connaissais le mécanisme : âpre insistance féminine contre lâche mutisme masculin, un vrai cercle vicieux.

— Et donc, ce jour-là ?

— J'ai abordé le problème et la discussion s'est envenimée, comme d'habitude. Puis il est parti courir et j'ai réussi à me changer les idées. Mais, encore une fois, ça n'avait rien d'une grosse dispute.

Son menton frémit et elle baissa les yeux. Ayant moi-même passé de nombreuses nuits à me dire que Scott et moi étions dans les meilleurs termes le jour de sa mort, et que la veille au soir je lui avais lu son histoire avec plaisir et non par devoir, je savais décrypter le langage corporel d'Ellen.

— Au moins, vous preniez encore la peine de vous affronter. C'est quand on ne s'adresse même plus la parole que tout est fichu.

Elle releva les yeux et sourit du bout des lèvres. Je lui rendis son sourire, tout en montrant que je ne piperais plus mot sans raison valable.

— C'était son visage, lâcha-t-elle. C'est pour cette raison que je vous ai contacté.

— Comment ça ?

— On raconte que votre fils est mort avec une expression très inhabituelle sur le visage. Eh bien, Gerry a eu la même.

Ellen ouvrit une parenthèse pour préciser que le rapport du légiste était des plus sommaires : sujet en pleine forme pour son âge, pas d'antécédents familiaux.

— Deux jours après ses obsèques, reprit-elle, je me trouvais à Sheffer, je ne sais même plus pour quelle raison. Histoire de prendre l'air, sûrement. Je suis entrée dans un snack pour essayer d'avaler un morceau, et c'est là que j'ai entendu quelqu'un parler de la « maison Henderson ». Et de ce qui était arrivé là-bas.

J'ai poussé un juron, furieux de voir à quel point ma vie excitait les cancans.

— Un gars d'une cinquantaine d'années ? Avec des lunettes chicos ?

Ellen fronça les sourcils.

— Non, une femme. Pourquoi ?

— Aucune importance. Continuez.

— Cette femme disait tenir l'information d'un des flics présents sur place, un certain Phil.

Je confirmai de la tête. Phil Corliss, de la police de Black Ridge. Lui et son chef étaient arrivés les premiers sur les lieux, avant de laisser l'affaire aux hommes du commissariat central de Cle Elum. De tous les enquêteurs qui défilèrent ce jour-là, Corliss fut le seul à ne pas avoir l'air de se demander comment ou pourquoi j'avais tué mon fils. Personne ne me posa ouvertement la question, bien sûr, et personne ne sembla penser que

Carol ou moi méritions d'être jetés dans un panier à salade et cuisinés dans une pièce aux murs aveugles, mais je crois que l'idée leur avait à tous traversé l'esprit – à part Corliss, donc, ainsi que son supérieur dont je n'avais pas eu le temps de retenir le nom.

— Cette femme disait que Phil lui avait parlé de la façon dont… Vous m'écoutez, John ?

— Si vous pouviez en venir au fait, Ellen. Ma patience n'est pas infinie.

— Eh bien, quand il a vu le corps, cet inspecteur a trouvé que votre fils avait une expression curieuse. Comme s'il avait eu peur.

Je n'avais rien à répondre à ça.

— Alors je suis allée à la bibliothèque pour consulter les journaux de l'époque. J'ai lu les comptes rendus, et ça m'a fait réfléchir.

— Je ne vois toujours pas…

— Gerry n'a jamais fait de crise cardiaque, John ! Mon père, lui, a eu un infarctus. J'avais quatorze ans et j'étais présente. Il a dit qu'il se sentait bizarre, puis c'est passé. Quelques heures plus tard, je l'ai vu grimacer et se masser le bras, comme ça. (Elle se frotta énergiquement le biceps gauche.) Puis la douleur a reflué, mais il se sentait patraque. Au bout d'une heure, il recommence à se frotter le bras, et aussi la poitrine. Il affirme pourtant que tout va bien. Comme il soupçonne un vulgaire problème de digestion, il se lève pour prendre une gélule, et c'est là que sa jambe gauche le lâche. Il tombe sur le genou, plié en deux, il commence une phrase et là je vois qu'il comprend la situation. Il sait qu'il fait un infarctus. Mais avec Gerry, rien de tout ça !

— Ça l'a pris comment, lui ?

— J'ai prononcé son nom. Il s'est retourné et m'a souri, d'un sourire tendre qui signifiait qu'il n'était pas fâché. J'allais lui dire des mots affectueux quand soudain je me suis aperçue qu'il ne me regardait plus.

— Comment ça ?

— Il regardait derrière moi, vers les arbres. Il semblait complètement désorienté. L'odeur aussi était bizarre : je ne reconnaissais pas l'odeur de sa transpiration. Puis il a écarquillé les yeux, comme s'il ne m'avait jamais vue de sa vie et que ma tête le terrifiait. (Elle plongea la main dans son sac.) J'ai une photo.

— Vous l'avez photographié ?

— Après coup, oui. Quand ils m'ont laissée seule avec lui.

Elle me tendit le cliché. J'y vis le visage mal éclairé d'un sexagénaire aux traits doux et aux cheveux gris clairsemés. Les yeux fermés, l'air mort. Rien de plus.

— Ce n'était déjà plus le même visage, se défendit Ellen.

Je me sentais roulé. En beauté.

— Eh non, Ellen, les expressions faciales ne restent pas éternellement gravées sur les visages. Vous vous fichez de moi ou quoi ?

— Il n'y avait pas que le visage, de toute façon. C'est surtout ce qu'il a dit.

— Et qu'a-t-il dit, Ellen ?

— Il a dit : « Nom de Dieu ! Mais qui êtes-vous ? » J'ai suivi la direction de son regard. Il faisait beau, on voyait parfaitement clair jusqu'à la forêt, et je peux vous assurer qu'il n'y avait absolument personne, juste les arbres derrière la grande maison. Alors je me suis retournée vers Gerry pour lui demander de quoi il parlait, sauf que… il était mort.

— L'infarctus a pu bloquer l'afflux de sang vers le cerveau, et provoquer des hallucinations.

— Pourquoi, c'est ce qui est arrivé à Scott ?

— Mais d'où prétendez-vous savoir quoi que ce soit sur mon fils ? m'emportai-je, outré qu'elle ose brandir ce prénom. Le journal indiquait simplement que mon fils était décédé, alors je ne vois pas où…

— La femme du restaurant expliquait à sa copine que, d'après ce policier, le visage de votre fils au moment de sa mort était un vrai masque de terreur. Eh bien, ce fut exactement pareil pour Gerry. Gerry a vu quelque chose et ça l'a tué. Sauf que le légiste lui a lissé les traits pour que personne n'en sache rien.

Je la regardai, médusé.

— Voyons, Ellen. C'est complètement… absurde !

— On a fait quelque chose à Gerry, je vous dis. Et maintenant on essaie de me le faire à moi.

— Faire quoi, Ellen ?

— On me surveille sans arrêt. On vient chez moi la nuit. On me suit partout.

— Qui ça ? Cory et Brooke ?

— Mais non, pas eux.

— Vous êtes sûre ? Quelqu'un m'a appelé de chez eux, pourtant, et le seul moyen de se procurer mon numéro était de chiper votre téléphone. Ça prouve bien qu'ils viennent rôder chez vous. Et vos histoires de mails interceptés, ce ne seraient pas eux non plus ?

— Si, c'est bien Cory qui surveille mes mails. Lui et sa sœur voudraient que je débarrasse le plancher. Mais il n'y a pas qu'eux. On veut me punir pour la mort de Gerry, alors que je n'y suis pour rien !

— Mais qui ? piaffai-je. Qui vous en veut à ce point ?

Elle marmonna une réponse. Cela rassemblait vaguement à « vestige ».

— Pardon ?

À défaut de répéter, elle cracha deux mots incompréhensibles, se leva et détala vers son coupé. Le temps que je la rattrape, elle ouvrait déjà sa portière.

— Je vous en prie, Ellen, écoutez-moi. Vous avez besoin d'aide. Sérieusement. La mort d'un être cher peut rendre n'importe qui marteau. J'en sais quelque chose.

— Vous ne savez rien du tout ! cria-t-elle, les yeux brillants de colère ou de larmes.

Sur quoi elle claqua la portière et démarra en trombe.

Comme je récupérais mes cigarettes sur la table de piquenique, je me suis rassis pour en griller une nouvelle. J'étais à la fois déçu et soulagé. Soulagé d'être enfin parvenu à bout de ce que cette femme avait à me dire, mais déçu que ce ne soit qu'un tissu d'inepties.

Et puis je lui en voulais. Je n'avais pas été honnête avec Carol au téléphone, dans la mesure où je n'avais nullement décidé de revoir notre ancienne maison. Ces dernières années, je m'étais maintes fois juré de ne plus jamais mettre les pieds dans le coin, et je ne me serais pas dédit de cette façon si Ellen n'était pas venue me chercher. Depuis la première minute de mon retour dans le Nord-Ouest, ou plus exactement depuis la visite de notre ancienne propriété, je sentais ma nouvelle vie s'effacer, comme si la distance entre avant et maintenant s'était érodée. Ces dernières vingt-quatre heures n'avaient été qu'une stupide et dangereuse perte de temps, et il me tardait de repartir dans le futur.

Ma clope terminée, j'ai rangé le mégot dans mon paquet, comme j'en avais pris l'habitude avant même que les nazis de la santé requalifient le tabac en meurtre de masse. Je me suis alors souvenu qu'Ellen avait jeté le sien au pied des arbres, et je me suis levé pour le ramasser. J'avais peu d'espoir de le retrouver, mais je m'accrochais à une forme d'intransigeance morale qui me permettait de voir dans le je-m'en-foutisme de la miss une preuve supplémentaire de sa connerie.

En suivant la trajectoire théorique du mégot entre la table et les arbres, je m'aperçus que j'arrivais au point précis où Ellen avait guetté mon arrivée. Là, près d'une pierre mouchetée de lichens, gisait un mégot tout récent. Je le rangeai avec les miens. Puis, comme j'allais repartir, un détail retint mon attention.

Après un temps d'hésitation, je m'enfonçai de quelques mètres dans les bois afin de contempler un sol recouvert – comme on peut s'y attendre de ce type de végétation et à cette période de l'année – d'un riche mélange de débris : feuilles mortes déclinant toute la palette des bruns, herbes virant au gris, pierres éparses tapissées de mousse verdoyante. Mais à cela s'ajoutait une collection de brindilles et de petites branches, sur une surface d'environ cinquante centimètres de diamètre. Or, en levant les yeux, je constatai que les arbres étaient presque tous des sapins – peu susceptibles, donc, de produire ce type de litière. On distinguait certes de loin de loin quelques aulnes, bouleaux argentés ou bouleaux à papier, mais aucun à cet endroit-ci.

Le cerveau humain est amateur de motifs, et cela peut nous jouer des tours. En restant planté au-dessus de cet assemblage aléatoire d'éléments morts, j'ai presque cru y deviner un dessin, mais sans le distinguer vraiment. L'ensemble paraissait juste un tantinet trop ordonné.

Et puis il y avait autre chose. Une odeur sourde, terreuse, avec une légère note sucrée, comme si un petit animal était mort dans les parages.

Un cri d'oiseau me fit bondir, et je pris conscience que j'étais en train de rêvasser devant un banal sol d'automne. Alors j'ai dispersé ces brindilles d'un grand coup de pied et j'ai regagné la voiture.

J'allais enfin rentrer chez moi.

Chapitre 17

Quand on travaille dans une bibliothèque, on croise beaucoup de gens. Les lecteurs boulimiques qui dévorent deux ou trois romans par jour et refont sans arrêt le plein de pépites. Les jeunes mamans qui, se sachant plus patientes en public, viennent installer leurs enfants au milieu des jouets en plastique de la section jeunesse. Les hommes au chômage, ou du moins se présentant comme tels, qui noient leurs journées dans les quotidiens ou dans des manuels pondus par des gens heureux en affaires et décidés à faire coup double, du style *Pourquoi vous êtes un gros nul et pas moi.*

Mais le type qui intriguait Carol ce matin ne semblait relever d'aucune de ces catégories.

Il n'était pas encore là lorsqu'elle avait pris son poste à 10 h 30 – elle en aurait mis sa main à couper, bien qu'elle fût arrivée tout ébranlée par le coup de fil inopiné de son ex-mari. Parler à John était bien la dernière chose à laquelle elle se serait attendue ce matin, et de le savoir à Black Ridge avait failli l'achever. Elle s'était remise de ses émotions en rangeant les rayonnages – pourquoi les gens qui se servaient du système d'indexation pour trouver les documents le jugeaient-ils si superflu dès qu'il s'agissait de les reposer ? –, puis en réalisant une affichette pour un groupe de lecture.

C'est en relevant le nez de l'imprimante qu'elle avait remarqué cet homme au rayon documents. Trapu, des cheveux poivre et sel coupés court…

Elle n'en pensa rien de particulier pendant une heure environ. Puis elle s'aperçut que le type s'éternisait, cette fois dans le coin des nouveautés romans. Mais elle ne le vit que furtivement, et de dos, alors qu'elle poussait un chariot de retours vers la section jeunesse.

Passer une heure en bibliothèque n'avait rien d'exceptionnel. De nombreux usagers restaient bien plus longtemps, sauf que ceux-là appartenaient en général à l'une des tribus d'habitués. À ses débuts, Carol avait été longuement briefée par Mlle Williams (qui, Dieu merci, se trouvait actuellement chez le dentiste), et la vision du monde que nourrissait la chef se caractérisait par un très fort degré de méfiance – à l'égard de tout un chacun mais plus particulièrement de ceux susceptibles de faire un « mauvais usage » des lieux : ceux qui filaient aux toilettes en ayant à peine ouvert un livre, ceux qui venaient dans le seul but d'être au chaud et, pire que tout, ceux que Mlle Williams appelait les « voyeurs ». Des hommes qui flânaient dans les allées pour feuilleter un document de loin en loin, mais dont les yeux semblaient toujours posés ailleurs – sur une femme se baissant pour atteindre l'étagère du bas, sur une jeune maman penchée sur son bambin... Voire, ajoutait Mlle Williams, sur les gamins eux-mêmes.

Cet usager-ci n'avait pas un profil de voyeur. Pas une seule fois Carol ne le vit obliquer du regard. Soit il se sentait surveillé – mais, dans ces cas-là, les voyeurs avaient plutôt tendance à se sauver –, soit c'était juste un gars normal venu musarder plus longuement que la moyenne au milieu des bouquins, par une matinée de semaine. Sans emploi, en congé, ou toute autre forme de relâche.

C'est à force de l'observer qu'elle lui trouva un air familier. Elle doutait cependant de l'avoir jamais vu à Renton, et pour la première fois depuis qu'elle travaillait ici elle se prit à regretter l'absence de Mlle Williams. En temps normal, soit la chef serait déjà tombée sur le râble du suspect, soit Carol le lui montrerait du doigt avant de s'enfoncer dans son siège pour suivre le feu d'artifice. En principe, elles officiaient toujours à deux, mais, du fait des restrictions budgétaires et tout le tralala, ce matin-là, Carol allait devoir régler le problème toute seule.

À supposer que le problème en fût un, et non un de ces vilains tours dont son imagination avait le secret. Carol commençait à s'inquiéter, or c'était la dernière chose qu'elle voulait. Pas sur son lieu de travail, alors qu'elle commençait à prendre ses marques et à s'y sentir appréciée ! En même temps, elle n'était pas vraiment seule. Il y avait trois mamans près de la fenêtre, deux hommes aux documents et un autre occupé à éplucher les pages Emplois de la presse locale.

Prenant son courage à deux mains, elle contourna le bureau pour aller au-devant du type et lui proposer de l'aide avec son plus joli sourire.

Mais il n'était plus là.

Carol se retourna, perplexe. C'était pourtant ici, en Art (grands formats), qu'elle avait repéré sa nuque et ses épaules deux minutes plus tôt. Où était-il passé ? Il n'avait pu quitter le bâtiment, sinon, il serait passé devant elle au moment même où elle cherchait des traces de lui dans sa mémoire. Elle ne se laissait pas à ce point absorber par ses pensées, tout de même. Plus maintenant. Ou alors très rarement.

Elle quitta l'Art pour scruter le reste de la salle, mais ne vit personne hormis ceux précédemment recensés. À part…

Il était là ! En Histoire américaine, une paire de pieds dépassait sous les étagères, ce qui laissait penser que le gars s'était installé à la table. Monsieur tenait à essayer chaque recoin de la bibliothèque ? Grand bien lui fasse ! Mlle Williams avait peut-être une dent contre ces gens-là, mais ce n'était pas le cas de Carol, n'est-ce pas ?

Bien sûr que non. Et ils ne lui faisaient pas peur.

Elle enfila l'allée centrale jusqu'à l'Histoire américaine. Le type allait recevoir de l'aide, que ça lui plaise ou non !

Elle le trouva assis en bout de table, en train de contempler ses mains épaisses posées sur ses cuisses. Il ne tenait aucun livre, et soudain Carol craignit d'avoir commis un faux pas.

— Je peux vous aider ?

L'homme releva des yeux aussi clairs que puisse être le bleu. Il semblait un peu à l'étroit dans son jean, son tee-shirt blanc et sa veste sombre, et il avait tout du gars qui se moque de la mode.

— Monsieur ? Y a-t-il quelque chose que je puisse faire pour vous ?

Ce ton était parfait. Fort, maîtrisé – et suffisamment puissant pour porter jusqu'aux confins de la salle.

— Non, Carol, je n'attends rien de vous. Pas ici, en tout cas.

Elle le dévisagea.

— Comment connaissez-vous mon nom ?

Il sortit de sa veste une petite enveloppe blanc cassé, de celles qu'on utilise pour les vœux. Il la tendit à la bibliothécaire, qui vit le nom « Carol Henderson » écrit en lettres élancées. Mas elle refusa de la prendre.

— Qui êtes-vous, bon sang ?

L'homme se leva et s'éloigna en laissant l'enveloppe sur la table. Il longea le bureau désert (devant lequel patientait une maman aux bras chargés de livres), sortit dans la rue, tourna à gauche et disparut.

— Euh, madame ? lança la jeune mère.

Après un temps d'hésitation, Carol ramassa l'enveloppe et courut valider les emprunts.

C'est seulement après le départ de la femme qu'elle put ouvrir l'enveloppe. Elle y trouva une feuille de papier satiné d'environ quinze centimètres sur dix. En la retournant, elle vit qu'il s'agissait d'une photo.

D'une photo prise à quelques mètres du jardin d'enfants de Renton et montrant Tyler en train d'entrer dans le bâtiment.

Elle atteignit l'école en vingt minutes. Son premier réflexe avait été d'appeler Mlle Hackett, qui lui avait assuré que Tyler allait bien. Mais quand Carol surgit dans la classe et vit son fils occupé à dessiner, elle se crut d'abord victime d'une hallucination, tant elle s'était persuadée qu'il aurait disparu.

Mlle Hackett vint l'accueillir.

— Est-ce que ça va ?

Carol n'avait ni expliqué la raison de son appel ni prévenu qu'elle ferait ensuite irruption dans la classe, toute rouge d'avoir couru.

— Oui, oui. Tout va bien.

— Tant mieux. Mais alors pourquoi teniez-vous à vérifier sa présence ? Tout à l'heure, au téléphone…

Mlle Hackett avait quatorze ans, du moins aux yeux de Carol, et l'aplomb d'une jeune fille pour qui le monde pouvait être contenu entre les fines lignes parallèles d'un cahier d'écolier. D'une jeune fille contre qui l'univers ne s'était pas encore retourné pour la broyer entre ses dents, tel un chien enragé.

— Mon ex-mari nous fait la surprise d'une visite, improvisa Carol. Du coup, je voulais être sûre que Rona n'était pas déjà passée le récupérer. Vous connaissez Rona, n'est-ce pas ?

Mlle Hackett hocha la tête. Évidemment qu'elle connaissait Rona. Tous les adultes autorisés à venir chercher un enfant – qu'ils soient parents ou, à plus forte raison, non parents – avaient leur portrait dûment affiché en salle des professeurs, ce que Carol n'était pas censée ignorer.

Mais celle-ci poursuivit, vaille que vaille :

— Elle doit conduire Tyler chez un copain cet après-midi, et je ne suis plus très sûre de l'adresse.

Je m'enfonce, pensa Carol. Le regard de Mlle Hackett glissa vers la pendule, façon de dire qu'il était bien trop tôt pour libérer les gamins. Elle devait aussi penser, et Carol le savait, qu'une maman responsable connaîtrait par cœur l'adresse où son rejeton serait attendu, quand elle ne l'aurait pas carrément équipé d'un GPS relié au poste de police.

— En fait, vous tombez bien, déclara la maîtresse tout en ouvrant un tiroir. Je souhaitais justement vous parler de quelque chose.

Carol n'avait aucune envie de parler. Elle voulait juste empoigner son fils et déguerpir. Mais ça ne se faisait pas.

— Allez-y, dites.

Mlle Hackett remit à Carol une petite pile de dessins.

— C'est vous qui lui avez appris ça ?

Carol compulsa six ou sept feuilles sans comprendre ce que la môme lui voulait. Que lui reprochait-elle d'avoir appris à Tyler ? L'art du gribouillage ? N'était-ce pas une compétence commune à tous les moins de cinq ans ?

Elle considéra plus longuement la dernière œuvre de la série, sans identifier grand-chose, hormis peut-être une vague silhouette canine zébrée de rouge.

— Je… Je ne saisis pas le sens de votre question.

— Eh bien, regardez, dit l'enseignante sur un ton grave avant de tourner les pages une à une. Je veux parler de ce motif qui revient sans…

— Je suis très pressée, coupa Carol tout en faisant signe à son fils. (Tyler rappliqua sur-le-champ et elle rendit les feuilles à la maîtresse.) On en reparle demain ?

— Bien sûr. Si ce n'est que… Tyler ne vient jamais le vendredi, n'est-ce pas ?

— Suis-je sotte ! Où avais-je la tête ? Lundi, alors.

Carol gratifia Mlle Hackett d'un sourire glacial, comme pour la mettre au défi de livrer le fond de sa pensée – à savoir qu'elle la croyait dingue.

Comme la maîtresse n'ajoutait rien, Carol prit son fils par la main et l'entraîna dehors.

— Je vais bien, chéri.

Ce n'était pas la première fois que Tyler posait la question, mais c'était la dernière que Carol y répondait poliment.

— J'ai juste pensé que ce serait sympa de jouer à la maison tous les deux. Tu n'es pas de cet avis ?

Comme ils traversaient la cour, Carol ralentit l'allure pour scruter le trottoir d'en face. L'homme de la bibliothèque n'était pas en vue, mais, après tout, rien ne prouvait qu'il fût l'auteur de la photo. Arrivée dans la rue, elle s'arrêta pour dévisager les passants. Tout le monde avait l'air normal. Sauf elle, bien entendu.

En jetant un œil par-dessus son épaule, elle vit Mlle Hackett plantée derrière la vitre de la classe, les bras croisés sur la poitrine. Carol soutint son regard.

— Ne me regarde pas comme ça, siffla-t-elle entre ses dents.

L'institutrice tint la pose un instant, puis se retourna et disparut derrière les reflets des nuages.

De l'école jusqu'à la maison, ils jouèrent à compter leurs foulées par séries de huit. En entrant dans le salon, Carol vit que le répondeur clignotait. Elle effaça le message sans même l'écouter. Quand personne n'appelle, personne n'écoute – et quand les gens s'immiscent de force dans votre existence pour vous menacer avec des photos, eh bien, personne n'écoute non plus.

Elle accorda une demi-heure de DVD à Tyler afin de réfléchir en paix. Tandis que le garçon s'installait par terre, prêt à visionner son passage préféré des *Indestructibles* pour la cinquante milliardième fois, Carol examina la situation tout en surveillant la rue.

Option 1 : partir.

Option 2 : rester.

La décision fut rapide. Elle en avait marre de fuir. Elle n'irait donc nulle part.

Un peu plus tard, elle se rendit compte qu'elle était toujours devant sa fenêtre et que Tyler lui réclamait un rab de DVD. Cela signifiait qu'elle était restée là, combien... vingt-cinq minutes ? Trente ? Dans sa mémoire ne subsistait qu'une plage vide.

Elle ramena le DVD au moment où les Indestructibles deviennent une famille de superhéros (son fils s'emmerdait royalement devant les scènes où les personnages faisaient semblant d'être normaux, n'ayant pas encore compris que la vie se résumait en grande partie à ça), puis elle passa à la salle de bains pour se rafraîchir le visage.

Un peu ragaillardie, elle se rendit à la cuisine pour préparer la tisane antistress qu'elle avait pris l'habitude d'acheter dans une épicerie diététique, à deux pas de la bibliothèque. Le goût était assez étrange, mais, comme la femme élégante et compétente qui tenait la boutique ne jurait que par ce breuvage, Carol en buvait désormais plusieurs fois par jour. En versant une cuillerée d'herbe dans la théière, elle vit que le sachet était presque vide. Elle se tourna donc vers l'ardoise murale pour ajouter « tisane » à la liste de courses du week-end.

Et se couvrit la bouche juste à temps pour étouffer son cri.

Une phrase s'étirait sur l'ardoise, en grosses majuscules soulignées.

RENTRE À LA MAISON MAINTENANT

Deuxième partie

La foi est la garantie de ce qu'on espère,
la preuve des réalités qu'on ne voit pas.

Épître aux Hébreux, XI, 1

Chapitre 18

En milieu d'après-midi, j'étais d'une humeur exécrable. Aucune compagnie ne me proposait de vol avant le lendemain matin, et ma nouvelle tentative pour joindre Carol s'était heurtée à son répondeur, où j'avais laissé un message que je regrettais déjà. Je pouvais donc rouler jusqu'à Yakima pour me présenter à l'aéroport aux aurores, ou bien changer une fois de plus mon fusil d'épaule et prendre l'avion à Seattle, ou encore regagner Marion Beach en voiture, soit l'affaire de sept heures. Le problème, c'est que je ne voyais aucune raison d'opter pour une solution plutôt que pour une autre.

J'ai donc continué de sillonner la forêt sur des lacets déserts, jusqu'à m'apercevoir que j'étais bel et bien en train de me rendre quelque part.

Arrivé à Black Ridge, j'ai traversé la ville d'ouest en est pour m'arrêter devant le commissariat, situé au bord du grand axe allant vers Yakima. Derrière l'accueil, un costaud d'une quarantaine d'années était occupé à gratter du papier. Adjoint Greene, disait son badge.

— L'adjoint Corliss est dans le coin ? demandai-je.

Le policier secoua la tête sans daigner relever les yeux.

— En quoi puis-je vous aider, monsieur ?

— J'aimerais lui parler en personne.

— À quel sujet ?

— Savoir fermer sa grande bouche.

L'adjoint cessa d'écrire. Je m'aperçus que je respirais plus fort que nécessaire, et que mes poches de veste dissimulaient deux poings serrés.

— Je peux faire quelque chose pour vous ? émit une autre voix.

Un homme plus âgé venait d'émerger d'un des bureaux. Grand, carré, les cheveux grisonnants et ras. On s'était déjà croisés.

— Vous me reconnaissez ? lui lançai-je.

Il me fixa, imperturbable.

— Oui, je vous reconnais.

— Et ça ne vous gêne pas que vos gars répandent des rumeurs sur les enfants morts ?

Le shérif leva lentement les sourcils. L'adjoint Greene suivait la scène avec intérêt, comme s'il sentait que cette journée banale risquait de finir en beauté.

— J'allais sortir prendre un café, dit le shérif. Allons discuter dehors.

Nous nous sommes installés à la terrasse d'une brasserie. Les deux minutes de marche m'avaient permis de me décrisper les mains. J'avais conscience de m'échauffer plus que de raison, de passer toute ma frustration sur la première personne disponible. Mais le shérif Pierce me laissa vider mon sac – somme toute assez vide – et parut compatir.

— Phil Corliss est un gars bien, dit-il ensuite. Je suis sûr qu'il ne pensait pas à mal, et qu'il comptait sur cette femme pour tenir sa langue. Il s'agissait peut-être de sa sœur. C'est une commère notoire, mais il est trop proche d'elle pour l'admettre. Je lui en toucherai deux mots.

— Merci, shérif. Votre adjoint s'était montré très humain avec nous, et je n'ai rien contre lui. Cela doit vous paraître idiot, je n'habite même plus ici. Seulement…

— Cela n'a rien d'idiot. La vie des honnêtes gens ne regarde personne. Même pas moi, Dieu merci. Vous habitez où, maintenant ?

— Dans l'Oregon. Et ma femme est à Renton.

— Séparés ?

— Divorcés.

Le shérif hocha la tête.

— Vous avez vécu un drame terrible. Je ne suis pas surpris de ce dénouement.

Une bouffée de tristesse m'envahit. Pourquoi Carol et moi n'avions-nous pas été plus forts, puisque nous nous aimions ? Pourquoi m'étais-je laissé piéger par le chagrin ? N'aurions-nous pu, en redressant la barre à temps, échapper au naufrage de ces trois dernières années ?

Ces questions eurent raison du peu d'allant qu'il me restait, et je me serais bien sauvé séance tenante.

Mais Pierce me relança :

— C'est la première fois que vous revenez dans le coin ?

— Exact.

— En visite chez des amis ?

Je le regardai sans répondre. Il sourit.

— Désolé, c'est l'habitude.

Cette conversation me rappela autre chose au sujet de Pierce, à savoir que, dans les heures suivant le décès de Scott, il avait été pour nous une sorte de figure paternelle, ou du moins ce qui s'en rapprochait le plus parmi les gens présents. Posé et fiable, le genre de gars qui vous retient de sombrer dans le puits où vous aspire un pareil événement. Cela me fit penser que je n'avais pas revu mon père depuis le drame. Trois ans, presque un douzième de ma vie ! C'était à peine croyable.

— Non, répondis-je à la question du shérif. (Pouvais-je lui en dire davantage ? Et puis merde, qu'est-ce que je risquais ?) Quelqu'un m'a contacté. Une femme. Celle qui a surpris la conversation dont je vous parlais. Elle prétendait savoir certaines choses sur la mort de mon fils.

Pierce fronça les sourcils.

— Et c'était le cas ?

— Non. Mais je crois malheureusement qu'elle n'est plus trop dans son assiette depuis la mort de son mari. Vous connaissez les Robertson ?

— Bien sûr. J'ai grandi ici.

— Je vous parle de la seconde épouse de Gerry, Ellen.

Le shérif hocha la tête.

— Oui, je vois bien.

— Y a-t-il eu des zones d'ombre autour de la mort de son mari ?

— Aucune, affirma le shérif. Le bougre est parti courir et son cœur a lâché. Raison pour laquelle vous ne me verrez jamais cavaler. Pourquoi faciliter le travail de la Faucheuse, hein ?

— Sages paroles. Alors c'est tout ? Un banal infarctus ?

— Comme il en survient tous les jours. Et vous, vous n'avez jamais su ce qui avait tué votre garçon ?

— Non. Et je ne le saurai sans doute jamais.

— Il n'y a peut-être rien à savoir, monsieur Henderson. Parfois, un malheur se produit sans raison particulière. Cela fait partie des choses qu'on apprend dans ce métier.

Je lui serrai la main et pris congé, le laissant seul à seul avec son fond de café.

J'ai tué deux heures en errant dans la ville – mais malgré moi : je m'étais perdu. Cela m'arrive pourtant rarement. J'ai un bon sens de l'orientation et Black Ridge tient dans un mouchoir de poche. Mais, contrairement aux autres pères fondateurs de son époque, celui qui avait tracé ces rues-ci n'était pas un dévot de l'angle droit. Je me sentais vidé, comme si le sol aspirait mon énergie à chacun de mes pas. Le reste de la ville semblait dans le même état : les lampadaires vacillaient, et dans une rue secondaire je vis les lumières d'un vieux restau sauter l'espace d'une demi-seconde. Le courant revenu, l'unique client échangea un regard avec la serveuse, hélas trop énigmatique pour me dire si ces coupures étaient fréquentes.

Il faisait nuit noire lorsque j'ai regagné mon hôtel. Je me suis assis sur le lit et j'ai zappé parmi un éventail de chaînes qui semblaient toutes avoir été conçues pour un autre que moi. Refusant de me croire affamé, je me suis retrouvé à bercer mon téléphone dans le creux de ma paume. J'avais envie d'appeler mon père, mais à quoi bon ?

Les pères sont souvent décrits comme des êtres distants ayant toujours les yeux ou la tête ailleurs. Il a fallu que je devienne moi-même papa pour trouver un début d'explication à ce phénomène, à savoir qu'ils sont juste fatigués, las, embourbés dans une existence qu'ils ne maîtrisent pas. Notre culture entretient une vision extrémiste de la parentalité, en faisant de l'enfant une boule de joie innocente digne d'un amour illimité, sans tenir compte du fait qu'on a parfois envie de lui cogner la tête – ou la sienne à soi – contre un mur. Certes, c'est parce qu'on résiste à cette pulsion que se renforce le lien entre les générations, mais il n'empêche que, par moments, un bon petit coup dans le mur…

Quoi qu'il en soit, parler à mon père restait pour moi un exercice difficile. Il n'en avait pourtant pas toujours été ainsi. Quand j'étais petit, tous les samedis matin il m'emmenait en promenade. Nous nous retrouvions dans la cuisine à 10 heures tapantes pour vivre notre instant Norman Rockwell[1] hebdomadaire. Je soupçonne aujourd'hui ce rituel d'avoir été le fruit d'une âpre négociation, une concession faite à ma mère pour qu'elle puisse s'offrir deux heures de tranquillité ; mais, quelles que fussent les sinistres raisons de ces virées, elles m'assuraient un moment privilégié avec mon papa. Le choix des rues et des endroits où traverser semblait chaque fois relever du hasard et rendait chaque promenade unique. La dernière halte, en revanche, était toujours la même : le drugstore où mon père commandait un café, se voyait demander par M. Franks comment il l'aimait et répondait invariablement « chaud et mouillé ». Ni l'autre ni l'autre n'ont jamais souri lors de cet échange, et j'ai mis du temps à comprendre qu'il s'agissait d'une étrange blague entre adultes, et non d'une preuve de débilité commune.

Avant le drugstore, nous nous arrêtions un instant chez Walter Azara, le concessionnaire Ford. Mon père le connaissait suffisamment pour le saluer d'un signe de tête, mais à part ça il ne faisait aucun effort pour engager la conversation. Bien au contraire. Hormis les fois où nous croisions Azara plus tôt en ville – nous savions alors qu'il ne serait pas sur son lieu de travail –, le temps que nous passions à contempler ces voitures

1. Peintre et illustrateur américain (1894-1978) dont l'œuvre constitue une vaste chronique picturale de l'*American way of life*. (*N.d.T.*)

exhalait une certaine tension, comme si nous commettions là un acte illicite. Je n'ai jamais compris pourquoi. Ce parking n'était-il pas conçu exprès pour appâter le client ?

Nous étions à la fin des années soixante-dix et la Ford qui tenait le haut du pavé était alors la Mustang, que papa venait examiner de temps à autre, étudiant chacune de ses caractéristiques, à l'exception du prix inscrit en travers du pare-brise. Pour moi, la véritable attraction était le coin où Walt exposait des véhicules plus anciens, dont une De Luxe jaune canari de 1956 et une Crown Victoria de la même période, marron et crème. À l'époque, on croisait encore de ces gros paquebots à ailerons, flottant lentement sur leurs essieux rouillés, l'air médusé par le monde moderne et ses lignes droites frileuses. Mais les antiquités d'Azara semblaient de première jeunesse, grâce aux doigts de fée de Jim, le mécanicien en chef.

Chaque semaine, je venais donc les reluquer, caresser leurs nageoires conquérantes et leurs flancs rutilants et brûlants l'été, luisants et glacés l'hiver. J'essayais en vain de trouver le chaînon manquant entre l'ère où toutes les voitures ressemblaient à ça et les courbes actuelles. Mais je n'avais pas une bonne notion du temps, ni du processus par lequel une chose auréolée de nouveauté – une bagnole, un boulot, une épouse – devient progressivement une chose parmi d'autres, puis une chose secondaire à laquelle on ne pense plus très souvent, et enfin la chose qui déconne sans arrêt et fait de votre vie un enfer. On apprend, cependant. On découvre tout cela.

Nous avons effectué cette promenade tous les samedis pendant des années. Je ne saurais dire précisément quand le rituel a commencé, mais je me souviens très bien comment il a expiré. J'avais douze ans et il régnait une drôle d'atmosphère à la maison depuis quelques semaines. J'ignorais ce que cela cachait. Papa avait juste l'air plus distrait que d'habitude. Un jour, il a oublié de dire « chaud et mouillé » à M. Franks, qui en resta tout bête. Je revois encore le jus noir tomber en silence dans la tasse, et le regard surpris du cafetier. Mais la semaine suivante papa s'est souvenu de son texte, et je n'ai pas prêté grande attention à l'incident. Je n'étais qu'un gosse.

Puis c'est la séquence chez Azara qui a changé. C'était un matin froid d'automne, et je m'étais réjoui qu'il n'y eût personne d'autre sur le parking d'exposition, car j'avais remarqué que mon père était de plus en plus nerveux en présence d'autrui. Nous avons traversé la rue, moi filant droit vers les dinosaures flamboyants, mais avant même d'atteindre le trottoir j'ai compris que quelque chose clochait.

Mon père s'était arrêté au milieu de la chaussée. Ses yeux ne visaient ni le parking ni moi, mais un espace vide entre les deux.

— Papa ? (Aucune réponse.) Tu viens ?

Il secoua la tête. Je crus d'abord qu'il plaisantait, avant de me rendre compte qu'il tournait déjà les talons.

— Mais pourquoi ? m'écriai-je.

Sauter cette étape me paraissait inconcevable. Ça n'était jamais arrivé !

— J'en ai marre de regarder les voitures des autres.

Alors il s'est éloigné en direction du drugstore, et j'ai fini par le suivre. Il a commandé un café, répondu « chaud et mouillé » à la question de M. Franks, mais ensuite il a ri, et on sentait que c'était forcé.

Le samedi d'après, papa n'était pas dans la cuisine quand je suis descendu à 10 heures. Je l'ai aperçu dans le jardin, en train de ramasser les feuilles mortes. J'ai patienté quelques minutes, mais, comme il n'avait pas l'air décidé à reposer son râteau, je suis remonté dans ma chambre et j'ai lu un bouquin.

Au fil des années suivantes, il nous arriva de retourner en ville le samedi, et par les mêmes rues qu'autrefois, mais ce ne fut plus jamais la bonne vieille balade du samedi. Quand on est gamin, tout change si vite autour de soi que l'on peine à distinguer l'important du futile. Il m'aura fallu dix ans pour regretter ces promenades, et me demander pourquoi diable elles avaient pris fin.

Entre vingt et trente ans, non seulement on est persuadé d'avoir tout pigé, mais on est enclin aux grands élans théâtraux. Ainsi, un week-end que j'étais de retour chez mes vieux, j'ai poussé mon père à refaire cette promenade avec moi. Il a d'abord feint le trou de mémoire, mais j'ai quand même réussi à le traîner dans la rue.

À un pas d'adulte, le circuit se parcourait en dix petites minutes. La concession Ford de Walter Azara s'était transformée en magasin de moquette. Et, au drugstore – devenu Starbucks, comme il se doit –, le serveur et mon père m'ont regardé comme un débile quand, avec un sourire entendu, j'ai demandé mon café chaud et mouillé.

Finalement, je l'ai appelé. Nous avons bavardé pendant dix minutes, et, ma foi, ça s'est bien passé. Ensuite, j'ai marché jusqu'au grill de Kelly Street et acheté leur dernier maxi-hamburger. Je l'ai avalé sur le chemin du retour, puis j'ai maté la télé jusqu'à l'endormissement.

Que ferait-on sans télévision ? Vivre, sans doute. Mais quelquefois on n'est tout simplement pas d'humeur.

Je me suis réveillé en sursaut, comme si l'on m'avait giflé. Il m'a fallu quelques secondes pour comprendre qu'un téléphone sonnait.

C'était une sonnerie stridente et mécanique, celle du vieux combiné posé sur la table de chevet. Je me suis hissé sur un coude pour empoigner l'écouteur. Dans le halo gris de la télé, les chiffres rouges du réveil digital indiquaient 1 h 15. La pluie martelait le toit et le vent soufflait fort.

— Oui, coassai-je. C'est qui ?

— Vous commettez une grave erreur, fit une voix féminine.

— Ellen ? demandai-je tout en sachant que ce n'était pas elle.

Ce timbre-ci était plus dur, façonné par le tabac et les ordres impérieux.

— Vous avez déjà connu des malheurs. Mêlez-vous de ce qui ne vous regarde pas, et cela ne fera qu'empirer.

— Mais qui êtes-vous, bordel ?

— Personne que vous connaissez, répondit la femme avant d'émettre un rire gras et onctueux.

Puis elle raccrocha.

Chapitre 19

Il n'y avait aucun signe de vie à la réception, mais j'ai quand même tambouriné, le ventre collé à la porte pour me protéger de la pluie. Après quelques minutes, une lumière s'est allumée et Marie est apparue, les mains sur la ceinture de sa robe de chambre. Elle a ouvert le carreau pour me lorgner à travers la moustiquaire.

— Qu'est-ce que c'est ? dit-elle d'une voix empâtée par le sommeil. Vous avez vu l'heure ?

— Quelqu'un vient de m'appeler sur la ligne de la chambre. Est-il possible d'obtenir ce numéro à partir de votre standard ?

— Eh bien, non, répondit Marie. Elles ont toutes une ligne directe. Ça remonte au temps où (elle bâilla de toute son âme)… où on louait aussi au mois.

— Alors comment peut-on se procurer ce numéro ?

— C'est pas dur, dit-elle avec l'air assommé de celle qui avait trouvé le sommeil à l'aide d'un cachet ou d'un godet d'alcool. Il est affiché dans la chambre. Pourquoi, vous ne savez pas qui c'était ?

— Désolé de vous avoir dérangée.

Elle cligna des yeux comme une chouette, tourna les talons et repartit dans son brouillard.

Vérification faite, le numéro de la ligne directe était bien inscrit dans la chambre, noté à la main en bas de la liste d'interdits. J'ai aussitôt contacté le service d'identification des appels, qui m'apprit que l'auteur de l'appel figurait sur liste rouge.

Mme X m'avait cueilli en plein sommeil et je peinais à restituer ses paroles au mot près, mais je me souvenais très bien de leur teneur. Ce qui m'étonnait le plus, c'est qu'elle n'avait même pas vérifié si j'étais l'homme qu'elle cherchait. Or, depuis mon arrivée à Black Ridge, je n'avais communiqué le nom de mon hôtel à personne, pas même à Ellen. En outre, tout nocturne qu'il fût, cet appel anonyme n'était pas si tardif, et rien ne garantissait à Mme X que je serais déjà rentré. Alors soit elle avait juste tenté sa chance, soit…

Je suis ressorti. Le vent se déchaînait, glacial. Un sac plastique se mit à zigzaguer à travers le parking, comme jeté dans les airs par une main furieuse. Il s'enroula un instant autour du réverbère avant d'être aspiré par les bois. J'avais l'impression d'être le seul être humain à dix kilomètres à la ronde, et seul j'étais bel et bien, à l'écart d'une ville qui n'était elle-même qu'une fine couche de vernis sur une plaque de roche. Il y avait trois autres véhicules sur le parking, et pourtant je ne sentais nulle présence autour de moi. Le milieu de la nuit donne toujours l'impression d'évoluer en coulisse, même quand on n'a pas été réveillé par un coup de fil anonyme. L'œuvre de l'homme semblait bien trop statique dans cette nature impétueuse.

Puis, de l'autre côté de la route, j'ai cru voir bouger quelque chose. Une tache claire, juste devant les arbres, ou derrière les premières rangées.

Immobile, j'ai écarquillé les yeux jusqu'à en pleurer des étoiles. Mais je n'ai rien vu de plus. Ce n'était peut-être que le sac plastique, revenu faire un dernier salut.

J'ai traversé la route, sans hâte, tout en sentant ma peau se tendre sur ma nuque. J'ai enjambé la boue et posé les pieds dans les broussailles, mon jean griffé par les ronces. Quelque chose craqua sous mon pied, tel un cri sec dans le silence.

Parvenu aux arbres, j'ai stoppé.

L'odeur était humide et chargée, comme celle de l'eau au fond d'un vase. Puis je l'ai revue.

Je ne sais pas de quoi il s'agissait, mais une forme bougea, au milieu des arbres, à la manière d'une ombre.

Trop petite pour être un homme, du moins un homme debout. Une région de mon cerveau alluma le voyant « menace animale », mais à mon avis il ne s'agissait pas davantage d'une bête.

Elle réapparut – cette chose-là ou une autre – dix mètres plus loin sur la droite, un peu plus pâle encore, comme un résidu de brume saisi par le clair de lune. Ce n'était peut-être que ça.

— Qui est là ?

Cette question m'avait échappé, et ma voix n'était pas fière. Elle rebondit à peine sur les troncs avant de s'abîmer au sol.

Une seconde plus tard, je perçus un cri très lointain. Il venait peut-être de derrière, c'est-à-dire de la ville, mais je n'avais pas cette impression. Il semblait avoir jailli du plus profond des bois.

Je me suis attardé encore deux minutes, sans rien voir ni entendre de plus. Alors j'ai reculé, en douceur, pour quitter la forêt.

De retour sur la route, j'ai revu le sac plastique, gisant quarante mètres plus loin. Il avait donc fini par se poser, mais pas du tout là où je pensais.

Je me suis enfermé dans ma chambre et j'ai passé le reste de la nuit couché sur le dos à guetter la sonnerie du téléphone. En pure perte. Ne m'accompagnèrent que les bruits de la pluie et du vent, ainsi que des branches qui s'étaient remises à gratter le mur du fond.

Le lendemain matin, alors que je quittais le parking au volant de ma voiture de location, mon mobile sonna. Un nom s'afficha. Je décrochai.

— Dis-moi que tu rentres aujourd'hui, lâcha Becki avant que j'aie pu dire « Allô ».

— Je ne pense pas, non.

— Je te jure, John, ce serait vraiment cool.

— Ne me dis pas que vous croulez sous les clients, Becki. Et vous pouvez toujours demander à Eduardo ou à ses potes de faire les pizzas si…

— Ce n'est pas un problème de pizza, coupa-t-elle. C'est mon connard de keum.

— Qu'est-ce qu'il a encore fait ?

— Il s'est foutu dedans, voilà ce qu'il a fait. Il s'est foutu dedans jusqu'au cou !

Elle semblait au bord de l'hystérie, ce qui ne lui ressemblait vraiment pas.

— Je croyais que tout était rentré dans l'ordre, Becki.

— Moi aussi, John ! Mais il s'y est pris comme une buse.

— Explique.

— Il a sous-traité. Il a refilé une partie de la came à d'autres pour s'en débarrasser plus vite.

— C'est pas vrai... Il t'avait prévenue qu'il ferait ça ?

— Oui, John. Et je lui ai dit que c'était très con, mais il ne m'a pas écoutée. C'est qu'il... il consomme un peu trop de cette merde, tu vois. Il n'a plus les idées claires et il devient ingérable.

— Et ses sous-traitants ont volé la poudre ?

— Non, non. Ce sont des amis à nous, pas des raclures comme Rick et Doug. Sauf que, voilà, ils ont proposé des sachets à deux mecs devant un bar gay de Portland, sans savoir que les mecs en question étaient des agents des stups ! Résultat, ils ont morflé, et la drogue a été saisie.

— Combien ?

— Il y en avait pour à peu près quatre mille dollars. Et ceux qui ont avancé la thune commencent à... Enfin, bref, ça craint, et j'espérais vraiment te revoir aujourd'hui. Je commence à flipper, John. J'en parlerais bien à papa, mais il s'est toujours montré intraitable sur la question de la drogue, sans compter qu'il n'a jamais porté Kyle dans son cœur. Si je lui raconte quoi que soit, il y a neuf chances sur dix pour qu'il le balance.

— Et les fournisseurs s'impatientent, eux aussi ?

— Un peu, qu'ils s'impatientent ! Ils ont encore appelé hier soir, mais Kyle n'ose pas leur dire que la came a disparu, alors il a demandé un délai de deux jours pour arranger les derniers détails, et maintenant il flippe. Il débloque grave, John. Ce matin, à 3 heures du mat', il a fallu que je lui explique pourquoi il ne pouvait pas porter plainte contre les stups pour vol de cocaïne ! Voilà où on en est.

Je ne savais pas quoi lui répondre. Il était trop tard pour plaquer Kyle et prendre le large. Et trop tard pour que j'énonce une évidence, à savoir que les fournisseurs avaient passé un marché avec la police de Portland, et que les amis de Becki et de Kyle s'étaient fait pincer pour la simple raison qu'ils étaient exclus de cet accord. Trop tard, enfin, pour expliquer à Kyle que ses grossistes étaient prêts à le donner depuis le premier jour, qu'ils avaient juste attendu le bon moment. On ne confie pas un stock de drogue au premier crétin venu sans disposer d'un solide plan B – plan B qui n'est parfois qu'un volet du plan A.

Un ange passa. Je craignis le pire.

— Quoi, Becki ? Qu'est-ce que tu ne m'as pas dit ?

— Eh bien… Kyle jure que les mecs ne connaissent pas notre adresse. Mais ma voisine raconte qu'elle a vu deux Blacks rôder devant chez nous. À deux reprises. Et, donc, ils savent où on habite !

— Tu es sûre qu'il s'agit d'eux ?

— Et qui veux-tu que ce soit, John ?

— Envoie-moi par texto tes coordonnées bancaires.

— Pardon ?

— Vas-y, dépêche-toi. On se rappelle plus tard.

— Je ne comprends pas, John.

— Fais ce que je te dis.

Je refermai l'appareil et pris la route. J'aurais sans doute pu me débarrasser de ma collègue de façon plus gracieuse, mais j'avais besoin de vérifier une intuition.

Le cas de Becki mis à part, les seules affaires dans lesquelles on pouvait actuellement me reprocher de fourrer mon nez étaient celles d'Ellen. Je l'avais revue la veille, et nous avions discuté pendant près d'une heure. Or, dans l'hypothèse où elle était surveillée de près, ainsi qu'elle l'affirmait, cette deuxième rencontre aurait pu susciter l'ire du clan Robertson et le pousser à intervenir. Il eût été facile, suite à ce rendez-vous, de me filer jusqu'à mon hôtel et d'obtenir le numéro de téléphone de ma chambre.

Qui plus est, Cory avait une sœur.

Je soupçonnais Brooke Robertson d'être l'auteur du premier message laissé sur mon mobile, ainsi que du coup de fil qui m'avait réveillé en pleine nuit.

J'allais donc tirer cela au clair et, si nécessaire, expliquer à cette Brooke – comme à tous ceux qui en auraient besoin – qu'essayer de m'intimider était une très mauvaise idée.

Cinq kilomètres avant la bifurcation, j'ai achoppé sur un bouchon. Le trafic a d'abord ralenti, puis repris au pas, puis stagné pendant dix minutes.

J'ai profité de ce contretemps pour passer un coup de fil, mais ensuite je n'ai pas tardé à bouillir d'impatience. Alors que je cherchais un moyen de faire demi-tour, la circulation a repris sans raison apparente. Il a fallu qu'un policier à moto allume sa sirène pour que je remarque son gyrophare dans mon rétroviseur, ainsi que ses gestes m'enjoignant de me ranger. J'ai serré du mieux possible le mur de pierre sur ma droite, et là j'ai mieux compris pourquoi il voulait me doubler. Quelques instants plus tard, en contournant la cause de l'embouteillage, j'ai failli tamponner la voiture devant moi.

De la carcasse froissée d'un coupé sport, on désincarcérait le corps d'Ellen Robertson.

Chapitre 20

Ils la conduisirent au Hope Memorial, l'hôpital du comté. Je connaissais l'endroit pour m'y être fait du mouron pendant que l'on recousait Scott au-dessous du genou, à cause d'un maudit clou rouillé sur le débarcadère du lac, incident qui me fit le soir même arpenter les planches à quatre pattes, un marteau à la main, pour que cela ne se reproduise jamais. Je me souvenais d'avoir patienté un temps fou en pressant un linge sur la jambe de Scott tandis que mon fils, les joues blêmes, m'expliquait qu'il avait examiné la coupure tout de suite après avoir senti le métal lui labourer la chair, puis qu'il avait regardé le sang remplir l'entaille et dégouliner sur le quai. Je me revois lui sourire et hocher la tête d'un air réconfortant tout en réprimant une insoutenable envie de vomir – une nausée comme je n'en avais jamais connue sous l'uniforme, même devant des scènes mille fois pires.

C'est en interrogeant un secouriste par la vitre que j'appris qu'ils transportaient Ellen là-bas, et je voulus y voir le signe que, malgré le sang qui recouvrait l'essentiel de son visage et de son pull, elle ne s'était pas brisé la nuque ou la colonne, ni bousillé d'organes vitaux.

Passé le point de l'accident, la circulation restait chargée, et je mis du temps à effectuer ma boucle. Je passai au large de Cle Elum puis revins par la route qui touchait les hauteurs de Black Ridge – ce qui m'amena tout près de chez Bill Raines et m'infligea une bouffée de culpabilité. Enfin arrivé à l'hosto, je me présentai à l'accueil en tant qu'ami de la blessée. On m'indiqua qu'Ellen était en train de se faire « rafistoler », expression plutôt rassurante.

Comme je patientais dehors, appuyé contre l'aile de ma voiture, je vis une grosse berline entrer par l'autre bout du parking. Elle se gara sur la droite, et les deux portières avant s'ouvrirent simultanément.

Cory Robertson émergea côté passager, et côté volant apparut une femme de sa taille et d'un âge comparable, vêtue d'un tailleur pantalon noir. Ils se dirigèrent d'un même pas vers l'entrée principale. Cela m'incita à retourner prendre des nouvelles d'Ellen.

Quand l'ascenseur me déposa au premier étage, Cory parlementait avec une infirmière. À lui aussi on avait dû dire que les visiteurs ne seraient pas les bienvenus avant au moins une heure.

Tout en observant la scène à distance, j'admirai l'intransigeance de la femme qui tenait le guichet. Si notre pays est un jour menacé d'invasion, il suffira de déployer des secrétaires médicales tout au long de nos côtes. Cory finit par rebrousser chemin, furibard, et j'y vis l'occasion de faire d'une pierre deux coups.

Je débouchai du couloir sans me presser, afin que le duo ait tout le temps de me repérer. La femme m'ignora, Cory laissa glisser son regard avant de le ramener brusquement sur moi.

— Qu'est-ce que vous faites ici ? s'étonna-t-il.

— Je rends visite à une amie. Et vous ?

— Je croyais… que vous étiez seulement de passage.

— Les circonstances ont changé.

Je me tournai vers la frangine. Je ne l'avais jamais vue auparavant, et l'air de famille était flagrant. Mais autant le visage de Cory commençait à se rider, autant celui-ci respirait la jeunesse, et sa silhouette, la vitalité que procure l'exercice régulier sur son propre court de tennis et dans sa propre piscine. Une petite clef pendait au cou de Brooke, accrochée à une fine chaîne en or.

— Salut, je suis John Henderson. Mais vous le savez déjà, bien sûr.

Elle refusa de me serrer la main, se contentant de me fixer d'un air amusé.

Cory était paumé.

— Vous disiez vous appeler Ted-quelque-chose…

— J'ai menti.

— Mais vous êtes qui, alors ?

— Quoi, vous ne comparez jamais vos notes ? Votre sœur savait parfaitement qui j'étais quand elle m'a appelé dans ma chambre au beau milieu de la nuit.

Le coup sembla faire mouche.

— Vous êtes entré chez nous sous un faux prétexte, répliqua Cory d'une voix qui paraissait trois fois son âge.

— En effet. Et vous m'avez dit qu'il n'y avait personne dans la deuxième maison, alors que votre « locataire » était bien présente.

— Mais en quoi cela peut-il bien vous intéresser ?

— Parce qu'il la saute, bien sûr, émit un timbre rauque.

Je considérai Brooke.

— Pardon ?

Son sourire dégageait une réelle chaleur.

— Cela fait déjà quelques mois, Cory. Après tout ce temps, notre petite chaudasse d'Europe de l'Est avait sans doute besoin de se faire ramoner les conduits…

Je ne sus que répondre.

Brooke inclina la tête sur le côté.

— Dites-moi, monsieur Henderson… le fait qu'elle soit une meurtrière apporte-t-il un plus ? Cela procure-t-il un frisson particulier ?

— Pas ici, s'agaça mollement Cory. À l'évidence, il va falloir attendre pour visiter notre pauvre amie. Je propose donc de revenir plus tard.

— O.K., petit frère, acquiesça Brooke. Je suis sûre que nous serons amenés à nous revoir, monsieur Henderson. (Elle me fit un clin d'œil.) J'y veillerai, mon joli.

Et sur ces mots ils s'en allèrent.

Quarante minutes plus tard, un toubib débordé vint m'annoncer qu'Ellen était visible, mais pas longtemps. Il me guida vers la chambre où elle était alitée, le buste redressé et les yeux tournés vers les nuages qui s'amoncelaient au-dehors. Elle ne daigna me regarder qu'après une longue minute.

— Ils sont là ? demanda-t-elle.

— Non. Si toutefois l'on parle bien de Cory et Brooke. Ils étaient là, mais ils sont repartis.

— Alors vous avez rencontré Brooke ?

— On peut dire ça. Il y a eu interaction, en tout cas.

Je me rapprochai du lit. Tout le côté droit de son visage était couvert de gaze, et de vilaines ecchymoses se devinaient déjà sous le pansement.

— Vous vous sentez comment ?

Elle haussa les épaules.

— Et quelle est l'ampleur des dégâts ?

— Vingt points de suture.

— C'est tout ? Vu l'état de la voiture, je m'attendais à pire.

— Eh bien, je suis une vraie chanceuse.

— Vous ne semblez pas surprise de me voir.

— L'infirmière m'avait dit qu'un homme était là. Comme la description ne correspondait pas à Cory, ce ne pouvait être que vous.

— Dites, Ellen, vous avez... tenté quelque chose, ce matin ?

Elle contempla ses mains.

— Non.

Je n'étais pas sûr de la croire.

— J'aurais peut-être dû, ajouta-t-elle. On en finirait plus vite.

— Est-ce que vous allez enfin me dire ce qui se passe, Ellen ?

— Je vous l'ai dit, John. Enfin, j'ai essayé.

Je contournai le lit pour prendre le fauteuil près de la fenêtre.

— Eh bien, allez-y, redites-moi.

D'après Ellen, tout avait commencé le lendemain des obsèques de Gerry. Jusque-là, les Robertson s'étaient montrés plutôt gentils, comme avec l'une des leurs : ils ne savaient pas encore que le testament paternel autorisait la veuve à rester dans la propriété familiale aussi longtemps qu'elle le voudrait. Puis ils découvrirent le pot aux roses, et plus rien ne fut comme avant.

Dans un premier temps, Brooke et Cory cessèrent de lui adresser la parole. Au jardin ou en ville, ils l'ignoraient superbement, et c'est là qu'elle prit l'habitude de s'absenter de Black Ridge – par exemple à Sheffer, où elle entendrait ces étranges rumeurs sur la mort de Scott. La femme de ménage cessa de passer chez elle, et le Wi-Fi qui couvrait tout le domaine se mit par moments à lui réclamer un mot de passe – qu'elle ne connaissait pas, évidemment. C'est à cette période qu'elle pensa que Cory (dont la boîte installait des systèmes informatiques dans les entreprises de la région) était sans doute en mesure d'espionner ses communications.

Pour parfaire le tableau, le frère et la sœur ne lui répondaient jamais au téléphone ni lorsqu'elle venait frapper à leur porte.

Mais Ellen ne se laissa pas démonter, et lorsqu'ils comprirent que la plus glaciale des attitudes ne suffirait pas à la déloger ils passèrent à la vitesse supérieure en lui confisquant son courrier. Non qu'elle en reçût beaucoup, mais les lettres épisodiques de sa mère cessèrent d'arriver, de même que les factures et les catalogues qui vous donnent le sentiment d'être relié au monde. Suite à des ennuis bancaires pour non-paiement d'un avis de carte de crédit – avis qui ne lui était jamais parvenu –, elle dut se résoudre à tout régler par Internet.

— Je sais que ça n'a pas l'air si terrible, soupira Ellen.

Mais je comprenais ce qu'elle ressentait. Les petits riens du quotidien sont nos béquilles. On a l'impression de surmonter les épreuves jusqu'au jour où l'on s'effondre en constatant qu'il n'y a plus de pain ou que l'on déteste ses chaussures, et les larmes qui nous submergent alors semblent intarissables.

En parallèle, d'autres phénomènes apparurent dans la maison d'Ellen. Ainsi des coups frappés à la porte d'entrée, au beau milieu de la nuit. Les premières fois, elle descendit ouvrir, mais il n'y avait jamais personne. Alors, après cinq ou six soirs de ce petit jeu, elle resta couchée, jusqu'à ce qu'elle remarque un matin que des objets du rez-de-chaussée avaient disparu ou changé de place, comme si le visiteur nocturne s'était introduit avec une clef. La plupart de ces objets ne revêtaient aucune valeur sentimentale aux yeux des Robertson : outre deux ou trois bibelots de famille, Ellen perdit une table basse achetée cinq dollars dans une brocante, une casserole cabossée, ou encore toutes les savonnettes de la salle de bains principale – située, comme sa chambre, au premier étage de la maison.

Elle se remit donc à descendre sitôt qu'elle entendait les coups, à dévaler l'escalier en hurlant contre celui ou celle qui lui jouait ces tours pendables.

Mais elle ne vit jamais rien, juste que les chapardages continuaient.

Un soir elle fit donc un test. Elle regarda la télévision jusqu'à 23 heures puis éteignit le poste ainsi que toutes les lampes, s'assit dans le couloir emmitouflée dans un plaid, et monta la garde en s'armant de café et de cigarettes.

Peu avant 2 heures du matin, un coup violent ébranla la porte, sans le moindre signe avant-coureur, comme surgi de nulle part. Ellen resta recroquevillée sur le sol, un couteau de cuisine à la main, à guetter l'ouverture de la porte.

Mais d'ouverture il n'y eut point, et Ellen resta ainsi prostrée jusqu'au lever du jour.

Elle remonta dans sa chambre à 7 heures et des poussières avec un vague sentiment de victoire, comme si elle avait réussi à reprendre le dessus.

Sauf que sa brosse à dents n'était plus là et ne refit jamais surface, même après qu'Ellen eut retourné la maison pendant deux heures.

Une brosse à dents se remplace facilement, et Ellen en racheta une dans la journée. Néanmoins, ce soir-là, en verrouillant la porte d'entrée, elle ne se sentit plus chez elle, ni seule entre ces murs. Et le fait d'avoir sécurisé l'ensemble des fenêtres et autres points d'accès ne faisait que renforcer cette impression.

Les frappements perdurèrent. Au bout d'un certain temps, ils gagnèrent la fenêtre de la chambre. Ainsi que l'intérieur de la penderie et le dessous du lit. Du moins semblait-il. Car le bruit n'était jamais assez fort pour ne pas être qu'un simple craquement de plancher dû aux variations de température – variations auxquelles la maison était d'ailleurs de plus en plus sujette –, mais suffisant pour qu'Ellen accumule les nuits blanches.

En parallèle, le lait acheté dans la journée tournait en quelques heures, quand ce n'était pas l'eau qui avait un goût infect, ou bien la nouvelle marque de café qu'Ellen avait adoptée afin de cesser de penser à Gerry chaque fois qu'elle s'en versait une tasse.

Puis un soir, juste avant de se coucher, Ellen entrouvrit l'un des stores de la chambre et vit un énorme oiseau noir flotter au-dessus de la mare. On aurait dit qu'il lévitait, insensible aux rafales qui balayaient le jardin et sifflaient dans les arbres. Il se volatilisa aussitôt, et alors Ellen entendit quelque chose s'éloigner dans les bois. Mais quelque chose de bien plus gros.

Le store refermé, Ellen passa la nuit perchée au bout de son lit. C'est là, me dit-elle, qu'elle avait compris.

— Compris quoi ? demandai-je.

— C'était une strige, souffla-t-elle sur un ton qui n'avait plus rien de bostonien.

— Une quoi ?

Pour toute réponse, elle détourna son regard vers la fenêtre.

Le chagrin a ceci de redoutable qu'on ne sait jamais quels seront ses effets. Il sourd d'un puits si profond qu'il peut déformer la réalité, ou du moins fausser la perception qu'on en a. J'avais moi-même senti, entendu ou vu des choses que je savais impossibles. Un visage furtif dans la rue ou sur un terrain de jeu, ou bien un cri joyeux dans le voisinage, trop familier pour qu'on puisse l'attribuer à un inconnu – jusqu'à ce que, accourant sur place, on découvre un gosse qui ne ressemble en rien au sien. La mort creuse une blessure si vive qu'on se retrouve parfois à enfoncer la cheville la plus carrée dans le trou le plus rond, dans le vain espoir de raccommoder un univers en morceaux.

J'avais entendu le cri de Scott. Comme j'avais vu le visage de ma mère, dix ans après sa mort. Mais en réalité je n'avais rien perçu du tout.

Ce n'était toutefois pas le moment d'expliquer cela à Ellen. Elle en prendrait conscience bien assez vite – je l'espérais pour elle – et puis je sais d'expérience qu'on ne défait pas les croyances d'autrui à coups d'arguments rationnels. La foi est le contraire de la preuve.

J'ai donc préféré lui poser cette question :

— Brooke vous traite de meurtrière. Qu'est-ce qui l'amène à penser ça ?

— Elle est persuadée que j'ai fait du mal à son père. Qu'il est mort à cause de moi. C'est pour cette raison qu'ils ont décidé de me punir.

— Le rapport du légiste était pourtant clair : une banale crise cardiaque.

Ellen se raidit.

— D'où tenez-vous ça ?

— Peu importe. Alors pourquoi vous harcèlent-ils ?

— Parce qu'ils n'y croient pas.

— Mais comment le savez-vous, s'ils ne vous adressent plus la parole ?

— Parce que Brooke a exceptionnellement retrouvé sa langue, il y a trois semaines. Je me trouvais sur Kelly Street, et j'allais entrer dans le bar que vous connaissez, le Mountain View. Histoire d'être quelque part, et d'avoir quelqu'un à qui parler. Soudain, Brooke a surgi devant moi, et elle a explosé.

— Comment ça ?

— Elle m'a aboyé dessus, devant tous les passants – des gens que je connaissais, avec lesquels je bavardais du temps où Gerry était vivant, mais là ils ont passé leur chemin comme si de rien n'était. Elle a juré que j'allais payer pour ce que j'avais fait, et depuis ce jour-là c'est encore pire. Je n'arrive plus à penser droit. Tout est comme amplifié en permanence…

— Écoutez, Ellen. À l'évidence, il n'y a plus rien pour vous, ici, alors pourquoi vous ne partez pas ? Mettez les voiles et recommencez votre vie ailleurs !

— Comme vous, après avoir perdu votre fils ?

Je ne répondis rien.

— Et ça a marché ? insista-t-elle. Vous avez fui, mais qu'avez-vous trouvé ? Il ne suffit pas de se faire la malle, John. Où que vous alliez, ça vous poursuit. Ça se niche à l'intérieur de vous.

— Mais cette strige dont vous parliez, cela vient de votre culture ? De la tradition roumaine ?

Elle confirma d'un air agacé.

— Alors pourquoi en trouverait-on ici, en Amérique ?

Elle me regarda comme le dernier des imbéciles.

— En Roumanie nous avons également ce qu'on appelle *abore*, *munte*, *noapte*. Et devinez quoi : ça aussi, vous en avez.

— De quoi s'agit-il ?

— Des arbres. Des montagnes. De la nuit.

Je commençais à fatiguer.

— Votre anglais est excellent, Ellen, alors comment appellerait-on une strige sous nos latitudes ? Quel serait l'équivalent le plus proche ?

Elle inclina la tête et me défia du regard.

— Une sorcière. Vous êtes content ?

Je soupirai lourdement et me renversai dans mon fauteuil, une nouvelle fois tenté de lui parler des visages et des voix fantômes. Mais je savais que ça ne marcherait pas. Moi non plus, dans une situation pareille, je n'aurais pas les idées claires – à supposer que je sois assez sobre pour penser quoi que ce soit.

— Vous me croyez folle, hein ?

— Non, Ellen. Je trouve juste tragique que Gerry Robertson soit mort si peu de temps après avoir trouvé une femme qui l'aimait à ce point. Et qui l'aime toujours.

— Alors c'est ça, votre conclusion ? Après tout ce que je viens de vous raconter ?

— Je vais vous laisser, Ellen, dis-je en me relevant. Mais avant de partir, juste une dernière question. Si tout ce que vous m'avez décrit est vrai, quel rapport avec moi, ou avec Scott ? Pourquoi aurait-on voulu nous nuire ?

— Je n'en sais rien. Peut-être qu'on vous punit, vous aussi.

— Mais pour quel motif ?

Elle eut un sourire froid.

— Ça, c'est à vous de me le dire. Qu'avez-vous fait, John ?

Je lui ai conseillé de se reposer et je suis sorti de la chambre. Comme je m'éloignais dans le couloir, elle gueula après moi :

— Qu'avez-vous fait, John ? Hein ? Qu'avez-vous fait ?

Chapitre 21

Je signalai aux cerbères de l'étage que Mme Robertson ne souhaitait recevoir aucun visiteur sans avoir préalablement donné son accord. Mon interlocutrice opina avec l'assurance de celle qui se sait taillée pour la mission, et qui s'en délecte d'avance.

En chemin vers l'ascenseur, j'avisai dans l'entrebâillement d'une porte une jeune fille assise au bord d'un lit. Je reconnus la serveuse aux cheveux bleus du Write Sisters. Le visage en pleurs, elle regardait le sol. Après une seconde d'hésitation, j'ai décidé que ce n'étaient pas mes oignons. Puis j'ai changé d'avis et me suis approché de la porte.

— Vous allez bien ?

Soit elle ne m'entendait pas, soit elle convenait que ce n'étaient pas du tout mes affaires.

La berline de Cory et Brooke avait disparu du parking. J'aurais bien filé directement chez eux afin de poursuivre notre petite discussion, mais je savais que ce ne serait pas malin, et il arrive que cela suffise à m'arrêter.

Un véhicule de police stationnait sur la même rangée que moi, et en me rapprochant j'y reconnus l'adjoint Greene, le flic qui m'avait « accueilli » au commissariat de Black Ridge. Il baissa sa vitre pour me lancer :

— Que faites-vous ici, monsieur ?

— Je rends visite à une amie.

— Je ne sais pas si le shérif serait très heureux d'apprendre que vous vous mêlez de ce qui ne vous regarde pas.

Je m'avançai jusqu'à sa portière.

— Le message est de vous ou de lui ?

— Ça change quelque chose ? dit-il en me fixant avec de petits yeux mal assortis à ses grosses joues pâles. À votre place, j'écouterais, c'est tout.

Il démarra le moteur et quitta le parking en roulant au pas, sans se douter que je l'avais effacé de ma mémoire avant même qu'il atteigne la route.

En rallumant mon téléphone, je vis que j'avais un message. Je l'écoutai sans délai, et me pris à sourire devant ce mélange de gratitude, de stupeur et d'expressions fleuries que j'aurais crues impossibles dans le cadre de la langue anglaise.

Je répondis par SMS.

> Verrons remboursement plus tard. D'ici là, assure-toi que ça parvient aux bons destinataires. AUJOURD'HUI. Et tiens ton chéri en laisse jusqu'à mon retour.

Ces mots expédiés à Becki, je remontai en voiture. Au sortir du parking de l'hôpital, je croisai le 4×4 vert foncé qui s'était arrêté à ma hauteur le premier jour, devant le portail de mon ancienne maison. C'était le même gars derrière le volant.

Mais j'avais la tête ailleurs.

L'après-midi avançait, et je me suis aperçu que j'avais faim, mais les gargotes qui se succédèrent sur ma route ne me faisaient pas envie. J'ai fini par m'arrêter devant le motel où je m'étais retranché plusieurs semaines durant pour noyer dans l'alcool ma douleur et mon chagrin.

Ces deux mauvaises nuits d'affilée m'avaient desséché les pupilles et la cervelle, et je suis resté assis dans mon siège à ne rien faire pendant trente minutes.

Des gens rejoignaient ou quittaient l'hôtel, d'autres marchaient dans la rue. Des voitures passaient et les nuages allaient leur chemin. La pluie se mit de la partie, brièvement d'abord, puis de manière plus durable. Je compris bientôt que le trou dans mon estomac était un début de panique. Mais à propos de quoi, je l'ignorais. À force de garder les yeux rivés sur la porte numéro 4 de l'hôtel, ce fut comme si j'étais enfermé derrière, comme si le monde extérieur à cette chambre était devenu lui-même une vaste pièce dont je n'étais pas sûr de m'échapper un jour. Je savais ce que signifiait ce sentiment, même si cela faisait longtemps que je le tenais à distance. Je savais ce que signifiait cette impression physique d'être séquestré dans un lieu sans issue, comme enterré vivant. Je savais aussi que le Mountain View était un endroit confortable, et qu'on y servait une bonne bière.

J'ai donc jugé plus sage d'opter pour le café de Kelly Street. Là, installé près de la fenêtre avec un double expresso, j'ai tenté de réfléchir aux dernières confidences d'Ellen. J'étais à peu près certain que sa brosse à dents se cachait dans un recoin de sa maison, et qu'il suffisait d'être préoccupé pour oublier avec quelle rapidité fondent les savonnettes. Quant aux autres objets disparus, ils avaient sans nul doute été chipés par les Robertson, ainsi qu'elle l'avait cru au départ, ou simplement perdus dans l'agitation du quotidien.

Ce qu'il fallait à Ellen, c'était voir un psy, faire ses bagages et repartir de zéro. Trouver son Marion Beach.

Au lieu de quoi elle persistait à se coltiner Cory et Brooke, et cela m'énervait. Au fond, elle n'était pas si différente de l'homme qui, après une période de deuil à peu près comparable, s'était enfermé à l'hôtel et avait presque réussi à se foutre en l'air. Malgré les dénégations d'Ellen, je soupçonnais la sortie de route du matin de ne pas être entièrement accidentelle, et Ellen d'être à deux doigts de se jeter dans le vide. Si quelqu'un m'avait donné un petit coup de pouce à l'époque, j'aurais sans doute sauté moi-même.

Trois petits coups secs me firent relever les yeux. Plantée sur le trottoir, Kristina tapait à la vitre. Toujours aussi noirs et désordonnés, ses cheveux paraissaient, bizarrement, beaucoup plus longs que l'avant-veille.

Elle m'adressa un clin d'œil, me dit bonjour et au revoir d'un même geste, puis traversa la rue pour se rendre à son travail. Je fis durer mon café aussi longtemps que possible, après quoi je réglai l'addition, ressortis et pris la même direction qu'elle.

Le bar était bien rempli. Je fus servi par un garçon, et une demi-heure s'écoula avant que Kristina se pointe pour vider mon cendrier dans une poubelle portative.

— Vous ne fumez pas ? lui demandai-je en voyant sa mine dégoûtée.

Elle secoua la tête.

— Vous avez une tête de fumeuse, pourtant. Et dans ma bouche, c'est un compliment.

— Je l'ai été, avoua-t-elle. J'ai arrêté de fumer quand je suis partie de cette ville. Ça, et d'autres choses.

— Comme la drogue, l'alcool, parler de la pluie et du beau temps ?

— Exactement. Je suis au courant, pour Ellen. Elle va comment ?

— Un peu secouée. Mais pourquoi serais-je censé le savoir ?

— Je me suis laissé dire que vous étiez assez proches, c'est tout. Je ne voulais pas…

— Vous nous avez pourtant vus, elle et moi, l'autre soir. Franchement, on avait l'air d'un couple ?

— Pas vraiment.

— Mais quarante-huit heures plus tard on choisit un service de porcelaine et on réserve un quartette à cordes !

— Laissez tomber, d'accord ? Je m'en fiche, de vos histoires. Vous reprendrez une bière ou pas ?

J'ai répondu par l'affirmative et contemplé le dehors jusqu'à l'arrivée de mon demi. Comme Kristina repartait, je lui ai montré ma paume.

— Je suis désolé, Kristina. J'aimerais juste savoir pourquoi vous pensez qu'il y a anguille sous roche.

— Mais je ne pense rien, moi ! Sincèrement, je m'en cogne. Cet après-midi, je suis allée chez le coiffeur me faire poser des extensions, et c'est là que j'ai entendu quelqu'un parler d'Ellen, comme quoi ça faisait plaisir de voir qu'elle reprenait du poil de la bête et s'était dégoté un nouvel ami, même si cela faisait à peine quatre mois que Gerry était mort, et patati et patata.

— Ce quelqu'un, c'était Brooke Robertson ?

— Je ne veux pas me mêler de ça, insista la serveuse. C'est une petite ville, ici : les gens parlent, d'autres écoutent. Point à la ligne.

— Il ne faut pas croire tout ce que raconte cette Brooke, Kristina. Si vous voulez mon avis, elle n'est pas nette.

— Possible. Quoi qu'il en soit, je ne suis pas sûre qu'on soit faits pour tailler une bavette, vous et moi.

— Encore une fois, je suis désolé pour tout à l'heure.

— Bien reçu. Mais j'ai du boulot.

Comme elle se détournait, j'ajoutai :

Vous voulez dire que vous payez pour avoir ces cheveux-là ?

Elle me tira la langue et s'en alla pour de bon.

Quatre bières plus tard, j'eus une idée – ce qui, dit comme ça, ne laisse en général rien présager de bon. Je suis sorti du troquet pour passer un coup de fil. Les renseignements téléphoniques m'ont directement mis en relation avec la personne demandée.

— Pierce, me répondit-on après une courte attente.

— John Henderson à l'appareil.

— Vous êtes dans un bar ?

— Non, devant la porte. Vous avez une bonne oreille, shérif.

— N'est-ce pas ? J'ai coincé l'adjoint Corliss, si telle est la raison de votre appel. Il ne recommencera pas et il va demander à sa sœur d'être plus discrète à l'avenir.

— Merci, shérif. Mais ce n'est pas tout. J'ai un petit service à vous demander.

— Allez-y.

— Cette femme dont je vous ai parlé, la veuve de Gerry Robertson. Elle a eu un accident de voiture, ce matin.

— J'ai appris ça, oui.

— Je lui ai rendu visite à l'hôpital, et il semblerait que Brooke et Cory Robertson lui mènent la vie dure. Aussi, j'ai pensé qu'un représentant de la police locale pourrait peut-être leur parler. Afin que cette femme bouleversée reçoive tout le soutien dont elle a besoin, si vous voyez ce que je veux dire.

— Je ne suis pas sûr que cela fasse partie de nos prérogatives, répondit Pierce. Désolé.

— Ah, dommage. Ce serait plus facile si les Robertson n'étaient pas de grands notables ?

— Je n'aime pas ces sous-entendus.

— Dans ce cas, veuillez m'excuser. J'imagine qu'il ne me reste plus qu'à leur parler moi-même…

— Je vous le déconseille.

— Une discussion cordiale entre adultes responsables ne vous concernerait en rien, shérif. Encore heureux.

— Monsieur Henderson…, soupira Pierce. Écoutez, j'ai parlé à un témoin de l'accident d'Ellen. Il racontait la scène devant tous les clients de chez Harry, et je lui ai dit de la mettre en sourdine.

— C'est fou ce que les gens aiment partager leurs informations, ici. C'en est presque compulsif.

— Que voulez-vous, Black Ridge est un lieu vivant. Si vous préférez le silence et l'indifférence, isolez-vous dans la montagne. Le vieux bonhomme dont je vous parle était un ami de mon père. Je le connais depuis des lustres, et je sais qu'il n'est pas du genre à grossir le trait. Lui arrivait en sens inverse, et il a vu le véhicule d'Ellen gravir la colline en zigzaguant n'importe comment, au point qu'il s'est rangé en catastrophe de peur de se faire percuter. Cette voiture ne roulait pas très vite, mais la conductrice hochait la tête d'avant en arrière, « comme si elle était droguée », dixit notre témoin.

— Dans ce cas, je suis persuadé que le toubib des urgences dispose d'un rapport toxicologique en bonne et due forme. Vous devriez pouvoir vous le procurer sans…

— Je vous remercie de m'apprendre mon métier, monsieur Henderson. Le bilan toxicologique était négatif. Mais sur le plan mental, hein ? Cela vous paraît normal de conduire sur une route mouillée en secouant la tête dans tous les sens ?

— Non, admis-je.

— Puis elle a regardé droit devant elle, et sa voiture a quitté la route pour emplafonner les rochers.

Je restai silencieux. À l'intérieur du bar, Kristina s'approcha de ma table avant de tourner les talons en voyant que mon verre n'était pas vide.

— Alors oui, poursuivit le shérif, il se pourrait bien que votre amie ait besoin d'un peu d'aide.

— Ce n'est pas mon « amie », bon sang ! C'est d'ailleurs le deuxième point que je souhaitais...

— Mais, termina Pierce, je ne crois pas que les Robertson soient la cause du problème. Dès lors, quiconque s'aviserait de chercher des noises à ces deux-là deviendrait ipso facto un fauteur de troubles, ce qui, pour le coup, exigerait mon intervention. Vous comprenez ce que je vous dis ?

— Cinq sur cinq.

— Parfait. Sur ce, monsieur Henderson, dormez bien et bon vol.

J'ai refermé le téléphone et l'ai rangé dans ma poche. Je me suis attardé sur le trottoir quelques minutes de plus, le temps de prendre conscience qu'il était tard et que je n'avais rien mangé de la journée.

J'ai regagné la salle pour commander une autre bière, bien que l'incendie sous mon crâne fût déjà éteint. J'ai bu lentement au comptoir tandis que le bar se vidait, en discutant de tout et de rien avec la serveuse Kristina.

Par miracle, nous avons réussi à ne pas nous disputer.

Chapitre 22

J'ai laissé ma voiture sur Kelly Street pour rentrer au motel à pied, ayant pour principe de ne jamais rouler bourré. Mais, alors que je traversais la ville par ses trottoirs, j'ai trouvé un deuxième motif à cette décision, à savoir que j'avais peut-être été surveillé dans ce bar. Quelqu'un aurait pu compter mes bières puis prévenir Pierce ou l'un de ses adjoints au moment de mon départ, histoire de me faire souffler dans le ballon. Qui aurait joué ainsi les indics ? Aucune idée. Ni Brooke ni Cory Robertson n'avaient montré le bout de leur nez, et je doutais fort que Kristina et ses collègues fussent vendus aux flics. Non, à la réflexion, ces craintes étaient absurdes, et je m'en suis voulu de leur avoir consacré autant d'espace mental.

Toujours est-il que j'ai marché.

Il était à peine 22 heures, mais les rues étaient silencieuses, et les habitations si sombres qu'elles semblaient abriter des morts. Pour une fois, il ne pleuvait pas et le ciel était d'un bleu-noir uni, nettoyé par le vent qui commençait à sévir.

En ouvrant la porte de ma chambre, j'ai découvert un objet sur le sol. Une grande enveloppe brune, glissée sous la porte.

Je l'ai ramassée avant de scruter le parking. Je n'avais croisé personne en arrivant, mais le livreur tiendrait sans doute à s'assurer – par lui-même ou par guetteur interposé – que j'avais bien reçu le message, quel que soit celui-ci.

Comme le parking semblait désert, je me suis enfermé et j'ai ouvert l'enveloppe. Elle recelait une unique feuille de papier, un texte dactylographié suivi d'une photo médiocre. Cette coupure de presse traitait du meurtre, en octobre 1995, à Berlin, d'un certain Peter Ridenhauer, retrouvé mort dans son appartement le corps lardé de coups de couteau. Depuis quelque temps déjà, Ridenhauer faisait l'objet d'une enquête judiciaire pour trafic sexuel. Sa méthode était tristement classique : il attirait des jeunes femmes de l'Est en leur faisant miroiter des jobs bien payés à l'Ouest, puis il leur confisquait leurs passeports et les mettait sur le trottoir. Pour faciliter la transition, il les rendait accros à l'héroïne, héroïne qu'il fournissait bien entendu lui-même. Si quelques-unes parvinrent à se sauver, beaucoup moururent d'overdose ou disparurent, et toutes furent soumises à des cadences d'au moins douze clients par jour, généralement pour assouvir des fantasmes tabous chez les professionnelles classiques. La principale suspecte du meurtre de Ridenhauer – une fille de son réseau, en compagnie de laquelle on le vit regagner son domicile le soir de sa mort –, avait disparu d'Allemagne peu de temps après, et bien que l'enquête demeurât ouverte à ce jour personne ne semblait très pressé de la conclure.

La suspecte s'appelait Ilena Zaituc. La photo reproduite en bas de l'article montrait le visage plus jeune mais fort reconnaissable de la femme que j'avais visitée ce matin même à l'hôpital.

Je rouvris la porte d'une main tremblante et m'avançai au milieu du parking, le papelard dressé en évidence au-dessus de ma tête.

— Raté, déclarai-je, tout en sortant mon briquet.

Je n'avais pas crié mais parlé d'une voix franche, un peu gutturale à mon goût mais assez forte pour porter.

— Si le but était de ternir l'image de cette femme, c'est loupé.

J'ai mis le feu au document. Dès qu'il s'est embrasé, je l'ai offert au vent, qui l'a fait tournoyer dans les airs, tel un farfadet lumineux.

Je crus alors entendre un bruit dans les bois, derrière la route. Un rire, un oiseau, ou bien une branche craquant sous une rafale. Je me suis avancé de quelques pas, les bras ouverts sur les flancs.

— Allez-y, montrez-vous !

Mais il ne se passa rien.

J'ai pensé alerter Pierce, mais cela ne m'aurait valu que des ennuis, puis foncer chez les Robertson, mais j'avais bien trop bu. Depuis combien de temps ces deux-là détenaient-ils ces éléments sur Ellen ? S'ils avaient pour seul but de se débarrasser d'elle, il leur suffisait de la dénoncer aux autorités. J'en déduisis qu'ils caressaient d'autres desseins. Ellen avait raison : il s'agissait de la punir, de lui en faire baver. De la harceler en dépeçant sa vie épingle par épingle, fil par fil, afin qu'elle souffre un maximum.

J'estimais qu'ils méritaient le même traitement. Mais je me suis efforcé de refouler cette pensée comme on lutterait pour ne pas boire un dernier verre, celui dont on sait qu'il nous donnerait une bonne excuse pour faire n'importe quoi. Je suis donc resté sagement assis dans le noir de ma chambre, à vider cafetière sur cafetière de mauvais café, même une fois repoussé le spectre de la gueule de bois carabinée, jusqu'à ce que je finisse par m'endormir.

Pour finalement me réveiller trois ou quatre heures plus tard.

Obscurité totale dans la pièce. La cervelle gourde et molle, palpitant de caféine et de résidus d'alcool, et l'impression de rouiller par déshydratation. Je me sentais coincé dans mon fauteuil, transformé en statue de bois ou de pierre, incapable du moindre geste.

J'ai enfin réussi à me transposer sur le lit, mais il y avait trop de boucan pour dormir. Le vent hurlait, la pluie grondait sur le toit. Ces bruits avaient toutefois le mérite d'être continus, donc susceptibles, à la longue, de glisser sous le tapis de la conscience. Ce que je ne pouvais ignorer, par contre, c'étaient ces maudites branches qui venaient fouetter et gratter le dos de l'hôtel.

Je me suis traîné jusqu'à la porte. Dès que j'ai ouvert, le vent a enfoncé le battant si fort qu'il m'a tordu le poignet.

J'ai fait le tour du bâtiment en m'abritant de mon mieux sous l'avant-toit, ce qui ne m'empêcha pas d'être rapidement trempé comme une soupe. J'ai atteint l'arrière de l'hôtel dans un état de furie que je savais sans grand rapport avec ce problème de branches folles, mais je n'avais qu'elles sur qui passer mes ncrfs, ccs petites salopes qui pouvaient dire adieu aux joies du grattouillage.

J'ai longé le mur jusqu'à la partie qui devait correspondre à ma chambre, laissant aux autres pensionnaires leur propre part d'horticulture sauvage. Puis j'ai regardé en l'air et j'en suis resté bouche bée.

J'avais un pied sur la dalle de béton de l'hôtel, l'autre dans l'herbe boueuse. À ma gauche se dressait le mur, coiffé du toit, et à ma droite une première rangée d'arbres.

Entre les deux, un bon mètre cinquante de vide.

J'ai gardé les yeux levés le temps d'être sûr de ce que je voyais. Si le vent s'amusait bel et bien à secouer les arbres, et avec une violence inédite depuis mon arrivée à Black Ridge, les branches au-dessus de ma tête n'atteignaient pas le bâtiment. Elles ne pouvaient pas le toucher.

Ni cette nuit, ni aucune autre.

Et pourtant, en regardant bien, on décelait des marques sur les planches du mur. Des griffures toutes récentes, à en juger par leur aspect clair et propre. Orientées dans tous les sens, certaines très courtes, d'autres longues d'une trentaine de centimètres. L'ensemble ne formait aucun dessin particulier, mais il me rappela l'assortiment de brindilles et de branches découvert la veille à l'orée de l'aire de pique-nique.

Je me suis tourné vers les bois. Le faible éclairage provenant du toit ne révélait que les premiers troncs, faisant de la forêt une sorte de miroir noir qui ne demandait qu'à être franchi.

Puis j'ai entendu sonner un téléphone à travers le mur de l'hôtel. Celui de ma chambre.

Un instant d'hésitation, et je suis reparti à toutes jambes, manquant plusieurs fois de m'étaler dans une flaque. L'appareil se tut au moment même où je déboulais dans la piaule.

Il recommença à sonner deux minutes plus tard. Je décrochai aussitôt.

— Brooke, dis-je d'un ton sec, vous ne devriez pas jouer à ça.

Mais il n'y avait personne au bout du fil. Le téléphone sonna de nouveau toutes les heures jusqu'au lever du jour, sans que personne ne me parlât jamais, sinon quelque fréquence parasite qui faisait l'effet de cris lointains.

Chapitre 23

Soixante-deux. Soixante-trois.

Soixante-quatre.

Grelottant en sous-vêtements dans le couloir glacial, Carol avançait et reculait à petits pas. Elle avait déjà vu un mouvement analogue. Dans un zoo, à la fin des années soixante-dix, mais un zoo minable, un Guantánamo pour animaux. Un ours solitaire, la fourrure tout emmêlée, dans une cage étriquée qui n'avait pas été lavée depuis un bail. En repartant, son papa avait tapé un scandale auprès des employés. Peut-être même qu'il avait écrit une lettre dès leur retour à la maison – il l'avait promis, en tout cas, et généralement il tenait parole. Mais trop tard, le mal était fait. Carol avait vu cette bête dressée sur ses pattes de derrière, celles de devant accrochées au grillage rouillé, et ces petits pas resserrés, dignes d'un grabataire, d'avant en arrière et d'arrière en avant. Un ours perdu dans sa nuit intérieure, un ours victime d'une crise de panique au ralenti.

Elle l'avait longuement observé, agrippée à la main de son père, devinant qu'elle voyait là quelque chose d'anormal, que les animaux n'étaient pas censés se comporter ainsi.

Aucun animal.

Pas même elle.

Presque trente ans plus tard, mais guère plus vieille dans sa tête, Carol s'écartait du verrou de la porte. Une fois de plus. Il était 2 heures moins des poussières, et cela faisait une heure et demie que ce petit jeu durait.

C'est qu'elle n'en était pas à sa première série de soixante-quatre.

Il ne s'était rien produit de nouveau depuis l'épisode de la bibliothèque. Ni coups de fil ni messages. Mais cela ne voulait pas dire qu'ils étaient repartis. Elle n'avait pas alerté la police. Un appel téléphonique sans menaces et une photo qu'elle aurait aussi bien pu prendre elle-même n'auraient aucune valeur aux yeux des flics et ne susciteraient que du mépris ou, pis, de la pitié. On pourrait croire que les parents isolés inspirent spontanément une certaine sollicitude, mais il n'en est rien. Surtout quand il s'agit d'une femme.

Pourquoi une trentenaire vivrait-elle seule, pour commencer, à moins d'avoir un sérieux problème ? À moins d'être trop exigeante ou trop tordue pour garder un homme.

Quant à la phrase inscrite à la craie sur le tableau de la cuisine, elle n'aurait rien révélé non plus, à supposer que Carol ne l'eût pas effacée d'une main fébrile – avant de comprendre à quel point ce geste était stupide.

Sitôt qu'elle disposerait d'éléments concrets, bien sûr qu'elle irait chez les flics. Mais, pour l'heure, il s'agissait de rester forte. De ne pas céder à la panique. De dominer le chaos, comme elle le faisait depuis presque trois ans et sans l'aide de personne. De rester là où elle était, sans rien demander à quiconque. L'aide extérieure se paie parfois très cher.

Elle en savait quelque chose.

Elle se força à reprendre le couloir en sens inverse, et n'y parvint qu'en jurant aux dieux qu'elle ne faisait pas semblant de croire que la porte était bien fermée mais s'accordait simplement une pause avant de reprendre le processus avec une foi et une rigueur accrues. Il lui sembla que l'ampoule du plafond vacillait lorsqu'elle passa en dessous, mais c'était juste la fatigue. Juste cette migraine qui s'étirait entre ses deux oreilles. Juste…

Allons, allons, de qui se moque-t-on ?

Bien sûr qu'elle vacillait, cette putain d'ampoule !

Même Tyler l'avait remarqué en allant au lit quelques heures plus tôt. Elle lui avait expliqué que l'ampoule était sur le point de lâcher, ce dont il comprit qu'elle risquait à tout moment de tomber du plafond. L'histoire du soir fut donc celle de Tina, une vieille ampoule qui avait la chance de vivre dans une jolie maison avec une maman et son petit garçon, et qui acceptait de rester vissée au plafond à condition qu'on la remplace par l'une de ses amies lorsqu'elle serait trop fatiguée, etc.

Pour l'instant, Tyler roupillait. Mais, si le scénario des deux dernières nuits se répétait, il n'allait pas tarder à se réveiller. Son sommeil d'ordinaire si lourd s'était détraqué du jour au lendemain, et si ce n'était pas une preuve, ça...

L'ampoule vacillait. Les tiroirs de la cuisine semblaient plus durs à ouvrir qu'avant. Et l'ombre sous les chaises était anormalement sombre.

Ces faits existaient-ils uniquement dans sa tête ? Carol n'en savait rien. Sauf pour l'ampoule, ou alors cela signifiait que Tyler lui-même n'existait que dans sa tête, et il n'était pas question de s'engager sur cette voie-là. Pas maintenant. Pas ce soir. Jamais.

En même temps, il se pouvait tout à fait que l'ampoule fût simplement sur le point de claquer.

Mais cela ne changeait rien. Depuis quelques jours, Carol avait l'impression de chuter dans un puits dont la profondeur abyssale – pour mieux t'attraper, mon enfant – n'excluait pas la présence de longs pieux pointus. La seule façon de ne pas tomber était de se terrer. D'une manière ou d'une autre.

Parvenue dans la cuisine, elle s'aperçut qu'elle ne savait plus arrêter ses jambes. Le piétinement était désormais leur état naturel, comme de battre pour un cœur – sauf si on l'arrêtait, bien sûr, mais tous les couteaux de la cuisine avaient été enveloppés dans un torchon et remisés au fond du jardin pas plus tard qu'hier après-midi. Il fut un temps où... Mais ce temps était révolu. Carol avait surmonté cette période, et ce n'était pas sa faute si tout recommençait aujourd'hui. Elle avait fait son possible, avait érigé les murailles, puis John était venu tout flanquer par terre. En reprenant contact, ou juste en retournant là-bas ?

Comment savoir ? La première réponse paraissait la plus rationnelle. Exposée devant un psy (à supposer qu'on puisse s'en payer un), cette thèse remporterait de petits hochements de tête et quelques grattements sur un bloc-notes. Le thérapeute dirait comprendre en quoi cette irruption surprise avait pu raviver une douleur jamais cicatrisée, puis il facturerait la séance cent dollars, ravi d'avoir pu se rendre utile.

Mais, au fond d'elle, Carol savait ce qu'elle croyait, ce que lui suggérait son intime conviction. Après tout, la situation n'avait-elle pas commencé de se dégrader avant que John appelle ? Oui, elle en était convaincue : avant qu'il appelle, les articles s'étaient déjà mis à changer de place au supermarché, et elle s'était déjà réveillée avec l'impression d'avoir échappé de justesse à une tentative d'étouffement. John était déjà là, mais elle ne le savait pas encore.

Car il y avait eu cet autre coup de fil, aussi, de la part d'une femme que Carol connaissait depuis l'enfance. Pourquoi tout mettre sur le dos de John ? Elle pouvait certes le détester pour ce qui s'était produit alors, mais pas pour ce qui arrivait maintenant.

En tout état de cause, il fallait que ça cesse.

Et une bonne fois pour toutes. Fini de courir, fini de se cacher, fini d'obéir aux autres. Et ce connard de verrou pouvait aller se faire foutre ! Si elle restait debout toute la nuit, il n'avait pas besoin d'être fermé, n'est-ce pas ?

Ha !

Dix minutes plus tard, vêtue d'une robe de chambre et munie d'un grand mug de café noir, elle s'assit dans la cuisine avec un cahier de sudoku niveau expert. Il suffisait à présent d'attendre l'aube, de paraître normale quand Rona viendrait chercher Tyler, puis de réfléchir à la suite. Tout est plus facile quand il fait jour. Les rais de lumière sont les barreaux de la cage qui nous protège du dehors. Nous protège un peu, tout au moins. La plupart du temps.

Elle n'oubliait rien ?

Ah si. *Ne pas perdre la boule.* Exact.

Elle avait rempli la moitié de sa troisième grille lorsqu'elle entendit un bris de carreau à l'arrière de la maison.

Chapitre 24

Le lendemain, à la première heure, je me suis présenté à la réception.

— Z'êtes une perle rare, me lança la patronne par-dessus son comptoir.

— Je vous demande pardon ?

— Je disais ça parce que vous restez plus longtemps que prévu. À moins que vous ne partiez ce soir ?

Je cherchai sur son visage quelque trace d'ironie, mais n'en décelai aucune.

— C'est une jolie ville, répondis-je.

— Pour sûr !

— Ça fait longtemps que vous vivez ici ?

— Depuis que je suis née.

Je hochai la tête, pressé d'en venir au sujet qui m'amenait.

— Dites-moi, votre chien, là…

— Oui ?

— Où est-ce qu'il dort, la nuit ? Il a une niche ?

Elle s'esclaffa.

— Oh non, malheureux ! J'ai bien essayé quand il était chiot, mais il hurlait comme… Vous vous souvenez qu'il serait à moitié loup, à ce qu'on raconte ? Eh bien, ça ressemblait vraiment à ça : des cris de loup.

— Et maintenant, donc ?

Elle pointa la tête vers l'arrière-salle.

— Il squatte les trois quarts de mon lit. Et encore, les bonnes nuits ! Mais pourquoi ?

— J'ai cru entendre quelque chose, cette nuit, derrière l'hôtel. Je me disais que c'était peut-être lui.

— Hmm..., fit Marie. Non, je ne vois pas ce que ça pouvait être. Il y a quelques années, j'aurais pensé à un ours – à la rigueur. Mais personne n'en a vu dans le secteur depuis Mathusalem.

— Alors ce n'était sans doute que le vent.

— Oui, probablement. Il aurait décorné les bœufs, cette nuit. Ça vous a empêché de dormir ?

— Ça, ou autre chose.

La voiture refusait de démarrer.

De la réception, j'avais marché jusqu'à Kelly Street avec une intention très simple : me rendre directement chez les Robertson. Mais, quand j'ai tourné la clef dans le démarreur, rien n'a bougé.

Je suis ressorti de la bagnole pour la fusiller du regard, ce qui est à peu près la seule compétence mécanique à mon répertoire. Mon père était calé dans ce domaine mais je n'avais rien retenu de son exemple, sans compter que les véhicules modernes sont moins sensibles aux petits coups de clef à molette hardis. J'ai bien ouvert le capot pour voir si une anomalie me sautait aux yeux – plus de moteur, par exemple –, mais je ne repérai rien de tel et me sentis idiot ne serait-ce que d'avoir essayé.

De guerre lasse, j'ai traversé la rue pour attendre au chaud que quelqu'un vienne dépanner cette maudite caisse. Comme je posais le pied chez les Write Sisters, une serveuse inconnue m'apostropha :

— Problème de voiture ?

— Elle ne démarre plus.

— C'est drôle, Melanie a le même problème. Personnellement, je ne conduis pas : c'est mauvais pour la planète.

— C'est vrai, je l'oublie tout le temps. Mais bon, comme j'habite dans l'Oregon, je pense que je n'ai pas encore épuisé mes crédits carbone de la semaine.

— Mais justement ! persista la nana. Les gens devraient cesser de se déplacer sans arrêt. Chacun doit faire partie intégrante de son environnement : l'aimer, en prendre soin, et y rester. C'est comme ça qu'il faudrait vivre.

— Vraiment ? répondis-je sèchement. Et qu'est-ce que ça changerait ?

— Je ne sais pas. Mais ça me paraîtrait plus sain.

— Un crème allongé, s'il vous plaît.

Pendant que la serveuse donnait vie à ma boisson – sans doute avec les grains de café cultivés en cuisine et le lait des vaches élevées à l'étage –, je me suis entretenu avec le loueur automobile, jusqu'à entrevoir la possibilité que quelque chose soit fait pour ma voiture à plus ou moins brève échéance.

Quand le café arriva, je relevai la tête.

— Un instant, mademoiselle. Vous disiez que quelqu'un d'autre avait le même souci ? Un problème de démarrage ?

— Oui. Melanie, du salon de coiffure. Elle vit à deux minutes du centre, alors sa voiture reste ici la majeure partie du temps. Elle est passée en début de matinée. Elle devait ensuite chercher un gâteau d'anniversaire pour sa fille, qui va avoir douze ans dans deux jours, c'est fou comme ça pousse vite, mais sa voiture n'a rien voulu savoir. Elle attend l'arrivée de Brian Jackson. Il pourra peut-être jeter un œil à la vôtre ensuite…

— Ce Brian est garagiste ?

— Oui, confirma-t-elle d'un air désapprobateur.

— Dans ce cas, vous pourriez me verser le café dans un gobelet ?

Tandis qu'elle s'exécutait, une image me revint à l'esprit.

— Dites-moi, votre collègue aux cheveux bleus…

— Jassie Cornell ?

— Est-ce qu'elle va bien ?

La fille parut étonnée.

— Elle n'avait pas l'air de péter la forme la dernière fois que je l'ai vue, expliquai-je.

— Ah oui ? En fait, confia la nana, je n'étais pas censée bosser ce matin. Mais Jassie n'est pas venue.

— Un problème de voiture, là encore ?

— Jassie ? Une voiture ? Ça risque pas ! C'est une végétarienne pure et dure.

J'ai souri comme si je voyais le rapport, puis j'ai emporté mon gobelet dans la rue.

Un quart d'heure plus tard, une dépanneuse blanche s'est arrêtée près du salon de coiffure. Le conducteur est entré dans la boutique pour réapparaître une minute après, un trousseau de clefs à la main.

Depuis mon banc, j'ai regardé le type – Brian, je présumais – grimper dans une Ford bleue, bricoler sous le volant quelques instants puis ressortir et ouvrir le capot. La barre de céréales maison qui accompagnait mon café avait ce matin-là un goût rassis et amer. Le garagiste passa un long moment penché sur les entrailles de la Ford, sans provoquer le moindre son susceptible d'annoncer un allumage.

J'ai fini par le rejoindre.

— Vous avez identifié la panne ?

— Non, là, je vois vraiment pas. (Il tourna la tête sans se relever.) On se connaît ?

— Je suis garé de l'autre côté de la rue, et moi non plus je n'arrive pas à démarrer.

— Y a des jours comme ça… Vous avez appelé quelqu'un ?

— Oui.

— Bon, bon, dit-il en se redressant, l'air déçu. Eh bien, j'espère que votre gars aura plus de chance que moi. C'est peut-être l'antidémarrage qui déconne. Y a plus qu'à l'emmener au garage.

Comme il rouvrait la portière pour desserrer le frein à main, il réessaya de démarrer, par simple acquit de conscience. Cette fois, la voiture reprit vie.

Il coupa le moteur et recommença. Nickel, tout fonctionnait.

— Bon, bon, dit-il d'un air perplexe.

J'ai attendu qu'il ait rendu le trousseau à Melanie et repris sa dépanneuse pour regagner ma propre voiture. J'ai mis le contact, tourné la clef, et le moteur a démarré.

Bon, bon…

Cela commença trois ou quatre cents mètres avant l'embranchement. Au début, j'ai pensé que l'entreprise qui parrainait le nettoyage de cette route ne méritait pas un sou de retombées commerciales. Mais quand aux occasionnels bouts de papier se sont ajoutés des vêtements, j'ai compris qu'il s'agissait d'autre chose. D'une valise tombée d'un toit, peut-être, dont le contenu aurait été dispersé par le vent à l'insu de son propriétaire.

Puis, avisant une tache pourpre, je me suis rangé sur le bas-côté.

Laissant tourner le moteur, j'ai traversé la route jusqu'au boqueteau de cornouillers où j'avais repéré la tache. Je sus de quoi il s'agissait avant même de ramasser l'objet, l'ayant eu en face de moi à peine quelques jours plus tôt. Gorgé de pluie, ce pull avait une drôle d'odeur, plus sucrée que celle de la simple laine mouillée. D'autres vêtements jonchaient le ravin, accrochés aux branches des arbres.

Sur la fin du trajet apparurent d'autres objets, dont deux petites valises cabossées, mais je ne croyais plus qu'elles fussent tombées d'une auto. Personne ne s'amuserait à ranger une table dans une valise, et pourtant il y avait bien une table basse au bord de la route, réduite en petit bois, ainsi que des fragments de bibelots et les restes d'une photo de mariage encadrée.

Je me suis garé devant la grille et j'ai actionné l'Interphone. Après quelques secondes, le portail s'est ouvert. J'aurais dû trouver curieux que personne n'essaie de me refouler, mais j'étais trop en colère pour ça.

Brooke Robertson se tenait devant la maison principale. Elle portait, comme la veille, un tailleur pantalon noir dont les jambes claquaient au vent.

— Bonjour, monsieur Henderson. Quelle agréable surprise !

— Ne parlez pas trop vite.

— Ouh ! je frissonne déjà.

La pelouse était jonchée d'habits, dont le corsage qu'arborait Ellen lors de notre première entrevue.

Je me suis retourné vers Brooke.

— C'est quoi, votre problème, à la fin ?

— Je ne vois absolument pas de quoi vous voulez parler.

— Mais oui, c'est ça.

Elle sourit.

— Vous semblez fatigué. Des problèmes de sommeil, peut-être ? J'ai découvert qu'une petite partie de jambes en l'air était encore le meilleur des remèdes. Mais je suppose que vous n'ignorez rien de cette méthode.

— Le meilleur des remèdes, ce serait surtout de ne pas être réveillé par le téléphone.

— Je vous assure que…

— … vous ne voyez pas de quoi je parle, bien sûr. Vous avez l'esprit obtus, dites-moi.

— C'est que je n'écoute pas souvent. On entend si peu de choses intéressantes… Surtout venant de gaillards comme vous. Vous êtes plutôt un homme d'action, je me trompe ?

Son numéro de charme me laissait de marbre. Je me suis rapproché d'un pas. Je risquais de franchir la ligne blanche, mais ça m'était égal.

— Et si vous restiez concentrée rien qu'une petite fois, Brooke, histoire de…

Quelqu'un m'appela. Brooke regarda tranquillement par-dessus mon épaule, en direction de la maison d'Ellen. Cory marchait vers nous, flanqué du shérif Pierce, qui tenait une chemise bleu ciel à la main.

— Vous parlez toujours aux gens en étant aussi près d'eux ? me demanda Pierce en arrivant à notre hauteur. Cela m'embêterait de penser que je vous surprends en pleine altercation. Surtout après notre petite conversation d'hier soir.

— Qu'est-ce que vous faites ici ?

— Mon boulot, monsieur Henderson.

— C'est Ellen qui vous a appelé ?

Il ouvrit des yeux ronds.

— Bien sûr que non, voyons.

— De curieuses choses se sont produites cette nuit, expliqua Cory. M. le shérif est ici pour tirer cela au clair.

— Tu parles ! Vous vous êtes introduits dans le pavillon d'Ellen pour rafler ses affaires et les disperser sur la route. Mais pourquoi une telle hargne, bon sang ? Vous croyez vraiment qu'elle mérite ça ?

— Vous n'y êtes pas du tout, objecta Cory.

— Ne me dites pas que vous allez les laisser s'en tirer aussi facilement ! lançai-je à Pierce.

— Je pense que vous vous méprenez, répondit ce dernier. Les effets que vous voyez ici n'appartiennent pas tous à Ellen.

Il montra la chemise dans sa main. Un modèle d'homme à fines rayures bleues.

— Pour votre gouverne, ajouta Cory tout en reprenant le vêtement au flic, et bien que cela ne vous concerne en rien, monsieur Henderson, ma sœur et moi avons passé la nuit chez des amis à Yakima. En rentrant ce matin, nous avons retrouvé les deux maisons ouvertes, ainsi que… ceci.

Il indiqua la pelouse d'un mouvement circulaire.

— Mon cul, oui, marmonnai-je.

Ils me dévisagèrent tels deux parents et un instit incapables de savoir qui devait gronder le gosse en premier.

— Alors qui aurait fait le coup, à vous écouter ? Ellen ? Par télépathie, depuis son lit d'hôpital ?

— Pourquoi d'aussi loin ? chantonna Brooke.

Je pouvais presque sentir son sourire dans ma nuque, mais je ne lui ai pas fait le plaisir de me retourner.

— Ellen n'est plus à l'hôpital, m'informa le shérif. Elle est partie de son propre chef hier soir, et personne ne sait où elle se trouve actuellement.

— Sauf vous, peut-être, susurra Brooke.

— La porte de sa maison a été ouverte avec une clef, continua Pierce, tandis que celle de Cory et de Brooke a été forcée.

— Un subterfuge digne d'un gamin de huit ans, en somme. Ce que je ne comprends pas, shérif, c'est que devant une telle scène d'apocalypse vous ne vous inquiétiez même pas de savoir où a pu passer Ellen Robertson.

Mais il ignora ma remarque.

— Je vais établir mon rapport, dit-il à Cory. S'il y a quoi que ce soit d'autre, vous m'appelez.

Cory opina. Il paraissait si calme, si indulgent face aux égarements d'autrui que j'avais une furieuse envie de lui flanquer mon poing dans la figure.

Mon état d'esprit n'a pas échappé au shérif.

— M. Henderson a-t-il quelque chose de particulier à faire ici ? demanda-t-il aux Robertson.

— Pas que je sache, répondit Cory.

— Dans ce cas, vous pourriez peut-être m'accompagner vers la sortie, conclut-il en me touchant le coude.

— C'est ça, fit Brooke. Du balai. Nous avons du ménage à faire.

Je dégageai mon bras et repartis vers la grille. Parvenu à la route, je vis qu'un véhicule de police attendait Pierce, conduit par l'adjoint Greene.

Le portail se referma sans que le shérif et moi ayons échangé un mot. Mais, au moment de monter en voiture, il me lança :

— Vous ne comptez pas m'empoisonner la vie, si ?

— Commencez par faire votre boulot de flic, rétorquai-je.

Il tourna les yeux vers la route.

— Monsieur Henderson… La mort de votre fils fut certes un événement tragique, mais elle ne vous donne pas tous les droits. Pas plus que les services rendus à votre pays.

— Quelqu'un a cru bon d'attirer mon attention sur un certain document, hier soir. Ça aussi, ce serait bien que vous le sachiez.

— De quoi parlez-vous ?

— D'un article sur une jeune femme roumaine prénommée Ilena, soupçonnée du meurtre d'un proxénète il y a dix ans en Europe, et qui n'a jamais refait surface. Ce papelard a été glissé sous ma porte. Puis quelqu'un a fait sonner le téléphone de ma chambre toutes les heures jusqu'au petit matin. Pensez-vous que ces mauvaises blagues soient imputables à Ellen Robertson ? Si ce n'est pas le cas, alors il faut chercher ailleurs.

Le shérif contempla la forêt avant de tourner les yeux vers moi.

— N'oubliez pas ce que je vous ai dit.

Il remonta en voiture, parla longuement à son adjoint, puis tous deux s'en allèrent.

Comme j'ouvrais ma portière, une voix féminine se mit à égrener des chiffres.

Brooke était devant la grille, les bras croisés, son sourire radieux retrouvé. Voyant qu'elle avait capté mon attention, elle répéta les chiffres en trois groupes distincts.

— C'est quoi ? demandai-je.

— Le numéro de la maison, mon mobile, et celui de Cory. Notez-les et vous pourrez constater qu'aucun n'a servi à vous persécuter cette nuit.

Je hochai la tête.

— Vous devez vous croire très maligne, Brooke. Mais ce n'est qu'une preuve supplémentaire de préméditation.

— J'ignore qui vous a dérangé la nuit dernière, monsieur Henderson. Je vous promets que ce n'était pas moi.

J'entrais dans son jeu, mais ça ne me faisait pas peur.

— C'est quoi, le fond du problème, Brooke ?

— Rien qui ne soit en passe d'être résolu. Je devrais sans doute vous remercier, du reste, puisque votre arrivée semble avoir hâté les choses. Vous présence l'a quelque peu chamboulée, vous ne croyez pas ? Ce concentré de virilité aura tout simplement fait chavirer sa jolie tête blonde…

— Non, mais, sérieusement. C'est parce qu'elle est plus belle que vous ? Vous vous en êtes forcément rendu compte, tout comme Cory. Ce doit être difficile de cohabiter avec une femme plus séduisante que soi. (Elle s'esclaffa.) Et plus jeune, par-dessus le marché. C'est ça, le plus pénible, Brooke ?

Je plongeai la tête dans ma voiture, attrapai un objet sur le siège de droite et me rapprochai du portail. Brooke ne bougea pas d'un cil. J'ouvris le col du chandail violet afin de lire l'étiquette.

— Du Dior, dites donc. Mais j'imagine que je ne vous apprends rien. Votre père devait vous couvrir de ces merveilles, autrefois. Laissez-moi deviner, ça s'est arrêté avec Ellen ? Il n'y a plus pensé quand il a retrouvé un semblant de vie ? Je comprends votre dépit. Après tout, même si l'on vieillit – car vous vieillissez, Brooke, malgré tout le sport que vous pouvez faire –, à l'intérieur on a toujours dix ans, en tout cas devant ses parents.

Son visage s'était fermé.

— C'est ça, le fond de l'affaire, Brooke ? Ellen, la petite sœur qui vient voler l'amour de papa ?

— Vous êtes aussi borné que sot, cher ami.

— On le dit parfois. Mais qu'est-ce que je fais de ce pull, en attendant ? Je le rends à Ellen quand je l'aurai retrouvée, ou bien vous estimez qu'il vous revient de droit ? Au même titre que Black Ridge et tout ce qui se trouve dans un rayon de quatre-vingts kilomètres ?

— La technique du bulldozer donnait peut-être des résultats dans votre ancien métier, monsieur Henderson, mais dans le cas présent elle est tout à fait stérile.

J'ignorai cette saillie afin de cacher mon étonnement : cela faisait deux fois en cinq minutes que l'on évoquait mon pedigree. Maintenant qu'elle ne souriait plus, le visage de Brooke recouvrait une certaine grâce et me rappelait ces portraits aux tons sépia d'épouses de pionniers : assises d'un air sévère au côté de maris qui posaient comme des coqs mais n'auraient pas survécu plus d'une semaine sans elles. Brooke aurait même été belle, sans ces yeux sombres et durs qui semblaient avoir été peints sur des galets.

Comme je tournais les talons, elle lâcha :

— C'est à cause d'elle que mon père est mort.

— Je ne vous crois pas, répondis-je.

Le soleil se montrait enfin et l'air parut soudain plus chaud. L'odeur qui émanait du pull semblait aussi plus soutenue : moins humide mais plus sucrée.

— Vous ne connaissez pas les gens comme je les connais, déclara Brooke. Et vous ne voyez pas de quelle façon toutes les choses se tiennent.

— Je pense qu'on rencontre les personnes qu'on mérite, point barre.

— Comme c'est profond ! En voilà un bel adage. Dans ce cas, je me demande bien ce que votre pauvre femme a pu faire pour vous mériter.

Sur ce, elle partit rejoindre son frère, qui nous surveillait du perron.

Chapitre 25

— Mais où êtes-vous, bon sang ?

— Je ne sais pas, répondit Ellen Robertson.

Il lui avait fallu près de deux heures pour daigner répondre à mes appels, si bien que je n'étais pas d'humeur joueuse.

— Comment ça, vous ne savez pas ?

— Je… C'est assez flou.

De son récit décousu, je compris qu'elle avait quitté le Hope Memorial contre l'avis des médecins à 20 heures et des poussières la veille au soir, en appelant un taxi. Comme elle ne se sentait pas prête à affronter Cory et Brooke, elle avait finalement demandé au chauffeur de la déposer non pas chez elle mais dans le centre de Black Ridge.

— J'aurais pu vous recueillir, Ellen.

— Je ne savais pas où vous logiez.

— Vous aviez mon numéro de mobile.

— Je préférais éviter.

Arrivée en ville, elle avait échoué dans un bar situé aux antipodes de Kelly Street et du Mountain View. Elle avait davantage bu que mangé, ce qui l'avait vite rendue patraque. Un homme assis au bar s'intéressa à elle de manière un peu trop insistante, et la chicane qui s'ensuivit nécessita l'intervention d'un serveur. Après que le gars eut gentiment été poussé vers la sortie, Ellen avait repris quelques verres puis déniché un motel. Au matin, elle avait rendu la chambre de bonne heure, la tête dans le brouillard, avant de se perdre dans l'inconnu.

— Bon. Il y a quoi, autour de vous ?

— Des commerces.

— Qui s'appellent… ?

Elle déchiffra quelques enseignes.

— Qu'avez-vous dit ? Les Write Sisters ?

— C'est ça.

— Parfait, alors retournez-vous. Ce café se trouve juste en face du bar où nous nous sommes rencontrés. Celui où vous alliez avec Gerry, vous vous souvenez ?

Elle ne répondit rien.

— Je crains que vous ne soyez sortie de l'hosto un peu trop tôt, Ellen. Je vais vous y reconduire.

— Non. Je ne suis pas en sécurité, là-bas.

— Croyez-moi, vous serez bien mieux là-bas que chez vous.

J'avais dit ça sans réfléchir, et la fatigue d'Ellen ne l'empêcha pas de percuter.

— Quoi ? Pourquoi vous dites ça ?

Je n'eus d'autre choix que de lui décrire le désastre survenu là-haut.

— Alors vous me croyez, maintenant, quand je vous dis que je suis en danger ?

— Je n'ai jamais douté que Cory et Brooke vous voulaient du mal. Pas depuis que je les ai croisés, en tout cas. Allez donc prendre un café chez les Write Sisters, le temps que je vous rcjoigne.

— Je ne remettrai pas les pieds à l'hôpital !

— S'il vous plaît, Ilena.

Ce prénom entraîna un blanc. Lorsqu'elle reprit la parole, sa voix parut lointaine.

— Alors vous êtes au courant ?

— Sachez que ça ne change rien, à mes yeux.

— Vous verrez que si, John. Ça change toujours quelque chose.

En arrivant sur Kelly Street, je vis une silhouette féminine avachie derrière la vitre du café. Je me suis garé en vitesse et je suis entré. La clientèle était nombreuse. Assis dans un coin avec le journal, le garagiste me salua d'un bref signe de tête.

J'atteignis la table d'Ellen, qui mit du temps à me reconnaître.

— Je vous ai attendu, dit-elle enfin. Mais je n'irai pas là-bas.

— Vous reprendrez quelque chose ? demandai-je.

Comme elle secouait la tête, je me rendis au comptoir pour commander un seul expresso. La fille aux cheveux bleus était de retour : elle s'affairait devant la machine, les épaules voûtées. Je dus me répéter pour qu'elle prenne note de ma commande et promette à mi-voix de me l'apporter en salle.

De retour à la table, j'observai Ellen.

— Vous n'êtes pas belle à voir.

— Comme c'est charmant.

— Vous avez mal au crâne ?

Elle secoua la tête.

— Ça tourne un peu, rien de plus. Ce n'est peut-être que la faim.

— Vous avez une commotion cérébrale, Ellen. Je vous ramène à l'hosto.

— Pas question de retourner là-bas.

— Rassurez-vous, je ne vais pas vous traîner de force. Je ne suis pas votre père. Je vous donne mon point de vue, après, vous en faites ce que vous voulez.

— Vous m'avez trouvée comment, à l'hôpital ?

— Plutôt bien. Vous racontiez de drôles de salades, mais puisque c'est votre grand truc…

— Alors pourquoi aurais-je une commotion cérébrale aujourd'hui ?

— Parce que ça ne se déclare pas forcément tout de suite, raison pour laquelle on garde les gens en observation. Vous aurez besoin de toutes vos forces pour le combat qui vous attend.

— Quel combat ?

— Cette fois-ci, Brooke et Cory ne se sont pas contentés de saccager vos affaires. Ils ont mis la police sur le coup.

— De toute façon, je ne peux pas me mesurer à eux. Vous ne comprenez toujours pas ? Il n'y a pas qu'eux !

— Je sais, Ellen. Mais, là, le shérif vous recherche parce qu'il croit – ou fait semblant de croire – que vous avez commis des actes de vandalisme chez des gens qu'il s'estime en devoir de défendre. Et il connaît votre vrai nom.

Son air distrait n'était qu'un leurre.

— Quoi ? Mais comment l'a-t-il appris ?

— Il fallait qu'il comprenne que…

— C'est vous qui le lui avez dit !

— En effet.

— Donc, tout le monde est au courant, maintenant. Vous, lui…

— Rassurez-vous, il ne va pas le crier sur tous les toits. C'est un type réglo et…

— Tout le monde est au courant, répéta-t-elle d'un air morose. Adieu, Ellen, rebonjour, Ilena.

— Allons, Ellen…

L'air parut soudain plus froid, comme si une brise avait enfilé la rue pour s'infiltrer dans les interstices de la porte et s'inviter à notre table. Ellen refusait de me regarder.

Et mon café n'arrivait pas. La nana du comptoir stagnait devant sa machine. Elle devait préparer un dessert, car une odeur écœurante avait envahi l'atmosphère, comme celle d'un sirop trop sucré. Puis un bruissement faible mais tout proche ramena mon attention vers Ellen.

— Qu'est-ce qui vous prend ? tressaillis-je.

— Quoi ? fit-elle.

— Vos mains, Ellen !

Elle écarquilla les yeux en voyant qu'elle s'était gratté le dos de la main gauche jusqu'au sang.

Elle observa ses écorchures, de longues lignes rouges qui se recoupaient par endroits. Mais son visage ne trahit nul effroi. Elle semblait surtout intriguée.

— Il faut vraiment retourner à l'hôpital, Ellen.

Elle secoua la tête.

— Je vous jure que ce n'est pas moi.

— Qu'est-ce que vous me chantez, encore ? Que ce n'est pas vous qui venez de… ?

— Je suis Ilena, connard ! Vous imaginez quoi ? Que c'était une pauvre greluche portée sur l'automutilation ? Une pauvre petite pute roumaine qui se scarifiait faute de pouvoir se protéger des vilains messieurs ?

Quelques clients relevèrent les yeux de leur journal.

— Pas besoin de crier, grommelai-je. Et Gerry, il était au courant ?

Elle expira lourdement.

— Non, pas au début.

— C'est sûr que ce n'est pas le genre d'expérience qu'on met en tête de son CV.

— Ensuite, je lui ai raconté. Avant qu'on se marie.

— Tout raconté ?

— Oui, tout ce qu'une femme ne devrait jamais avoir à dire, surtout à l'homme qu'elle aime.

— Et ça lui était égal ?

— Vous plaisantez ? Il voulait remonter le temps pour retrouver les porcs qui m'avaient martyrisée. Mais je lui ai répondu que ça ne marchait pas comme ça et que je n'avais pas besoin d'être protégée – sauf s'il insistait vraiment. Et c'est ce qu'il a fait. Et, pour l'épisode de Berlin, il a dit qu'il était fier de moi.

— Je l'aurais été, moi aussi.

— Et vous auriez eu tort. Vous savez, je n'ai pas été très forte, ces derniers temps. Ni très vertueuse.

— Comment ça ?

— Les gens pensent d'abord à eux-mêmes, pas vrai ?

Je crus qu'elle allait développer, mais elle en resta là.

— Mais cette impression d'être épiée, menacée… Vous l'aviez déjà éprouvée avant le décès de Gerry ?

Elle secoua la tête.

— Parfois j'étais très triste, sans raison particulière. C'est d'ailleurs pour ça que notre engueulade à propos des gosses avait été si vive, ce jour-là. Pour moi, c'était comme si tout allait de travers. Comme si je m'éteignais doucement. Cela faisait aussi plusieurs nuits que je dormais mal. Mais, non, rien à voir avec ce que j'endure aujourd'hui. (Elle hésita un instant.) Dites-moi, John, vous avez compris toutes ces choses que je vous ai confiées à l'hôpital ?

— Qu'entendez-vous par là ?

— Vous avez compris que rien de tout ça n'était vraiment arrivé ?

Je la dévisageai.

— Pardon ? Vous me parliez pourtant d'une sorcière…

— Oui. Justement. Elles vous font croire à des choses fausses. Et voir des choses qui n'existent pas. Tous ces faits que je vous ai rapportés – ils ne se sont jamais produits. Aucun d'entre eux.

J'en restai sans voix, tant le contre-pied était total. Quand on pense secrètement que l'autre est victime d'hallucinations, on ne s'attend pas à ce qu'il nous l'explique de lui-même.

— Mais alors…

— C'était dans ma tête, John. (Elle hésita de nouveau, puis me fixa d'un air décidé.) C'était censé s'arrêter, et pourtant ça continue. J'ai été sotte de croire que cela se dissiperait un jour. Comme si c'était possible ! Hier soir, j'ai entendu frapper à la fenêtre de ma chambre d'hôpital.

— Ah bon ? dis-je, tout en pensant aux grattements contre le mur de mon hôtel. Et c'était quoi ?

— Gerry.

— Gerry ?

— Perché sur le rebord de la fenêtre. À l'extérieur. On aurait dit un gros oiseau.

Un frisson me parcourut la nuque.

— Mais vous savez qu'il n'était pas vraiment là, n'est-ce pas ? Et que la chambre se trouvait au deuxième étage du bâtiment ?

Elle haussa les épaules.

— Et… que faisait-il ?

— Il me fixait d'un air méchant, comme s'il ne m'avait jamais aimée. (Elle détourna les yeux.) Voilà pourquoi j'ai dû partir. Même si c'était déjà trop tard.

— Pour en revenir au jour de sa mort, dis-je, afin de ramener la discussion sur un sujet plus terre à terre, vous pensez que Gerry avait changé d'avis à propos de certaines choses ? Vous disiez que…

Un cri fusa dans mon dos.

Une femme se reculait du bar, les yeux rivés sur la serveuse aux cheveux bleus. Celle-ci demeurait prostrée devant sa machine, dont s'échappait à présent de gros nuages de vapeur.

Tandis que la cliente continuait à s'époumoner, la jeune fille se retourna. Son visage était livide, et ses mains, qu'elle brandissait devant elle comme deux tisons fumants, écrevisse.

Me voyant approcher, elle tourna lentement la tête.

Je m'arrêtai pour lui montrer mes paumes et la rassurer. Son prénom me revint en mémoire.

— Jassie…, prononçai-je d'une voix douce.

Elle m'observa, perplexe, l'air complètement déphasée.

— Pourquoi vous n'avez pas de visage ? demanda-t-elle.

Je ne vois pas comment elle a pu se méprendre sur mes intentions, qui visaient seulement à l'aider, mais ses traits se sont tordus d'une façon qui devait être affreusement douloureuse : la mâchoire décrochée, les yeux exorbités de méfiance et d'effroi, comme si elle s'apercevait soudain que personne autour d'elle n'existait vraiment mais que tous lui voulaient du mal.

Décidée à m'échapper, elle ne visa même pas la porte, mais tituba droit vers la baie vitrée.

Je veux croire qu'elle a trébuché, bien que cela s'accorde mal avec ce que j'ai vu. La serveuse a bel et bien heurté une chaise vide, mais ce n'est pas ce choc qui l'a projetée en avant : elle a plongé de son propre chef. Parvenue à un mètre de la glace, elle l'a pulvérisée en y précipitant son crâne.

Tandis que sa gorge s'ouvrait sur le pan de verre déchiqueté, enfoncée par l'élan et le poids de son corps, le haut de la vitre tomba en lames acérées qui lui coupèrent le dos, le cou, la tête, avant de s'émietter au sol.

Il sembla que toute la gamme des bruits retentissait d'un coup, avant de laisser place au silence.

Quelques clients se levèrent d'un bond et se sauvèrent. Les autres restèrent pétrifiés devant les débris et ce corps juché à cheval entre le dedans et le dehors, dans une mare de sang qui s'étalait à une vitesse incroyable. Un bras et une jambe concédèrent quelques spasmes, et l'espace d'une seconde il sembla que Jassie tentait de rouler sur le côté. Puis la vie quitta son corps comme une pierre coule dans la flotte.

J'avais vu mourir assez de gens pour reconnaître l'instant de la mort, bien qu'en vérité ce soit à la portée de n'importe qui. Des personnes se mirent à pleurer, à parler et à hurler. J'en vis deux sortir leurs mobiles pour appeler les secours.

Quant à Ellen, son regard ne trahissait ni émotion ni surprise, seulement une résignation lasse.

La cliente qui avait poussé le cri se tenait sur le trottoir, les mains tremblantes le long de ses flancs, comme tétanisée.

Je suis allé l'interroger.

— Que s'est-il passé ?

Elle était en état de choc. J'ai posé les mains sur ses épaules avant de réitérer ma question.

— Que s'est-il passé, là-dedans ?

— J'ai juste voulu savoir si elle allait bien, répondit-elle en évitant de regarder vers la fenêtre béante. Je n'étais pas venue depuis deux jours, et elle m'a paru très amaigrie et fatiguée, elle d'ordinaire si joyeuse. Alors je lui ai demandé si ça allait bien, mais elle ne m'a pas répondu, et tout à coup j'ai vu que… (Elle me dévisagea.) Mais vous êtes qui, au fait ? On se connaît ?

J'entendis approcher une sirène de police. Les gens commençaient à sortir des boutiques voisines, la tête penchée sur le côté, comme irrésistiblement attirés vers une boîte qu'on leur aurait interdit d'ouvrir. Le Write Sisters continuait de déverser des clients, et de l'autre côté de la rue je vis deux hommes émerger du Mountain View : un jeune barman et un quinquagénaire en col roulé sombre – que je reconnus immédiatement.

Alors que le serveur montrait la même attitude que les autres badauds, le quinqua se plia comme s'il allait vomir dans le caniveau. Puis il se sauva d'un pas rigide, sans se retourner, le visage enfoui dans ses mains.

Lorsque j'ai regagné la salle, Ellen s'était volatilisée. Une voiture de police s'arrêta en faisant crisser ses pneus. En descendirent le shérif Pierce et son adjoint Greene.

— Tu parles d'un merdier, grimaça ce dernier en constatant les dégâts.

Le shérif évalua la situation d'un long regard circulaire, au terme duquel il me repéra. Il vint vers moi tandis que son collègue faisait reculer la foule.

— Je vous demande de partir d'ici, et tout de suite, dit-il calmement. Sinon, je vous arrête. Est-ce que c'est clair ?

— Non, mais vous rigolez ?

— Est-ce que j'en ai l'air ?

La bonne réponse était non.

— Cette fille, je l'ai aperçue à l'hôpital, déclarai-je malgré tout. Jassie, elle s'appelle. Le jour où Ellen Robertson a eu son accident, je l'ai vue assise dans une chambre, toute seule et en larmes.

Un second véhicule amena deux flics supplémentaires, dont l'adjoint Phil Corliss, celui qui nous avait bien traités trois ans plus tôt. Puis le son d'une troisième sirène s'éleva, sans doute une ambulance.

— C'est noté, me répondit le shérif. Maintenant, fichez-moi le camp de cette ville ou je vous jure que vous allez le regretter.

J'ai reculé d'un pas.

— Faites comme bon vous semble, shérif.

Il me toisa encore un instant, comme s'il peaufinait une réplique, avant de me fausser compagnie pour s'occuper du chaos.

Chapitre 26

Le seul indice en ma possession était celui que le gars avait lui-même glissé lors de notre échange, comme quoi il habitait deux kilomètres après mon ancien chez-moi. J'ai donc ignoré la première intersection, à huit cents mètres de ma baraque, pour m'arrêter à la suivante, de l'autre côté de la route. Mais pas le moindre 4×4 en vue.

Le contrecoup de la mort de Jassie rendait mes mouvements brusques et imprécis.

J'ai redémarré, et deux minutes plus tard j'ai avisé une allée sur la droite, signalée par une boîte aux lettres avec le nom Collins joliment inscrit au pochoir. Bizarrement, de tout le temps que nous avions vécu ici, Carol et moi ne nous étions jamais aventurés dans ce coin. Il faut dire que la région regorgeait de sites intéressants, et que tous se situaient ailleurs, mais quand même… À croire qu'on ne prend certaines routes que sous l'emprise de forces incontrôlables.

L'allée décrivait une longue courbe sur la droite avant de s'élargir en cercle autour d'une demeure récente, deux fois plus grande que celle qui avait été nôtre, mais moitié moins sympa. Au pied d'un cabanon aux airs de minigrange s'alignaient une citadine, un break et le fameux 4×4 vert foncé : une voiture pour chaque situation. Je me suis garé de façon à bloquer les trois.

J'ai sonné à la porte, qui n'a pas tardé à s'ouvrir.

Quarante minutes après son départ précipité du Mountain View, le type était chez lui et se montrait sous son jour le plus normal, y compris devant sa famille, qu'on entendait rire et crier au bout du hall.

Son sourire de bon voisinage se figea subitement.

— Salut ! lançai-je. Je ne sais pas si vous vous souvenez de moi… (Je laissai planer un demi-silence.) On s'est croisés il y a quelques jours, devant cette maison à vendre, deux kilomètres plus bas.

— Exact, dit-il tout en sachant qu'on s'était revus depuis. Bien sûr.

— Qui est-ce, Richard ?

Une femme sortit de la cuisine pour nous rejoindre. Mince comme un fil, un peu plus jeune que son mari, et d'un naturel bien disposé envers le monde entier.

— J'envisage sérieusement d'acquérir cette baraque, annonçai-je à monsieur tout en souriant à madame. Alors j'aurais aimé vous poser deux ou trois questions sur le secteur, avant de revenir en famille.

— Quel genre de questions ? s'enquit Collins.

— Mais entrez donc, offrit l'épouse. Je viens de faire du café.

— C'est gentil à vous, mais je n'ai que très peu de temps. Deux ou trois mots me suffiront.

Elle roula des yeux amusés, comme s'ils étaient abonnés à ce genre de visite éclair, puis elle regagna gaiement ses fourneaux.

Je m'éloignai de la porte et fis signe au gars de me suivre.

— Qu'est-ce que vous voulez ? murmura-t-il.

— Une petite explication. Et je ne partirai pas sans.

Il m'emboîta le pas jusqu'à mi-chemin des voitures.

— Vous pourriez m'expliquer ce qui s'est passé à Black Ridge ?

— Je ne sais pas de quoi vous voulez parler.

— Je vous ai vu sur Kelly Street. Un fracas dans la rue vous fait sortir de votre bar, et de là où vous êtes vous pouvez facilement distinguer la couleur des cheveux de la fille qui vient de traverser la vitre. Mais, au lieu d'observer la scène ou de détourner les yeux, vous détalez avec la démarche typique du gars qui ne veut pas avoir l'air de fuir. Voilà de quoi je veux parler.

— Que puis-je vous dire ? C'était une image épouvantable.

— Épouvantable en soi, ou pour vous personnellement ? Vous connaissiez Jassie ?

— Non. Enfin, je la connaissais de vue, bien sûr. J'ai pris des centaines de cafés dans cet établissement.

— Vous n'étiez pas plus proches que ça ?

— Bien sûr que non.

Il s'évertuait à nier, mais cela manquait de conviction.

— Ça vous arrive souvent, de boire de si bonne heure ? Ce n'est pas l'image que vous donnez…

— J'ai… J'ai une grosse pression au boulot.

— Je vois. Et c'est le boulot qui vous a conduit à l'hôpital Hope Memorial, hier ?

Il me dévisagea.

— Quoi ?

— Je rendais visite à quelqu'un, et en repartant je vous ai vu entrer sur le parking. Le plus curieux, c'est que je venais d'apercevoir Jassie Cornell dans une autre chambre.

— J'aimerais que vous partiez, maintenant.

— Je n'en doute pas. Alors juste une dernière précision et, promis, je vous laisse. Avant de se donner la mort, Jassie a fait autre chose de surprenant. Vous savez quoi ?

— Je ne comprends vraiment pas ce qui vous permet de…

— Elle a placé ses mains sous la buse de la machine à café. Elle les a maintenues sous un jet de vapeur ultrachaude jusqu'à ce qu'elles soient couvertes de cloques. Je me trouvais à cinq mètres, et pourtant je vous jure que j'ai senti l'odeur de peau cramée. Étrange, n'est-ce pas ?

Il déglutit, les yeux vitreux.

— Vous avez une gentille épouse, lui dis-je. Peut-être même trop gentille. Je sais que ça peut poser problème.

— Je vous demande de quitter ma propriété, monsieur ! Tout de suite, ou j'appelle la police.

— La police est suffisamment occupée avec le bazar du Write Sisters. Vous risquez de l'attendre longtemps, alors que moi je suis déjà ici. (Je lui accordai quelques secondes pour méditer ces paroles.) Mais vous avez raison, j'abuse de votre temps.

Avant de remonter en voiture, je l'ai regardé une dernière fois. Il n'avait pas bougé.

— Au fait, ajoutai-je, vous savez, cette famille qui habitait autrefois dans la maison à vendre, un peu plus bas…

Il attendait passivement.

— Eh bien, c'était la mienne. C'est mon fils, qui est mort.

Malgré la distance, je vis bouger sa pomme d'Adam.

— Aussi, j'apprécierais que vous cessiez de répandre de vilains ragots. Parce que ça peut être à double tranchant, si vous voyez enfin ce que je veux dire.

Il hocha la tête, mais à peine.

J'étais assis au bout du débarcadère, face à Murdo Pond, lorsqu'une brume d'altitude descendit des bois pour se dissoudre en pluie. Les gouttes disparaissaient à la surface du lac sans même rebondir, comme absorbées par une eau trop dense.

Cela faisait plus d'une heure que je stagnais sur notre ancienne propriété, à fumer clope sur clope. C'était la fin de l'après-midi. La température avait déjà chuté de cinq degrés, et à ce train-là la pluie tournerait vite en neige. J'avais laissé mon blouson dans la voiture, mais la cause de mes grelottements résidait sûrement ailleurs, même si je sentais le froid s'infiltrer entre les planches et pouvais presque le voir s'amonceler à la surface du lac.

Je pensais à des visages.

À celui que j'avais vu dans mon rétroviseur, alors que je repartais de chez les Collins.

À celui de Jassie, juste avant qu'elle se jette contre la vitre.

Je sais qu'en restant focalisé trop longtemps sur une image mentale, notamment s'il s'agit d'un souvenir, on peut se mettre à voir – et à croire – les choses les plus étranges. L'image se modifie, refaçonnée par l'esprit qui la porte, pour un résultat qui aura l'apparence de la réalité mais se situera ailleurs, dans la zone grise séparant le monde tel qu'il est de l'idée qu'on s'en fait. Je sais aussi que nous savons déceler des causalités là où il n'y en a point. Et, néanmoins, je savais ce que j'avais vu.

Sur le visage de Collins, la peur à l'état brut. L'effroi d'un homme qui a conscience d'avoir fait quelque chose de mal.

Sur celui de la jeune fille qui reposait à présent sur une table métallique, indifférente aux bavardages des gens chargés de la recoudre et de la stocker sous terre, j'avais surpris une expression plus indéfinissable. Mais celle-ci ne m'était pas étrangère pour autant, et les propos d'Ellen concernant le visage de Gerry ne m'inspiraient plus aucun dédain.

Juste avant de mourir, Jassie Cornell avait eu le même regard que mon fils Scott, un regard que je voyais et revoyais presque chaque nuit depuis trois ans.

On ne peut jamais se mettre dans la peau d'autrui. Au mieux, on peut lire ce qui transparaît au-dehors. J'étais malgré tout convaincu que les ultimes pensées et sensations de la serveuse avaient été très proches de celles de Scott au moment où, planté sur ce ponton, il avait dardé ses yeux par-dessus mon épaule, comme si tout ce qu'il croyait avoir appris en quatre ans se trouvait soudain démenti, et qu'il eût découvert une vérité sordide sur tous les êtres de la création.

J'ignorais ce qui reliait ces trois cas entre eux. Que Gerry eût fait un infarctus alors qu'il semblait sur le point de céder au désir d'enfant de sa nouvelle femme n'était peut-être qu'une coïncidence. Mais peut-être pas.

La nature des rapports entre la serveuse aux cheveux bleus et le rupin aux trois bagnoles m'échappait tout autant. Quant à la mort de Scott, elle me paraissait plus mystérieuse que jamais – à ceci près que je pensais désormais connaître deux autres cas analogues, et qu'un mot prononcé à plusieurs reprises par Ellen me trottait dans la cervelle.

Le verbe « punir ».

Punir un homme qui s'apprêtait peut-être à restreindre le confort financier de ses enfants.

Punir un autre qu'on avait vu boire seul en milieu de matinée.

Voire en punir un autre encore.

Quand je me suis relevé, mes articulations transies ont craqué comme celles d'un grabataire. Je me sentais vieux et seul. J'avais de nouvelles questions pour Ellen, mais son téléphone sonnait dans le vide. J'étais resté assis sur ce quai aussi longtemps que possible, à repousser une certaine décision, jusqu'à ce que la vue de ce lac devienne par trop oppressante. Alors je suis remonté en vitesse, sans un regard pour la maison.

Il fallait que je parle à deux types.

Comme je bouclais ma ceinture, mon mobile sonna. J'espérais Ellen, mais ce n'était pas elle.

— Salut ! lançai-je. Tu tombes mal.

Elle sanglotait. Avec les notes aiguës qu'on entend rarement chez les adultes.

— Qu'est-ce qu'il y a, Becki ? Qu'est-ce qui ne va pas ?

Depuis notre dernière conversation, vingt-quatre heures plus tôt, et les dix mille dollars que j'avais virés à Becki en puisant dans mon pécule de divorcé, Kyle s'était surpassé. Certains gars ont le don d'ouvrir des portes que d'autres ont l'intelligence de ne même pas voir. Dans le cas de Kyle, ouvrir signifiait enfoncer à grands coups de tatane.

Au lieu d'utiliser mon argent pour régler ses dettes et redescendre sur terre, ce débile avait tenté de faire la bascule en rachetant de la drogue, cette fois auprès de dealers d'Astoria. Ces derniers lui avaient donc vendu la came, puis l'avaient suivi dans une ruelle et la lui avaient reprise. Depuis, Kyle écumait les bars, carburant aux restes de sa poudre et de mon fric. Il commençait à montrer des signes d'instabilité et de violence, et cela faisait trois jours qu'il n'avait pas dormi – ce qui, d'après Becki, contribuait pour beaucoup à son manque de discernement.

J'écoutai cet exposé avec une certaine indifférence. Les gens se croient toujours plus forts que la drogue, qu'il s'agisse de rock-stars en couches-culottes, de zonards qui tiennent les murs ou de ménagères en bons termes avec leur pharmacien. La drogue les observe tout d'abord d'un œil doux et amusé, avant de les empoigner par le colbac et de leur botter le cul. Quelle que fût ma colère envers Kyle, je n'avais pas à contrarier son rendez-vous avec le destin. Il arrive un moment où ce n'est plus à l'être humain que l'on parle, mais seulement à la drogue, un stade où tous les camés adoptent le même discours, pour la raison que la drogue est sournoise, vicieuse, amorale – en un mot, invincible.

Puis je perçus un autre bruit au milieu des reniflements, ce qui raviva mon attention.

— Tu te sens bien, Becki ?

— Oui, oui, répondit-elle.

Mais je savais ce que j'avais entendu. Un gémissement de gêne, sinon de douleur.

Elle ne voulait rien me dire, mais je lui ai fait cracher le morceau. Cette nuit, vers l'heure à laquelle j'examinais les griffures derrière le mur de mon hôtel, Becki avait été réveillée par l'Interphone. Pensant que Kyle avait enfin recouvré un début de raison, elle avait sauté du lit pour lui ouvrir, l'incendier et le serrer dans ses bras, soit dans cet ordre-là, soit tout en même temps.

Seulement ce n'était pas lui.

Afin que Kyle capte le message sitôt qu'il franchirait cette porte, ils s'étaient concentrés sur le visage de Becki. Et, s'ils n'avaient pas commis l'acte que la situation rendait si facile, c'était sans doute qu'il s'agissait de deux professionnels – ce qui, à terme, laissait craindre le pire.

Je conservai mon calme, mais un calme négatif. Comme celui d'une plaque de glace à la surface d'un lac sombre.

— Kyle est au courant ?

— Je l'ai prévenu ce matin au téléphone.

— Alors pourquoi il n'est pas avec toi ?

Elle ne répondit rien.

— Fais ton baluchon et installe-toi chez ton père, Becki.

— T'es malade ? Il ne peut pas me voir dans cet état-là !

— Si tu ne te sauves pas dare-dare, il risque de ne jamais te revoir du tout.

— Mais, John… On croirait que je suis tombée dans l'escalier la tête la première ! Si papa apprend ce qui s'est passé, il va étrangler Kyle de ses propres mains !

— C'est son droit.

— Non, John, je peux pas lui…

— Fais ce que je te dis, Becki ! (Les larmes reprirent.) C'est déjà incroyable que ces gars t'aient laissée entière et, crois-moi, il n'y aura pas de deuxième miracle. Alors tire-toi, maintenant. Prends les objets auxquels tu tiens, et surtout ne laisse rien traîner qui comporte l'adresse de tes parents, ni leur numéro de téléphone, ni ton numéro à toi. En partant, assure-toi que tu n'es pas suivie, et ne retourne chez toi sous aucun prétexte.

— Je… Je sais pas…

— Je ne peux t'aider que si tu m'écoutes, Becki. Alors promets-moi d'obéir.

Elle me donna sa parole.

— Bien. Dès que tu seras chez ton père, appelle Kyle.

— Il ne répond plus depuis ce matin. Depuis que je lui ai raconté… ce qui s'est passé.

— Eh bien, laisse-lui un message. Comme quoi tu m'as eu au téléphone. Explique-lui qu'on pourra toujours s'arranger pour le fric, mais que je te considère comme une amie et que j'irai très loin pour te protéger. Autrement dit, s'il ne me rappelle pas fissa, je viendrai lui parler entre quat'z-yeux. Insiste bien sur le mot « parler », il comprendra.

Je l'entendais se moucher, se frotter les yeux, tâcher de reprendre ses esprits. Je pouvais presque la voir scruter l'appartement pour choisir ce qu'elle emporterait.

— D'accord, je lui transmettrai.

— Sauve-toi de là, répétai-je d'une voix plus clémente. Tu n'habites plus ici.

— O.K. Mais… (Elle hésita.) Tu le penses vraiment ? Quand tu dis que tu irais très loin pour…

— Je dois te laisser, Becki.

Je refermai l'appareil et me remis en route.

Première halte : le commissariat de Black Ridge, où le shérif Pierce me fit poireauter quarante minutes.

Il m'écouta décrire la mort de Jassie puis me remercia sans avoir pris la moindre note. Quand je lui demandai s'il avait des nouvelles d'Ellen Robertson, il répondit par la négative. Et quand je voulus savoir ce que lui-même ferait s'il venait d'avoir un accident de voiture et que les gens censés veiller sur lui eussent entre-temps retourné toute sa maison, il déclara que je faisais une mauvaise lecture des événements.

— Mais jusqu'où doivent aller ces gens pour que les flics cessent de fermer les yeux ? m'emportai-je.

— Il nous faut quelque chose de concret, monsieur Henderson. Quelque chose qui puisse donner lieu à enquête.

— Et cet article sur le passé d'Ellen, sur ce passé qu'ils doivent sans cesse lui renvoyer à la figure, ça ne vous suffit pas ?

— Je vous rappelle que je ne l'ai jamais lu.

— Vous me traiteriez de menteur, shérif ?

— Non, même si j'étais en droit de le penser. Je ne peux rien faire au sujet de cet article. Il ne fallait pas le brûler. On pourrait en outre vous rétorquer, compte tenu que Mlle Zaituc – à supposer que ce soit bien elle – est soupçonnée de meurtre sur le sol européen, que les Robertson font plutôt preuve de cœur en refusant de la dénoncer.

— Oui, on pourrait. À supposer que votre langue soit encore capable de paroles sensées après tout ce temps passé à leur lécher le cul.

— Dans ce cas, monsieur Henderson, je vais tâcher d'être plus clair.

Il attrapa une feuille blanche dans le bac de l'imprimante posée à côté du bureau.

— Disons que ceci est Black Ridge.

Il sortit un stylo et traça une croix noire au milieu.

— Ici, vous avez la famille…

Puis une croix plus petite en bas de la page.

— Ça, c'est moi…

Après quoi il dressa le capuchon du stylo entre les deux.

— Et là, c'est vous.

— J'ai du mal à vous suivre, shérif.

Il souleva un coin de la feuille. Le capuchon se renversa, roula et tomba par terre.

— C'est plus clair comme ça ?

— Vous avez raté votre vocation, shérif. Les écoles primaires s'arracheraient de tels talents pédagogiques.

— La pédagogie est en effet la base de mon métier. Expliquer les choses, encore et encore. À des gens qui semblent incapables de comprendre du premier coup. (Il me regarda froidement.) Toute une communauté vit ici, monsieur Henderson, et vous n'en faites pas partie – ce qui, vous l'aurez compris, était le sens de cette petite démonstration. J'appartiens à cette communauté, ainsi que les Robertson et des tas d'autres familles, dont beaucoup vivent ici depuis de nombreuses générations. Aussi la voie juste consiste-t-elle parfois à préserver le statu quo, surtout lorsque celui-ci perdure depuis des temps immémoriaux. En tant que policier, je dois travailler sur des éléments tangibles, or je n'ai strictement rien qui semble incriminer Brooke ou Cory.

Il haussa les épaules. Je soutins son regard, conscient que cette affirmation n'était pas fausse.

— Bref, il serait peut-être temps d'envisager de débarrasser le plancher. Et vite. Par avion, par exemple.

Je me suis levé.

— À mon tour de mettre les points sur les « i », shérif. Primo, nul ne peut être considéré comme touriste dans la ville où il a perdu un fils.

— Je ne voulais pas…

— Secundo… (Je pris la feuille de papier, la déchirai en deux et jetai les morceaux à la poubelle.) Je laisse à l'élève le soin d'interpréter ce message-ci.

Chapitre 27

Elle alla tambouriner à la porte de derrière. Puis, sans grand espoir, revint cogner et gueuler sur le perron. Aucune réponse, pas un bruit. Soit elle était sortie, soit elle faisait la morte.

Kristina patienta deux minutes avant de rebrousser chemin par l'allée. Elle se retourna une dernière fois vers le bâtiment, à l'affût d'un mouvement de rideau. Mais elle ne vit rien de tel. Pourquoi se cacher de sa fille, après tout ? Maman n'était pas là, point barre.

Elle repartit d'un pas vif. Il était l'heure d'aller bosser. Les piétons qu'elle croisait détournaient les yeux – d'elle, des autres, de tout. La nuit tombait et le froid sortait des bois tel un rouleau de brume. Certains rentraient en hâte dans le seul but de se mettre au chaud, mais ce n'était pas la majorité. La plupart comprenaient qu'il était temps de s'abriter. Les gens sentent ces choses-là.

Et quelle importance, d'ailleurs ? Elle avait toujours connu ces conneries – durant ses années à Black Ridge, tout au moins. Sauf qu'avant c'était différent. Cela faisait partie du quotidien, de l'ordre immuable des choses. Était-ce pour s'être moquée en secret des hanches de la morte qu'elle culpabilisait aujourd'hui ? Quoi qu'il en soit, ce n'était plus possible.

Les gens sont des êtres de chair et de sang, et ce qu'on leur inflige est tout aussi réel, quel que soit celui que l'on pense être.

Elle avait tout entendu, depuis son appartement situé à l'autre bout de la ville. Elle avait ouvert un roman pour se distraire des pensées plaisantes mais bêtes qui la poursuivaient depuis quarante-huit heures, quand soudain, boum ! Une sensation tellement violente qu'elle avait sursauté, comme si on lui criait dans les oreilles.

Puis plus rien.

Clignant des yeux, elle avait scruté la pièce. La musique diffusée par la chaîne hi-fi s'était atténuée pendant deux secondes, avant de se taire complètement et de retrouver d'un coup son volume normal, comme quand on se débouche les tympans en déglutissant avant l'atterrissage.

Une demi-heure plus tard, la nouvelle figurait au flash info de la radio locale. Le café de Kelly Street. Une jeune fille. Décédée. Ensuite, l'interview du shérif, expliquant que la victime s'était blessée avec la machine à expresso, avait trébuché sous l'effet de la douleur et fait une mauvaise chute.

Mais Kristina savait qu'il y avait davantage. Nulle circonstance n'est fortuite, et les faits que nous qualifions d'accidents ne sont parfois que l'action de puissances insondables. La vie est une longue descente en slalom entre ces événements que l'on effectue dans le noir avant de heurter le mur final. On parle de tragédie lorsque les forces qui nous entourent s'en donnent à cœur joie, et dans ces moments-là le bruit porte à des kilomètres.

Le bulletin d'information passa vite de la mort de Jassie Cornell aux autres soucis du coin : une nouvelle fermeture de galerie commerciale, la réduction du budget alloué à l'entretien des routes, une charrette de licenciements, en un mot, l'habituel chant funèbre de Black Ridge – ce qui était une manière de consigner l'événement dans le passé, là où il ne gênerait plus personne. On avait toujours procédé ainsi, et c'est par conscience et dégoût de ce mécanisme que Kristina s'était mise à parcourir le monde – pour se rendre compte, évidemment, que ce n'était pas différent ailleurs.

Les gens tournaient le dos à la vérité, quitte à marcher en rond leur vie durant. Dans une ville un tant soit peu vivante, c'est-à-dire possédant une âme, les habitants connaissent la règle du jeu sans qu'il soit besoin de la dire – elle se voit comme le nez au milieu de la figure. Mais il faut conserver une marge de déni, sinon, on s'expose à toutes sortes de tracas. Un nouveau venu montre du doigt, ouvre la boîte, et des locaux qui avaient jusque-là toléré l'arrangement (pour en avoir tiré profit dans leurs vies secrètes gouvernées par leurs impulsions) décident subitement qu'ils n'ont pas fait tout ce chemin depuis leurs vieux pays pour continuer à courber le dos. Dès lors, des langues se délient. Des accusations volent. On lynche, on brûle, on noie. Alors, à tout prendre, chut… Mais il n'empêche que tout le monde sait, de même qu'on sait quels quartiers éviter après la tombée du jour, quels bruits nocturnes valent que l'on se lève pour jeter un œil, et lesquels on s'efforcera de son mieux d'ignorer.

Kristina soupçonnait John de connaître tout cela, lui aussi, ou du moins de pressentir qu'ici les choses ne fonctionnaient pas comme ailleurs – d'où le fait qu'il s'éternisait en ville. Elle savait qu'il y était toujours, car elle avait eu vent de sa panne de voiture, le matin, devant le salon de coiffure. Et parce qu'elle le savait de toute façon.

D'où ces idées bébêtes.

Elle craignait que, pensant entrevoir le dessous des cartes, John ne comprenne tout de travers. Kristina était douée pour cerner les gens – ce don venait avec cette terre, qu'on le souhaite ou non. Or ce John avait le profil d'un homme qui ne renonce jamais, dût-il foncer tête baissée dans la mauvaise direction. Cet endroit ne pouvait rien lui apporter de bon, et pourtant il était toujours là.

Kristina aussi était toujours là, et elle s'interrogeait de plus en plus sur ses réelles motivations.

Une fille a beau se démener pour ne pas devenir sa mère, vient un jour où elle pige que ça n'a jamais été négociable.

Plus tard, à la faveur d'une pause, elle sortit dans la rue pour réessayer le numéro de mobile de sa daronne. Mais sans succès. Le plus dingue, pensa Kristina, c'est qu'il n'y avait même pas lieu de s'inquiéter.

Curieuse enfance, tout de même, que de grandir sans jamais devoir se soucier du bien-être de sa mère, puisque l'on porte ces choses-là en soi, où que l'on aille. Si Kristina avait tiré une leçon de ses longues années d'absence, c'est qu'il n'y a pas d'absence qui tienne : où que l'on soit, on reste ici – ce dont serait sans doute convenu ce pauvre cadavre aux cheveux bleus. Le sol devient une partie de soi, comme pour n'importe quelle plante. Si Jassie Cornell ne mangeait rien qui ne fût estampillé bio, de peur qu'une saloperie ne s'insinue dans sa virginale (quoique potelée) carcasse, pourquoi serait-on imperméable aux agents plus évanescents – à ceux qui flottent dans les airs et au milieu des arbres, qui donnent leur couleur aux vents et décident de notre humeur lorsqu'on rouvre les yeux le matin dans l'ombre des montagnes ? Qui oserait penser, à part quelques scientifiques bornés, qu'on n'absorbe pas ces substances-là au même titre que les autres ?

Kristina pensait enfin tenir la réponse à l'une de ses interrogations, et cette réponse la rendait malade. Telle était la grande raison de son retour à Black Ridge : elle n'était jamais partie, et ne partirait jamais.

Ces arbres n'étaient pas des arbres, mais les barreaux d'une prison.

Le service du soir débutait une demi-heure plus tard. Cela lui laissait-il le temps d'accomplir quelque chose d'utile ? Probablement pas. Alors autant arpenter Kelly Street, histoire de se calmer les nerfs.

Mais, ensuite, n'y avait-il vraiment rien à faire ?

Elle fut soudain saisie par l'angoisse – et les regrets de ne pas avoir mieux écouté en classe –, en comprenant que la seule personne capable de l'aider était justement la femme qu'elle ne solliciterait pour rien au monde, cette même femme qui aurait tant aimé lui enseigner ces choses jadis. Qui avait même commencé les leçons et les séances de travaux pratiques, avant que sa fille l'envoie sur les roses. Durant les quelques mois précédant son retour à Black Ridge, Kristina avait été la proie de rêves affreux. Un psy lui expliqua qu'il s'agissait de rêves de déni, et que malgré tous nos efforts pour ne pas penser à l'objet de nos tourments celui-ci reste toujours gravé au fond de la rétine. La solution consiste alors à penser positivement à autre chose.

Merci pour le conseil, docteur, mais quand ledit objet vous vient directement du sang, difficile de s'en abstraire.

Les peurs subites et irraisonnées nous indiquent que des forces invisibles se mettent en branle. Quand celles-ci s'agitent, il ne reste plus qu'à courir, la seule difficulté étant de savoir si on s'éloigne du danger ou si on s'y précipite.

Chapitre 28

Je me suis garé trente mètres avant la maison, sur une longue courbe pavillonnaire au nord de la ville. Malgré la belle taille des maisons, la rue semblait dépeuplée. Black Ridge possédait plusieurs quartiers de ce style : des lotissements des années soixante-dix-quatre-vingt qui n'avaient jamais vraiment trouvé leur public. J'avais choisi cette place loin du réverbère pour me fondre parmi les véhicules dormants. Il faisait de plus en plus froid, mais je me suis carré dans mon siège et j'ai pris mon mal en patience.

Au bout de deux heures, une voiture s'est arrêtée quelques mètres après la mienne. Un silhouette massive s'en est extirpée, les bras chargés de dossiers, direction la maison.

Deux minutes plus tard, je suis descendu à mon tour. J'ai remonté l'allée et sonné à la porte.

Il ne fut pas trop long à m'ouvrir.

— Salut, Bill, lançai-je.

— Hé ! Salut ! sourit-il de ses traits fatigués. Entre donc, John.

Encore quelques minutes, et nous avions chacun une bière en main. C'était visiblement la deuxième de Bill depuis son retour, ce qui dénotait une belle descente. Des dossiers grands ouverts recouvraient tout le comptoir et la table de la cuisine. L'évier était propre et vide, à une spatule près, et le sac-poubelle près de la porte du fond semblait rempli de boîtes de pizza. Cela me fit penser que Kyle n'avait toujours pas rappelé, mais ce n'était pas la priorité du moment.

— Alors ? Toujours aussi débordé ?

— Toujours, répondit Bill. Tu connais la loi : c'est une maîtresse insatiable. Mais que veux-tu… C'était quoi, déjà, ta devise ? « Sans amour et sans travail, ne reste que la névrose » ?

— C'est de Koestler, précisai-je, tout en pensant qu'on ne sait décidément jamais ce que les gens retiendront de nous, malgré tous nos efforts pour soigner notre image, puisque ce sont toujours les actes spontanés qui emportent le morceau.

J'ai suivi Bill dans un salon lui aussi jonché de dossiers, jusque sur le couvercle du piano droit. Mais à part ça c'était en ordre, malgré la poussière sur les étagères de livres. Les hommes savent ranger : c'est le chiffon qu'ils oublient tout le temps.

— Si tu avais en tête d'aller boire ce fameux verre, tu as mal choisi ton soir, John. J'ai une grosse affaire lundi, un truc médical avec témoignage d'experts et tout le tintouin. J'ai besoin d'avoir les idées claires pour préparer tout ça demain, et accessoirement pour comprendre quel est le problème de mon client.

— Y a pas de souci, dis-je, tout en regardant Bill siffler une longue rasade. C'est juste un petit coucou.

— Comment se fait-il que tu sois encore là, d'ailleurs ? Tu m'avais parlé d'une visite éclair.

— Ça s'est révélé plus compliqué que prévu.

— Et tu comptes m'expliquer ?

— Peut-être.

— Ouh, suspense…

Si notre relation amicale avait eu pour cadre principal les bars de Yakima, près du bureau, j'étais quand même venu ici un certain nombre de fois. Je connaissais donc le règlement intérieur. J'ai sorti mes cigarettes et indiqué les portes-fenêtres.

— Volontiers, opina Billy. Je te ramène la petite sœur ?

Il me rejoignit dehors après quelques minutes, apportant deux bières fraîches. On a trinqué en silence, puis je me suis lancé.

— Ça fait un bout du temps que tu habites la région, pas vrai ?

— Quelques années quand j'étais gosse, et depuis mon retour de l'armée. Pourquoi ?

— Tu connais les Robertson ?

— Oui, bien sûr. J'avais croisé Gerry plusieurs fois pour le boulot. On représentait sa boîte, à une certaine époque.

— Et la génération actuelle ?

— Cory et Brooke ? Oui, je les connais aussi. Pourquoi ?

— La seconde épouse de Gerry a eu un accident de bagnole, hier.

Il fronça les sourcils.

— Ah ouais ? Comment elle s'appelle, déjà ?

— Ellen.

— Et comment ça s'est produit ?

— Ce n'est pas très clair.

— Et tu te situes où, toi, par rapport à tout ça ?

— Là non plus, ce n'est pas très clair.

Il faisait à présent nuit noire, et la lumière du salon éclairait durement son visage, révélant des rides inexistantes à l'époque de notre rencontre, dix ans avant la naissance de Scott. Mais je suis persuadé que Bill voyait la même chose chez moi.

— Tu m'expliques quand même ?

— Est-ce bien nécessaire ?

Il avala une gorgée de bière et se tourna vers le jardin, un espace qui n'était à l'évidence le terrain de jeu d'aucun enfant.

— Ça dépend de ce que tu attends de moi, John. Si tu veux des conseils juridiques, alors, ouais, faudrait m'en dire plus.

— Pas juridiques, non.

— Ah…

— On s'est vus à plusieurs reprises, ces derniers jours. C'est elle que je guettais quand tu m'as surpris à Black Ridge.

— Et c'était quoi, le but de ces rencards ?

— C'est une longue histoire. C'est elle qui m'a contacté. Si je t'en parle, c'est parce qu'elle se sent en danger.

— Mais encore ?

— Brooke lui voudrait du mal. Cory aussi, apparemment.

— Cory ? C'est le genre de gars qu'on allonge d'une pichenette ! Brooke, par contre… Je comprends qu'elle puisse faire peur.

— Ellen est carrément terrorisée.

— Ah ouais ? (Il vida sa cannette d'un trait.) Ils devraient faire des bouteilles plus grandes, tu trouves pas ? Allez, une petite dernière ?

Il regagna la cuisine et moi le salon, où j'avisai une paire de chaussures sous une table basse, ainsi qu'une cravate suspendue à une chaise. Si Bill ne prenait pas garde, dossiers et classeurs finiraient par constituer l'essentiel du mobilier.

De retour avec deux cannettes dans sa grosse patte d'ours, il s'arrêta pour regarder un dossier sur la table. Je pris une grande inspiration.

— Jen est vraiment en déplacement ?

Il leva les yeux.

— Vraiment, oui.

— Et pour longtemps ?

— Pourquoi tu me demandes ça, John ?

— La maison paraît un peu vide, c'est tout.

Il regarda vers la porte.

— On a traversé quelques turbulences… Disons que nous sommes en phase de restructuration conjugale.

— Tout compte fait, je crois que je vais m'arrêter là, côté alcool. Comme je dois reprendre la route…

— Tu as raison, c'est plus prudent. Écoute, la prochaine fois que tu reviens dans le secteur, pense à me le dire à l'avance, O.K. ?

— O.K., Bill.

Il me raccompagna dans l'entrée. Deux mètres avant la porte, je me tournai vers lui.

— Mais elle va bien, n'est-ce pas ?

— Qui ?

— Jenny.

— Oui, John. C'est sympa de demander, mais elle va très bien.

— Tant mieux, alors.

Une lueur froide dans son regard me fit toutefois penser le contraire. Je craignais non seulement que son épouse ne soit déprimée mais, pis, qu'il ne lui ait fait du mal.

Malheureusement, le canal qui venait de s'ouvrir dans l'éther fonctionnait à double sens. Bill cligna des yeux, une seule fois, tandis que son corps restait figé comme une statue.

Le premier coup de poing faillit me terrasser direct. Bas et puissant, il m'atteignit en plein ventre, malgré mon début d'esquive, et il s'en fallut de peu que je me retrouve les quatre fers en l'air. Au lieu de quoi j'ai atterri de biais contre le mur.

Je me suis accroupi juste à temps pour éviter le deuxième swing et repousser Bill vers la porte.

Je me suis retranché dans le couloir, mais pas loin : je n'avais aucune envie de me retrouver acculé au fond de la baraque. Je ne voulais pas non plus que Bill me contourne, car j'étais persuadé qu'il cachait un flingue quelque part. Résultat, lorsqu'il a chargé, je lui ai foncé dessus moi aussi. Tandis que j'attrapais sa chemise, il me frappa si fort au ventre que j'en perdis le souffle. Puis il serra ses deux mains autour de mon cou avant de recevoir mon front dans le nez. Des bruits de casse accompagnaient notre lutte à mesure que bras, épaules ou têtes brisaient les cadres au mur, puis une vitrine pleine de bibelots qui vola en éclats sur la moquette et nos vêtements. Alors qu'il semblait fléchir, Bill trouva un second souffle et me projeta l'arrière du crâne contre le mur, avec une violence telle que je me mis à voir tout blanc.

Il criait, et moi aussi, mais j'ignorais quoi. Il s'en prit de nouveau à mon ventre, sous les côtes gauches, dans une étreinte vicieuse que je n'allais pas supporter longtemps. Puis il tenta un croc-en-jambe pour me précipiter par terre et m'achever aux pieds, le fin du fin, auquel cas j'étais sûr de ne jamais me relever.

Je réussis à me dégager et à reculer d'un grand pas. En me baissant sur le côté, je pus lui saisir l'épaule par en dessous et le déporter sur le côté tout en lui flanquant mon genou dans la poitrine. Il tenta de se rétablir, mais son pied droit glissa sur un bout de verre et son visage heurta de plein fouet le bas de l'escalier.

J'armai aussitôt mon pied, mais Bill ne bougeait plus.

Je restai au-dessus de lui, à souffler comme un bœuf.

Il avait perdu connaissance.

Après l'avoir remis sur le dos et m'être assuré qu'il pouvait respirer, je me suis traîné à l'étage. C'était moins bien rangé qu'en bas, mais cela restait correct. Les hommes qui vivent seuls ne sont pas moins doués que les femmes pour dompter le fatras.

La penderie de la chambre comportait quatre sections. Deux étaient remplies de costumes et de chemises, la troisième était vide et la quatrième recelait deux robes.

Je suis redescendu à la cuisine pour me débarbouiller le visage à l'eau froide puis me sécher avec un torchon qui puait le moisi.

Après quoi, plutôt que de m'asseoir sans plus pouvoir me relever, j'ai regagné ma voiture.

— Mais qu'est-ce qui vous est arrivé ?

— Rien du tout, soupirai-je.

J'étais assis devant la vitre du Mountain View, dos à la salle. Le bar n'était pas bondé, mais, comme j'avais vu dans le miroir des toilettes que mes blessures commençaient tout juste à bleuir, je ne tenais pas à croiser le regard des autres clients. J'étais venu ici parce que je grelottais, que mes mains et mes côtes criaient misère, et que j'en avais marre d'être dehors.

De l'autre côté de la rue, une planche de contreplaqué obturait provisoirement la devanture des Write Sisters. On n'avait pas perdu de temps.

Kristina m'apporta la bière que je n'avais pas commandée.

— C'est à cause des Robertson que vous êtes dans cet état-là ? À cause d'Ellen ?

— Non.

Elle revint vingt minutes plus tard, avec une autre bière. Je la remerciai puis regardai de nouveau la rue. Cette planche de contreplaqué me dérangeait, comme si on l'avait clouée sur des débris fumants, avant même d'avoir emporté le cadavre.

Kristina tardait à repartir. Je finis par la regarder.

— Qu'est-ce qu'il y a ?

— Je m'inquiète pour vous.

— Je vais bien, promis-je en souriant. Une rude journée, c'est tout.

Elle secoua la tête.

— J'étais déjà inquiète avant que vous arriviez. Vous... J'ai entendu certaines choses.

Son jeune collègue en tee-shirt noir nous épiait à travers la salle.

— Quelles choses ?

— Je crois juste que cet endroit n'est pas fait pour vous.

— Pourquoi ? La bière est bonne, et le service, chaleureux, parfois.

Ça ne l'a pas fait rire. Mes yeux peinaient à fixer quoi que ce soit, mais quand ils trouvèrent son visage ils décidèrent d'y rester. Son iris gris-vert, son teint pâle, ses cheveux noirs : cette fille était l'antithèse de toutes les femmes que j'avais connues.

— Et donc ? Qu'avez-vous appris, sur Radio Comptoir ?

J'avais opté pour le mode agressif, sans même savoir pourquoi. Autour du nez de Kristina affleuraient de petits points, comme des taches de rousseur. Son regard me mettait mal à l'aise.

J'ai allumé une cigarette et me suis concentré dessus, en m'efforçant de cacher le tremblement de mes doigts.

— Vous devriez arrêter, lâcha-t-elle.

— Je sais. Mais pas ce soir.

— Je ne parle pas de la clope. Je parle de laisser tomber, et de quitter cet endroit.

Puis elle me tendit l'addition.

Je suis resté planté sur le trottoir, à me demander où aller ensuite. Je n'avais aucune envie de regagner ma chambre d'hôtel : ces endroits sont des tombes quand on n'a pas le cœur à la fête.

J'ai finalement traversé la rue pour me réfugier dans la pizzeria, où le chauffage était inutilement fort et où la musique piochait loin dans les décombres des années quatre-vingt, comme pour s'assurer que la clientèle ne prendrait pas racine – auquel cas c'était réussi. Il n'y avait quasiment pas un chat et la serveuse ne vit aucun inconvénient à ce que je m'installe à l'écart, près de la fenêtre, pour consommer un simple café.

En m'asseyant, je vis que j'étais observé par l'un des membres d'une tablée de trois, puis qu'il s'agissait de l'adjoint Greene.

Il dînait avec une femme de son âge et au moins du même poids, dont le cul emballé de velours bleu menaçait d'engloutir la chaise. Face à eux se trouvait une autre tête connue : Courtney, l'ado farouche qui nettoyait les chambres à mon hôtel.

Greene et son épouse mangeaient en silence, enfournant méthodiquement des parts de pizza dans leur gosier, comme engagés dans un concours où les atouts seraient l'endurance et la régularité. L'ado qui devait être leur fille soit avait terminé son assiette, soit manquait d'appétit.

Je dégustai mon café et laissai l'employée me resservir. Un bon jus noir à l'ancienne, sans mousse ni sirop ni habillage clinquant. Juste une grande tasse d'un breuvage chaud et mouillé, que je couvai dans mes mains face au spectacle inexistant de la rue, tout en me demandant si ma tête n'allait pas exploser pour de bon. Je n'avais pas faim, ne pouvais imaginer avaler quoi que ce soit, et néanmoins cette odeur de pizza m'était agréable. Peut-être parce qu'elle me rappelait une époque, révolue depuis quelques jours, où la vie paraissait bien plus simple.

La famillc Grccnc finit par s'cn allcr, toujours aussi mucttc. Comme le trio longeait la vitre, les yeux de Courtney croisèrent vaguement les miens, mais rien ne laissa penser qu'elle faisait attention à ce qu'elle voyait, ni que ma figure lui évoquait quoi que ce soit.

Peu après, mon téléphone sonna dans ma poche, mais je n'avais envie de parler à personne. Si c'était Kyle qui me rappelait pour que je renonce à le trucider, mon silence le dégriserait tout autant que le son de ma voix.

Je ne l'ai pas vue entrer, et n'ai remarqué sa présence qu'en l'entendant se glisser sur la banquette d'en face.

Kristina, droite comme un I, les bras croisés sur la poitrine.

— Racontez-moi, dit-elle.

Chapitre 29

Une étape cruciale dans le développement de Scott fut celle où il comprit qu'articuler des sons cohérents était considéré par l'extérieur comme une pratique intelligente, suite à quoi il se fit fort de nous montrer toute l'étendue de ses compétences. En parallèle de ses déclarations directes, il nous régalait parfois de monologues dans lesquels il énonçait une première phrase à propos d'un objet ou d'une situation, ajoutait « parce que », enchaînait avec une nouvelle proposition elle-même suivie d'un « parce que », et ainsi de suite jusqu'à dérouler un texte surréaliste de deux minutes. Il ne maîtrisait pas encore le sens de « parce que », mais il avait compris que cet outil permettait de relier les choses, de jeter un pont entre différentes réalités.

Après sa mort, je me suis dit que cette révélation devait dépasser le cadre strict du langage. Scott aurait fini par oublier, comme tout le monde, mais à cette période précise il savait tout ce qu'un individu doit savoir.

En gros, j'ai eu une aventure.

Il y avait cette femme, avec laquelle il s'est passé un truc qui de fil en aiguille est devenu un problème, et là c'était déjà trop tard. J'ai essayé de réagir en homme intègre. L'Homme intègre m'a accompagné dans de longues promenades, mais il a toujours refusé de prendre clairement position. J'attendais de l'Homme intègre qu'il se montre dur comme un roc, tel un entraîneur sportif assoiffé de victoire et décidé à en découdre.

Je voulais un Jésus-Christ me barrant la route de l'erreur et rayonnant de la lumière dorée de tout ce qui est bon, vrai, sensé.

Au lieu de quoi l'Homme intègre s'est comporté comme un vulgaire copain de beuverie, le genre revenu de tout et ne croyant plus en rien.

— Ouais, ouais, disait-il. J'entends bien. Tu dois prendre modèle sur moi. Mais honnêtement, John, je vois bien que tu n'en as pas envie.

Alors je le rappelais à ses devoirs en lui répétant combien mon attitude était stupide, dangereuse et absurde. En assénant que Carol ne méritait pas ça. Que j'avais une famille. Qu'il n'y avait pas plus cliché que de tromper sa femme, et que la seule chose à faire était de rompre tout contact, de bénir le ciel si je n'avais pas déjà tout gâché et de penser à autre chose jusqu'à ce que ce coup de canif dans le contrat ne soit plus qu'un souvenir lointain et somme toute inintéressant, un peu comme le premier alunissage.

Mais rien à faire.

— Bien sûr, répondait l'Homme intègre en haussant les épaules. J'ai compris tout ça. Tes arguments sont convaincants. Seulement regarde : on en est toujours au même point, pas vrai ? Et tu n'arrives toujours pas à oublier l'odeur de son cou, à l'endroit précis où sa mâchoire rejoint l'oreille. Là, je me déclare incompétent, John. Cette histoire de cou, il va falloir que tu la règles tout seul.

Alors j'ai fini par le renvoyer. Il ne m'était d'aucun secours.

En même temps que me rongeaient ces tiraillements intérieurs, je suis devenu taciturne et ronchon. Je peinais à me concentrer, et mes crampes d'estomac m'ôtaient tout intérêt pour la nourriture en même temps qu'elles amenuisaient ma patience.

Je savais à quel point j'aimais ma femme, ma famille, et combien j'étais chanceux. Je ne le comprenais sans doute pas avec la même acuité qu'ensuite, après que j'eus tout perdu, mais j'en étais quand même conscient. Dans une telle situation, il faut regrouper et enfermer ses émotions dans une case temporelle finie, sans lendemain. On peut même céder au fantasme d'une cellule de crise avec sa maîtresse, à l'issue de laquelle chacun accepterait – la mort dans l'âme, mais au nom de la vertu – de suivre une ligne de conduite que Dieu approuverait d'un franc hochement de tête avant de nous prendre dans Sa grande main chaude pour nous ramener sur une meilleure zone du paysage moral.

Sauf que l'on ne parvient jamais à la phrase de conclusion, car, s'il nous restait un brin de jugeote, on verrait immédiatement que ce fantasme ne visait qu'à une seule chose : fournir aux amants un prétexte pour se revoir.

Nous avons fait ce qu'il fallait, à plusieurs reprises.

Nous nous sommes dit, oralement, par mail ou par SMS, que c'était terminé – et nous nous y sommes tenus. Mais c'est tellement difficile... Après des années à fondre votre existence dans celle de votre couple, vous voilà soudain redevenu un individu à part entière. L'aventure extraconjugale vous tient en haleine : il faut décider où et comment se retrouver, s'il faut mentir ou non, quels codes employer et quels risques s'autoriser. Et puis trouver des brèches dans son emploi du temps pour faire vivre cette relation. Se frotter à une nouvelle personne fait de soi-même un être neuf, réveillé en fanfare par mille différences anodines. Carol se parfumait rarement, mais l'autre femme, si. Carol portait très peu de bijoux, alors que l'autre allait jusqu'à s'en fabriquer – dont un bracelet en argent qu'elle m'avait offert, et que j'ai fini par perdre dans les derniers feux de notre liaison.

Retomber dans la routine après s'être enivré d'adrénaline, c'est un peu mourir avant l'heure. D'un coup, l'avenir semble s'éteindre, et le quotidien ressemble au squelette rouillé d'un parc d'attractions fermé. Il ne bourdonne plus de rires et de bavardages, ne sent plus la crème solaire et la barbe à papa, ne brille plus de néons éblouissants. Ce n'est plus désormais qu'un terrain désert et silencieux, dont on continue cependant à chercher la sortie, et le parking où l'on sait qu'il ne restera qu'une seule voiture. Mais c'est tête baissée que l'on cherche cette issue, pour ne pas revoir les montagnes russes qui la veille encore nous secouaient le cœur et qui aujourd'hui grincent au

Puis elle ferma les yeux.

— Je suis tellement désolée…

Par ces mots, elle laissait de côté toute la partie sur mes bêtises pour passer directement à ce qu'était ma vie aujourd'hui, aux choses que j'affrontais seul depuis maintenant trois ans. Je n'étais pas sûr de mériter autant d'égards, mais je lui en savais gré.

— Merci, murmurai-je.

Alors elle secoua la tête, comme si je l'avais mal comprise. Sur le plateau de verre de la table, ses longs doigts tremblaient légèrement.

Je lui ai pris la main. Je savais ce que je faisais, même si j'en ignorais le motif.

Elle rouvrit les yeux, les baissa vers la table. Je me sentais tenu de dire quelque chose, mais mon geste parlait de lui-même. Mon esprit avait un temps de retard sur ce que voulait exprimer mon corps. Je sentais mon cœur battre à grands coups, chaque pulsation comme détachée des autres.

— Non, dit Kristina en reprenant sa main.

Je souris du coin des lèvres. Pas vraiment blessé, ou du moins pas encore.

— Après ce que je viens de te raconter, je comprends tes réticences.

— Ça n'a rien à voir avec ça, John. De toute façon, cette femme ne fait plus partie de ta vie, n'est-ce pas ?

— Non, non. Je serais rassuré d'apprendre qu'elle est toujours de ce monde, mais ça s'arrête là. Je ne lui ai jamais reparlé depuis le jour de la mort de Scott. Quand je repense à cette liaison, je ne me reconnais pas. J'ai l'impression de voir un fou, un abruti fini.

— Allons, John. D'autres ont merdé avant toi, et d'autres merderont après.

J'ai éclaté de rire.

— Tu sais dire les choses, toi !

— Oui, il paraît.

Je l'ai dévisagée.

— Et donc ?

Elle secoua la tête.

— T'as pas envie de t'engager, mec.

— Entendu, capitulai-je, tout en me disant qu'elle avait tort, et que d'ailleurs elle n'avait pas reculé sa main bien loin, mais en voyant aussi que ma propre pogne était couverte d'écorchures suite à mon combat avec Bill – bref, que j'avais mal choisi mon moment. Tu reprendras un café ? proposai-je.

— Non. Je dois regagner mon bar.

— Ce n'est pas la foule des grands soirs, pourtant.

— C'est vrai, concéda-t-elle dans un demi-sourire, mais…

Elle s'interrompit en voyant que je regardais au-dehors.

— Qu'est-ce qu'il y a, John ?

Je me suis levé de la banquette. Une voiture remontait lentement la rue, et il me semblait la reconnaître.

— Je reviens tout de suite, Kristina.

Je suis sorti à toutes jambes. Le véhicule continuait de rouler, mais de moins en moins vite. Il me fallut un moment pour être fixé, car je n'avais connu cette bagnole que décapotée et la sono montée à fond, mais oui, c'était bien elle. J'ai sprinté sur le trottoir et réussi à l'atteindre alors qu'elle stoppait au carrefour.

Harnaché au siège de droite, Kyle dormait ou comatait, la tête ballant sur son torse.

Agrippée au volant, Becki regardait droit devant elle.

— Becki ?

Elle tourna la tête et m'observa d'un air incrédule. Sa joue boursouflée lui cachait la moitié de l'œil gauche.

— John ?

— Mais qu'est-ce que vous foutez là ?

La réponse fut inaudible.

Chapitre 30

Accroupi devant la portière, je passai mon bras par la fenêtre pour entourer les épaules de Becki. Elle pleura quelques instants, puis essuya ses larmes et dégagea les cheveux de ses yeux.

— Je suis désolée, fit-elle. Je ne savais plus quoi faire.

— Et le téléphone, alors ?

— Tu crois que je me serais tapé toute cette route si c'était le genre de problème qui se résout par téléphone ?

Un battement de porte ramena mon attention vers la pizzeria. Kristina venait vers nous.

— J'ai réglé l'addition, annonça-t-elle.

— Kristina ! répondis-je, faute de trouver d'autres mots.

Elle tourna les talons.

— C'est qui ? demanda Becki.

— Dis-moi plutôt ce qui se passe.

— Ce qui se passe, c'est qu'on est dans une merde noire, dit-elle avec un sourire terrifiant.

Elle me suivit jusqu'au motel. La réception était fermée, mais j'ai réussi à décoller Marie de sa télé afin d'obtenir les clefs de la chambre voisine de la mienne. La patronne mit du temps à comprendre qu'il s'agissait de loger des amis surgis à l'improviste, mais je ne voulais pas lui montrer le visage de Becki. Les hôteliers ont parfois une étrange aversion pour les femmes amochées, et puis surtout ils s'en souviennent.

Quand je suis ressorti de la loge, Becki fumait une cigarette, appuyée contre la voiture, tandis que Kyle continuait sa nuit.

— Qu'est-ce qu'il a, ton idiot de copain ?

— Il n'avait pas dormi depuis soixante-douze heures.

— Réveille-le et amène-le à l'intérieur.

Elle parvint à le sortir de la voiture et à le dresser sur ses jambes. Il parut vaguement soulagé de me voir, après quoi, ses yeux repartirent à la dérive.

Pendant que Becki traînait Kyle jusqu'à leur porte, je suis repassé par ma chambre pour me laver les mains et la figure. Je me suis attardé un instant devant mon reflet dans la glace. Avec tout ce qui s'était passé depuis, mon corps n'avait pas fini d'intégrer les conséquences de la baston chez Bill. À l'heure qu'il était, mon vieux pote avait dû reprendre ses esprits, et, s'il réclamait une deuxième manche, il n'aurait pas grand mal à me débusquer. Eh bien, qu'il vienne donc. Si ma confession devant Kristina m'avait appris une chose, c'est qu'après des années d'esquive et de silence j'acceptais enfin d'assumer cette histoire de coucherie. Bill voulait ma peau ? Il n'avait qu'à se servir. J'étais comme qui dirait en dette.

Dans la chambre voisine, je retrouvai Becki seule sur le lit.

— Où est Kyle ?

— Je l'ai envoyé sous la douche. Ça devenait urgent.

Quand je les avais aperçus, m'expliqua-t-elle, cela faisait quarante minutes qu'ils sillonnaient méthodiquement la ville, rue après rue. Becki avait compris dès les montagnes qu'ils en seraient réduits à cette extrémité étant donné que je ne décrochais plus mon téléphone. Je calculai qu'ils avaient fait le trajet de Marion Beach à Black Ridge en à peine six heures, c'est-à-dire à tombeau ouvert.

— Je t'avais pourtant dit d'aller chez ton vieux…

— J'ai suivi tes instructions à la lettre, John ! J'ai rempli un sac et quitté l'appart en moins de quinze minutes. Je ne suis pas allée directement chez mon père parce que… j'avais besoin de réfléchir, de voir comment lui présenter la situation. Et puis je savais qu'il n'allait pas tarder à partir pour le restaurant, alors je préférais attendre une petite heure et poser tranquillement mes bagages plutôt que de me faire incendier d'entrée de jeu. Il t'a toujours apprécié, John, alors tu ne connais pas toutes ses facettes. Mais quand il est vraiment furieux, ça peut faire très mal.

— Je veux bien le croire, Becki.

— Je suis donc restée sur la route, à essayer de joindre Kyle pour lui transmettre ton message, mais il ne répondait pas. Quand j'en ai eu marre d'attendre, je me suis dit : *Tant pis pour lui* et j'ai filé chez mon père. Et là, devine qui je trouve ? Kyle, assis sur le perron ! Il m'explique qu'il est passé à l'appartement, mais qu'on a dû se rater à dix minutes près. Il avait deviné que je viendrais là.

— Tu l'as envoyé bouler, j'espère ?

— Non, John. C'est mon mec, putain ! S'il ne décrochait pas, c'était parce qu'il n'avait plus de batterie, après, il a perdu son mobile. Mais il s'est effondré quand il a vu ce que j'avais subi.

— Et pourquoi il ne s'est pas pointé plus tôt ? Dès qu'il a appris que tu t'étais fait tabasser, par exemple ?

— Parce qu'il était occupé à chercher un flingue pour aller causer aux keums.

— Ce qui n'a pas abouti, rassure-moi.

— Non, bien sûr. Alors, bon, on a parlé, et pour la première fois depuis longtemps il m'a tenu des propos cohérents. Je lui ai dit qu'il fallait trouver un moyen de tout arranger, et là il m'a demandé… Enfin, bref, j'ai accepté de retourner à l'appartement pour qu'on examine la situation et qu'on essaie d'échafauder un plan.

— C'était ça, sa solution ? m'étranglai-je.

— S'il te plaît, John !

— Et ensuite ?

— On est donc rentrés chez moi. Kyle était debout depuis plusieurs jours, alors je lui ai dit qu'une bonne douche serait bénéfique à tous points de vue. Puis j'ai trouvé qu'il mettait vachement de temps à se laver, alors je suis entrée dans la salle de bains, et là, en voyant sa mine toute jouasse, j'ai compris à quel point j'avais été conne.

— C'est là qu'il avait planqué les restes de son premier stock, raison pour laquelle il voulait à tout prix revenir chez toi. Il était passé plus tôt, mais tu étais déjà partie et il avait paumé ses clefs en même temps que son téléphone. Et il ne se sentait pas d'attaque pour s'introduire par un balcon du deuxième étage.

Le visage de Becki se décomposa. Son menton frémit, mais ses yeux restèrent secs.

— C'est ça, confirma-t-elle.

— En même temps, je suis sûr que la drogue n'était pas la seule raison qui le ramenait vers toi, ajoutai-je par pure charité.

— Ravie de te l'entendre dire, John, parce que je ne sais vraiment plus sur quel pied danser. Et donc j'étais là, à lui crier dessus, et lui aussi avait commencé à gueuler, quand tout à coup je repère un truc dehors. Un gros GMC noir qui s'approche de l'immeuble, le genre de monstre qui rêve de devenir un Hummer quand il sera grand et qu'on ne croise jamais dans mon quartier.

— Bon sang…, soupirai-je en me frottant les tempes.

— Comme tu dis. Alors on s'arrache. On dévale l'escalier de secours et on saute dans le jardin d'à côté. J'avais pris soin de me garer non pas devant l'immeuble, mais au coin de la rue, sauf qu'on était obligés de repasser devant chez moi pour se tirer de là, et les autres nous ont vus filer.

— Ils vont ont pris en chasse ?

— J'espérais les semer en mettant la gomme, mais rien à faire. Je remonte la côte, je traverse Astoria, et ils sont toujours à nos trousses. C'est que le keum sait conduire, lui aussi ! J'ai l'habitude de pousser le compteur dans le rouge, comme tu le sais, mais lui c'est le pied au plancher tout du long. Et Kyle, pendant ce temps-là, qui fume ses pétards à côté de moi, avachi dans son siège, incapable de proposer quoi que ce soit d'utile. Je ne voyais plus qu'une chose à faire : foncer sur Portland, suivre l'Interstate jusqu'à Seattle, et coucou nous voilà.

— La dernière fois que tu les as vus, c'était où ?

— Difficile à dire. Sur l'autoroute, ce type de véhicule est moins voyant qu'à Marion Beach. J'ai cru l'apercevoir dans mes rétros sur la 90, juste avant la montagne, mais ce n'étaient peut-être pas eux. Ils ont pu renoncer, tu crois pas ?

— Possible.

Je lui ouvris ma paume.

— Quoi ? fit-elle.

— Tes clefs de voiture.

Je suis ressorti déplacer le cabriolet. Au sortir du parking, j'ai longé deux pâtés de maisons avant de m'enfoncer dans un dédale pavillonnaire. Je me suis garé au fond d'une rue, derrière un camion. C'était loin d'être parfait, mais je n'avais pas le courage de me farcir cinquante bornes pour jeter la voiture au fond d'un ravin : la nuit s'annonçait assez compliquée comme ça sans que je doive en plus me justifier d'avoir anéanti la bagnole adorée de Becki. J'ai trouvé ce que je cherchais sous le siège de droite, et je l'ai rangé dans ma poche. Puis j'ai acheté un pack de bière au coin de la rue et regagné l'hôtel sous la bruine, en marchant au radar.

De retour au motel, j'ai frappé à la porte numéro dix en prononçant mon nom. Becki m'a laissé entrer avant de refermer le verrou derrière moi.

— Je n'entends toujours rien du côté de la salle de bains, observai-je.

— Peu importe. Kyle peut se noyer, je m'en cogne.

Je posai les bières sur la table et en offris une à Becki. Elle dévissa la capsule et engloutit un tiers de la bouteille d'une seule gorgée. Trop vannée pour rester debout mais trop à cran pour être assise, elle affichait une tête d'enfant malheureuse, comme si elle s'était embringuée dans un jeu de cour de récré auquel seuls les grands peuvent gagner.

— On va trouver une solution, Becki.

— Heureuse de l'apprendre. Et toi, alors ? Quoi de neuf dans ta vie ? C'était qui, cette meuf ? Je vois que toi aussi tu as reçu des gnons. C'est à l'ordre du jour du débriefing ?

— Non.

— Dommage. Un peu de distraction ne serait pas de refus...

— Alors tu t'es trompée d'endroit.

— Tu m'en veux d'avoir débarqué ?

— Non, Becki. Je me sens juste impuissant. Kyle a creusé sa propre tombe, et il continue de piocher. Regarde...

Je sortis de ma veste le sachet récupéré dans la voiture.

Elle fit claquer ses paumes sur ses joues et se tourna vers la salle de bains.

— Enfoiré ! hurla-t-elle. Je te jure, John, j'en savais rien...

— Je te crois, Becki. Seulement ça commence à faire beaucoup de choses que tu ignores sur son compte. Son côté manipulateur, prêt à te livrer aux fauves juste pour récupérer sa came. Ou le fait que ce sachet ne renferme pas seulement de la cocaïne, mais aussi du cristal meth...

— Je te crois pas, gémit-elle. Il n'a jamais...

Mais elle n'était plus sûre de rien. Elle se laissa choir sur le bord du lit.

— Qu'est-ce que je vais faire, maintenant ?

Je haussai les épaules et rangeai la came dans ma veste.

— Je n'aurais pas dû venir, dit-elle d'un air piteux. Mais j'avais tellement peur, je ne savais pas où aller... Puis j'ai pensé à toi et ça m'a donné un objectif auquel me raccrocher. Mais c'était stupide.

— Tu as eu raison, Becki. J'aurais fait pareil à ta place.

— Tu le penses sincèrement ?

— Je ne te mentirais pas.

J'ai traversé la chambre pour m'inviter dans la salle de bains. Étalé par terre, la tête calée contre la plinthe, Kyle ronflait paisiblement, la bouche grande ouverte. Comme dans ma piaule, la porte de communication était munie d'une clef. J'ai jeté mon paquet de clopes sur les genoux de Kyle avant de l'enfermer à double tour.

— Allez, tâche de dormir, dis-je à Becki.

— Euh... Tu ne me laisses pas la clef ?

— Non, je la garde.

De retour dans ma chambre, je me suis allongé pour fixer longuement le plafond, la tête remplie d'images que je n'avais nulle envie de revoir. La mort de Jassie. Le visage de Bill lorsqu'il comprit mes sous-entendus et décida de riposter. La question qui restait entière à l'issue de ce triste épisode était de savoir depuis combien de temps Bill était au courant pour Jen et moi. S'il avait découvert le pot aux roses à l'époque des faits, alors, la théorie des punitions d'Ellen pouvait éventuellement s'appliquer – mais à condition de croire à des choses auxquelles je ne croyais pas.

J'étais incapable de remettre mes idées d'aplomb. Livrées à elles-mêmes, toutes aboutissaient à la même impasse : la vision de ma main posée sur celle d'une femme, en travers d'une table de pizzeria déserte, et la sensation de chaleur, d'ampleur et de relief laissée par ce contact. Je n'avais sans doute réussi là qu'à compliquer la seule relation positive que cette ville avait à m'offrir, mais en mon for intérieur je ne regrettais rien. Ce sont parfois les actes irréfléchis qui nous rapprochent le plus de la vérité.

Avant de sombrer pour de bon, j'ai sorti le téléphone de ma poche pour le poser sur la table de nuit. Ainsi, je l'entendrais sonner, au cas où l'on voudrait me joindre.

Personne ne m'a appelé, mais j'ai fait un rêve.

Dans ce rêve, j'arpentais Black Ridge au beau milieu de la nuit. Intrigué par la manière dont se courbait l'axe est-ouest de la ville, je n'avais pas conscience de me diriger vers le motel de mes rencontres clandestines avec Jenny Raines, jusqu'à ce que mes yeux tombent dessus.

La totalité du bâtiment était plongé dans le noir, et nulle voiture sur le parking. Mais, alors que je restais là à contempler les lieux, rongé de remords pour ce que j'avais commis dans ces chambres, je vis bouger un rideau.

Il faisait trop sombre pour discerner l'auteur ou la cause de ce mouvement, mais je crus voir, dans le bas de la fenêtre, une forme ovale réfléchir la lumière de la lune.

J'ai rebroussé chemin d'un pas vif et traversé la ville en plusieurs séquences discontinues, jusqu'à Kelly Street. La vitrine des Write Sisters était encore debout, bien qu'étoilée : les fêlures créaient une sorte de dessin, et la tache de sang laissée au point d'impact avait une forme d'animal.

De retour devant chez Marie, je suis resté planté au bord de la route. Ici, toutes les lumières étaient allumées, et tous les rideaux ouverts, alors que les chambres étaient vides.

Puis j'ai perçu un bruit dans mon dos.

Je me suis retourné. Ne voyant rien, j'ai traversé la chaussée pour scruter les bois, comme je l'avais fait en vrai quelques nuits plus tôt. À mesure que je m'enfonçais parmi les arbres, le bruit mystérieux augmentait, semblable au murmure d'une conversation lointaine.

Malgré ma peur, je me suis élancé vers sa source.

J'ai couru de plus en plus vite, me faufilant à travers les troncs, et bientôt une odeur est venue s'ajouter aux sons. Une odeur forte, comme celle d'un feu de bois.

Puis mon pied s'est pris dans une grosse racine et j'ai atterri en vol plané. Le choc m'a vidé les poumons et j'ai vu des points blancs, comme si j'allais m'évanouir. J'ignore ce qui serait alors advenu de moi. Me serais-je réveillé ? Aurais-je perdu la vie ?

J'ai roulé sur le dos et me suis redressé.

Des silhouettes m'observaient, à demi cachées entre les arbres. Deux grandes et trois petites.

Je ne distinguais pas leurs visages, ni la distance qui les séparait de moi. Pris de panique, j'ai tenté de ramper en arrière, mais je ne parvenais qu'à m'embourber dans la terre.

Tout à coup, le groupe s'est scindé, et les deux silhouettes adultes ont surgi à mes pieds. Un homme et une femme, épuisés et squelettiques, nippés de vêtements sales, usés et démodés. L'homme se tenait le plus près, à environ un mètre à peine, et lorsqu'il approcha son visage du mien, tel un chien reniflant un inconnu, je vis que les scarifications sur son front et ses joues présentaient le même motif que les griffures laissées sur le mur de mon hôtel – et que ce visage n'était autre que le mien.

L'instant d'après, les silhouettes avaient disparu. Plus un bruit, pas un brin de vent. Je me suis relevé et j'ai scruté l'espace tout autour de moi, jusqu'à ce que mes yeux me piquent et mes oreilles bourdonnent. Puis j'ai entendu quelque chose s'approcher dans les broussailles.

Je me suis retourné, lentement, effrayé comme je ne l'avais jamais été.

Et c'est là que j'ai rouvert les yeux.

Chapitre 31

Elle aurait pu voler une voiture, du moins certains modèles : c'était dans ses cordes, depuis ses années noires. Mais elle refusait de quitter la ville en délinquante. Elle voulait partir comme Ellen, et non comme Ilena.

Elle s'était donc rendue chez le loueur de Brooker Street pour emprunter la dernière auto disponible, une discrète petite citadine. L'employé l'abreuva de détails sur le kilométrage, les franchises, la nécessité de refaire le plein avant de restituer le véhicule dans la ville d'arrivée (non spécifiée), mais Ellen peinait à se concentrer. Sans pour autant croire à l'hypothèse d'une commotion cérébrale, elle constatait que son esprit ne tournait pas rond. Elle ignorait à quand remontait son dernier repas, par exemple avant l'hôpital, pensait-elle, mais elle se trompait certainement. C'étaient cette ville, ces arbres… Ils avaient envahi sa tête.

Voyant que la cliente n'écoutait pas, le loueur finit par se taire. Il lui remit les clefs et en profita pour la reluquer, jusqu'à ce qu'elle le fusille du regard.

Elle sortit sur le parking attenant à la boutique et s'arrêta dans la nuit pour regarder la voiture. Cela faisait un bail – bien avant Gerry – qu'elle n'avait pas conduit une telle caisse à savon. Mais, bon, autant prendre le pli dès maintenant. L'argent n'allait pas durer éternellement, et il allait falloir trouver du boulot, un appartement, de quoi remplir sa vie. Longer le rebord du monde en quête de situations et d'objets auxquels s'intéresser, si tant est qu'on en soit capable.

Repartir de zéro.
Une fois de plus.

Lorsqu'elle s'assit derrière le volant, son esprit douloureux et embrumé prit enfin la pleine mesure de ce qu'elle s'apprêtait à faire : quitter le seul endroit où elle avait été vraiment heureuse. La cause de ce bonheur était certes morte aujourd'hui, mais on prête toujours aux lieux des pouvoirs extraordinaires. On se dit qu'il suffirait de déménager pour que tout aille mieux, ou de repeindre l'escalier et de vider les placards pour recouvrer un peu d'allant. On préfère s'accrocher à la moindre lueur d'espoir plutôt que d'admettre que quatre-vingt-quinze pour cent de notre univers n'existe que dans notre boîte crânienne.

Ellen aurait aimé emporter quelques affaires, mais ce ne fut pas possible. Celles qu'elle avait sorties de la maison la veille, le matin de son accident, étaient restées dans le coffre de son coupé, et elle ignorait ce qu'était devenu ce dernier. Sans doute avait-il été remorqué vers un garage, mais soit on ne lui avait pas dit lequel, soit elle avait oublié. Dommage : c'eût été agréable de conserver ces choses, aussi modestes fussent-elles. Des vêtements achetés dans une ville chère à leurs cœurs. Un livre dédicacé de quelques mots d'amour. Une serviette en papier ramassée dans un café parisien, lors de leur tout premier week-end, et secrètement glissée dans le sac à main pendant que Gerry passait aux toilettes. Ce jour-là, Ellen avait déjà compris qu'une belle histoire commençait. De telles certitudes surviennent parfois, et les souvenirs matériels sont le seul moyen de fixer ces moments avant que la vie nous les enlève.

D'un autre côté, qu'aurait-elle fait de ces objets ? Les ressortir de temps à autre pour verser quelques larmes sèches ? Pour se rappeler tout ce qu'elle avait perdu ? Les pleurs ne lui ramèneraient rien, pas même ses vingt ans.

Il n'y a qu'un seul bagage dont on ne puisse jamais se passer.

Ellen écarta le coude et tourna la clef dans le contact.

Comme elle traversait la ville endormie, son téléphone sonna dans sa poche. Sûrement John Henderson. Il essayait de la joindre depuis l'après-midi, mais elle n'avait rien à lui dire. En le voyant réagir au suicide de Jassie Cornell, elle avait eu l'impression de regarder un gosse partir en guerre avec un bâton pour fusil. Elle avait usé de tous les détours imaginables pour lui suggérer les choses sans les formuler clairement ; mais, s'il persistait à ne pas comprendre, elle ne pouvait plus rien pour lui. Elle regrettait de l'avoir contacté, de l'avoir attiré ici, d'avoir voulu lui transmettre sa détresse comme on lui avait si bien appris à le faire. Lors d'une des longues et nombreuses nuits qu'elle avait passées à évoquer ses blessures, lovée dans les bras de son mari et le visage en pleurs, Gerry avait eu ces mots : « Le passé n'est qu'une ordure d'ex, Ilena. Change de numéro et ne lui adresse plus jamais la parole. »

Et si ce n'était pas John qui appelait, alors c'étaient les autres, et elle avait encore moins envie de leur parler. Pour masquer les sonneries, elle alluma la radio.

Elle quitta Kelly Street sans un regard d'adieu. Environ deux cents mètres plus loin, soit un petit kilomètre avant la vraie forêt, la musique faiblit puis se tut. Peu après, le moteur se mit à tousser et à vibrer, avant de s'arrêter carrément, l'obligeant à se ranger en roue libre sur le bas-côté.

Ellen patienta calmement, en tournant la clef toutes les trois minutes jusqu'à ce que la voiture finisse par redémarrer. Ces phénomènes n'étaient pas rares, ici. De petites bizarreries qui ne méritaient jamais que l'on en fasse tout un foin. Le signe que les lieux se retournaient dans leur sommeil et risquaient de se réveiller d'un moment à l'autre.

Raison de plus pour ficher le camp.

Comme elle repartait sur la route, elle crut percevoir un bruit sur la banquette arrière. Mais elle savait qu'en se retournant elle verrait Gerry, ou du moins la chose qui lui empruntait ses traits. Ce fantôme la suivait depuis l'hôpital : juste après la mort de la serveuse, Ellen l'avait vu remonter lentement le trottoir d'en face, la tête braquée sur le côté pour mieux la dévisager.

Si elle jetait à présent un œil vers la banquette arrière, elle était sûre d'y trouver le même regard sinistre. Un regard mensonger, du reste, car Gerry ne l'avait jamais haïe, mais seulement aimée.

Oui, elle le savait, et cette conviction était la seule chose qu'Ellen comptait emporter loin d'ici. Le seul bien qu'ils ne pourraient jamais lui retirer.

C'est pourquoi elle ne se retourna pas mais appuya sur le champignon et fonça vers la forêt.

Elle ne fit pas plus de trente kilomètres.

Elle n'avait pas vu les phares derrière elle. Comme elle pleurait à chaudes larmes, toute son attention était tendue vers un seul but : rouler à peu près droit sur cette ténébreuse route forestière. Si bien qu'elle ne remarqua la voiture qu'au moment où celle-ci vrombit sur sa gauche pour la doubler.

Ellen sursauta et s'essuya les yeux avec sa manche. Seattle n'était pas la porte à côté. Il faudrait tenir la distance. Aussi ce petit rappel à la vigilance était-il, somme toute, bienvenu. Elle allait se ressaisir, rallumer la radio et se concentrer sur sa conduite. Inutile de ruminer le passé d'ici à demain matin. Elle aurait tout le loisir de se morfondre plus tard.

Ayant dépassé Ellen d'une petite quinzaine de mètres, la voiture de gauche se rabattit brusquement.

Ellen pila et s'arrêta au prix d'un long dérapage, pressée de tout son poids contre la ceinture de sécurité.

À peine retombée sur son siège, elle passa la marche arrière, avant de s'apercevoir en tordant le buste qu'un second véhicule l'empêchait de reculer.

Prise au piège, elle ramena son corps face à la route et ôta ses mains du volant.

Un homme descendit du premier véhicule. Elle le regarda s'approcher dans la lumière blanche des phares.

Comme il tapait doucement au carreau, elle baissa la vitre.

Il la considéra d'un air grave.

— Que faites-vous, Ellen ?

— Je pars.

— Je ne crois pas, non.

— J'ai fait ce qu'on m'avait demandé.

— Ouais, si on veut. Mais cet après-midi vous avez dit des choses que vous n'étiez pas censée dire.

Elle leva les yeux vers lui. Il haussa les épaules.

— Quelqu'un vous a entendue, Ellen. Vous connaissiez les termes du marché.

— Mais j'ai fait ce qu'on m'avait demandé ! plaida-t-elle. J'ai accompli ma mission. Maintenant, vous devez me laisser partir.

L'homme ne répondit rien.

— Je vois. De toute façon, elle ne m'aurait jamais laissée filer, n'est-ce pas ?

Le flic ouvrit la portière sans un mot. Juste avant qu'il empoigne Ellen, celle-ci parvint à tourner la tête vers le siège arrière.

Gerry n'y était pas. La banquette était vide.

Il ne lui restait plus rien. Ni ici ni ailleurs.

Troisième partie

Quand une fois on a accueilli le Mal chez soi, il ne demande plus qu'on lui fasse confiance.

FRANZ KAFKA,
Journal

Chapitre 32

Brooke nagea sans interruption de 7 heures à 7 h 30, enchaînant les longueurs dans la piscine couverte située au fond de la propriété. Ensuite, elle revêtit son tailleur, ranima son brushing au sèche-cheveux et choisit ses escarpins avec le plus grand soin, comme pour un mariage ou un enterrement – car, après tout, il ne fallait rien exclure.

Cory l'avait précédée à la table du petit déjeuner. Lui qui d'ordinaire se contentait d'un bol de céréales s'enfilait ce matin-là une assiette d'œufs benedict. En s'asseyant, Brooke sentit elle aussi venir l'appétit. Aujourd'hui, l'air semblait maigre, vide, comme si la terre attendait une raison de reprendre son souffle après une longue nuit d'efforts.

Lorsque Clarisse vint poser une théière d'Earl Grey devant Cory, Brooke réclama la même chose. Puis elle regarda son frère faire un sort à ses œufs, par petites bouchées distinguées.

— Bonne soirée ? finit-elle par demander.

Cory termina sa bouchée avant de répondre.

— Oui, très agréable. Elle est vraiment… gentille.

— Et… ?

Il fit non de la tête.

L'assiette de Brooke arriva, et le petit déjeuner se poursuivit en silence. Entre deux coups de fourchette, elle regarda par la fenêtre les arbres danser au vent. Il faisait chaud à l'intérieur, mais dehors paraissait frisquet. Le ciel était un bulletin météo réduit à une seule ligne.

— Je suis désolé, murmura Cory.

— C'est déjà un progrès.

— Alors, quels sont tes projets pour la journée ?

— Je n'ai encore rien décidé. Et toi ?

— Je déjeune à Yakima.

— Pour le travail ou pour le plaisir ?

— Pour le travail.

Elle n'en croyait pas un mot, et il le savait bien.

— L'une des pompes de la piscine est grippée, dit-elle.

— Alors je vais appeler Randy.

Clarisse réapparut pour remplir les théières et distribuer de nouveaux morceaux de silence. Brooke rumina son toast tandis que Cory beurrait minutieusement les siens.

— Cory ?

— Oui ?

— Ce n'est plus tenable.

— Je t'ai dit que j'allais l'appeler, Brooke. Je m'en occupe ce matin. Avant de partir.

— Je ne parle pas de la piscine.

Cory reposa son couteau.

— Je pensais avoir été clair. Je ne vais pas…

— À une plus grande échelle, j'entends.

— Ah bon ? Tu es sûre ?

— Oui.

Il la regarda enfin.

— Et… tu as quelque chose de précis en tête ?

— C'est déjà lancé.

Il hocha la tête, d'un mouvement lent et distant qui rappelait bigrement leur regretté père. Cory ne faisait jamais allusion à ce dernier ni aux circonstances de sa mort. Ils avaient pourtant été proches, tous les deux, et ce décès fut la première vraie pomme de discorde entre le frère et la sœur – comme un silence de plus, mais qui, celui-là, ne passait pas.

— Tu sais que je te fais confiance dans ce domaine, déclara Cory tout en se tamponnant la bouche avec sa serviette.

— Oui, je sais.

Mais que signifiait « faire confiance » ? rumina Brooke. Accorder son soutien ou se défausser complètement ? Brooke pensa soudain à son grand-père, dans un accès de nostalgie vif comme une rage de dents. Sa mère aussi lui manquait. Et même papa, ce vieux jobard sentimental. Que n'aurait donné Brooke pour qu'on la décharge un peu, et pour qu'une présence ramène un peu de vie dans le silence des jours, dans le froid de cette grande maison où ne bruissaient plus que des tintements sourds d'argenterie et de porcelaine, par-dessus les murmures d'un téléviseur assoupi, dans cet asile impeccable pour gens vieillissants où l'avenir se bouchait comme dans tout le reste de la ville… Un avenir à bout de souffle, figé comme une photo.

Un sursaut s'imposait. Et il fallait que quelqu'un s'en charge.

Cory se leva et contempla les bois d'un air hésitant.

— Oui, dit-il d'un ton plus ferme. Oui, je sens que tu as raison. Tu me diras ce que tu attends de moi, d'accord ?

— Sans faute. Pour aujourd'hui, évite de t'éloigner. Tu n'as qu'à proposer à je ne sais qui de venir déjeuner ici…

Cory s'éloigna dans le hall, laissant sa sœur en tête à tête avec le ramequin de sauce hollandaise.

Quand la bonne vint débarrasser, Brooke lui dit :

— Je pense que vous devriez prendre votre après-midi, Clarisse. Ainsi que la matinée de demain. Tenez, et si vous alliez passer deux jours chez votre fille ? Faites donc un break. Vous l'avez mérité.

— Très bien, mademoiselle Brooke.

Le petit déjeuner terminé, Brooke remonta dans son boudoir. Assise sur le divan, elle réfléchit aux mesures qu'exigeait la situation et les promena sur la grande toile mentale des causes et des conséquences. Elle savait que la meilleure préparation du monde ne dispensait pas de rester ouvert aux conjonctions imprévues, de laisser aux dieux la place d'entrer dans la salle.

Elle se dirigea vers les tiroirs qui couvraient tout un mur de la pièce. À l'aide de la petite clef suspendue à son cou, elle ouvrit l'un de ceux du milieu et en sortit un document.

Puis elle attrapa le téléphone et appela un policier.

— C'est aujourd'hui, annonça-t-elle.

Cela fait, elle descendit à la cuisine pour sortir quelques produits du réfrigérateur. Elle les rangea dans une petite boîte à casse-croûte en plastique – dont elle ignorait la provenance – et quitta la maison.

Au terme d'un court trajet en voiture, elle se gara et remonta à pied l'allée d'une maison. Elle déverrouilla la porte d'entrée, l'entrouvrit, puis s'accroupit pour faire glisser la boîte à casse-croûte à travers l'obscurité.

— Nous allons bientôt vous déplacer, annonça-t-elle. Après ça, vous n'aurez rien d'autre à manger.

Les gens cachés dans le noir ne répondirent rien. On discernait toutefois de faibles pleurs.

— Je regrette qu'on en soit arrivés là, ajouta Brooke. Mais ce n'est pas faute de t'avoir tendu la main…

— Va te faire foutre, lui répondit une voix lasse.

Brooke referma la porte à clef et regagna sa voiture. Elle ne se retourna pas lorsqu'une brusque rafale secoua les arbres, donnant au sifflement des feuilles la force d'un cri humain.

Mais elle en connaissait la cause, et elle était contente.

Chapitre 33

Le lendemain matin, comme je revenais d'une petite promenade en ville, je vis Becki en train de tambouriner à ma porte.

— Où t'étais passé, putain ? rugit-elle dès que je fus à portée de ses cris. J'ai besoin de la clef des chiottes, et vite !

— Utilise la mienne, répondis-je tout en lui remettant un gobelet de café ainsi qu'un petit sac en papier.

Elle y découvrit la brosse à dents, le shampoing et les autres bricoles que je venais d'acheter.

Alors son visage s'adoucit un peu.

— On ne peut quand même pas le laisser là-dedans, John.

J'ouvris la porte de ma chambre.

— Pour l'instant, je ne vois pas de meilleur endroit. Il a accès à l'eau et tôt ou tard il aura faim, ce qui devrait nous permettre d'avoir une discussion à peu près rationnelle. Mais d'ici là je n'ai aucune envie de lui confier un rôle décisif dans ma vie.

Je plongeai la main dans ma poche de jean, sortis la clef de la geôle de Kyle et la laissai tomber dans le sac en papier.

— À toi de décider, Becki.

Elle pesa le pour et le contre.

— Ça peut attendre, trancha-t-elle avec un demi-sourire. Je ne suis même pas sûre qu'il se soit jamais levé si tôt.

Après lui avoir dit de rester dans ma piaule après sa douche, j'ai repris ma voiture. Le mobile d'Ellen ne répondait toujours pas, mais j'avais deux autres choses à régler avant de rentrer dans l'Oregon.

Sur la grand-route qui traversait la ville de part en part, je me surpris à ralentir devant l'hôtel revu dans mon rêve : celui où je m'étais terré un temps et où, quelques mois auparavant, j'avais eu l'habitude de retrouver Jenny Raines. Voici ce qu'était Black Ridge, pour moi, jusqu'à ces derniers jours : la ville des rendez-vous, chargée d'un mélange toxique de plaisir et de culpabilité – une culpabilité qui s'était ensuite recomposée après la mort de mon fils, jusqu'au point d'établir un lien factice entre ce bled et le plus grand malheur de ma vie.

Depuis le réveil, je ne cessais de penser à Bill, un chouette type avec lequel j'avais patrouillé dans des villes et des déserts où personne ne voulait de nous, et où être amis signifiait se couvrir mutuellement les miches. Un vieux pote qui m'avait accueilli dans son milieu plusieurs années plus tard, en convainquant son paternel de m'offrir un poste et un salaire auxquels un avocat débutant comme moi n'aurait normalement jamais pu prétendre. Je crois même me souvenir – mais je me trompe peut-être – que c'est Bill qui nous avait mis en cheville avec l'agence qui nous avait vendu la maison.

Et comment lui ai-je renvoyé l'ascenseur ? En saccageant son existence comme personne n'avait jamais saccagé la mienne. Ce n'était pas dirigé contre lui, bien sûr, mais le mal ignore ce genre d'arguties. Le mal est farouche et sournois. Toujours tapi dans l'ombre, il opère par des truchements imprévisibles et imparables.

J'ai appelé à son cabinet, mais on m'a répondu qu'il était absent. Je me suis alors souvenu qu'il avait parlé d'une grosse affaire urgente. À en juger par le nombre de dossiers éparpillés dans sa maison, on pouvait supposer qu'il travaillait beaucoup chez lui. J'ai donc fait demi-tour pour repartir en sens inverse.

Il n'était pas non plus chez lui. J'ai patienté devant la porte avant de reculer dans l'allée à la recherche d'indices montrant qu'il faisait le mort. Mais je n'en ai trouvé aucun.

Je suis remonté dans la voiture. Il faisait trop froid pour poireauter sur le perron.

J'ai essayé de joindre Bill au vieux numéro de mobile dont je disposais, mais celui-ci n'aboutissait plus nulle part. J'ai alors pensé que, malgré sa proposition d'aller boire un coup lorsque nous étions tombés nez à nez sur Kelly Street, Bill n'avait pas vraiment fait des pieds et des mains pour qu'on se revoie. Tout à mon désir d'éviter une telle soirée, je n'avais pas songé qu'il était peut-être dans le même état d'esprit que moi. Et si, au fond, l'attitude la plus adulte et la plus charitable n'était pas de laisser ce pauvre gars tranquille, plutôt que de m'acharner, juste pour soulager mon remords, à rouvrir un chapitre qu'il croyait avoir scellé à la glu ? Kristina me conseillait de tourner la page, et elle avait sans doute raison.

Ou bien n'était-ce là qu'un nouveau prétexte pour fuir mes responsabilités, comme vis-à-vis de Tyler et d'à peu près tout le reste ? N'étais-je pas tenu d'offrir à Bill l'occasion de me dire mes quatre vérités ? L'histoire pourrait-elle un jour se refermer sans une franche explication ? Me revinrent en mémoire les soirées entre amis peu après notre arrivée dans la région avec Carol. Des dîners décontractés en compagnie des Raines et de leurs voisins : les hommes en forme mais farauds, les femmes enjouées mais bientôt lasses, une ambiance follement ennuyeuse. On commençait par rivaliser de compliments sur l'enfant le plus extraverti de la maisonnée, puis on passait une poignée d'heures à se taquiner entre époux – sauf ceux dont les problèmes étaient trop sérieux pour un tel sport, et qui dès lors semblaient baigner dans l'harmonie la plus guindée –, avant la dispersion générale au premier SOS reçu d'une des baby-sitters.

Si ce n'est que Bill et Jenny n'avaient pas d'enfants. Tout comme moi, désormais. Les existences s'entremêlent, jusqu'à ce que la multiplication des nœuds nous empêche de suivre le fil. J'ai donc décidé d'attendre encore un peu, dans l'espoir d'en dénouer au moins un.

Après un certain temps, on frappa à la fenêtre.

Bill, la lèvre enflée et l'œil violet. Les traits tirés.

Je baissai ma vitre.

— Tu mijotais une attaque ninja furtive ? demanda-t-il. Si c'est le cas, t'es trop nul.

— Je suis venu m'excuser.

— T'excuser pour quoi ? Pour avoir niqué ma femme ou ma baraque ? Sans parler de ma tronche. Les clients adorent les avocats qui ont l'air de s'être fait dérouiller dans un bar.

— Pour tout ça, répondis-je.

Il me regarda un instant puis se dirigea lentement vers sa maison.

Les murs du couloir semblaient moins chargés que la veille, mais le sol était net. Je me suis accoudé au comptoir de la cuisine pendant que Bill préparait du café. Je m'étais rarement senti aussi mal à l'aise.

— Elle est à Boulder, dit-il spontanément.

— Dans sa famille ?

— Vous aviez quand même dû causer un minimum, non ? Tu sais donc qu'elle n'est pas originaire du Colorado, mais de Philadelphie.

Je n'ai rien trouvé à répondre.

— Elle est partie voilà cinq mois, reprit-il en me tendant mon café. Ce qui, de toi à moi, fut un sacré soulagement. Elle était devenue invivable.

— Comment ça ?

— Déprimée en permanence. À ramasser à la petite cuiller. Elle ne sortait plus, ne confectionnait plus ses bijoux, mais passait ses journées plantée à la fenêtre, face à la forêt, à ressasser les mêmes choses du matin au soir. Elle est avec un type, aujourd'hui. J'espère qu'il s'en sort mieux que moi. C'est pourtant pas faute d'avoir essayé...

— Quand est-ce que tu as su ?

— Pour vous deux ? À peine deux ou trois semaines avant qu'elle me quitte. On était en train de s'engueuler, et ton nom a surgi dans la conversation, au titre des nombreux éléments censés prouver que j'étais trop con et trop absorbé par mon boulot pour voir ce qui se passait sous mon nez... ce qui n'était sans doute pas faux. Mais, comme je te prenais pour un ami, je n'avais aucune raison de me méfier de toi.

— Ce n'était pas dirigé contre toi, Bill.

— Ah non ? C'était la femme de qui, alors ?

— Je suis désolé, Bill. J'ai été dégueulasse, et je te demande pardon.

— O.K.

— Quoi, c'est tout ?

— Qu'est-ce que tu veux de plus, John ? Si je t'avais eu sous la main le jour où j'ai appris ça, je serais sans doute venu t'étriper. Mais depuis j'ai eu le temps de digérer. Maintenant c'est ton problème, plus le mien.

— Je t'ai trouvé moins philosophe, hier soir…

— Et regarde ce que j'y ai gagné. (Il indiqua son visage et soupira.) Je suis sorti de mes gonds parce que tu avais l'air de sous-entendre que je lui avais peut-être fait du mal. Ça, je pouvais pas laisser passer.

— Je n'avais pas les idées très claires.

— Dont acte. En attendant, moi, j'ai la conscience tranquille. Et sans vouloir jouer les rabat-joie, John, tu n'as pas été le seul. Jen a eu d'autres amants après ton départ – au moins un, à ma connaissance.

Cette information me piqua au vif, et je compris qu'il suffisait de s'être réveillé une seule fois au côté d'une personne pour lui rester lié à jamais.

Je surmontai cela d'un rire bref, avant de secouer la tête.

— Comme tu dis, commenta Bill.

Nous avons bu notre café en silence pendant quelques minutes, en affectant une prudente cordialité.

— Et alors tu fais quoi, maintenant ?

— Je suis serveur, répondis-je avec défi.

— C'est bien, ça. Le monde manque de serveurs. Tu dois faire des merveilles avec un plateau à la main. Alors c'est ça qui t'attend, à ton retour ?

— Exact.

— Aujourd'hui ?

— Sauf imprévu.

— Ça me paraît bien comme ça.

— Ravi que ça te plaise, Bill.

Il leva les sourcils.

— On ne pas va recommencer, dis-moi ? J'ai assez mal aux poings comme ça.

J'ai souri.

— Non, rassure-toi.

Ce serait visiblement le mot de la fin. Bill se tourna vers le couloir, je compris qu'il me congédiait.

Dehors le ciel était bas, avec cet aspect mat que je reconnaissais de mes années dans la région. L'hiver s'apprêtait à sévir. Comme je m'avançais dans le vent, Bill lança :

— Et l'autre affaire, c'est réglé ?

— Quelle affaire ?

— À propos d'Ellen Robertson. Le sujet est passé à l'as, hier soir.

— Oui, c'est réglé. En ce qui me concerne, en tout cas. Ellen a disparu de la circulation, alors je lâche l'affaire.

— Sage décision.

— Tu vois comme j'ai mûri, en quelques heures ?

— Laisse-moi juste te donner un conseil, John.

— Je t'écoute.

Je m'attendais à un couplet sur la nécessité de laisser le passé au passé, d'aller de l'avant vers de meilleurs lendemains – le genre de conseils que j'avais grand besoin entendre.

Mais certainement pas à ça :

— Évite de fâcher Brooke Robertson.

Pardon ?

— Je pars aujourd'hui, répondis-je. Mais pourquoi cette mise en garde ?

— Les enfants Robertson étaient mes camarades d'école, et je les ai pas mal fréquentés. Je suis même sorti avec Brooke pendant quelques semaines, vers l'âge de quatorze ans. Mais bon, tu me connais : je ne suis qu'un gros lard sauvage.

— Personne ne pense ça, Bill.

— Bien sûr que si, John. Mais ils n'ont pas vraiment tort, et je ne me plains pas des cartes que j'ai reçues à la naissance. On trouve plus infâme que moi, la plupart du temps. Non, je dis simplement que les cartes qu'a reçues Brooke proviennent carrément d'un autre jeu.

— Je ne comprends pas.

— C'est une femme brillante, mais brisée. C'est moi qui l'ai plaquée, à l'époque, alors qu'elle était très mignonne, que j'avais bon espoir de coucher avec elle, et qu'elle était même d'une conversation intéressante. Deux années plus tard, la rumeur lui a prêté une histoire avec un des profs d'anglais, comme quoi elle était dingue de lui mais qu'il refusait ses avances, ce genre de chose.

— Et alors ?

— Il est mort.

J'ai éclaté de rire.

— Quoi, elle lui a planté sa brosse à cheveux dans le cœur ?

— Non, il est tombé malade. Lui, le type le mieux portant du bahut, l'entraîneur adjoint de l'équipe de basket. Et six semaines plus tard il succombe à une attaque. Son cerveau claque d'un coup.

— Ce qui est, somme toute, assez banal, Bill. Pourquoi veux-tu y voir la main de Brooke ?

— Je ne sais pas… Mais ça me rappelle cette autre devise que tu répétais souvent : « Les pointillés font peur aux gens. Alors ils les relient avec des lignes imaginaires. »

— Et je n'avais pas raison ?

— Certes, mais statistiquement parlant il arrive à tout le monde d'avoir raison. Même à un débile comme toi.

J'ai souri.

— Alors, comme ça, tu as été le petit chéri de Brooke Robertson ?

— Chéri, c'est vite dit. Je la croise rarement, et lorsque ça arrive ce ne sont jamais des moments agréables. Si cette femme a jamais eu un cœur, ça fait longtemps qu'il s'est transformé en pierre. Brooke s'est mis dans l'idée qu'elle devait défendre sa citadelle contre les hordes mongoles, et la jeune fille qu'elle était a fini brûlée dans les bois – par Brooke elle-même. C'est une Robertson, maintenant. *La* Robertson. Et rien d'autre n'a d'importance.

— C'est sûr qu'on devine tout de suite qui porte la culotte dans la famille…

— Oui et non, John. Cory est peut-être une lopette, mais ce n'est pas non plus une lavette finie.

— Quoi, Cory est homo ?

— Non, mais tu plaisantes ? Je reconnais que le gus est extrêmement discret, et qu'il faut avoir l'ouïe fine pour entendre la moindre rumeur à ce sujet, mais… ouais, carrément ! Ça m'étonne que tu n'aies rien vu. Je t'ai connu plus perspicace.

— Disons que j'essaie d'éviter les jugements à l'emporte-pièce. Surtout sur des questions aussi secondaires que l'orientation sexuelle.

— Que veux-tu, John ? Peut-être qu'un jour nous serons tous aussi évolués que toi. Mais, d'ici là, va chier, Gandhi.

J'ai rigolé, regardé son visage de nounours, et regretté tout un tas de choses.

Il m'a tendu la main. Je l'ai serrée.

— Bonne continuation, a-t-il dit avant de rentrer au chaud.

Chapitre 34

À mi-chemin de mon hôtel, je me suis aperçu que j'étais suivi. Dans les rétroviseurs, un gros 4×4 noir me talonnait à vingt-cinq mètres de distance.

Quand j'ai divisé ma vitesse par deux, il en a fait autant, et, quand j'ai tourné à droite sur une route forestière, il m'a de nouveau imité.

J'ai lâché la pédale pour m'arrêter en douceur, en plein milieu de la file. Le 4×4 a ralenti à son tour, pour finalement stopper à sept mètres de mon pare-chocs. J'ai attendu que le conducteur klaxonne, en vain. Il voulait causer, rien d'autre.

Je suis donc descendu de voiture en laissant tourner le moteur et en montrant mes paumes vides.

Les vitres de ce qui se confirma être un GMC noir étaient d'un noir opaque qui m'empêchait de distinguer le nombre et le visage des passagers. J'ai marché jusqu'à mon coffre, calé mes fesses contre la tôle et allumé une cigarette sans détacher les yeux du pare-brise teinté.

Après une ou deux minutes, les portières avant se sont ouvertes.

Deux types ont émergé, tous les deux noirs. L'un avait les épaules et le cou d'un habitué des salles de boxe, avec un visage large et impassible. L'autre était filiforme et plus clair de peau, les cheveux pointés vers le ciel. L'un comme l'autre arboraient des Nike immaculées.

— Vous ne vous seriez pas un peu perdus ? leur lançai-je.

Ils se plantèrent devant leur calandre. Le costaud me détailla de pied en cap tandis que le maigre me dévisageait.

— Tu sais qui on est ? dit ce dernier.

— Je crois deviner.

— Alors joue pas au con avec nous.

— Ce n'est pas mon intention. Vous êtes des gens sérieux, ça se voit tout de suite. Des soldats, des professionnels.

Ils m'observèrent sans un mot.

— Sinon, vous ne vous seriez pas contentés de cogner la fille. Car c'était vous, n'est-ce pas ? Je dois admettre que vous bossez drôlement bien. Quand vous tabassez une femme, le résultat se voit tout de suite.

Le visage du plus lourd trahit un frémissement, et l'espace d'une nanoseconde il parut embarrassé. La plupart de ces nervis se fixent des limites, aussi ténues ou négociables soient-elles. Certains refuseront de tuer le dimanche. D'autres, de briser des os de plus de soixante-dix ans. Ces règles permettent à ceux encore capables de scrupules de se prouver qu'ils contrôlent leurs actes et ne sont pas de simples bêtes obéissantes. Pour le baraqué ici présent, casser la gueule d'une femme ne devait pas être tout à fait anodin.

Son copain Fil-de-Fer montra moins d'états d'âme.

— Si tu sais ce qu'elle a pris, ça veut dire que tu l'as revue.

— Brillant, opinai-je. Je vois que votre chef a confié le job à des personnes de qualité.

— Qu'est-ce que tu crois ? Bon, ils sont où ?

— Même si je savais où ils étaient, vous n'imaginez pas que je vous les donnerais comme ça ?

— On s'en fout, de la meuf. C'est ton pote qu'on veut.

— C'est pas mon pote.

— On s'en branle. Tu nous empêcheras pas de lui parler.

— Votre boss…

— C'est pas notre boss.

— Pardon, l'homme avec qui vous êtes sous contrat. Qu'est-ce qu'il veut, exactement ? Récupérer son pognon ou montrer au reste du monde qu'il peut être méchant ?

— T'es flic ? demanda le costaud.

Je secouai la tête.

— J'en ai rien à cirer de vous et de votre business, sauf dans la mesure où ça concerne ma copine. Celle que vous avez maltraitée. Mais comme dix mille dollars ce n'est pas rien, j'imagine que vous êtes ici pour descendre le gosse, pas vrai ?

Le maigre remua ses épaules de quelques millimètres. Il me fixait avec l'aplomb du type dont les pires méfaits furent tous intentionnels.

— Dans ce cas, je ne peux rien pour vous, messieurs. Si ce n'était qu'une question de fric, on pourrait peut-être trouver un terrain d'entente. Mais si vous avez décidé de buter le gamin quoi qu'il arrive, alors ça ne m'intéresse pas.

Fil-de-Fer passa la main dans son dos, sans doute pour saisir l'arme rangée dans son jean, sous le tee-shirt flottant.

— Oh si, ça t'intéresse, renvoya-t-il. Parce qu'il se pourrait bien que tu te prennes une putain de...

— Vous n'êtes pas de Portland, n'est-ce pas ? Il vous a recrutés dans l'Est ?

Toujours la main dans les reins, il fit oui de la tête.

— Et ça va vous rapporter combien ? Deux mille billets chacun ? Cinq mille à deux ? (Pas de réponse, ce qui signifiait que je me situais dans la bonne fourchette.) Il y a une autre façon de solder ce litige. Appelez votre boss et dites-lui que le gamin vous a rendu la thune et qu'on peut en rester là. Vous verrez bien ce qu'il vous répond.

— Mais il...

— ... voudra quand même le voir mort, c'est sûr. Dans ce cas, dites que vous n'avez pas réussi à le choper. D'un côté vous perdrez l'argent du patron, mais de l'autre vous gagnerez dix mille, soit cinq mille chacun.

— Et ils viendront d'où, ces dix mille ?

— De ma poche.

Ils se regardèrent un instant.

— Ça va pas le faire, décida le maigre. Nous, notre taf, c'est de buter des gens. Si on commence à se débiner, on devient quoi ?

— Et après ? Le gars qui vous embauche, il vous paie suffisamment pour jouer les Terminator ? Quels sont les termes de la mission, exactement ? Touver le gamin à tout prix, quitte à ratisser tout le pays ? Mais pendant combien de temps ? Une semaine ? Deux semaines ? Un mois ?

Le lascar ne répondit rien.

— Eh ouais, les mecs. Ce n'est pas forcément rentable. Alors plutôt que de vous faire chier, vous lui dites que le gosse a disparu dans les bois, qu'il devait avoir des copains dans la place et qu'il vous a échappé. Mais qu'il n'osera pas revenir de sitôt, parce que vous lui avez foutu la trouille de sa vie. Et que, si jamais il ose remontrer le bout de son nez à Portland, là, vous le dézinguerez gratos. Mais, en attendant, vous êtes des soldats adultes et on a besoin de vous ailleurs.

Il eut un mouvement de tête pensif.

— Nan, le keum a trop la haine contre le gosse. Il acceptera pas d'en rester là.

— Il dit ça aujourd'hui. Mais la semaine prochaine c'est un autre qu'il aura dans le nez. Vous savez comment ces types fonctionnent. Ils changent de colère comme de chemise.

Le costaud renifla.

— Mais quand le keum va revenir sur sa plage, il va se la péter comme quoi il a baisé le boss et tout...

— Je te garantis que non. Il y a une file d'attente pour apprendre les bonnes manières à ce petit con, et je suis placé loin devant vous. Il me devra dix mille dollars, alors vous pensez si je vais le surveiller !

Le maigre finit par ramener la main le long de sa cuisse avant de croiser les bras.

— Je réfléchis, dit-il.

— Bonne idée. Moi, je quitte la ville dans une heure. Alors appelez-moi d'ici là pour qu'on voie comment je vous verse l'argent. Sans nouvelles de votre part, j'en déduirai que vous déclinez l'offre. (Je leur dictai mon numéro.) Maintenant, les gars, je vais vous demander de repartir les premiers.

— T'avise pas de te sauver, menaça Fil-de-Fer. Parce que sinon c'est toi qu'on viendra choper, et là on le fera gratos.

— Compris. Au fait, par simple curiosité, qui vous a mis sur ma piste ?

— Un flic, bien sûr, dit-il avec un petit rictus.

Ils remontèrent dans le 4×4.
Un flic. Bien sûr.

Avant de rejoindre le motel, j'ai fait ma dernière halte. La chance voulut que le Mountain View soit ouvert, alors je suis entré.

Le jeune barman que j'avais déjà croisé astiquait son comptoir, l'air satisfait de la façon dont ses biceps roulaient sous son tee-shirt blanc moulant. Quand je lui ai demandé si Kristina était là, il a secoué la tête.

— Non, mais je l'attends.

— Et vous accepteriez de me donner son numéro de téléphone ?

Il releva deux sourcils étonnés, et je vis aux ridules de ses paupières qu'il était un peu plus vieux que je ne pensais.

— Ben voyons, répondit-il.

J'ai déniché un bout de papier dans mon portefeuille afin de noter mon prénom et mon numéro. Puis j'ai plié le papelard en quatre et l'ai tendu au type.

— Dans ce cas, vous voulez bien lui remettre ceci ?

— Écoutez, monsieur, vous n'avez pas l'impression de…

Je l'ai interrompu d'un sourire.

— Que je t'explique, Musclor. Je ne connais pas Kristina depuis très longtemps, mais j'ai tendance à croire que si elle en pinçait pour toi vous auriez déjà conclu. Je pense aussi qu'en cas de bagarre je ne ferais qu'une bouchée de toi – c'est même une certitude. (Il cligna des yeux.) Alors que dirais-tu d'arrêter ton cinoche deux secondes et de me répondre d'un simple mot ? Vas-tu lui filer ce papelard, oui ou merde ?

— Oui.

— C'est bien, t'es un bon gars. Autre chose. Hier matin, quand il y a eu ce drame juste en face, un type était en train de boire ici. Une cinquantaine d'années… Tu es sorti en même temps que lui.

Le barman hocha prudemment la tête.

— C'était un habitué ?

— Non, je ne l'avais encore jamais vu chez nous.

— Et il a parlé à quelqu'un ?

— Pas ici, non. (Il hésita un instant.) Par contre, un quart d'heure plus tôt, je l'ai aperçu à l'autre bout de la rue en train de discuter avec Jassie.

— Tu es sûr que c'était elle ?

— Vu les cheveux bleus, oui.

— Et leur conversation paraissait amicale ? Détendue ?

— Ils étaient trop loin, désolé. Mais ce que je sais, c'est que le gars s'est ensuite enfilé deux doubles whiskys en une demi-heure.

— Et tout ça, tu l'as dit à la police ?

Il répondit d'un haussement d'épaules. Tout compte fait, ce n'était pas forcément un si mauvais barman.

— Merci pour ces infos. Et n'oublie pas de transmettre le petit mot.

De retour dans ma voiture, je suis resté cinq minutes à regarder deux ouvriers remplacer la vitrine des Write Sisters. D'ici à midi les affaires auraient repris, alors même qu'on distinguait encore une grande tache sur le trottoir, là où des nettoyages répétés n'avaient pu venir à bout du sang versé par l'une des employées. Mais ce sang finirait bien par s'effacer, par s'écouler dans les pavés et dans la terre en dessous, alors, la vie à Black Ridge reprendrait son cours immuable.

La plupart des établissements n'auraient-ils pas fermé quelques jours après un tel événement ? L'ambiance même de la ville n'aurait-elle pas dû s'en ressentir ? Black Ridge semblait tellement indifférente… J'ignorais pourquoi cela me travaillait à ce point, et de toute façon je ne pouvais rien y faire.

Si bien que j'ai repris la route, en vérifiant qu'il n'y avait pas de gros 4×4 noir dans mes rétros.

J'ai caché ma voiture derrière un gros camion, sur le parking où le cafetier misanthrope exerçait son commerce ambulant, et j'ai terminé à pied. Le parking de l'hôtel était désert et il n'y avait personne à la réception. La présence du chariot de ménage, stagnant tel un navire échoué devant la porte numéro deux, suggérait toutefois que je pourrais m'adresser à la jeune femme de chambre au moment de régler la note, aussi fastidieuse que s'annonçât la transaction.

Je frappai au numéro dix. Aucune réponse, puis la porte s'ouvrit d'un coup sec.

— Dis donc, Becki. Tu es censée…

Je me tus en voyant l'état de la porte de la salle de bains.

— Merde, pestai-je tout en m'avançant dans la pièce. Ça s'est passé quand ?

— Il y a une demi-heure. Ça devait faire deux heures qu'il tambourinait en jurant qu'il allait bien et qu'il avait les crocs. J'étais emmerdée, mais je me suis dit que tu aurais sans doute conseillé d'attendre qu'il se soit calmé.

— En effet, c'est ce que j'aurais conseillé.

— Sauf que, voilà, il a défoncé la porte. Je n'aurais même pas cru qu'il en serait capable. Et là il me demande : « Où est ta putain de caisse ? », et je sais très bien pourquoi il me pose cette question. Par contre, je n'ai aucune idée de l'endroit où se trouve la bagnole, et…

Je remarquai soudain qu'elle se tenait un peu tordue, une main sur les côtes.

— Il t'a frappée ? m'écriai-je.

— Non, non. Il a juste… C'était un accident.

— Mon cul !

— On criait tous les deux et on s'est un peu bousculés, c'est tout. Il n'est plus lui-même, John. Je ne le reconnais plus. Ça faisait déjà plusieurs jours qu'il débloquait, mais là c'est dix fois pire. Quand il a surgi de la salle de bains, il avait un regard de possédé !

— As-tu la moindre idée d'où il a pu passer ?

Elle eut un petit rire grinçant.

— J'étais étendue sur la moquette, John, et il n'était pas vraiment d'humeur à parler stratégie. Il s'est tiré, c'est tout. Il doit être en train de courir les rues comme un clébard, la truffe au ras du bitume, à chercher la caisse et sa came.

— On est très mal, Becki. Parce que figure-toi que je viens de tomber sur les gars qui vous cherchaient.

— Non, John, me dis pas ça ! Ils sont ici ?

— Je leur ai proposé un marché, et j'attends leur réponse. Mais s'ils repèrent Kyle sur un trottoir ils reviendront direct au plan A. Attends-moi ici.

— Pas question ! Si tu crois que je…

— Tu veux leur offrir une chance supplémentaire de vous retrouver ? Il faut que je remette la main sur Kyle, même si je dois l'assommer ou lui filer sa dope pour le faire grimper dans la voiture. Ensuite je paie les gars qui veulent sa peau, et on s'arrache de ce trou.

— Mais tu peux pas me laisser ici ! Imagine que Kyle revienne, et que les mecs l'aient suivi !

Elle n'avait pas tort.

— O.K. Ramasse tous les objets dont tu pourrais avoir besoin. Moi, je remballe mes affaires puis je vais chercher ma voiture. J'en ai pour dix minutes. Dès que tu m'entends frapper, tu rappliques dare-dare et tu sautes sur la banquette arrière. Pigé ?

Elle hocha la tête et me rendit ma clef.

Je n'étais pas sûr d'avoir besoin de récupérer quoi que ce soit, mais la femme de chambre ne comprendrait rien à mes explications si je laissais traîner des effets personnels.

Dans mon affairement, je ne vis pas tout de suite qu'il y avait quelqu'un sur mon lit.

— Mais qu'est-ce que… ? sursautai-je.

À mesure que mes yeux s'adaptaient à l'obscurité, je vis que le visage du gisant était caché par une enveloppe kraft.

En me rapprochant d'un pas, je reconnus la chevelure d'Ellen sur le couvre-lit ensanglanté.

Puis je vis, planté dans son front, le clou qui maintenait l'enveloppe.

Chapitre 35

Je suis resté pétrifié, suffoqué.

Puis je me suis rapproché d'un pas. Sur l'enveloppe figurait mon nom, comme si le cadavre était étiqueté à mon intention. Je l'ai saisie par le coin et, malgré la résistance de la partie collée au front par le sang séché, je l'ai fait pivoter autour du clou.

Les yeux d'Ellen étaient ouverts.

Mais elle était bien morte. On lui avait tranché la gorge avec une lame de belle taille mais peu aiguisée. En dépit des filets de sang reliant la plaie au couvre-lit, il était évident qu'on ne l'avait pas égorgée dans cette pièce : le merdier eût été bien pire. On l'avait assassinée avant de la déposer dans cette chambre, et à en juger par l'absence d'hémoglobine autour de l'autre plaie, celle du front, le clou avait été planté plus tard, ici même.

J'ai reculé jusqu'au second lit pour m'y laisser choir lourdement. Les bras d'Ellen reposaient le long de son corps. Pour ce que je voyais de ses mains, celles-ci ne présentaient ni coupures, ni ongles cassés, ni autres traces de lutte.

Avait-elle été droguée ? Attaquée par-derrière ? Lors de notre dernière entrevue, elle m'avait paru assez vaseuse. J'avais soupçonné un traumatisme crânien, mais on ne pouvait décidément jurer de rien dans cette ville étrange. Peut-être avait-elle simplement décidé de jeter l'éponge…

Ce que j'allais faire maintenant dépendait de ce que je comptais faire ensuite, raison pour laquelle je n'ai pas bougé. Je n'étais plus capable de penser deux coups à l'avance.

J'ai fini par me relever pour inspecter la salle de bains, ce qui aurait dû être mon tout premier réflexe. Comme je m'y attendais, il n'y avait personne.

Je suis retourné auprès d'Ellen, qui semblait regarder à travers moi, vers le plafond et au-delà. J'ai déchiré le bord de l'enveloppe pour la détacher sans toucher le clou, dans l'espoir sans doute illusoire que celui-ci soit couvert d'empreintes et que quelqu'un se soucie de savoir qu'il ne s'agissait pas des miennes.

Une fois ôtée du visage d'Ellen, l'enveloppe se révéla inégalement renflée, comme si elle renfermait davantage que du papier, mais je n'avais pas le temps de m'en soucier. Je l'ai emportée hors de la chambre, j'ai suspendu à la poignée l'écriteau NE PAS DÉRANGER et je me suis hâté vers le chariot de ménage, à présent arrêté devant la chambre numéro cinq.

J'ai frappé à la porte entrebâillée. S'ensuivit un bruit de pas traînants, puis Courtney apparut.

— Bonjour, dit-elle.

— Salut, répondis-je en souriant. J'occupe la chambre numéro neuf.

— D'accord, dit-elle en hochant lentement la tête.

— Voilà, je vais rester une nuit de plus, et j'ai étalé de la paperasse dans toute la pièce. Des documents de travail. J'aimerais qu'on évite d'y toucher.

— D'accord, répéta-t-elle. Je ferai attention.

— Super. Merci. (Je fis mine de partir puis de me raviser.) Finalement, vous savez quoi ? Vous n'avez qu'à oublier ma chambre pour aujourd'hui.

Elle fit la moue.

— Et pour les draps, alors ?

— Ce n'est pas un problème. J'utiliserai le deuxième lit.

— Il vous faudra quand même des serviettes propres.

— Eh bien, je n'aurai qu'à en attraper une paire sur votre chariot.

Mais Courtney restait sceptique.

— Je ne sais pas trop. Il est déjà arrivé que des clients me demandent ça, et Marie s'est mise en rogne quand elle l'a su, parce qu'en fait ils avaient mis un désordre pas possible.

— Soyez sans crainte. Je veux juste éviter qu'on dérange mes dossiers.

Le cerveau de cette fille était d'une lenteur assommante.

— Non, j'aurais vraiment trop peur que Marie m'engueule. Mais vraiment vraiment.

— Dans ce cas, on ne lui dira rien. Motus et bouche cousue.

Alors son expression changea, mais de manière peu encourageante. Elle battit des paupières, creusa les joues et détourna un peu le visage.

Pressé par le temps, je dégainai un billet de vingt.

— Ça me faciliterait la vie, c'est tout, dis-je en lui tendant l'argent.

Elle considéra le billet d'un air glacial.

— C'est bon, connard ! Je laisserai ta chère piaule tranquille !

Et elle me claqua la porte au nez, sans même prendre le fric.

Je suis aussitôt allé frapper au numéro dix. Becki m'ouvrit sur-le-champ, un sac en papier à la main, prête à décarrer.

— Changement de programme, annonçai-je en la repoussant doucement dans la pièce.

Becki se laissa tomber au bout du lit.

— Mais… Mais… T'es pas sérieux, là ! Putain, mais c'est un truc de malade !

Il lui avait fallu du temps pour admettre que la chambre voisine abritait une morte, et pour comprendre qu'il ne s'agissait pas de la femme qui m'avait parlé la veille au soir sur Kelly Street, mais encore d'une autre. Si j'avais mis Becki dans la confidence, c'était uniquement pour lui expliquer que la recherche de son chéri n'était plus ma priorité.

— Toi-même, tu n'as entendu personne entrer à côté ?

— Non, répondit-elle. Mais vu que Kyle n'arrêtait pas de beugler… Comment tu vas faire, John ? Tu comptes appeler les flics ?

— Non.

— Mais pourquoi ? (Elle me fixait avec excitation, comme si elle tenait soudain la solution à tous nos problèmes.) Tu dois appeler les flics, John. C'est ce qu'on fait dans ce genre de situation, non ?

— Pas ce coup-ci, désolé. Le shérif ne m'apprécie pas, et ceux qui ont amené ce cadavre ici le savent très bien. Peut-être même que c'est lui qui…

Je n'allai pas plus loin.

— Quoi ? Lui qui quoi ?

— Pas de police, c'est tout.

Becki plongea la tête dans ses mains.

— Dans ce cas, on n'a plus qu'à partir. On trouve Kyle et on se tire.

Je n'ai rien répondu. Je me sentais complètement dépassé par les événements, et plus j'essayais de revenir dans la course, plus j'avais l'impression de quitter la route et de me perdre dans les bois.

— Hein, John ? On trouve Kyle et on s'arrache !

— La chambre a été réservée à mon nom et avec ma carte de crédit, répondis-je d'une voix monocorde.

J'entendis rouler le chariot de Courtney. J'aurais dû lui dire d'oublier également cette chambre-ci.

— Même si je déplaçais le cadavre, le sang a très bien pu traverser le matelas.

— Et donc ?

— Et donc il n'y a pas d'issue.

— Il y en a forcément une !

J'ai secoué la tête. Nous n'allions pas nous en sortir. Ni de cette histoire, ni du reste.

— Et tu ne veux pas l'ouvrir ?

Becki regardait l'enveloppe que j'avais toujours à la main.

— Je ne sais pas.

Il fallait vérifier le contenu de ce pli, mais une part de moi s'y refusait. Aucune information ne méritait d'être délivrée de la sorte.

J'ai glissé le pouce dans la déchirure que j'avais faite quelques instants plus tôt. Que le rabat recèle ou non des traces de salive n'intéresserait sans doute personne.

L'enveloppe ouverte, je l'ai vidée au-dessus du lit. S'en échappa un vieux tee-shirt replié, gris, en coton très fin. Je le saisis entre les doigts. Il sentait le renfermé, comme s'il était resté longtemps dans un endroit confiné.

— C'est quoi, ce truc ? questionna Becki.

Je n'étais pas certain de la réponse jusqu'à ce que je consulte l'étiquette. Ce vêtement venait bien de chez Human Race, une boutique à Seattle, où je me rendais parfois jadis.

— Je crois que c'est à moi. Quand je vivais ici, j'allais souvent courir en forêt. J'avais un tee-shirt identique.

Mes doigts décelèrent un relief entre les épaisseurs de tissu, une petite masse dure et rigide. J'ai reposé le maillot sur le lit pour le déplier.

Il révéla un bijou, un bracelet en argent d'un bon centimètre de large autour duquel s'échelonnaient de petites turquoises. Je le reconnus immédiatement, bien qu'il eût perdu son éclat. C'était le bracelet que j'avais égaré.

— Nom de Dieu…

Je reposai le bijou pour sortir le dernier objet resté dans l'enveloppe. Un carré de papier rigide d'environ huit centimètres de côté. Je l'ai retourné. Il s'agissait d'un Polaroid, pris dans un lieu très sombre, montrant un visage éclairé de face par une lampe torche. Le visage de Carol.

— C'est qui, cette meuf ? demanda Becki, au bord de l'hystérie. C'est quoi ce délire, John ?

— C'est mon ex-femme.

— Parce que tu es marié ?

— Je l'ai été.

J'ai repris le bracelet pour finir de l'examiner. À l'intérieur, camouflé par l'oxydation, se cachait l'inscription que je cherchais :

J^2

— Hé, John. Il y a encore un truc à l'intérieur.

Je tournai mon visage hébété vers Becki. Elle maintenait écartée l'ouverture du tee-shirt.

— Tu veux que je te le sorte ?

J'ignorais ce que je voulais, mais Becki se passa de mon feu vert.

Elle me remit une feuille de papier pliée en quatre. Je la lissai sur le lit. En haut figurait un en-tête de mail. Il datait de trois ans, et le texte disait ceci.

Oui, c'est moi. Je sais que nous ne sommes pas censés reprendre contact, mais j'ai forcé sur le vin pour supporter les clients de Bill (qui sont toujours en train de jacter en bas) et j'aimerais tellement me trouver ailleurs, dans tes bras. Je vais me sentir piteuse demain matin, mais tant pis, j'envoie quand même. Inutile de répondre : moi je ne répondrai pas. Fallait pas me foutre dans un état pareil, petit salopard :-) Bzz

Je n'avais jamais vu ce message auparavant. Mais j'en connaissais l'auteur, et le destinataire.

— C'est quoi ? Qu'est-ce que ça raconte ?

— Rien, répondis-je tout en repliant la feuille.

Je rassemblai tee-shirt, bracelet, photo, mail et rangeai le tout dans l'enveloppe.

— Ça n'avait pas l'air d'être rien. On dirait que tu viens de voir un fantôme.

— Ferme-la, Becki.

Elle eut un mouvement de recul, comme si je l'avais giflée. Je m'étais mal exprimé. Je réclamais juste un peu de silence pour cogiter, pour chercher un lien logique derrière toutes ces surprises sordides.

J'ai poussé le battant en douceur, jusqu'à discerner une silhouette dans la pièce. Celle de Courtney, debout près du bureau.

Je suis entré à mon tour, sans savoir quelle attitude adopter. Dans mon dos, Becki prit une brusque inspiration, ce qui signala notre présence à Courtney.

— Tiens, salut, lança-t-elle avant de poursuivre sa besogne.

Elle avait la même voix que d'habitude, comme bourrée de médicaments. La corbeille à papier trônait au centre de la pièce, prête à être vidée, et Courney s'affairait avec un chiffon à poussière.

Je fis un pas de plus dans sa direction. Becki resta en arrêt sur le seuil, les yeux rivés sur le cadavre d'Ellen.

— Je vous avais demandé de ne pas venir, Courtney.

— Oui, je sais. Mais bon, j'ai réfléchi, et je n'ai aucune envie de me fâcher avec Marie. J'ai besoin de ce boulot. Et puis, d'abord, je n'ai vu de papiers nulle part.

— Pardon ?

— Vous disiez qu'il ne fallait rien déranger. Sauf qu'il n'y a rien, dans cette chambre ! Ce qui est quand même assez bizarre…

— Parce que c'est ça qui vous paraît bizarre ?

— Ben ouais, fit-elle en frottant le bureau d'un geste aussi lent qu'inutile. C'était une sorte de blague, peut-être ? J'ai parfois du mal avec le second degré.

— J'avais juste peur, répondis-je en montrant le lit, de ce que vous alliez penser en voyant *ça*.

— Ah, ça ? fit-elle en jetant un œil vers Ellen. Mais j'étais déjà au courant.

— Vous étiez déjà… ?

— Évidemment. Comment vous croyez qu'il l'a amenée ici ? (Elle sortit de sa blouse un gros trousseau de clefs.) Ta da !

— Mais…

— Ne vous inquiétez pas. Ce sera notre petit secret, annonça-t-elle en reprenant son époussetage.

— Mais c'était qui ? Qui l'a déposée ici ?

— Je ne sais pas, dit-elle d'un ton navré. Il n'avait pas de visage.

Les yeux ronds de Becki ne fixaient plus le cadavre, mais la jeune femme de chambre.

— On se casse, Becki.

— Tu m'étonnes.

Courtney leva la main.

— J'allais oublier ! On m'a chargée de vous donner ça.

Elle plongea la main dans sa poche et me remit quelque chose.

Un nouveau Polaroid, qui montrait cette fois un ponton en bois s'avançant au-dessus d'un lac, dans une lumière déclinante. Je reconnus le débarcadère en bas de notre ancienne maison – une maison qui baignait ces temps-ci dans le noir le plus complet, et où une lampe torche serait sans doute utile pour photographier quelqu'un.

— Oh non…, murmurai-je avant de m'élancer au-dehors.

Becki voulut me suivre, mais je l'avais distancée avant même d'atteindre la route. Je l'entendis protester derrière moi un certain temps, jusqu'à ce que ses cris se dissolvent dans mes halètements et le bruit du sang palpitant à mes tempes.

Arrivé au parking, j'ai sorti mes clefs de voiture sans ralentir ma course, et c'est trop tard que j'ai entendu les hommes planqués derrière le camion blanc.

Chapitre 36

Quand Kristina retrouva son appartement peu avant l'aube, elle fila sous la douche et s'y éternisa jusqu'à vider le ballon d'eau chaude. Lorsque la froideur du jet devint insupportable, elle ferma le robinet mais resta blottie dans un coin de la cabine, le visage enfoui dans les mains.

Elle se sentait toujours aussi sale.

Il lui semblait avoir revu tous les méfaits jamais commis, par elle-même comme par les autres. Elle avait l'impression qu'ils s'étaient nichés dans ses cheveux, sous ses ongles, qu'ils tapissaient les parois de son estomac et fourmillaient dans ses veines. Qu'il lui suffirait de cracher, de vomir ou de saigner pour voir les miettes de ces actes se tortiller au sol tels de petits vers grouillants.

Et, le pire, c'est qu'elle n'était même pas sûre de trouver la sensation déplaisante.

Elle connaissait ce potentiel depuis toujours, et courir le monde n'avait en fin de compte rien changé. La veille au soir, elle avait vaincu en un clin d'œil des décennies de résistance, de la même façon qu'elle se serait jetée sous les roues d'une voiture. L'histoire confiée par cet homme qu'elle connaissait à peine, autour d'un café, dans une pizzeria, avait actionné le commutateur au-dessus duquel rôdait le doigt de Kristina depuis qu'elle était rentrée à Black Ridge.

Enfin, non, ce n'était pas si simple.

Bien sûr que non. Et rejeter la faute sur autrui n'était pas digne d'elle. Personne ne nous oblige à faire ce que nous faisons.

À quelques tristes exceptions près, chacun est maître de ses actes. Chacun choisit son chemin à travers les bois, même si ce choix dépend parfois de ce que l'on est, et de ce que l'on a subi.

Ce que Kristina avait subi, par exemple, la nuit où ses parents l'avaient emmenée sur la route 61 peu après 21 h 30. Il faisait très sombre, et froid. Assise sur le siège passager, sa mère se taisait, tandis que son père conduisait sans poser de questions, en homme docile qu'il était. Seule à l'arrière, Kristina avait senti monter la peur. Personne ne lui avait expliqué de quoi il retournait, mais elle pensait avoir deviné. Pourquoi, sinon, la conduire en pleine forêt à une heure aussi tardive, et la veille d'un jour d'école ? Pour quelle autre raison aurait-on dit aux voisins qu'elle partait quelques jours chez des amis ?

Son père s'engagea sur la piste forestière qui longeait le domaine des Robertson, afin de s'enfoncer plus avant dans les bois. Puis il finit par s'arrêter. Il sortit et s'éloigna de quelques mètres dans la nuit noire, avec pour seul témoin de sa présence le point rouge de sa cigarette. Cinq ans plus tard, il mourrait d'un cancer du poumon.

Puis sa mère s'était tournée vers elle.

— Maintenant je veux que tu descendes de voiture, trésor.

Kristina quitta enfin la salle de bains. Elle s'habilla comme si c'était la première fois. La première fois après avoir offert un baiser qui ne servirait qu'à briser des vies. La première fois après avoir chapardé dans un magasin et attendri le directeur avec des mensonges larmoyants. La première fois après s'être introduite dans une chambre en pleine nuit pour commettre des actes que ni la loi ni aucune valeur morale n'autorisaient.

Le bien n'apporte jamais rien. Versez une obole aux bonnes œuvres, aidez une vieille dame à traverser la rue ou soutenez la construction d'une école dans un pays pauvre, et le monde restera tel quel. Ces bonnes actions peuvent vous griser sur le moment, mais elles n'ont aucune incidence sur ce que vous êtes à l'intérieur. On ne peut jamais se définir à travers des actes que l'ont sait admirables aux yeux d'autrui. C'est trop facile, ça ne compte pas.

Après un méfait, par contre, plus rien n'est comme avant. Le pécheur devient une force agissante. On traverse un voile et l'on se met à remodeler le monde. Pourquoi les gens persisteraient-ils dans cette voie, sinon ? Le méfait transforme votre univers pour toujours, et la veille au soir, en se rendant en forêt, Kristina n'était que trop consciente du caractère définitif de ce qu'elle s'apprêtait à commettre.

Presque aussi terrifiée, pensa-t-elle, que cette fameuse nuit où, plantée au bout de la piste forestière, elle avait regardé la voiture familiale repartir en marche arrière. Elle avait attendu que les phares disparaissent, puis que le bruit du moteur devienne inaudible, et là, seulement, livrée à la plus extrême solitude, elle s'était tournée face aux arbres.

On ne lui avait rien expliqué quant à la suite des événements. Au tout début, ça va. On est dans la forêt, et on la connaît bien quand on vit dans ces montagnes. Des excursions, des promenades, des pique-niques et des sorties scolaires nous ont donné tout le loisir d'observer l'ombre évanescente de cabanes pourries et de routes effacées. La forêt ne quitte jamais notre champ de vision. C'est là que l'on évolue. C'est l'essence même des lieux.

Mais la nuit c'est différent. À cause des bruits, pense-t-on. À cause de cette impression d'être seul au monde, coupé du reste de l'humanité. Ou bien à cause du froid, ou des animaux, ou de toute autre peur rationnelle. Tous ces facteurs jouent certes un rôle. Mais la vraie cause réside ailleurs.

Dans le mal.

Car c'est le mal que l'on vous fait rencontrer lors de cette longue, terrible, épouvantable nuit. La nuit où l'on vous abandonne dans les bois sans vous promettre que vous en verrez jamais la sortie – car c'est justement le risque de sombrer dans une spirale de folie qui fait tout l'intérêt de l'exercice. La peur est si vive, la terreur si grande que l'on perd provisoirement l'esprit. On finit par le recouvrer, mais sans jamais savoir (même des années après) s'il s'agit du même qu'avant, ou si une partie de soi n'est pas devenue la demeure d'autre chose. Cette nuit-là vous réduira en une poussière sanglante d'où se lèvera une jeune femme nouvelle.

Néanmoins, quelle que soit la façon dont se recompose l'esprit de cette femme, il sera recommandé d'abréger ses pleurs et ses hurlements, de l'empêcher de se mordre jusqu'au sang et de l'orienter vers un ruisseau où laver ses jambes souillées d'excréments. On pourra même l'aider, au besoin, à retrouver ses vêtements, ainsi, lorsque des gens la découvriront en milieu de matinée, postée sagement sur le bord de la route, tout paraîtra normal.

La donne aura changé, pourtant.

Quand elle regagne son domicile, son père qu'elle aime très fort n'ose plus la regarder. Sa mère, en revanche, la serre longuement dans ses bras. Comme elle est fière… Voici la nouvelle génération contaminée, enrôlée, déflorée. Il lui reste beaucoup à apprendre, mais le processus est amorcé. Kristina est désormais la plus jeune d'une très longue lignée.

D'un pas prudent, avec au ventre une peur qui commençait seulement à poindre, l'adolescente de quatorze ans s'était donc détournée de la piste pour pénétrer dans la forêt.

Et son être profond ne referait jamais surface.

Théoriquement viennent ensuite des années d'acclimatation, de leçons et de pratique. Mais pas pour Kristina. Après la mort de son père, sa mère avait pris une place encore plus écrasante à la maison, et Kristina avait décidé de ne jamais devenir comme elle : une paysanne dotée d'un pouvoir, mais dont l'existence restait gouvernée par une tierce personne – éternelle dichotomie entre ceux qui possèdent la terre et ceux qui la cultivent.

Alors Kristina avait tout rejeté en bloc, du jour au lendemain, comme le font les enfants. De la même façon que les adultes changent parfois d'avis.

Était-ce vraiment à cause du récit de cet homme qu'elle avait pris le chemin des bois la veille au soir à la fermeture ? Était-ce vraiment dans le seul but de l'aider, de faire obstacle à ce qui se tramait contre lui ? Elle en doutait fort. Que pouvait-elle empêcher, de toute façon ? Surtout maintenant qu'elle avait consenti à revêtir l'habit qu'on lui destinait depuis la naissance… Quand on aime quelqu'un, on ne lui assigne pas cette place-là. On ne lui fait pas jouer les seconds rôles dans les vilains secrets d'une ville.

Au fond, il s'agissait peut-être de boire ce maudit verre dont on sait qu'il sera fatal. De décrocher le téléphone pour tenir des propos d'ivrogne. De céder à l'irrépressible envie de nuire, de lâcher la bride au malheur, pour se sentir enfin vivant.

Elle avait vite retrouvé l'endroit où s'était jouée cette nuit fatidique. Cela fut enfantin, comme de se laisser aspirer vers le centre de l'univers. Elle aurait pu s'y rendre les yeux fermés.

Elle avait laissé les clefs sur le contact et son manteau sur le siège. Sitôt la portière refermée, elle s'était mise en marche. Elle n'avait pas froid, et après quelques centaines de mètres elle avait déboutonné sa robe pour l'abandonner derrière elle. Dans le clair de lune inégal, et dans la lueur des îlots de neige apparus sous les frondaisons, sa peau revêtait un aspect marbré et bleuté. Mais, à l'intérieur, elle se sentait au chaud.

Après un moment elle reconnut un arbre, bien qu'il fût désormais couché au sol. Un arbre auquel elle s'était longuement cramponnée lors de sa nuit d'initiation. Elle resta prostrée devant ce tronc pendant un laps de temps très flou.

Soudain elle releva la tête.

Se retourna lentement.

Et vit une forme émerger de l'obscurité. Cette forme ne connaissait aucune limite d'ordre physique, mais elle – ou une infime partie d'elle-même – avait choisi de se fondre en une figure facilement identifiable.

Kristina regarda le gros chien au poil sombre venir à sa rencontre. Et ce fut comme de rentrer chez soi.

Le lendemain matin, assise dans son appartement sans âme, elle ignore dans quelle mesure la nuit aura changé la donne. Elle ne sait pas encore de quoi elle sera capable. Mais au milieu des sentiments de nausée, de culpabilité et de haine de soi irradie un vif soulagement.

Si intense que c'en est presque sexuel.

Lorsqu'elle se relève enfin pour se préparer à partir au boulot – puisqu'il faut bien continuer à se farcir le monde réel –, elle fait un nouveau constat.

Elle a envie d'une cigarette.

Chapitre 37

J'étais couché sur le côté, l'arrière du crâne douloureux, la cervelle noire et visqueuse comme un oiseau mazouté, le visage pressé contre une matière qui puait la poussière et me grattait la joue.

Quand j'ai ouvert les yeux, le résultat fut identique, alors je les ai refermés.

J'ai repris conscience un peu plus tard. J'étais à présent sur le dos et j'avais mal au cou. Mon cerveau ne me faisait plus l'effet d'une bouillie, mais plutôt d'un bloc cassant, j'ai relevé les paupières et les ai maintenues dans cette position, même si ça ne changeait toujours rien. J'ai délicatement soulevé mon buste du sol, ce qui fut plus long que je ne l'aurais cru, puis j'ai remonté mes genoux pour me mettre à quatre pattes. En palpant le haut de ma nuque, mes doigts ont trouvé une bosse très sensible au toucher. Je n'ai donc pas insisté.

J'ai laissé quelques minutes à mes yeux pour s'accoutumer à l'obscurité, mais il n'y avait décidément pas une once de lumière. Ma vision demeurait d'un noir laiteux, émaillée par les éléments chimiques qui jouaient dans ma rétine à la recherche d'un point de chute. Et me frotter vigoureusement le visage n'a rien arrangé.

En tâtant mes poches, j'ai pu établir que mon téléphone n'y était plus mais qu'on m'avait laissé mon portefeuille et mes clopes. J'ai planté une cigarette dans ma bouche et allumé mon briquet.

Le tabac entrait à peine dans la flamme que j'ai avisé une silhouette.

Celle de mon fils Scott, assis en tailleur trois ou quatre mètres devant moi.

— Mon Dieu ! j'ai crié.

La cigarette m'est tombée des lèvres et le noir est revenu.

— Salut, John, a fait une voix de femme. Bienvenue à la maison.

Je sautai sur mes pieds sans même m'en rendre compte. La douleur dans ma nuque faillit me renvoyer au tapis, mais je me suis accroché. Le briquet tenu en chandelle, il m'a fallu tourner la molette à trois reprises avant d'obtenir une flamme.

Carol était assise par terre à côté du garçon. Elle paraissait plus maigre que la dernière fois, et aussi plus vieille. J'ai fait un pas en direction du petit, qui me fixait de ses grands yeux.

Ce n'était pas Scott, bien sûr.

Il m'a suffi de deux secondes pour voir que les méplats du visage n'étaient pas les mêmes, ni le dessin des paupières. La ressemblance était forte, mais autant les gens voyaient jadis en Scott mon portrait craché, autant ce rejeton-ci avait hérité de sa mère.

— C'est Tyler ? demandai-je.

Il m'observait comme si j'étais un monstre et qu'on lui avait conseillé de rester immobile pour éviter que j'attaque.

— Exact, répondit Carol. Tyler, voici ton papa.

Comme le briquet devenait brûlant, j'ai lâché le bouton du gaz. Le retour des ténèbres eut comme un goût de trêve.

Puis je me suis rapproché d'un pas et accroupi en douceur. J'ai changé le briquet de main, frotté la molette, et dévisagé la femme qui avait été mon épouse.

— Tu peux me dire ce qui se passe, Carol ?

Elle m'expliqua qu'ils avaient été enlevés chez eux, à Renton, deux nuits plus tôt. Deux types avaient surgi dans la maison, dont l'un était préalablement venu lui remettre un message à la bibliothèque où elle travaillait. Depuis, Tyler et elle étaient séquestrés ici, dans notre ancienne maison. Elle avait cherché une issue, mais ceux qui avaient barricadé les ouvertures s'étaient drôlement appliqués.

— Ce n'était pas le sens de ma question, Carol. Je te demande à quoi rime tout ce cirque.

Je n'obtins pas de réponse. J'entendais la mère et le fils respirer dans le noir, presque à l'unisson. Maintenant que je savais où j'étais, je pouvais sentir l'espace où nous avions vécu quelques années. Comme le briquet redevenait brûlant, j'ai ramassé à tâtons la cigarette tombée de ma bouche et je l'ai allumée. À chaque bouffée, la braise s'attisait juste assez pour éclairer leurs deux visages.

— Tu n'aurais pas dû revenir ici, grogna Carol.

— Pourquoi tu dis ça ?

— Tu n'aurais pas dû, c'est tout.

— Je suis venu parce que quelqu'un disait savoir ce qui était arrivé à Scott.

— Et c'était le cas ?

— Je ne sais pas, avouai-je. La plupart du temps, elle n'avait pas l'air dans son assiette.

— Elle ?

— Ellen Robertson. La veuve de Gerry Robertson.

— Ah bon, il est mort ?

— Oui, ça fait quelques mois. Pourquoi, tu connais ce nom-là ?

— N'oublie pas que j'ai grandi dans le secteur, John.

— Et tu le connaissais personnellement ?

— Pas vraiment. Mais je connaissais Brooke.

— Toi, tu connais Brooke ? Comment ça se fait ?

— On était à l'école ensemble.

— Et vous étiez amies ?

— Non, Brooke n'a pas d'amis. C'est juste Brooke. C'est une Robertson.

— C'est drôle, Bill Raines m'a dit quasiment la même chose ce matin. Mais je ne comprends toujours pas ce que ça signifie.

— Tu as revu Bill ?

— Ouais.

— Et il va bien ?

À mon tour de me taire. En tirant sur ma cigarette, je distinguais la mine fermée de Carol, à deux mètres de moi.

— Tu n'as vraiment rien à me dire ? insistai-je.

— Je ne sais pas de quoi tu parles.

— Mon cul.

— C'est un gros mot, murmura Tyler.

— Tu as raison, excuse-moi.

J'aurais sans doute dû tendre la main au garçon, le serrer dans mes bras pour le rassurer, comme tout papa qui se respecte. Dans la vision intermittente que j'avais de sa bouille, je discernais le fantôme d'un bébé que j'avais porté dans mes bras et nourri au biberon. Mais je savais également qu'il ne m'avait pas vu depuis près de trois ans, que nous ignorions combien de temps nous allions rester tous les trois ici, et que j'avais à tout prix besoin de comprendre certaines choses.

— Ellen est morte, Carol. Elle a été tuée, et on a laissé sur son cadavre un message à mon intention.

Silence.

— Tu veux savoir en quoi consistait ce message ?

Re-silence.

— Il y avait quatre choses. Un tee-shirt que je mettais pour courir quand on habitait ici, une photo de toi, un bijou qu'on m'avait offert, et enfin un mail. Un mail pour moi, de la part de Jenny, et dont je n'avais jamais vu la couleur.

À la taffe suivante, je lui surpris deux larmes, une sur chaque joue.

— Dis-moi tout, Carol. Ça dure depuis trop longtemps. Maintenant, j'ai le droit de savoir.

Elle n'avait rien soupçonné avant de tomber sur ce message, affirmait-elle. Je voulais bien la croire, mais alors pourquoi était-elle entrée dans mon bureau ce matin-là, après mon départ pour le cabinet ? Quoi qu'il en soit, mon ordinateur n'aurait en principe rien dû révéler : Jenny et moi avions rompu, et de toute façon j'effaçais toujours ses mails sitôt que je les avais lus – ce qui est le b.a.-ba de l'adultère.

Mon logiciel de messagerie était programmé pour relever les mails à heures fixes : d'abord à 9 heures du matin, puis de nouveau à midi. Cela me permettait, lorsque je travaillais à la maison, d'éviter de perdre ma journée à répondre aux gens puis à répondre à leurs réponses. Quand ma liaison avec la femme de Bill Raines était en phase active, je supprimais la réception automatique au profit du mode manuel. Mais ce jour-là, comme notre aventure était dormante depuis des mois, mes messages arrivaient de nouveau à heures fixes. Mon ordinateur avait donc interrogé le serveur à 9 heures tapantes et chargé le mail que Jenny m'avait écrit au milieu de la nuit. Ainsi, la pièce à conviction s'étalait là, en évidence, quand Carol regarda mon écran. Un vrai coup de malchance, en somme, même si d'aucuns prétendent que la chance se mérite.

Carol avait donc lu ce message. Elle était restée sonnée devant le bureau, étourdie par des émotions pour lesquelles il n'existe pas de mots, à se demander quoi faire. Elle finit par imprimer le mail avant de l'effacer de la machine.

Elle passa le reste de la journée au jardin avec le bébé, à lire et relire ce texte. Elle avait beau le retourner dans tous les sens, celui-ci admettait une seule interprétation : Jenny Raines en pinçait pour John et ils avaient été amants, Dieu savait pendant combien de temps. Cette découverte lui permit également de comprendre que l'inscription gravée dans le bracelet que l'épouse de Bill m'avait offert pour mon anniversaire, cet énigmatique « J^2 », ne symbolisait rien d'autre que l'union de deux J, Jenny et John. Bref, dans un tribunal, le jury n'aurait même pas eu besoin de délibérer.

Il semblait évident, à la lecture de ce mail, que la relation entre ces deux amants était terminée, ou du moins en suspens. Or, malgré la piètre estime qu'elle avait d'elle-même, Carol était une femme d'une grande sagesse, et elle savait qu'une solution possible était de fermer les yeux. Ravaler sa douleur et laisser les événements suivre leur cours. Les gens font de drôles de choses parfois, mais toutes ne durent pas et toutes ne changent pas la face du monde. Le passage d'une tornade ne vous oblige nullement à démonter votre maison pour finir vos jours sous terre. Carol savait aussi que ce n'est pas parce qu'un individu A couche – ou a couché – avec un individu C que l'individu B ne demeure pas l'élu de son cœur et de sa vie.

N'empêche, ça fait mal. Comme quand on perd un proche. C'est douloureux comme chaque fois que le monde se remodèle en un clin d'œil, que mille moments volent en éclats, que les souvenirs sont invalidés et que les sourires virent aux mensonges.

— Comment as-tu pu, John ? Alors que j'étais enceinte ! Et encore après ! Explique-moi ça, John, parce que ça fait trois ans que j'essaie de comprendre.

— Si seulement je le savais moi-même…

Ce soir-là, en rentrant du travail, je m'étais montré charmant. Je rapportais dans ma hotte un roman que Carol avait en vue depuis quelques jours, ainsi qu'un petit plat sympathique pour le dîner. La nuit venue, alors que nous reposions ensemble dans notre lit – à quinze mètres à peine de l'endroit où elle me racontait à présent tout cela, dans le noir, d'une voix basse et aride –, Carol avait décidé que l'attitude la plus adulte était bel et bien de passer l'éponge.

En ce qui me concernait, en tout cas. Car, pour Jenny, la sentence serait tout autre.

Voilà une femme que Carol avait reçue à dîner, avec qui elle avait fait les boutiques et partagé des confidences à l'heure du café. Qui était venue souvent chez elle. Avant, pendant, après.

Et, ça, Carol ne le digérait pas.

Cela faisait un moment que mon mégot était éteint et que nous parlions dans le noir. Tyler n'avait pas bronché, mais je remarquais que Carol usait de mots compliqués pour l'empêcher de suivre. Il n'avait que trois ans et demi : il en faut davantage pour comprendre que la bêtise peut causer des ravages, et que vivre dans l'instant est souvent le meilleur moyen de compromettre une longue série d'instants futurs.

— Alors qu'est-ce que tu as fait ? demandai-je.

Je l'entendis déglutir.

— Qu'est-ce que tu as fait, Carol ?

Elle me répondit qu'elle avait essayé d'oublier. Qu'elle s'était dit que Jenny Raines n'était pas plus coupable que moi.

Mais ça ne prenait pas. Elle ne cessait de repenser à un certain après-midi, environ un mois après la naissance de Tyler, lorsqu'elle était tombée par hasard sur Jenny à Roslyn. Cette rencontre impromptue s'était prolongée dans un salon de thé, autour d'une assiette de pâtisseries, et Jenny avait même pris Tyler dans ses bras. Carol ignorait si Jen et moi couchions ensemble à cette période, mais le problème n'était pas là. Comment cette femme avait-elle pu faire preuve d'une telle décontraction ?

J'ai baissé la tête. Je savais ce qu'elle avait dû ressentir. Une année, je lui avais organisé un anniversaire surprise, et elle avait détesté. Que ses amis viennent la fêter ne compensait pas le fait que tous ceux qu'elles avait eus au téléphone ou croisés en ville ces dernières semaines s'étaient en quelque sorte joués d'elle. En lui mentant par omission, ils avaient faussé sa perception du réel, comme pour lui rappeler, s'il en était besoin, qu'on ne peut décidément se fier à rien.

— Alors je l'ai punie d'une tristesse, conclut-elle.

— Et c'est quoi, une « tristesse » ?

— C'est tout ce que ça suggère.

— Mais encore ?

— Se lever malheureux. Perdre goût à tout. Regarder froidement les choses et les êtres auxquels on est censé tenir mais sans être fichu de se rappeler pourquoi.

Me revinrent les propos de Bill sur l'état de Jenny peu avant leur séparation.

— Une bonne déprime, en somme.

— Non, ça existe vraiment, John. C'est un état qui se provoque.

J'ai secoué la tête, aussi inutile que ce fût dans le noir.

— Ça n'a aucun sens, Carol. Maintenant, réponds-moi clairement. Qu'as-tu fait à Jenny ?

— C'est ce que je me tue à t'expliquer, John ! Personnellement, je n'ai pas fait grand-chose. Je me suis adressée à une personne compétente.

— À qui ?

— À Brooke.

— Brooke Robertson ? Et qu'est-ce qu'elle a fait ?

— Elle a provoqué la tristesse contre Jenny.
— Es-tu en train de me dire que Brooke est une sorcière ?
— Non, pas elle. Tu n'es pas du coin, John. Tu ne peux pas comprendre comment ça marche.
— Je t'en prie, Carol…
Elle poursuivit d'une étrange voix chantante.
— Je suis allée trouver Brooke. J'ai versé l'argent. Je lui ai remis les objets nécessaires, et elle a fait ce que je demandais. Mais…
Elle chercha ses mots puis fondit en larmes.
— Mais quoi, Carol ?
— Ça n'a pas fonctionné comme prévu…
— Maman ?
Le désarroi de sa mère rendait Tyler anxieux. Je l'étais moi aussi, mais il fallait en finir.
— Qu'est-ce que…
— Ce devait être une simple tristesse, rien de plus !
— Carol…
— Écoute-moi, connard ! T'as voulu savoir, alors t'écoutes. Tu n'avais rien senti de particulier ?
— Quand ça ?
— Le jour où c'est arrivé. Tu n'avais rien senti ?
Je me suis levé pour partir, mais je n'avais nulle part où aller. Et puis, quoi qu'elle eût en tête, Carol semblait sincère.
Alors je suis revenu vers elle.
— O.K., raconte-moi ça.

Chapitre 38

Ce jour-là, me dit Carol, elle se sentait mal depuis le déjeuner, mais elle avait mis cela sur le compte de la fatigue, des pleurs nocturnes de Tyler et de brûlures d'estomac naissantes. Je lui avais préparé un sandwich – je me rappelais seulement, et avec force détails, avoir confectionné celui de Scott –, mais elle en avait laissé les trois quarts parce qu'elle l'avait trouvé rassis.

Le repas terminé, tandis que je retournais dans mon bureau, elle s'était installée dehors avec le bébé, dans l'espoir que l'air frais la revigorerait et pourrait même aider le petit gars à s'endormir. Il chouina quelque temps, mais peu à peu ses pleurs s'adoucirent, et soudain Carol s'aperçut qu'il se taisait, que ses yeux étaient fermés et que tout allait bien.

Elle resta assise à contempler le lac tout en se demandant rêveusement – comme maintes fois par le passé – pourquoi celui-ci s'appelait Murdo Pond, la « mare Murdo ». Carol était une fille de Roslyn, à seulement trente kilomètres d'ici, mais dans le coin une telle distance suffisait à entretenir les mystères. Petit à petit, elle avait senti son propre souffle s'apaiser et ses paupières s'alourdir. Peut-être même qu'elle s'était endormie quelques instants, ce qui pouvait expliquer que la lumière eût varié de manière soudaine. Le vent se reposait, lui aussi, et tout semblait pris dans une lourde immobilité.

Bientôt Carol fut en nage, mais la seule règle d'or que lui avait transmise sa mère était : « Ne jamais réveiller un bébé qui dort, et si ces mots ne figurent pas dans la Bible, eh bien, ils le devraient. » Elle entendait frémir les arbres sur la gauche, du côté des sentiers ornementaux et de la cabane en ruine, et voyait de longues rides se creuser à la surface du lac, mais la brise n'atteignait pas cette partie-ci du jardin. Il y avait aussi dans l'air une odeur d'origine indéterminée. Les sourcils de Carol s'imprégnaient de sueur et la chaleur semblait également la saisir de l'intérieur, comme si ses reins ou son foie étaient en surchauffe, que son organisme s'emballait. *J'espère que je ne vais pas vomir*, avait-elle pensé.

Et c'est là que j'avais lancé depuis la terrasse :

— Où est Scott ?

Chacun de nous deux avait ensuite sa propre version de l'histoire. Carol croyait se souvenir que l'air s'était encore alourdi d'un cran tandis que je dévalais le sentier en direction des bois. Et, d'après elle, j'avais crié en voyant Scott au bout du ponton, car elle avait entendu quelque chose – ou était-ce juste dans sa tête ? –, un bruit signifiant l'urgence et le danger qu'elle m'attribua spontanément.

Arrivée au ponton, elle se rappelait que le regard de Scott, porté loin derrière moi, l'avait incitée à tourner la tête vers la maison et les arbres, mais qu'elle n'y avait rien vu – dans le sens où il n'y avait plus rien à voir. Comme si une panne générale avait aboli tout bon sens, toute raison, tous ces liens intangibles et inconscients qui assurent la cohésion du monde. Et le son de nulle voix, dont le cri assourdissant recouvrait tout le reste. Carol discernait les arbres, le bas de la pelouse, le ponton, les bardeaux de la maison, le ciel, mais toutes ces choses n'étaient plus que des abstractions, sans rapport les unes avec les autres ni avec elle-même. En cet instant, l'ensemble de la création ressemblait à un vaste champ de détritus ou à un éboulement nocturne découvert au petit matin : insignifiant, silencieux, mort. Voilà ce qu'elle avait lu sur la figure de Scott : une terreur absolue de tout, la mine d'un enfant qui venait de voir ses parents se muer en étrangers sinistres et le monde plonger dans un vide fétide peuplé de monstres sans visage.

Puis l'enfant avait poussé un cri de refus, hurlé mon nom comme pour me sauver, et ce fut terminé.

En revoyant le débarcadère voici quelques jours, j'avais éprouvé des impressions assez proches de celles que me décrivait Carol aujourd'hui. Mais j'avais eu trop de mal à la faire parler pour l'interrompre.

— Brooke a fait ce que je réclamais, et un malheur est apparu. Sauf qu'il n'est jamais reparti : il est resté dans l'air. C'est ce malheur qui t'a fait boire, et qui n'a cessé de t'entraîner vers le fond de ce putain de lac.

— C'est faux, Carol.

J'aurais pu me réjouir d'être ainsi disculpé, mais je connaissais mes torts.

— C'était plutôt…

— Tu crois que tu t'y es mis tout seul, je sais bien. Mais tu ne picolais jamais, avant, alors pourquoi ça t'aurait pris d'un coup ?

— Mon fils venait de mourir, Carol.

— Et alors ? C'est comme ça que tu as réagi à la crise cardiaque de ta mère, deux jours avant Noël ? Et en Irak, est-ce que tu empoignais une bouteille chaque fois qu'un de tes copains se faisait dessouder ?

— Non, répondis-je simplement, m'abstenant de préciser que, dans les deux cas qu'elle citait, je n'avais pas été la proie d'une culpabilité dévorante. Mais…

— À partir de là, tout est allé de travers. Voilà pourquoi je te poussais à vendre la baraque. Je savais qu'il fallait déguerpir. Et c'est pour ça que j'ai fait mes valises, John. Je n'en pouvais plus d'attendre que tu captes le message. Il fallait quitter cette maison avant que survienne un nouveau drame.

— Mais tu voulais tirer un trait sur tout !

Il fallut que je prononce ces mots pour comprendre à quel point j'avais souffert de son départ.

— Non, John. Je voulais juste déménager avant qu'il soit trop tard.

— Je t'en prie, Carol. Scott est mort sans…

— Scott a été tué !

— Mais par qui, Carol ? Par quoi ?

— Par une des choses qui vivent là. (Elle renversa la tête en arrière, sans doute pour indiquer les bois autour de la maison.) Elles ont toujours existé. En Amérique, en Europe, dans des grottes d'Afghanistan... J'ai fait des tas de recherches sur le sujet, John, tu n'imagines même pas. Chaque culture a son mot pour les désigner. Elles sont l'essence immatérielle d'un lieu, toute sa partie non physique. Ce sont les esprits que l'on craint et auxquels on offre des sacrifices, les choses que l'on sait présentes parmi nous depuis la nuit des temps. C'étaient elles que rencontraient les magiciens lorsqu'ils croyaient évoquer le diable. Elles sont partout, mais c'est dans la nature qu'elles sont le plus fortes – ce qui explique que la nature nous fasse si peur. Si l'on s'est mis à bâtir des villes, c'était avant tout pour les noyer dans la masse, pour les étouffer sous le bruit et la lumière, et pourtant même en ville on se sent perdu, vide, triste, car elles sont toujours là, tapies derrière les bâtiments, sous les rues ou dans les parcs. On rase les forêts et on creuse le sol pour réduire leurs cachettes, mais elles peuvent toujours pénétrer en nous. Ce sont elles qui mènent la danse, elles qui nous ravagent.

Les larmes la reprirent, en silence.

— Carol...

Elle me faisait de la peine. Si seulement j'avais maintenu un contact plus régulier, j'aurais peut-être pu l'empêcher de sombrer dans ce délire.

— J'en suis au point où ça ne me quitte plus, dit-elle en chuchotant presque. Parfois, je les entends marcher autour de nous. Elles nous guettent devant la maison.

— À Renton ? Mais comment auraient...

— Elles se glissent en nous, je te dis. Elles trouvent des porteurs. C'est pour ça que tu ne les as pas senties. Tu t'es exilé loin de tout, mais au bout du compte c'est toi qui avais raison. Moi, je suis restée trop près, et maintenant c'est fichu.

— Mais pourquoi ? insistai-je, cependant que me revenait une phrase d'Ellen, comme quoi certaines choses nous poursuivent quoi que l'on fasse, où que l'on aille.

— Je suis sale, à l'intérieur. J'abîme tout ce que je touche. Je n'ai plus confiance en rien. Je… Je ne suis même plus capable d'être sûre qu'une porte est verrouillée !

Là, elle s'effondra pour de bon. Les mots écrasés dans la gorge, la respiration étranglée.

Je me suis approché pour la serrer dans mes bras et la laisser pleurer dans mon cou. Ce corps osseux n'avait plus rien de celui que j'étreignais jadis. Carol me dit en bredouillant que la tristesse jetée contre Jenny avait dégénéré, jusqu'à prendre pour cible le fils adoré de l'homme adoré de Jenny. Autrement dit, sans le vouloir, c'était elle qui l'avait fait.

— Fait quoi, Carol ? Qu'est-ce que tu te reproches comme ça ?

Elle me regarda, les traits tordus par le chagrin.

— J'ai tué Scott, gémit-elle.

Comme tout ce que je disais semblait glisser sur elle, je l'ai laissée à ses élucubrations. Elle avait ramené ses genoux contre sa poitrine et se balançait d'avant en arrière tout en chuchotant pour elle-même.

Je suis allé m'accroupir à côté de Tyler, que j'entendis s'écarter à mon approche. J'ai rallumé le briquet pour qu'il puisse voir mon visage.

— Tout va bien, lui dis-je.

— Ma maman est triste.

— Oui, je sais.

— Mais pourquoi ?

— C'est comme ça, ça arrive. Tu veux bien rester ici pour veiller sur elle ?

— Où tu vas ?

— Il faut que j'examine les lieux.

— Mais on voit rien.

— Je sais, mais j'ai vécu ici. Toi aussi, d'ailleurs, même si tu étais trop jeune pour t'en souvenir.

— Oui, maman me l'a dit. Quand j'étais beaucoup plus petit.

— Beaucoup plus petit, exactement.

À regarder cette frimousse, celle d'un bambin qui aurait dû être mon garçon, je me sentais mort à l'intérieur.

— Allez, va lui faire un gros câlin, d'accord ?

— D'accord.

J'ai d'abord pu vérifier que nous nous trouvions dans le séjour principal : le plafond cathédrale si vanté surplombait les têtes de Carol et de Tyler. Je ne doutais pas que Carol eût elle-même cherché un moyen de fuir, mais on est toujours moins efficace avec un gamin dans les pattes, et puis ça ne coûtait rien de réessayer.

Les déclarations de Carol me laissaient perplexe, et j'ignorais combien de temps nous allions moisir ici. Tout ce que je savais, c'était qu'il me fallait m'activer, m'occuper les mains et la tête afin d'oublier que je me trouvais dans mon ancien chez-moi, avec un gosse qui était à moitié le mien et une femme que j'avais aimée mais que je reconnaissais à peine, et qui me tenait des propos sinon déments, du moins inconciliables avec la réalité de ce monde.

J'ai commencé par longer tous les pans de mur côté entrée, sans m'attarder dans les chambres et encore moins dans mon bureau. Les fenêtres étaient calfeutrées avec soin, comme je l'avais constaté depuis l'extérieur quelques jours plus tôt.

Je suis retourné au salon.

— Dis-moi, Carol, ils sont combien ?

Pas de réponse.

— J'ai besoin de savoir, Carol.

Sa voix flotta dans la nuit, assourdie par la barrière de ses bras.

— T'as vraiment du mal à piger, hein ?

Je suis reparti palper les murs. L'idée était de briser une vitre pour attaquer ensuite les planches avec les pieds. Mais, comme celles-ci étaient clouées dans le dur, la tâche s'annonçait longue et bruyante. Pour peu qu'il y eût des gardes armés dehors, je risquais de me faire tirer dessus. Je ne savais pas combien de types m'avaient cueilli dans le parking. Carol disait avoir été kidnappée par deux gars à Renton, mais ils étaient peut-être plus nombreux.

Je songeai subitement que, dépossédé de mon téléphone, je ne recevrais pas de nouvelles des deux nervis venus chercher Kyle et Becki. Si je n'avais pas consacré toute mon énergie à rouler des mécaniques – pour cacher ma peur d'être abattu au milieu de la chaussée –, j'aurais pu avoir la présence d'esprit de leur demander un numéro de téléphone en échange du mien. Mais maintenant c'était trop tard, comme pour à peu près tout le reste.

C'était la merde intégrale.

J'avais quasiment bouclé le tour du rez-de-chaussée – à un rythme accéléré après avoir compris combien c'était vain – lorsque je me suis souvenu d'une deuxième observation faite depuis l'extérieur.

Je suis revenu au centre de la maison pour gagner la partie orientée vers l'allée. Cela m'amena dans la zone qui était autrefois le domaine de Scott, ce moignon de couloir où il aimait se retrancher. Par chance, il faisait noir. Dans les semaines qui avaient suivi le drame, je n'avais pas eu la force de remettre les pieds dans ce coin, et je n'aurais pour rien au monde voulu le revoir aujourd'hui.

— Je vais tenter quelque chose, Carol !

Ma phrase resta sans réponse.

Je suis descendu par l'escalier. J'avais l'impression qu'il faisait encore plus sombre en bas, bien que ce fût impossible. J'ai longé à tâtons la pièce qui servait jadis de bureau à Carol, puis celle qui aurait dû servir d'antre aux garçons quand ils seraient plus vieux, et là-dessus j'ai tourné à gauche vers la buanderie.

J'avais beau savoir que nous avions laissé une maison vide et propre, je m'attendais presque, en rallumant mon briquet, à retrouver l'image qui m'était revenue à l'esprit le premier jour, celle d'étagères remplies de tranches de vie.

Au lieu de ça j'ai découvert ce que j'espérais : un infime trait de lumière dans le coin de la fenêtre basse du garde-manger – là où j'avais, du dehors, repéré des marques de pied-de-biche. Je n'étais pas au bout de mes peines, mais au moins cette fenêtre-ci était-elle déjà entamée.

J'ai rebroussé chemin jusqu'à l'étage.

— Je vais essayer de forcer une ouverture, Carol.
— Si ça t'amuse.
— Carol…

Je n'ai pas insisté. En vérité, je n'avais pas grand-chose à lui dire. Ses explications s'imprimaient progressivement dans mon cerveau, et, même si je persistais à croire qu'elle n'était pour rien dans la mort de Scott, je ne savais plus ce que j'éprouvais pour elle ni que penser de son attitude.

Alors j'ai repris l'escalier.

J'ai enroulé mon blouson autour de mon bras, planté mes pieds dans le sol et flanqué mon coude dans le bas de la vitre. La premier coup ne servit à rien, mais au deuxième le verre se brisa. J'ai aussitôt approché mon oreille du trou. J'entendais le vent, rien d'autre.

J'ai remis deux coups dans le carreau pour achever la partie supérieure avant de balayer les débris avec le pied. Malgré le noir, je pouvais presque voir l'air frais envahir le cagibi. Si je n'avais aucune idée de l'heure qu'il était, à en juger par la teinte du filet de lumière, la nuit tombait déjà.

Ne pouvant voir où étaient plantés les clous, j'ai frappé à des intervalles réguliers sur le pourtour du contreplaqué, sans aucun résultat. En fait, je ne me souvenais plus – mais avais-je seulement regardé ? – si ces planches étaient clouées ou vissées. Dans le deuxième cas, ce bois n'irait nulle part sans avoir été cassé.

Je me suis agrippé aux côtés du cadre et j'ai appuyé un talon dans le coin inférieur de la planche. En poussant de toutes mes forces, j'ai cru percevoir un léger recul.

Toujours aucun bruit dehors, sinon un chuintement continu qui évoquait la pluie.

Alors j'ai continué de pousser, avec méthode et détermination.

Chapitre 39

Finalement, à l'instant même où elle pensait que sa tête allait exploser et qu'elle allait devenir folle, au sens propre du terme, Becki reconnut quelqu'un.

Elle ne savait pas depuis combien de temps elle courait ainsi sous la pluie, pas plus qu'elle ne comprenait comment elle avait pu se perdre. D'accord, ces rues formaient des angles curieux, à croire que, personne n'ayant de règle sur soi, on les avait tracées à main levée, au canif. Mais ce n'était jamais qu'une petite ville, à peine plus grande que Marion Beach, et, pour l'avoir sillonnée de long en large la veille au soir, Becki en connaissait la structure générale.

Alors pourquoi était-elle infoutue de retrouver son chemin ?

Comment expliquer que chaque tournant débouchait sur une rangée de maisons identique à la précédente ? Becki était à bout de forces, épuisée et terrifiée comme jamais auparavant. De voir ce cadavre sur ce lit avec cette femme de chambre barjot l'avait sans doute secouée, mais cela n'expliquait pas tout. On aurait dit que cette ville cherchait à vous retenir dans ses filets, qu'elle ne vous laissait entrer que pour mieux vous capturer.

Et puis John avait disparu.

Le gars qui lui maintenait la tête hors de l'eau depuis une semaine s'était volatilisé, et Becki craignait que le camion blanc qu'elle avait vu gicler du parking de la banque n'y soit pour quelque chose.

Elle avait essayé de le contacter sur son mobile, réessayé depuis toutes les dix minutes, mais il ne décrochait pas, et c'était ça le plus inquiétant. Exception faite de la veille au soir, où il avait apparemment des choses importantes à régler, John ne snobait jamais les appels de Becki. Il répondait toujours présent – pour elle, pour son père, comme pour à peu près tout le monde. En d'autres termes, s'il restait injoignable, c'est qu'il avait des ennuis.

Et puis il y avait ce vide. C'était comme si tout le monde avait décidé d'aller au lit, alors qu'on était à peine en fin d'après-midi. On ne croisait presque personne dans les rues, ni en voiture ni à pied, et les derniers retardataires se dépêchaient de rentrer, comme tirés vers leurs pénates par de longues cordes invisibles. Becki interpella deux d'entre eux, mais soit ils n'entendaient pas, soit ils préféraient l'ignorer. Désolé, pas le temps, bonne nuit. Le soir précédent non plus, la ville n'avait rien d'une capitale du rire, mais au moins elle semblait « en service ». Aujourd'hui, on aurait dit qu'elle entrait en hibernation, et Becki se sentait dans la position d'un animal pris sous un ciel menaçant mais dont les maîtres auraient choisi de rester à l'abri – puisque, au pire, on peut toujours racheter un chien.

Elle tenta de joindre John à nouveau, mais là encore les sonneries se succédèrent sans résultat. Elle rangea son téléphone dans son jean et remonta une petite rue avant de bifurquer dans une autre qu'elle était sûre d'avoir déjà prise – jusqu'à ce qu'elle aperçoive au loin des lumières familières.

Alors elle se mit à courir.

Parvenue en haut de Kelly Street, elle fut consternée de voir qu'ici aussi tout semblait fermé, même le pub irlandais et le grill. Que se passait-il ? C'était un jour férié local, ou quoi ?

Où étaient donc les gens ?

Elle repéra enfin quelqu'un. Un être bien vivant, à mi-hauteur de la rue, près de la pizzeria où John avait réapparu la veille au soir. Debout sous le store d'un commerce, en train de fumer une cigarette, visiblement peu pressé d'aller se terrer chez lui. L'espace d'un instant merveilleux, Becki se dit qu'il s'agissait peut-être de John, mais elle constata vite que la silhouette était trop maigre et qu'elle avait les cheveux longs.

Elle continua néanmoins de courir, tout en hélant ce piéton ou cette piétonne. Mieux valait n'importe qui que personne.

La silhouette tourna la tête. Becki la reconnut et réitéra ses cris.

— S'il vous plaît, ahana-t-elle en s'arrêtant devant la nana, je vous ai vue hier soir. C'est vous qui étiez au restau avec lui, n'est-ce pas ? Vous êtes ressortie en disant que vous aviez payé, ou un truc du genre, puis vous êtes repartie toute seule. C'était bien vous, n'est-ce pas ?

— Vous voulez parler de… John ?

— Oui, John ! Ils l'ont eu ! Ils ont eu John !

— Qui donc ?

— Mais j'en sais rien ! (Elle fondit en larmes. Elle aurait aimé se retenir, mais ça coulait tout seul.) Je ne sais rien de cette histoire !

La femme lui posa une main glacée sur l'épaule.

— Ça va aller. Dites-moi juste…

— Non, ça ne va pas aller ! Il y a un cadavre dans sa piaule. Quelqu'un l'a déposé là exprès, et il y a cette femme de chambre qui n'en a rien à battre, qui a l'air complètement ravagée de la tête, et le cadavre était accompagné d'une enveloppe remplie de babioles, et quand John a vu tout ça il s'est barré à toute blinde. J'ai essayé de le suivre, mais il courait trop vite pour moi. J'ai quand même réussi à voir où il allait, mais quand je suis arrivée sur place j'ai vu un camion s'arracher, et John n'était plus nulle part.

La femme eut une drôle d'expression. Non pas choquée ni effrayée. Mais simplement triste. Et bizarre.

— Vous comprenez ce que je vous raconte ? s'inquiéta Becki.

— C'était qui, ce cadavre ?

— Ce cad… Mais qu'est-ce que j'en sais, moi, putain ? Je crois… Je crois qu'il a parlé d'une certaine Ellen.

Becki s'essuya les yeux avec les poings puis regarda le visage anguleux de son interlocutrice.

— Ça n'a même pas l'air de vous surprendre, ce que je vous raconte là…

— Oubliez ce qui se trouve au motel, dit la brune tout en jetant son mégot sur le trottoir. Courtney est une fille perdue. Elle n'en parlera à personne.

— Perdue ?

— Elle ne dira rien. Elle ne peut pas. Alors pas d'inquiétude.

— Non, mais vous êtes dingue, vous aussi ?

La femme sortit de son sac un bout de papier plié en quatre.

— Vous avez essayé d'appeler John ?

— Bien sûr que oui !

La femme essaya quand même, et fit chou blanc à son tour. Alors seulement elle parut mesurer la gravité de la situation.

Comme elle rangeait son mobile dans son manteau, elle braqua les yeux par-dessus l'épaule de la jeune fille.

— Des amis à vous ?

Becki se retourna et vit que, aussi fou que cela puisse paraître, les choses avaient encore trouvé le moyen d'empirer.

Elle eut un réflexe de recul, mais elle n'était plus capable de courir, surtout après avoir vu qu'il y avait déjà un passager à l'arrière du gros GMC noir qui arrivait lentement.

— Non, ce ne sont pas mes amis, répondit-elle. Mais ils ont chopé mon copain.

Le 4×4 se rangea le long du trottoir. Becki reconnut sans mal le Noir efflanqué qui sortit côté passager. La dernière fois qu'ils s'étaient croisés, il lui avait asséné une série de coups précis sur le visage et le corps tandis qu'un complice aux yeux moins fiers surveillait la rue par la fenêtre.

— Salut, ma poule, sourit-il, comme face au menu de ses rêves. On a ton keum, là-dedans.

— Il... il va bien ?

— Tout baigne. On veut juste t'emmener faire un petit tour.

— Compte pas là-dessus, interjeta la grande brune.

L'homme s'esclaffa.

— Parce que tu crois peut-être que...

Puis il vit son visage et s'arrêta net.

Chapitre 40

Dix minutes plus tard, je remontai en courant. La pluie se déchaînait, martelant le toit au-dessus de nos têtes.

— Je crois qu'il y a moyen de sortir.

— Comment ? demanda Carol d'une voix éteinte.

— Par une fenêtre.

— Tu l'as ouverte ?

— Pas encore. Mais quelques coups de pied de plus et elle cédera.

— Youpi. Bravo à toi.

Un ange passa dans la pièce noire.

— Et ensuite ? reprit Carol.

— Quoi, ensuite ?

— Tu le disais toi-même : on ne sait pas ce qui nous attend dehors. Tu sors la tête, et couic.

— Écoute, Carol, c'est soit ça, soit rester là et subir ce que ces malades nous réservent.

Elle attrapa Tyler et me suivit en bas.

— Il faudra que je sorte le premier, indiquai-je lorsque nous atteignîmes le cagibi.

Je rallumai le briquet pour montrer à quoi nous avions affaire : une fenêtre d'environ cinquante centimètres sur cinquante. Mais Carol préférait contempler les étagères vides de la buanderie.

— Hé, Carol…

— Je peux encore les sentir, dit-elle.

— Sentir quoi ?

— Fraises des bois et je ne sais plus quel autre fruit rouge. Tu te souviens de cette drôle de bonne femme qui était venue poser son stand au marché de Roslyn ?

— S'il te plaît, Carol...

— Et tu avais adoré ça, toi qui ne manges jamais de ces trucs, d'habitude. Puis on ne l'a plus revue pendant des mois, alors le jour où elle a réapparu...

Elle se tut d'elle-même. Mon nez ne décelait qu'une vague odeur de poussière, et je doutais fort que Carol puisse sentir autre chose. Il n'empêche, je me rappelais très bien le jour où cette femme avait refait surface avec son stand de bric et de broc. La liasse de billets que j'avais allongée pour dévaliser son stock, le retour à la voiture avec notre carton rempli de bocaux, et nos rires sur le trajet du retour, comme quoi nous étions à présent des millionnaires de la confiote, à la tête du plus grand monopole de la conserve que le Nord-Ouest pacifique connaîtrait jamais. Je me souvenais aussi qu'au moment de vider la maison, après avoir signé l'acte de vente, il ne restait plus un seul de ces bocaux au garde-manger, alors que je n'avais nullement l'impression d'avoir sifflé autant de pots.

— Au fait, elles étaient passées où, toutes ces confitures ?

— J'ai tout jeté, répondit Carol. Une semaine après avoir appris pour toi et Jenny. J'ai fourré les pots dans un sac, je suis allée dans la forêt et je les fracassés un à un contre un arbre.

Je ne sus que répondre, mais l'espace d'un instant il me parut la sentir, moi aussi. Pas dans la maison, mais dans ma tête. Une petite odeur sucrée.

— T'entends ? dit soudain Carol.

— Quoi donc ?

— Chut.

J'ai dressé l'oreille et perçu la même chose qu'elle. Derrière la pluie, un bruit de moteur dans l'allée.

— Prends-le, dit Carol.

— Quoi ?

— Emmène Tyler. (Elle me tendit l'enfant.) Ça ne sert à rien que je me sauve. Prends-le, je te dis !

— Je ne vais pas te laisser ici, Carol.

— Alors on va mourir ensemble.

— Mourir ? Parce que c'est ça qui nous attend ? Pourquoi tu refuses de m'expliquer ce qu'on fabrique ici ?

Elle reposa doucement Tyler sur le sol, l'embrassa sur le front et remonta en courant. Tyler voulut la suivre, mais je l'en empêchai. Il appela sa mère en braillant.

— Chut, Tyler. Chuuut…

Ces mots furent sans effet, bien sûr. Abandonné dans le noir avec un sinistre inconnu, que pouvait faire le gosse, sinon pleurer ?

Je l'ai pris dans mes bras et ai plaqué la main sur sa bouche. Il s'est débattu de toutes ses forces, avec la lourdeur et l'énergie propres aux petits garçons. Dehors, le véhicule s'arrêta tout près de nous et les portières s'ouvrirent.

J'ai tenté de chuchoter à l'oreille de Tyler, mais il ne voulait rien savoir. J'ai donc attendu que les occupants de la voiture se soient éloignés vers la porte d'entrée pour employer un ton ferme.

— Écoute-moi, Tyler. Ta maman est sortie. On va aller la retrouver. Mais pour ça, il faut qu'on passe par cette fenêtre, tu vois ? On va retrouver ta maman. Tu comprends ce que je te dis ?

Il cessa de gigoter, je le sentis hocher la tête.

— Bien. Maintenant, il faut que je te pose. Mais tu ne bouges pas, d'accord ? Tu restes là, bien sagement, pendant que je finis d'ouvrir la fenêtre. Ensuite, je sors, et je te fais sortir juste après. D'accord ?

Nouvel acquiescement. Je sentais son haleine humide dans ma paume. Je l'ai remis sur ses jambes, puis j'ai libéré sa bouche.

Il resta debout, immobile.

Je savais toutefois que ça ne durerait pas. Alors j'ai vite placé mon pied au centre du panneau et j'ai poussé de toutes mes forces.

La planche s'incurva légèrement. Je recommençai une fois avant d'appuyer lourdement les paumes sur les côtés. La moitié inférieure craqua, laissant entrer une bouffée d'air froid et révélant la lueur bleutée du soir. Mais le haut ne bougea pas.

— Merde, grognai-je.

Tyler suivait la scène, le menton légèrement relevé, comme stupéfait de voir apparaître la lumière.

J'ai passé la jambe dans le cadre et réussi à poser le pied dehors en écartant la planche avec ma cuisse. Puis j'ai calé mon deuxième pied contre l'extérieur.

— Il va falloir être très rapide, Tyler. Rapproche-toi.

— T'es pas mon papa.

— Si, Tyler, je suis ton père.

— T'as pas la bonne odeur. (Il pointa le doigt vers le coin de planche que mon corps ne cachait pas.) Mon papa est là-bas, dans les bois.

Je perçus des bruits de pas à l'étage, et la voix de Carol résonna dans le salon.

— Il est monté, dit-elle d'une voix plus forte que nécessaire. Je ne sais pas comment il pense nous faire sortir par là-haut, mais bon, au moins, il correspond à l'image que vous vous faites des hommes : tout dans l'action, rien dans la tête.

C'était maintenant ou jamais, alors j'ai poussé de tout mon poids contre la planche. Elle céda d'un seul tenant, me laissant retomber sur le dos dans les herbes hautes et mouillées.

Je me suis relevé d'un bond pour retourner à la fenêtre.

— Viens, Tyler. À ton tour de…

Mais il n'était plus là.

Reparti auprès de sa mère. Il n'avait pas gobé un mot de ce que je lui racontais, mais juste guetté le moment propice pour fausser compagnie au monsieur et retrouver la femme qu'il aimait.

J'ai pesté dans ma barbe. Mais, maintenant que j'étais sorti, cela ne rimait à rien de retourner à l'intérieur. Je me suis donc dirigé vers l'entrée de la maison, en restant le plus près possible du mur. Parvenu à l'angle de la façade, je me suis accroupi pour pointer discrètement la tête.

Un pick-up blanc stationnait devant la porte, et juste à côté se tenait un homme que j'avais rencontré en ville : Brian Jackson, le garagiste qui avait examiné la voiture de la coiffeuse, l'autre matin, sur Kelly Street.

Je repérai son flingue à l'instant même où il remarquait ma présence.

Il a réagi d'un cri. J'ai tourné les talons et pris la fuite, en levant haut les genoux pour m'affranchir des herbes folles et gagner de la vitesse. J'ai d'abord filé dans le prolongement de la maison, avant d'obliquer vers les bois.

Le gars continuait de gueuler. J'ignorais combien d'hommes étaient entrés dans la maison et s'ils portaient des armes, mais cela semblait plus que probable. Autrement dit, je n'avais d'autre choix que de continuer à courir sous la pluie.

Il me fallut une trentaine de secondes pour atteindre les premiers arbres. La végétation avait quasiment effacé le sentier de promenade, mais j'ai quand même suivi son fantôme, et sans me retourner car cela ne fait que vous ralentir.

Après cinquante mètres, j'ai aperçu les vestiges de l'ancienne cabane de pionniers, et c'est devenu mon nouveau but. Sitôt là-bas, je me suis planqué derrière un pan de bois vermoulu, le cœur battant dans ma poitrine. Quand nous vivions ici, j'avais caressé le projet de restaurer cette bicoque, de lui redonner un toit et d'en faire un bureau, une salle de détente ou un pavillon d'été. Mais, comme beaucoup de choses que je pensais alors inscrites dans l'avenir, cette lubie devait rester lettre morte. J'étais néanmoins content de retrouver cette cabane, avec ses murs peu élevés par-dessus lesquels je pouvais regarder.

Le garagiste traversait la pelouse, son flingue pointé devant lui. Je vis un deuxième type s'élancer en renfort depuis la maison, mais il faisait trop sombre pour que je l'identifie à cette distance. Je ne comprenais pas ce que le dépanneur pouvait avoir contre moi, ni pourquoi il se prêtait à ce jeu, quelle qu'en fût la finalité. Mais peu importe. Le fait qu'il me traque avec une arme l'excluait ipso facto de la liste des alliés possibles.

Un coup de feu claqua.

Celui qui avait tiré se faisait une idée assez juste de ma position : la balle traversa les feuillages à seulement dix mètres de mon épaule.

Puis l'un d'eux cria de plus belle, à mon adresse ou à mon propos.

J'ai pivoté pour scruter la forêt. Vue d'ici, elle s'étirait dans la nuit tombante sur des kilomètres et des kilomètres de montagne. Si je suivais cette direction, je n'y trouverais que le néant. Ni maisons, ni routes, ni chemins de bûcherons, seulement des arbres et des pierres.

En remontant par le jardin, j'aboutirais là où l'allée formait une boucle devant la maison. Avec un peu de chance, je pourrais alors atteindre le véhicule de l'ennemi et contrarier ses desseins – même si je doutais qu'il ait laissé la clef sur le contact et avoir le temps de démarrer avant d'être rattrapé. Et puis, si deux personnes étaient de faction, on pouvait supposer qu'il y en avait au moins deux autres à l'intérieur. Or, sans arme au poing, je ne pouvais rien contre quatre sbires. L'idée d'abandonner Carol me faisait horreur, mais le seul plan sensé, dans l'immédiat, était de quitter le terrain de jeu. Cela signifiait descendre tout en bas de la pente, traverser l'étendue d'herbe et gagner la route, autrement dit, courir cinquante mètres à découvert entre deux bosquets, puis encore cent de plus sous les arbres, jusqu'à la clôture. Pour peu que je réussisse à envoyer mes deux poursuivants dans la mauvaise direction – ne serait-ce que d'un chouia –, cela paraissait jouable.

Ils arrivaient à l'orée des bois, arpentant le sol boueux à trois mètres l'un de l'autre, comme pour une battue. Le dos courbé, j'ai quitté ma cachette pour m'enfoncer parmi les arbres, dans l'espoir que les troncs cacheraient mon manège. Cela parut fonctionner, vu que personne ne me tira dessus. J'ai continué ainsi quelque temps afin de creuser l'écart, puis j'ai opéré un brusque revirement en fonçant vers le lac, de plus en plus vite, jusqu'à vingt mètres avant la pelouse.

La lac était oblong, gris, criblé de taches et de rides blanches causées par la pluie. Aussi faible que fût la lumière, ces reflets allaient révéler ma silhouette en contre-jour. Mais je n'avais pas le choix.

Je ne voyais plus les deux hommes, mais quand l'un appela l'autre je parvins à évaluer leur position ainsi que la distance qui nous séparait. Ils semblaient partir du principe que j'allais chercher refuge dans les bois.

Je les ai laissés s'éloigner une minute de plus, puis je suis sorti au grand jour.

Mon pied glissa lors du départ, qui fut moins rapide que voulu. L'herbe était tout aussi haute et mouillée, mais j'ai couru, malgré tout, le buste droit, en prenant tous les risques pour grappiller un maximum de vitesse. Parvenu au milieu de la pelouse, j'ai entendu un nouveau cri. Mais j'ai continué bille en tête.

Quelques mètres à peine avant le bosquet, un nouveau coup de feu est parti, et j'ai eu l'impression qu'on me battait le flanc par-derrière. Le choc me déséquilibra et me projeta contre un arbre.

Je remontai vite sur mes jambes. La douleur cuisante à ma taille invalidait la thèse du coup du poing. Je n'en conclus rien de particulier, sinon qu'il fallait courir aussi vite que possible. Les gars s'étaient remis à beugler, et ils n'avaient pas l'air contents.

Je savais parfaitement où j'allais, car ce passage se trouvait sur mon circuit de footing à l'époque du tee-shirt gris – tee-shirt qui était resté dans l'enveloppe confisquée par mes ravisseurs. J'ai gravi la montée avant de quitter à nouveau les arbres, pour avaler la dernière ligne droite sous la pluie battante.

J'ai atteint et sauté la clôture en grognant de douleur, mais sans essuyer de nouveau tir, et c'est à peu près sur mes deux pattes que j'ai atterri de l'autre côté.

J'ai enfin osé me retourner. L'un des hommes se tenait au bord du lac. L'autre n'était pas en vue, mais je n'allais pas attendre qu'il se rappelle à mon souvenir.

Nous étions bien trop loin de la ville pour que je m'y rende à pied, et je ne voyais qu'une solution de rechange.

Alors j'ai repris mon souffle et j'ai trotté vers le sommet de la route.

Chapitre 41

La lampe du porche était allumée. Cela ne prouvait pas qu'il y eût quelqu'un – malgré la présence des trois voitures devant la fausse grange –, mais j'étais suffisamment trempé et amoché pour vouloir m'en assurer.

J'ai appuyé sur la sonnette puis collé mon nez contre le carreau granuleux de la porte d'entrée. Une minute plus tard, une lueur baveuse apparut et quelqu'un se pointa.

Collins ouvrit, reconnut ma tête et voulut refermer aussitôt.

— Tut, tut, objectai-je en forçant le passage.

— Vous n'avez aucun droit ! chuchota-t-il. Vous êtes sur une…

Il s'arrêta, le regard bloqué sur mon ventre. Je m'aperçus que mes vêtements étaient gorgés de sang sur toute la moitié droite du buste.

En ouvrant mon blouson, je compris ma chance d'en avoir été quitte pour une simple écorchure aux côtes. Deux centimètres plus à gauche, et la balle m'aurait troué le ventre.

— Mais que… ? Que… ?

— On m'a tiré dessus. Les gars qui ont fait ça sont toujours à mes trousses, et ils auront peut-être l'idée de venir me chercher ici. Alors moins je m'éterniserai, mieux ça vaudra pour vous.

— Je vais appeler les flics.

— Certainement pas.

— Qui est-ce ? appela une voix féminine.

C'était Mme Collins, quelques pièces plus loin, sans doute lovée devant l'émission télévisée que son homme savourait tranquillement avant qu'une serpillière ensanglantée vienne pourrir sa soirée.

— Quelqu'un qui cherche son chemin, soufflai-je au mari. Dites-lui ça où je vous éclate.

— Un conducteur qui s'est égaré ! lança-t-il tout en refermant la porte derrière moi. Tu… tu veux un café, chérie ?

— Volontiers ! fit madame avec ravissement. Tu es un amour !

J'ai suivi Collins jusqu'à la cuisine, située au fond du couloir, à une distance sûre de l'entrée. Je n'en avais jamais vu d'aussi propre.

— J'attends de vous deux choses, expliquai-je. Primo, que vous me prêtiez un téléphone.

Avisant un combiné sur le comptoir, j'ai traversé la cuisine en répandant des gouttes de pluie sur le carrelage en pierre à chaux. Certaines étaient colorées de rouge.

— Qui vous a tiré dessus ? demanda Collins.

— Je n'en sais rien, figurez-vous. On vit dans un fichu monde, n'est-ce pas ?

J'ai demandé aux renseignements de me passer le commissariat de Black Ridge. Pendant l'attente, j'ai observé l'allée de la maison par la fenêtre. Il ferait bientôt nuit noire, mais à ce stade on pouvait encore voir si quelqu'un s'approchait. J'ignorais ce que je ferais si l'ennemi débarquait ici.

Quelques sonneries dans mon oreille, puis :

— Commissariat de Black Ridge !

— J'ai besoin de parler au shérif Pierce.

— De la part… ?

— De John Henderson.

La ligne coupa aussi sec. Je n'en revenais pas.

Collins me montra des yeux ronds.

— Vous êtes John Henderson ?

— Ça vous dérange ?

— Non, non. Je connais ce nom, c'est tout.

— Je vous l'ai dit : c'est moi qui ai vécu dans la baraque à vendre.

— Ah oui ? Je n'écoutais pas vraiment, ce matin.

— Dites, je vous rappelle que vous êtes censé faire du café.

Il tressaillit, comme arraché à un rêve, et s'attela à sa tâche.

— La cafetière ne marche pas, geignit-il. La loupiote refuse de s'allumer...

Mon mal de crâne devenait sérieux – le fait d'avoir été assommé, ou d'avoir couru, ou d'avoir perdu du sang –, et je peinais à me concentrer. Ma blessure s'avivait, elle aussi, et de manière exponentielle.

J'ai composé un second numéro, en m'y prenant à trois reprises pour le restituer de tête, et j'ai écouté les sonneries se succéder. Il y avait d'étranges craquements sur la ligne, comme si l'on jouait avec un interrupteur.

Puis émergea une voix pâteuse.

— Bill Raines.

— Dieu merci... Bill, c'est John.

— Alors ? T'as retrouvé ta plage et ton plateau ?

— Non. Je suis toujours ici. J'ai besoin de ton aide.

Son rire d'ogre suggérait qu'il n'en était pas à sa deuxième bière.

— T'es un sacré numéro, mon pote. Tu le sais, ça ?

— Ils détiennent Carol. Et Tyler.

Ces mots suffirent à le dégriser.

— Quoi ? Mais qui ?

— Je ne sais pas. J'ai réussi à m'échapper, mais sans Carol ni Tyler.

— Tu peux m'expliquer ce qui se passe, John ?

— Je n'en sais rien moi-même, Bill. Carol m'a raconté de drôles de trucs, mais des trucs suffisamment sérieux pour qu'un connard ait cru bon de me tirer dessus.

— Tu as pris une balle ?

— Ouais. Rien de méchant, mais...

— De quoi t'as besoin ?

— J'arrive chez toi dès que possible, et j'aviserai à ce moment-là. Mais la première étape, ce sera des flingues.

— Accordé, répondit-il.

J'ai reposé le combiné et regardé Collins. Il était toujours penché sur sa cafetière, et cela m'a rappelé la scène du matin précédent chez les Write Sisters. À ceci près que ce gars-ci était toujours de ce monde, dans sa grande cuisine et sa maison de rêve, avec une femme, des gosses, une vie.

— Secundo, monsieur Collins, il me faut les clefs du 4×4.

— Pas question de…

— Je repars avec, que vous me les donniez ou non.

— Vous ne pouvez pas me faire ça ! grogna-t-il en se retournant brusquement.

Il tenait dans sa main un long couteau de cuisine.

— Arrêtez vos pitreries, Collins.

Il s'avança d'un pas tout en agitant sa lame.

— Vous êtes chez moi, ici. J'ai… J'ai des relations.

J'ai dégommé son couteau avant de lui enfoncer mon poing sous le sternum. Je le collais d'assez près pour voir ses yeux s'exorbiter, suite à quoi il s'écroula et se cogna la tête contre un placard.

— Eh bien, parlons-en, de ces relations. (Il semblait sur le point de vomir.) À moins que vous ne préfériez me parler de Jassie Cornell ? Qu'est-il arrivé à cette fille, exactement ?

Je l'empoignai par le col pour le rasseoir et lui faire goûter mon haleine.

— Que s'est-il passé, bordel ? (Son regard transpirait la panique.) La première fois que j'ai vu cette môme, elle n'était que risettes et bonheur bio. Trois jours plus tard, elle se tue devant trente personnes. Expliquez-moi cette transition, ou je vous renvoie mon poing dans le bide !

Les larmes jaillirent de ses orbites, comme si la boîte crânienne les avait trop longtemps retenues.

— On était intimes, c'est vrai. Mais merde, j'ai une famille…

— Et alors ?

— Elle est tombée enceinte, alors qu'elle m'avait juré qu'elle prenait la pilule. Vous imaginez le choc ? Et quand je lui ai dit de s'en débarrasser, elle a refusé. Elle refusait d'avorter ! Mais je n'ai jamais voulu m'en prendre à elle. Je vous le jure.

J'ai lâché sa chemise.

— Alors qu'avez-vous fait ?

Il enfouit son visage dans ses mains. Il fallut que je lui flanque mon pied dans les côtes pour qu'il marmonne une réponse.

— Pardon ? Je n'ai pas compris.

Il hoqueta entre ses doigts.

— Une tristesse, disait-il.

Affalé contre le placard, il se frotta fiévreusement la figure, tartinant ses joues de larmes et de morve. Il regardait droit devant lui, peut-être vers l'image persistante d'une flaque de sang grossissant sur un trottoir. Ou bien d'un ventre doux et rebondi caressé sur des lits d'hôtel. J'aurais dû éprouver un minimum de compassion à son égard, mais j'avais juste envie de le cogner et de le cogner encore.

— Les clefs de la caisse.

Son regard glissa vers un panier d'osier contenant trois trousseaux. Je les raflai tous.

En me tournant vers la porte, je découvris Mme Collins : accotée au chambranle, les bras croisés, la mine fermée.

— Mon mari s'est montré très correct, dit-elle. Vous n'aviez pas à le traiter de cette façon.

— Qu'avez-vous entendu de notre échange ? demandai-je.

Son mari la regardait avec l'air morne de celui qui sait que rien ne sera plus jamais comme avant.

Elle le dévisagea froidement puis revint à moi.

— Rien qui vous regarde, répondit-elle avant de me gifler à pleine main.

Il pleuvait toujours des cordes. Ayant identifié la clef du 4×4, je lâchai les deux autres trousseaux sur le gravier et grimpai derrière le volant. Un spasme brûlant traversa mon flanc droit lorsque j'attrapai la ceinture de sécurité, mais un rapide examen sous la lumière du plafonnier confirma que je ne saignais plus beaucoup.

Le moteur ne démarra qu'à la sixième tentative. Je remontai l'allée tous feux éteints, avant de stopper au seuil de la route. Il faisait aussi noir d'un côté que de l'autre. Si je ne voulais pas m'enfoncer dans les bois, je n'avais d'autre choix que de prendre à gauche.

Je suis retourné à notre ancienne maison. Il fallait que je vérifie. Je me suis rangé à la moitié de l'allée et j'ai fini en courant.

Le camion blanc avait disparu.

La porte d'entrée était grande ouverte.

Je suis entré, mais il n'y avait personne. Alors j'ai repris le 4×4 et foncé sur Black Ridge.

Chapitre 42

Bill m'attendait sur le perron. Il vint m'ouvrir la portière.

— Ben, putain, dit-il en me regardant descendre de voiture. Tu fais peine à voir. C'est grave ?

— Non, mais je n'aimerais pas que ça se reproduise.

Sa maison était chaude et baignée de musique. Il me conduisit à la cuisine et me versa un café fumant. Voyant mes mains trembler, il proposa d'ajouter une goutte de quelque chose dans ma tasse.

J'ai secoué la tête avant de lui demander où lui-même en était, côté alcool.

— J'ai bu quelques bières, rien de plus. Ne t'inquiète pas, je ne suis plus le buveur d'autrefois.

À l'armée, les jours sans joint et sans bibine étaient davantage l'exception que la règle, et Bill poussait toujours la performance plus loin que la moyenne.

— Sauf qu'on tenait mieux, à l'époque…

— Je vais bien, papa.

J'ai vu au fond de ses yeux que c'était vrai, alors je lui ai fait mon topo. Ellen avait été assassinée et ses meurtriers voulaient me faire porter le chapeau – ce qui risquait de réussir, puisque son cadavre était resté dans ma chambre d'hôtel. Les mêmes, ou d'autres, avaient kidnappé mon ex-femme et mon gosse et les avaient retenus dans mon ancienne maison avant de me capturer à mon tour. Mais, depuis mon évasion, on les avait déplacés Dieu sait où.

Et puis, par parenthèse, Carol savait depuis longtemps, pour ma liaison avec Jenny.

— Ah ouais ? réagit Bill. Elle aurait pu me prévenir...

— Elle m'a raconté des trucs très bizarres pendant qu'on était enfermés là-bas. Ça faisait un moment qu'elle était séquestrée dans le noir, et d'une manière générale elle m'a l'air un peu déphasée, mais elle affirme que...

Je cherchais mes mots.

— Quoi, John ?

— Elle dit qu'elle a fait quelque chose à Jenny.

— Quel genre de chose ?

— Je ne sais pas du tout ce que ça vaut, mais elle dit avoir commandé une tristesse contre Jenny. Et le plus troublant, c'est qu'une demi-heure plus tard le gars à qui j'ai emprunté ce 4×4 a employé la même expression, alors qu'à ma connaissance lui et Carol ne se sont jamais rencontrés. Carol soutient que c'est cette tristesse, donc, qui par ricochet aurait entraîné la mort de Scott.

Bill regardait ses pompes tout en se mordant la lèvre.

— Ce serait une espèce de sortilège, alors ?

— Je sais que ça paraît grotesque.

— Et elle se serait adressée à qui, pour ça ?

— À Brooke Robertson. Si tu sais quoi que ce soit, Bill, c'est le moment de parler.

— Non, je ne sais rien, dit-il à mi-voix. Rien de précis, en tout cas. En même temps, je ne suis pas vraiment d'ici. Mes parents sont venus s'installer là dans les années soixante, et j'ai grandi à Yakima. Je suis allé à l'école avec les Robertson pendant quelques années, comme je te l'ai dit, mais ensuite j'ai changé de bahut et je me suis engagé dans l'armée à dix-huit ans. Alors j'ai perdu de vue tous ces gens, et on n'a jamais vraiment renoué après mon retour.

— Mais ?

Il haussa les épaules.

— Mais j'ai entendu des choses, au fil des ans. Tu sais comment ça se passe.

Je le savais, en effet. Des bribes d'informations, des commentaires accessoires. Des éléments sans lien direct avec l'affaire en cours, mais susurrés par le prévenu afin de redorer son image, d'ouvrir une fausse piste ou simplement de tuer le temps, et qui s'accumulent tels des moutons de poussière dans les recoins de notre tête.

— Et qu'as-tu entendu, Bill ?

— Que l'on pouvait se tourner vers certaines personnes en cas de problème ou de besoin. Qu'il était possible de provoquer certains événements ou d'amener les gens à commettre certains actes. Je n'ai jamais cru à ces sornettes. Tu connais les petites villes : c'est comme si on ne quittait jamais le lycée. Tout un tas de gens qui racontent tout un tas de conneries. Qui empruntent les mêmes halls, ont leurs casiers au même endroit et déjeunent à la même cafét'. Les gens se fabriquent leurs petites histoires d'épouvante à partir de rien. Ils relient les pointillés, en somme.

— Je ne suis pas sûr que ça se réduise à ça, Bill. Tu disais toi-même que Brooke faisait l'objet d'étranges rumeurs autrefois.

— Ouais, ouais. Je viens d'ailleurs d'en parler avec Jenny, pas plus tard que cet après-midi.

— Vraiment ?

— Après ton départ, je me suis dit : *Et puis merde, si on prenait des nouvelles de la dame ?* Quand je lui ai appris qu'Ellen avait des soucis – parce qu'il s'avère qu'elles se connaissaient un peu, toutes les deux –, la discussion a dévié sur la famille Robertson. Jenny ne m'a pas fait de révélations fracassantes, mais j'ai eu l'impression que cette fameuse histoire entre Brooke et le prof d'anglais était plus complexe que ce que j'en savais.

Les anciennes passades de Brooke Robertson étaient le cadet de mes soucis, d'autant que j'avais à l'esprit un autre dossier brûlant.

— Je peux utiliser ton téléphone, Bill ?

— Fais comme chez toi, dit-il en quittant la pièce. Je vais te chercher un pull propre.

— Au fait, lançai-je derrière son dos. J'ai voulu joindre le shérif après m'être sauvé de la maison. Eh bien, le comico m'a raccroché au nez.

— Carrément ? lança-t-il avant de prendre l'escalier.

Je fus incapable de me remémorer le numéro de Becki, même après plusieurs tentatives qui finirent en cul-de-sac, en erreurs sur la personne, ou même, pour l'une d'entre elles, en authentique dialogue de sourds, chacun étant incapable de saisir les paroles de l'autre. Avant que mon mal de crâne me cloue à ma chaise, j'ai fureté dans les tiroirs de la cuisine jusqu'à dénicher une boîte d'Advil. J'en ai gobé quatre d'un coup.

Bill est réapparu avec un sweat-shirt qui aurait pu en accueillir deux comme moi.

— Marre-toi, dit-il en me voyant ricaner. Il me faut des coupes confortables, ces temps-ci. Mais si tu préfères les habits mouillés, troués et couverts de sang, je ne t'impose rien, mon mignon.

Comme je lui prenais le sweat des mains, une autre idée m'est venue. J'ai demandé aux renseignements de me connecter au Mountain View, et je suis tombé sur le barman, qui m'a passé Kristina.

— Mais où es-tu ? s'écria celle-ci. (Comme chez Collins, la ligne était pleine de friture.) Est-ce que ça va ?

— J'ai un immense service à te demander.

— Si tu veux, mais…

— Mon amie, celle qui a débarqué en voiture hier soir, elle est…

— À côté de moi.

— Quoi ?

— C'est assez compliqué.

— Mais comment est-ce que…

Une nouvelle voix prit le relais.

— Ça fait un moment qu'on essaie de te joindre, fit un gars mécontent. Pourquoi tu décroches pas ?

— J'ai perdu mon téléphone. Qui est à l'appareil ?

— Little D. On a ton pote.

— Merde. Écoutez…

— Non. Toi, t'écoutes. La seule raison qui fait qu'on l'a pas encore buté, c'est ta meuf.

— Quelle meuf ? Je n'ai pas de meuf.

— L'anorexique avec les cheveux noirs.

— Ce n'est pas... Bon, O.K., qu'est-ce que vous voulez ?

Le timbre du lascar changea, comme s'il s'éloignait des autres et rapprochait sa bouche du micro.

— Que je t'explique, *man*. On a trouvé ton pote dans la rue, et on allait pour finir le boulot quand on est tombés sur sa poule. La blonde. Alors mon collègue Switch gare la caisse et sort pour l'attraper, faire d'une pierre deux coups et finir le job. C'est ça qu'il veut, tu vois ? Sauf qu'elle est avec ta meuf, là, et cette grande malade commence à lui parler comme à un moins que rien. D'habitude, quand il a décidé un truc, Switch il écoute personne, mais là... Bon, elle a proposé un truc pas mal.

— Quoi donc ?

— Pour l'instant, on touche pas à ton pote.

— Dieu mer...

— Mais on double le prix. Parce que maintenant on le tient, tu vois ?

J'ai failli lui répondre d'aller se faire mettre par son copain, et de ne pas se gêner pour mêler Kyle à leurs ébats.

Puis j'ai croisé le regard de Bill et reconnu l'air que diffusait la chaîne hi-fi du salon. *Have You Ever Seen The Rain ?* des Creedence Clearwater Revival, l'un des titres que le jeune engagé Bill nous passait souvent sur son Walkman, dans le cadre des blagues à deux balles autour de son patronyme. Cette bouffée de nostalgie m'ouvrit de nouvelles perspectives.

— D'accord, articulai-je. Marché conclu. Mais j'ai encore mieux, si ça vous intéresse.

— Crache.

— J'ai un autre problème à régler rapidement, et j'ai besoin de soldats. Ce soir. Vingt-cinq chacun.

— Tu rigoles ?

Ce mot attisa ma rage, ou seulement ma peur.

— Parce que tu crois que j'ai envie de rigoler, connard ? Alors que t'as chopé deux de mes amis ? Tu m'as rencontré, pourtant. J'ai l'air d'un mariole ?

— Je te reprends tout de suite, répondit le gars.

Il couvrit le micro pendant une trentaine de secondes. Bill leva les sourcils.

Une autre voix succéda à celle de Little D. L'affaire venait manifestement de gravir un échelon.

— Cinquante pour nous deux ?

— C'est ça.

— Paiement à l'avance.

— Impossible. Tu crois que je me promène avec autant de cash sur moi ?

— À l'avance ou rien.

— C'est toi qui vois, bonhomme. Vous faites le job, vous touchez ce que j'ai dit. Vous le faites pas, vous n'avez qu'à descendre le petit merdeux en plein milieu de ce bar, je m'en bats les couilles.

Il y eut un silence, puis un gloussement.

— T'es sans pitié, toi.

— Ça veut dire oui ?

— C'est quoi, l'adresse ?

Je lui expliquai le chemin puis il me repassa Kristina.

— Qu'est-ce que vous mijotez ? demanda-t-elle.

— Ellen a été tuée.

— Oui, Becki m'a appris ça.

— Tu n'as pas l'air excessivement choquée, dis-moi. (Elle ne répondit rien, alors je poursuivis.) Carol et Tyler ont été kidnappés, et le bureau du shérif m'a raccroché au nez il y a une demi-heure. À part les Robertson, je ne vois pas qui peut être derrière tout ça, alors je vais leur faire passer l'envie de m'emmerder.

— John…

— Quoi ?

— Tu ferais mieux de t'en aller.

— Tu m'as bien écouté, Kristina ? On m'a tiré dessus ! Ils retiennent Carol et Tyler, et je ne sais pas ce qu'ils leur réservent.

— Ils vont mourir, déclara-t-elle.

J'en restai sans voix. Ce n'était pas la première fois que Kristina me déconcertait par ses réponses. Comme lorsqu'elle avait dit « Je suis tellement désolée » après mon récit de la mort de Scott. Sur le moment, j'avais voulu y voir une simple marque d'empathie, mais à la réflexion…

— Tu étais au courant de cette histoire ? demandai-je.

— Maintenant je le suis.
— Je veux parler de ce qui est arrivé à mon fils.
— Avant que tu me racontes, non, je n'en savais rien.
— Et qu'as-tu découvert entre-temps ?
— Je crois que tu arrives trop tard, John.
— Est-ce que tu peux m'aider d'une manière ou d'une autre, Kristina ?
— Ce qui doit arriver arrivera, John. Ça fait longtemps que c'est en germe. Je ne peux pas…
— Alors ciao.
— Joh…

J'ai raccroché. Le fatalisme de Kristina m'était incompréhensible, et, comme je ne pouvais rien en faire, je l'ai consigné dans sa chambre.

Puis j'ai regardé mon vieux copain, vautré sur la table, le menton sur ses bras croisés. Je me sentais faible, sur les nerfs, et complètement largué.

— On va recevoir des renforts, Bill.
— J'ai cru comprendre. Qui ça ?
— Deux racailles qui étaient censées buter un gars que je connais.
— Z'ont l'air sympas. Et ensuite ?
— On va délivrer Carol et Tyler, ajoutai-je en me calant la tête entre les paumes.

Par-dessus tout, j'étais épuisé. Comme si la terre cherchait à aspirer mon corps et mon âme pour les ensevelir à jamais.

— Et le premier qui nous met des bâtons dans les roues, ajoutai-je, on lui explose la tête.
— Alors c'est ça, la stratégie ?
— En gros, oui.

— Hmm, je vois, marmonnai-je un quart d'heure plus tard. Et tu le fais quand, ce coup d'État ?

Bill avait déballé l'arsenal qu'il conservait dans la chambre d'amis, soit un Glock, deux Beretta 92, une carabine, un fusil de chasse puissant, et assez de munitions pour perforer tout plein de choses.

— C'est ça, plains-toi, répondit-il en haussant les épaules.

J'ai choisi l'un des Beretta parce que c'était le modèle que nous utilisions jadis et que je connaissais le mieux. J'ai aussi pris le fusil, puis je suis descendu remplir les chargeurs sur la table de la cuisine. Les deux armes étaient propres et huilées. Je n'aimais pas imaginer Bill assis à cette même table avec un flingue à la main et des images de Jenny et moi dans la tête, si bien que j'ai pensé à autre chose.

Quand ce fut terminé, j'ai enfin ôté ma chemise et attrapé une serviette.

C'est alors que quelqu'un frappa.

Bill dévala l'escalier à pas feutrés, le visage en point d'interrogation. Je lui indiquai la porte, attrapai le pistolet sur la table et me postai dans le salon avec la porte d'entrée en ligne de mire.

J'entendis Bill ouvrir.

— Qui êtes-vous ? demanda-t-il.

— Je cherche John. Il est là ?

— Vous êtes Little D ?

— Non, moi, c'est Switch.

— C'est bon, il est là.

Le gars redescendit le perron et revint avec tout un groupe. De retour dans le couloir, je vis quatre personnes entrer en file indienne.

Un Noir devant, un Noir derrière, et entre les deux Becki et Kyle. Je savais que Kristina ne viendrait pas, mais cela m'a quand même fait mal.

Becki s'est jetée dans mes bras. Derrière elle, un Kyle livide fixait obstinément le sol, et son attitude me rappela celle de Tyler quelques heures plus tôt dans notre ancienne maison : se faire tout petit pour ne pas réveiller la bête.

Becki recula et me détailla des yeux. Je me souvins que j'avais un flingue à la main et que mon torse nu était barbouillé de sang.

— Je vais bien, rassure-toi.

— La vache ! Mais qu'est-ce qui t'est arrivé ?

— Trois fois rien.

Switch posa un œil professionnel sur ma blessure.

— Ça aurait pu être chanmé, là où tu te l'es prise.

— Ouais, mais c'est pas le cas. Allons-y.

Il hocha la tête d'un air teinté de respect, puis il se redressa.

— Crache, dit-il.

Je lui ai jeté mon portefeuille.

— C'est tout ce que je peux faire dans l'immédiat.

— Je te demandais pas ça, *man*. Je te demande d'expliquer la mission.

— O.K. Les gens qui m'ont tiré dessus ont capturé mon ex et mon gosse. Je ne sais pas combien ils sont, ni ce qu'ils veulent exactement.

— Et tu sais où les trouver, au moins ?

— Ce n'est même pas sûr. Mais je sais où regarder en premier.

Il me renvoya mes sous.

— C'est bon, t'as l'air sérieux.

Ignoré de tous, Kyle avait dérivé vers la cuisine pour s'asseoir au bord d'une chaise. Les bras croisés autour du buste, il se balançait doucement d'avant en arrière.

— T'es en manque ? lui lançai-je. Si c'est le cas, t'as pas de bol, parce que je n'ai plus ta came.

— Non, c'est cet endroit, grommela-t-il. Y a un truc pas net.

— Tu m'étonnes, opina Little D. On dirait une morgue, cette ville. Comme si les gens s'étaient tous barricadés chez eux. C'est quoi, ce trip ?

— Je ne sais pas et je m'en fous, répondis-je, tout en récupérant le fusil sur la table.

Chapitre 43

J'étais partisan de laisser Becki et Kyle chez Bill, mais les deux tourtereaux ne l'entendaient pas de cette oreille. Que Kyle rouspète me laissait de marbre, mais Becki aussi avait peur, et elle refusait de se calmer. Je l'ai prise à part dans le couloir. Je savais qu'elle avait eu une dure journée et une semaine éprouvante, mais la virée en préparation n'aurait rien de touristique.

— Écoute, Becki…

— N'essaie même pas, John. Hors de question que tu me laisses ici. Kyle a raison : cet endroit n'est pas normal. Même ces deux brutes l'ont senti.

— C'est qu'ils n'ont pas l'habitude des petites villes de montagne. Quand l'hiver arrive, c'est comme si les humains n'étaient jamais apparus.

— Arrête tes conneries. Il n'y a pas que ça. Regarde : tu crois que ces mecs-là sont du genre à négocier ? Ces keums m'ont tabassée, John ! Ils ont déboulé chez moi et m'ont frappée. Méchamment. Une fille. Et le petit prenait son panard, crois-moi. Maintenant, tu veux connaître la meilleure ? En venant ici, son poteau m'a présenté des excuses ! J'ai bien dit des excuses ! Comment t'expliques ça, toi ? Et encore avant ça, quand j'étais en train de balancer mon histoire à Kristina et que les types ont déboulé. Il lui a suffi de regarder le nabot pour qu'il la ferme illico. C'est sûr que cette fille dégage un truc assez flippant, mais avec des tueurs ? Et dix minutes plus tard on était assis dans ce bar, tous ensemble, à attendre ton coup de fil comme une bande de copains impatients d'aller faire la teuf. Sans déconner, c'est quoi ce délire ?

— L'argent, pardi.

Elle secoua la tête.

— Il n'y a pas que ça, John. En attendant, je te garantis que tu me laisses pas ici. Va falloir trouver un plan B, mon pote.

Ledit plan B se résuma à ce que Bill et moi emmenions Becki et Kyle dans le 4×4 des Collins, tandis que les autres nous suivraient avec leur propre véhicule. J'ai enfilé le sweat-shirt de Bill, repris mes armes et toisé mes coéquipiers.

— Vous êtes prêts, les gars ?

Les deux Noirs hochèrent la tête tandis que Bill secouait lentement la sienne.

— On ne s'ennuie jamais avec toi, Henderson.

Puis il attendit que nous soyons montés en voiture pour poser une question essentielle.

— Et qu'est-ce qu'on fait s'il n'y a personne ?

— Eh bien on... (Merde, je n'y avais même pas pensé.) Bon, trouve-moi le numéro de la résidence Robertson, et passe-moi le téléphone dès que ça sonne.

Il pianota sur son appareil et me le tendit.

— Le signal n'est pas terrible, prévint-il.

Après de longues secondes, quelqu'un décrocha sans un mot. Je ne percevais que son souffle.

— Brooke ?

— Non, répondit une voix riche et suave. Je crains qu'elle ne se soit absentée.

— Je sais que c'est vous, Brooke.

— Vous faites erreur. Vous êtes ici à la bibliothèque publique de Seattle. Qui la demande, s'il vous plaît ?

— Écoutez-moi bien, Brooke. S'il arrive quoi que ce soit à Carol ou à mon fils, vous serez la dernière génération de Robertson à fouler cette planète, vous m'entendez ?

Elle partit d'un rire si brusque et sonore qu'il me vrilla le tympan.

— Vous m'amuserez toujours, dit-elle avant de raccrocher.

J'ai démarré le moteur.

— C'est bien là-bas que ça se passe.

La pluie battait moins fort, mais pour la seule raison qu'elle virait à la neige fondue. Je dus réfréner l'envie de foncer, car j'avais suffisamment pratiqué ces routes pour savoir que, par un temps pareil, réduire sa vitesse de quinze kilomètres-heure divisait par deux les risques de sortie de route. Dans le cas présent, cela nous éviterait aussi de semer nos supplétifs.

Ambiance mutique à bord. Bill regardait droit devant lui, à travers le pare-brise. Dieu sait ce qu'il avait en tête. J'aurais voulu le remercier d'être là, mais je ne trouvais pas les mots. À l'arrière, Becki et Kyle étaient assis chacun dans son coin. Elle fixait la route tandis qu'il semblait admirer la forêt.

— Ça caille, lâcha-t-il subitement.

— Toi et tes bulletins météo, soupirai-je.

— Non, mais je t'assure ! Et puis ça sent bizarre…

J'allais de nouveau le rembarrer quand je me suis aperçu qu'il disait vrai. Le chauffage était monté à fond depuis que j'avais piqué le véhicule des Collins, et pourtant, bizarrement, le souffle d'air chaud se révélait impuissant face au froid. Quant à l'odeur, impossible de la rater. Sucrée, épicée, un rien écœurante, comme des effluves de cannelle. J'ai pensé à un désodorisant de voiture, mais il n'y avait rien de tel à bord. J'ai entrouvert la vitre et l'odeur s'est quelque peu allégée, sans pour autant faire chuter la température.

Vous croyez que ça vient des bois ? demanda Becki.

— Aucune idée, répondis-je.

Je savais, en revanche, que ce n'était pas la première fois que je sentais cette odeur depuis le début de mon séjour.

Le silence revint pour cinq minutes, avant que Kyle recommence.

— Y a un truc dehors.

— Ferme-la ! rétorqua Becki.

— Tu as vu quelque chose ? s'enquit Bill.

Kyle pressa son visage contre la vitre.

— Non, finit-il par avouer.

— Alors il n'y a sans doute pas lieu de s'inquiéter.

Bill avait peut-être raison, mais, à mesure que nous roulions, la boule dans mon ventre enflait comme une mise en garde. Ce n'était sans doute que la peur, l'appréhension. Qui que vous soyez, et quoi que vous ayez fait, la proximité d'armes à feu vous rapproche inévitablement du voile séparant la vie de la mort. J'avais passé plusieurs années de ma vie professionnelle avec un flingue à la ceinture, et ce n'est jamais une circonstance anodine.

Je me bilais pour Carol, ainsi que pour Tyler, mais l'impression qui me taraudait le plus n'était pas celle-là. Il y avait autre chose. Dehors, ou en moi, mais quelque chose.

L'impression d'un malheur imminent.

À cinquante mètres de notre destination, on voyait que le portail de la propriété Robertson était grand ouvert.

— Ce n'est pas forcément bon signe, dit Bill.

— Ils ne m'ont pas enlevé sans raison, commentai-je, tout en tapotant sur le frein pour dire aux suiveurs de se garer. En me laissant entrer, ils me récupèrent.

— Et en quoi est-ce une bonne chose ? s'interrogea Becki.

Je suis descendu pour aller briefer nos lascars. Little D baissa sa vitre, l'air gris et renfrogné.

— C'est là, indiquai-je. Tu te sens bien ?

— Juste un peu froid, *man*.

Je le soupçonnais d'éprouver la même chose que moi : une intuition viscérale qui nous criait de ficher le camp.

Switch coupa le moteur et attrapa un 9 mm sous son siège.

— On procède comment ? demanda-t-il.

— Suivez-moi.

Je suis retourné délivrer mes instructions aux autres.

— Vous deux, vous restez ici, dis-je à Becki et à Kyle. (Elle se mit à protester.) Et on ne discute pas !

Becki examina ses doigts.

— Par contre, j'aimerais que tu t'installes derrière le volant. Enfermez-vous, et au premier inconnu qui s'approche vous décarrez en quatrième vitesse, O.K. ?

Bill sortit de l'autre côté, son fusil à la main. Il leva les yeux vers les montagnes, là où la foudre venait de gronder. La neige fondue s'intensifiait et nous glaçait les os.

— Quelle nuit pourrie, dit-il.

— On sera d'autant mieux couverts.

Il leva les sourcils.

— Tu ne m'avais pas habitué à tant d'optimisme.

Nous avons fermé nos portières et marché jusqu'à la grille, talonnés par les deux tueurs qui avaient déjà l'arme au poing. Parvenu au pied de l'allée, Bill les a fait stopper, et je me suis courbé pour trotter vers la lueur blanche.

L'allée s'élevait en bosse, de sorte que les deux maisons émergeaient au rythme de mes pas. Toutes les lumières étaient allumées, comme pour attirer l'attention de vaisseaux extraterrestres. Je suis resté tapi sur la droite de l'allée, au milieu de le végétation, à guetter le moindre mouvement. Ne voyant rien, j'ai tourné les talons et fait signe aux autres d'avancer. On s'est tous regroupés sur le côté gauche.

— Bill et moi prenons la grande maison, déclarai-je en gueulant à moitié à cause de la pluie battante. Vous, vous inspectez la deuxième.

Switch regarda la bâtisse où avait vécu Ellen.

— Et si on tombe sur quelque chose ?

— Si vous trouvez une femme et un petit garçon, faites-les sortir et rejoignez-nous dare-dare. Dès qu'on les a récupérés, on met les voiles et c'est fini. Par contre, si vous voyez d'autres gens, méfiance. Et si on vous attaque, n'hésitez pas à tirer. Au premier coup de feu, on rapplique.

Un bref hochement de tête, et les deux gars se sont élancés sous la pluie. Bill et moi avons dégainé nos flingues.

— Je n'ai jamais rien vu qui ressemble autant à un guet-apens, observa-t-il gaiement tandis que nous courions vers la maison. Il suffirait d'un type posté à cent mètres avec un fusil à lunette pour qu'on soit cuits.

La moitié des lumières s'éteignirent d'un coup, puis ressuscitèrent de concert.

Nous avons atteint le perron sans encombre. Nous nous sommes accroupis pour longer la façade et jeter un œil par les fenêtres. Comme toutes les pièces semblaient désertes, nous sommes revenus nous placer de part et d'autre de la porte. J'ai posé une main sur la poignée. Ce n'était pas verrouillé.

J'ai poussé légèrement le battant, on a compté jusqu'à vingt, puis Bill m'a donné le signal et on a fait voler la porte avec le pied, les flingues pointés devant nous.

À l'intérieur, une horloge tictaquait.

Nous avons décrit de lents demi-cercles sur le carrelage du hall, sans rien entendre de neuf. Bill grimaça. Des sensations vous saisissaient dès le seuil : l'air était surchauffé et chargé d'une odeur oppressante, proche de celle que nous avions sentie sur la route, mais tournée, croupie, à vous soulever le cœur. Comme si on avait fait bouillir des clous de girofle dans de la graisse, au-dessus de flammes fumeuses, accompagnés d'ingrédients que les gens normaux ne consomment pas. J'ai envoyé Bill explorer la partie droite du rez-de-chaussée et j'ai moi-même pris la gauche.

Le grand salon, avec ses fauteuils droits plus décoratifs que confortables. Des magazines éparpillés sur des tables basses en verre. Une cheminée qui avait rempli son office un peu plus tôt dans la journée. Et toutes les lampes allumées, aussi bien au plafond qu'aux murs ou sur les meubles.

Je me suis rendu dans la bibliothèque – l'extension majeure apportée à cette maison – et de là dans la salle du petit déjeuner. Elle aussi était propre, silencieuse, vide. Il y avait une fenêtre dans le fond, mais il faisait trop sombre pour deviner quoi que ce soit derrière la pluie ruisselante.

L'horloge que l'on entendait dès l'entrée se trouvait ici, trônant sur la cheminée. À moins que mon oreille ne fût subitement devenue hypersensible, je n'en avais jamais connu d'aussi bruyante, et je ne me souvenais pas d'avoir entendu ni même vu celle-ci lors de ma première visite.

De l'autre côté, cette pièce débouchait sur la grande cuisine. Cette dernière semblait figée dans la naphtaline, comme, à vrai dire, toute la maison, à croire que ses occupants se contentaient de raser les murs dans un silence suffoquant, comme si cette demeure était davantage un monument dédié à la famille qu'un véritable lieu de vie.

J'ai retrouvé le couloir en même temps que Bill. Il secoua la tête puis indiqua l'escalier d'un air interrogatif. J'approuvai et le laissai passer devant.

Le doigt sur la détente, nous grimpâmes lentement le demi-cercle de marches et atteignîmes sans accroc le palier. La lumière vacilla à deux reprises, puis se stabilisa. Nous avons d'abord scruté ensemble l'aile droite de l'étage, c'est-à-dire les quartiers de Cory. Il n'y avait toujours rien ni personne à signaler, si ce n'est que cette fois, en observant les photos de la bande de chasseurs, j'ai reconnu quelqu'un.

J'ai décroché le cadre pour en avoir le cœur net. Oui, c'était bien lui.

Que dis-je, c'étaient même eux.

À l'extrême gauche, Richard Collins.

Et au centre, le bras autour des épaules de Cory, se tenait l'adjoint Greene.

Nous sommes revenus dans le hall pour nous intéresser à l'aile de Brooke, la seule *terra incognita* de cette demeure. Avant cela, Bill me retint en arrière le temps de scruter la pelouse par la vitre.

Il se retourna et haussa les épaules : aucune trace de nos deux alliés.

J'ai ouvert la porte de Brooke avec d'infinies précautions. Derrière se trouvait le pendant symétrique de la partie de Cory – au début, en tout cas. Un petit couloir menait sur la gauche à la suite principale. La chambre était immaculée, décorée dans des tons neutres, avec des rideaux clairs. On aurait dit une chambre d'hôtel pour clients maniaques. Et il n'y avait pas âme qui vive, ni là ni dans la salle de bains attenante.

J'ai rejoint Bill et donné mon accord pour qu'il essaie la porte située à l'autre bout du couloir. Elle était verrouillée, ce qui constituait le tout premier obstacle depuis notre irruption entre ces murs.

J'y ai flanqué un coup d'épaule, soudain persuadé que Carol et Tyler se trouveraient derrière. Mais la porte encaissa le choc sans frémir.

Bill me poussa sur le côté pour essayer à son tour, en laissant tomber son épaule avant de la redresser au dernier moment. Il avait plus de masse que moi et une bien meilleure technique. Le cadre ne bougeait toujours pas, mais le milieu de la porte finit par se fendre, et il suffit de deux coups supplémentaires pour enfoncer le panneau.

Sitôt ouverte, cette partie-ci révéla toute son originalité. L'étage avait été agrandi lui aussi, de sorte que le salon privatif de Brooke faisait bien deux fois celui de Cory, un grand L terminé par une large fenêtre. Il y avait une cheminée – froide –, plusieurs sofas et fauteuils, et surtout deux longs murs couverts de tiroirs.

Du sol au plafond, des tiroirs par centaines.

Chapitre 44

— Ben, mon con, murmura Bill. C'est quoi, tout ça ?

Chacun s'adjugea un mur. Ces tiroirs avaient visiblement été installés en plusieurs étapes, à des dizaines d'années d'intervalle. Certains semblaient tout droit sortis d'une boutique d'apothicaire ou des réserves d'un musée, avec leur bois sombre maintes fois reverni. D'autres étaient de facture plus moderne mais prolongeaient harmonieusement les précédents. Enfin, juste avant la fenêtre du fond, les deux dernières colonnes étaient entièrement métalliques, comme une nuée de coffres-forts.

Chaque tiroir mesurait environ cinquante centimètres sur dix et s'ouvrait avec une petite clef. Tous présentaient une poignée en creux ainsi qu'une plaquette de cuivre marquée d'une étiquette. Sur chacune de celles-ci figurait un nom de famille inscrit soit au stylo-bille, soit à la plume, et l'écriture calligraphiée des plus anciennes était quasi effacée.

Bill s'arrêta devant un segment récent et tira sur une poignée au hasard. Sans succès. Il tenta sa chance avec des tiroirs plus anciens, mais rien à faire. Tous étaient conçus pour durer.

Je me suis intéressé aux noms. Ils n'étaient pas classés par ordre alphabétique, et rien ne permettait de comprendre leur mode de classement, d'autant que quelques-uns des vieux tiroirs arboraient une étiquette récente.

— Alors ? demanda Bill.

Je secouai la tête, ne sachant pas bien ce que je cherchais. Puis des bruits de pas résonnèrent dans l'escalier, rapides et dédoublés. Nous eûmes tout juste le temps de braquer nos flingues avant que Little D et Switch surgissent dans l'embrasure, trempés comme des serpillières et l'air assez inquiets.

— Vide de chez vide, rapporta Switch. Ni meubles ni tapis, que dalle.

Je suis retourné vers mon mur pour scruter les noms au hasard.

J'ai fini par en reconnaître un : Cornell, comme Jassie Cornell, la serveuse qui s'était suicidée.

— C'est quoi, cette putain d'odeur partout ? frissonna Little D. Y a un truc mort ou quoi ?

— Peut-être, répondis-je. T'es calé en serrures ?

— Je m'y connais un peu.

— Alors essaie de m'ouvrir ça, demandai-je en montrant le tiroir Cornell.

Little D sortit de son jean hors de prix un jeu de fines tiges métalliques, et il examina la serrure.

— Je crois qu'on a fait fausse route, estima Bill. Il n'y a personne ici, John. Ils t'ont attiré au mauvais endroit. Alors qu'est-ce que tu décides ?

Je secouai de nouveau la tête. Je savais qu'il y avait urgence, que chaque minute comptait, mais où aller, bon sang ?

Je me tournai vers Switch.

— Tu disais que c'était un flic qui t'avait dirigé vers moi. Il ressemblait à quoi ?

— Costaud.

— Plutôt grand, ou plutôt gros ?

— Gros.

Alors il ne s'agissait pas de Pierce, contrairement à ce que j'avais supposé, mais plus probablement de Greene, l'adjoint que je venais de voir en photo dans la piaule de Cory – et qui, cela me revenait soudain, m'avait apostrophé sur le parking de l'hôpital suite à l'accident d'Ellen. Le gars dont la fille était femme de ménage à mon hôtel, et donc en mesure – simple hypothèse – de lui ouvrir une chambre pour qu'il y dépose un cadavre. Car que pouvait-elle faire, après tout ? Alerter la police ?

— Et ça s'est passé comment ? continuai-je. Comment en est-il venu à parler de moi ?

— Je t'explique. Le gars nous arrête, demande à voir mon permis et les papiers de la caisse. Pas de problème, j'ai tout ça. Alors il me la joue : « Qu'est-ce que tu viens faire ici, négro ? » Je lui réponds qu'on cherche un ami qui a disparu. Il me demande d'où vient cet ami, et je lui réponds qu'il vient de l'Oregon, un jeune homme prénommé Kyle. Je commence à le décrire…

— Tu as raconté tout ça à un flic ?

— Et alors ? Y avait rien de faux, là-dedans. J'ai juste évité de dire qu'on voulait le tuer. Et c'est là que le keuf nous parle d'un keum plus vieux qui est de passage en ville et qui saura peut-être quelque chose. Il nous décrit ta bagnole, puis il nous souhaite une bonne journée et il se barre. Voilà.

— Tu peux appeler le commissariat ? dis-je à Bill. Tu demandes le shérif Pierce, sous un prétexte quelconque.

— Je croyais qu'il t'avait raccroché au nez.

— C'est pas sûr, justement.

Le tiroir que trifouillait Little D émit un clic. Je l'ai ouvert. Il était vide. Puis j'ai repéré un deuxième nom, deux colonnes plus loin.

Collins.

— Essaie celui-là, maintenant.

Little D se déplaça et inséra son passe-partout, mais la serrure lui résista. J'entendis derrière moi Bill parler dans son téléphone. Little D sélectionna une autre tige, et cette fois le tiroir s'ouvrit. Il renfermait une enveloppe kraft.

— Pierce est sorti, m'informa Bill. Mais on m'a promis de lui transmettre le message.

— Tu es tombé sur qui ?

— L'adjoint Phil Corliss.

— Alors il devrait tenir parole. Et tu lui as dit quoi ?

— Pas grand-chose. Il n'avait pas l'air très intéressé par ce que je lui racontais.

J'ai sorti l'enveloppe du tiroir. Elle en contenait une deuxième, plus petite et toute blanche, qui avait été cachetée, décachetée, puis refermée avec du Scotch. Je l'ai ouverte elle aussi, pour découvrir un simple cheveu. Posé sur le papier blanc, il révélait une extrémité bleue.

Au fond du tiroir se trouvait une feuille volante. Elle semblait très récente, tout comme l'unique ligne de texte qu'elle comportait :

2009 / Tristesse / contre Jass. C

— Seigneur, murmurai-je. Bill, regarde si tu en trouves un au nom de Ransom.

— Comment dis-tu ?

— Ransom, le nom de jeune fille de Carol.

Il se mit en chasse et je l'imitai, jusqu'à ce que je tombe sur un tiroir Greene. Je le fis ouvrir par Little D.

— On va trouver du blé dans ces machins ?

— J'en doute, mon ami.

Ce tiroir coulissait mal tant il était bourré d'enveloppes. Des vêtements, une montre, des photos datant de différentes périodes… L'ensemble était accompagné de trois feuilles reliées par une agrafe et chacune recouverte d'une trentaine de lignes. La personne qui tenait cet étrange registre – Brooke, sûrement, même si les toutes premières entrées étaient inscrites d'une autre main – allait bientôt devoir entamer une quatrième page. Chaque ligne semblait se rattacher à un individu, toujours désigné par les premières lettres de son prénom suivies de l'initiale du nom.

Vers le haut de la dernière page, je remarquai cette mention-ci :

2004 / Perdue / contre Co. G

— Trouvé ! annonça Bill. Ransom, C.

Alors que Little D rejoignait Bill pour attaquer la serrure, je restai comme hypnotisé par la feuille entre mes doigts. « Co. G » pour Courtney Greene ? La fille de l'homme auquel ce tiroir était vraisemblablement consacré ? Pris dans le sens de « déboussolée », l'adjectif « perdue » allait comme un gant à la jeune Courtney. Je revoyais encore sa réaction acerbe lorsque j'avais promis de tenir ma langue devant sa patronne, comme si, l'espace d'un instant, une autre personnalité avait affleuré de son corps, et que ma phrase eût atteint, telle une flèche, la fille prisonnière du brouillard. Un brouillard si dense qu'il permettait d'accepter l'inacceptable, par exemple, un cadavre ensanglanté avec un clou planté dans le front.

S'il était réellement possible d'infliger une tristesse à quelqu'un, pouvait-on de la même manière embrumer un esprit, le fermer aux événements du passé ou du présent ? Pouvait-on provoquer l'oubli de choses survenues dans la nuit, alors même, peut-être, qu'elles perduraient encore ? Pouvait-on égarer quelqu'un dans les méandres de son cerveau, et ce dans l'unique but de se protéger soi-même ?

Existait-il des hommes capables de faire ça à leur propre fille, et, si oui, que pouvait bien leur coûter une telle prestation ?

C'est la lumière du plafond qui me tira de ces pensées : elle vacilla, clignota rapidement, s'éteignit une seconde entière puis se rétablit. J'ai rangé les feuilles dans le tiroir Greene et retrouvé Bill devant celui de Carol. Là encore, une enveloppe. À l'intérieur figuraient un vieux stylo-bille transparent, sur le capuchon duquel était peint le prénom Paul au Tipp-Ex, ainsi que la couverture d'un vieux cahier d'écolier.

La feuille jointe présentait quatre lignes rédigées par deux personnes différentes

1989 : Passion (amour) / sur Paul B
1991 : " / sur Robert S
2004 : Fécondité / sur soi
2005 : Tristesse / contre JR

Des objets personnels. Des affaires que l'autre avait touchées ou aimées, et qui dès lors pouvaient tenir lieu d'effigies. Le stylo semblait croupir dans ce tiroir depuis un bon bout de temps – depuis 1989, à en croire la notice. Sûrement la propriété d'un certain Paul, sur lequel une toute jeune Carol Ransom aurait jeté son dévolu. Quant au cahier d'écolier, il devait appartenir à un autre adolescent rencontré trois ans plus tard. Aujourd'hui, ces deux gars devaient avoir une bonne trentaine d'années. Une épouse, des gosses, et nul souvenir de cette ancienne camarade prête à tout pour attirer leur attention.

À moins, bien sûr, qu'eux-mêmes n'eussent recouru aux mêmes artifices, étant donné le nombre impressionnant de tiroirs dans cette pièce.

Sous ces quatre lignes était crayonné un dessin. J'avais déjà vu ce motif auparavant, et plus d'une fois depuis mon retour à Black Ridge. Mais là je me suis aperçu, peut-être parce que la personne qui l'avait reproduit sur cette feuille savait de quoi il s'agissait, que sous cette pluie de biffures se cachait une figure identifiable. Celle d'un bossu, ou peut-être d'un chien.

Suivait cette indication, à l'encre :

~~Scott H~~ [+++]

Bizarrement, il me fallut un moment pour comprendre que la partie barrée faisait certainement référence à mon fils.

— Ça va, John ? demanda Bill.

Je lui remis la feuille. Il l'étudia et releva lentement les yeux.

— Tu crois que ça signifie ce que je pense ? dit-il.

Je haussai les épaules. Pour moi, il fallait y lire : « Un de tombé, plus que trois à abattre », et cette idée rendait ma respiration de plus en plus difficile.

— Y a un truc, dehors, lança Little D depuis la fenêtre.

Bill alla voir.

— Quoi donc ?

— J'ai cru voir un machin, tout au fond. Genre une lumière.

J'allai vérifier à mon tour, le visage contre le carreau, les mains en œillère pour supprimer les reflets parasites. Mais je ne remarquai rien.

— Tu sais ce qu'il y a là-bas, Bill ?

— Je n'y ai jamais mis les pieds. Les bois, je dirais.

Nous avons tous repris l'escalier et trotté jusqu'au perron.

— C'est de la neige ? demandai-je en me retrouvant à l'air libre.

Je n'étais pas sûr qu'il s'agît vraiment de flocons, mais c'était blanc, ça tombait lentement, et le chant du monde en semblait assourdi. L'affreuse odeur avait faibli, elle aussi, mais on la devinait toujours, comme cachée dans la pénombre.

Puis je vis quelqu'un remonter l'allée en courant.

— Becki ? Mais qu'est-ce que tu fabriques ?

— On a vu des gens, ahana-t-elle en arrivant à notre hauteur. Il fallait que je vous prévienne.

— Comment ça, des gens ?

— Tout un groupe de voitures. Ça faisait dix minutes qu'on poireautait dans la caisse quand toutes ces bagnoles ont débarqué d'un coup, à la queue leu leu, et ça n'en finissait pas. Il y en avait peut-être dix, vingt...

— Elles sont à la grille ?

— Non, elles sont passées devant sans s'arrêter.

Cela me paraissait absurde. Dans ce sens-là, la route menait à l'embranchement vers mon ancienne maison, il n'y avait plus rien sur trente kilomètres jusqu'à Roslyn et Sheffer.

— Où est Kyle ? demandai-je.

— Il n'a pas osé sortir.

Puis nous l'avons tous perçu. Un cri lointain, étouffé, venu de derrière la maison. Je savais qui l'avait poussé, car on reconnaît immédiatement les hurlements de son conjoint, même quand on les entend pour la toute première fois.

D'autant que ce n'était pas la première fois. J'avais déjà entendu ce cri, bien sûr, le jour de la mort de Scott.

Je me suis mis à courir, en contournant la maison par la gauche car c'était le chemin le plus court, et sans tenir compte des protestations de Bill, qui s'élançait derrière moi avec les autres. Mon copain n'avait qu'à moitié raison ; il s'agissait bien d'un piège, mais pas d'un guet-apens. On m'avait attiré dans cette maison pour me tenir à distance le plus longtemps possible.

L'arrière de la maison donnait sur une vaste pelouse au bout de laquelle les premiers arbres s'alignaient en demi-cercle. J'ai ralenti l'allure, en quête d'indices suggérant la meilleure direction à suivre – un départ de sentier, ou bien la lueur qu'avait cru apercevoir Little D.

Mais il n'y avait rien. Ces bois ressemblaient à un monde d'obscurité où seul un fou serait allé se jeter.

J'avais vaguement conscience que mes amis cavalaient derrière moi, ensuite, j'ai entendu claquer un fusil et j'ai plongé à terre.

Un cri fusa presque aussitôt, mais il ne venait pas de moi.

C'était Becki qui paniquait, et les autres n'en étaient pas loin.

— Reste couché, John !

Ignorant le conseil de Bill, je me suis relevé pour rebrousser chemin en zigzaguant. Je faisais une cible trop facile sur cette pelouse à ciel ouvert.

Les autres s'étaient retranchés derrière l'angle de la maison, dans un coin sans lumière. Serrant son arme à deux mains, Bill tirait des balles préventives vers les arbres cependant que Becki se mordait la moitié de la main droite, les yeux exorbités. Elle non plus n'avait pas été touchée.

Gisant au sol, le dos cambré, Little D se tenait la gorge. Un sang épais giclait entre ses doigts, et ses paupières clignaient comme s'il cherchait quelque chose à quoi se raccrocher.

— Merde, grognai-je, en m'agenouillant devant lui, ma main droite cherchant machinalement le sac à dos que je n'avais pas, et mon esprit, les gestes à faire en pareille circonstance. Où est passé son copain ?

— Il s'est sauvé dans les bois, répondit Bill.

Mon vieil ami cessa de tirer, rechargea son pistolet et tendit l'oreille. Quelques instants de silence, puis les coups de feu reprirent en face.

Little D toussa une gerbe de sang. Je lui dis de garder ses mains où elles étaient, mais sans savoir s'il pouvait m'entendre. Je le tournai sur le côté afin d'empêcher le sang de couler directement dans ses poumons, mais bientôt ses bras se convulsèrent, et j'eus le plus grand mal à le maintenir immobile.

— Tu te souviens de la marche à suivre, Bill ?

— Trouver un toubib, demander un hélico, détaler.

— Et à part ça ?

— Non.

— Il est mort, lâcha Becki.

Le fait est que Little D ne clignait plus des yeux et que ses mains lâchaient prise. Deux minutes plus tard, il était bel et bien décédé. Son ultime toux ressembla à celle d'un homme plongé au fond de l'eau, et la neige, de plus en plus forte, se répandit sur son visage.

— C'est un cauchemar, chuchota Becki pour elle-même.

— Retourne à la voiture, lui dis-je. Fonce au commissariat de Black Ridge et envoie-nous toutes les bonnes âmes que tu trouveras.

— À quoi bon, John ? S'ils refusent de rappliquer quand tu les appelles, pourquoi tu voudrais qu'ils m'écoutent ? Parce que je suis une gonzesse ?

— Parce que tu es couverte de sang.

Elle regarda ses mains, ses bras, et vit que c'était vrai.

Bill tourna la tête vers le devant de la maison.

— On a de la visite, dit-il.

J'entraînai Becki à l'écart tandis que Bill montait au front. Il s'avéra que la menace n'était autre que Kyle, courant vers nous comme un dératé. En voyant le corps de Little D, il dérapa dans l'herbe mouillée.

— Fais demi-tour, Kyle. Retourne à…

— Y a quelque chose qui s'approche, annonça-t-il.

— Tu veux dire « quelqu'un » ?

— Si tu veux. Mais je suis certain d'avoir vu des gens entre les arbres, ou en tout cas quelque chose, de l'autre côté de la route. Je voyais mal parce qu'il faisait complètement noir, mais j'ai senti que ça se rapprochait. C'étaient peut-être des gens, mais j'en sais rien, O.K. ?

Je vis qu'il était terrifié, que ses yeux et ses mains s'agitaient avec frénésie, comme si son corps s'affolait encore plus que sa cervelle.

— Il faut revoir le plan de bataille, dit Bill. Replions-nous vers la bagnole.

— Pas question, protestai-je en pointant le doigt vers les bois. C'est là-bas que ça se passe, et ça se passe en ce moment même !

— Oui, avec Dieu sait combien de snipers suspendus dans les arbres. Je t'en prie, John. Tu sais que ça ne rime à rien de se précipiter là-bas.

— Mais j'ai entendu Carol !

— Et après ? Si on court vers la forêt, ils nous dégommeront un à un. Enfin… sauf toi, peut-être.

— Qu'est-ce que tu me chantes ?

Il me regardait fixement.

— Réfléchis, John. Ils t'enlèvent sur un parking mais ils s'abstiennent de te tuer, alors que ton ancienne maison est le cadre idéal pour ça : pas de voisins, pas de témoins. Puis, quand tu t'échappes, ils te laissent filer comme des bleus. Voilà cinq minutes, tu t'avances au milieu de la pelouse, avec toutes les lumières de la maison braquées sur toi, et pourtant ils choisissent d'abattre un gus qui ne représente rien pour eux.

— Pas la voiture ! s'insurgea Kyle. Je retourne pas là-bas !

Bill ignora ses jérémiades.

— Ils n'ont pas l'intention de te tuer, John. Du moins, pas de cette façon. Mais pour ce qui est de nous autres…

— Tu as raison, Bill. Sauvez-vous.

Et sur ces mots j'ai tracé à travers la pelouse.

Chapitre 45

Parvenu dans le bois sain et sauf, je me suis accroupi derrière un arbre épais. À ma gauche comme à ma droite s'étirait la nuit noire, avec quelques bavures grises là où la lune effleurait l'écorce des cimes. Droit devant moi, l'obscurité semblait en revanche moins dense, comme si elle annonçait une clairière. Sans doute était-ce là ma destination.

J'ai laissé passer quelques secondes, tous les sens en alerte. J'ai perçu deux bruits secs, coup sur coup, mais si lointains qu'il pouvait aussi bien s'agir d'une branche abattue par le vent. Celui-ci s'était remis à sévir, secouant les arbres comme d'immenses hochets.

J'allais me remettre en route lorsque j'ai perçu du mouvement dans mon dos.

J'ai virevolté.

C'était Bill.

— Espèce d'abruti, asséna-t-il en courant jusqu'à moi, ramassé sur lui-même.

— Qu'est-ce que tu fous là ?

Il s'adossa au tronc.

— J'ai dit qu'il fallait revoir le plan, pas que tu devais te démerder tout seul !

— Où sont les deux autres ?

— Je leur ai dit de ne pas bouger.

— Et ils vont t'obéir ?

— Si ça ne tient qu'à la fille, oui. Le gamin n'a pas assez de couilles pour décider quoi que ce soit.

— Bon, eh bien…

Un nouveau cri, venu d'en face.

On a suivi sa direction.

Si les bois autour de notre ancienne maison étaient pourvus de sentiers, de deux ou trois points de vue panoramiques, et même d'un banc traîné sur près d'un kilomètre par un ancien propriétaire plus motivé que moi, ici ne se trouvaient que des arbres livrés à eux-mêmes. Les générations successives de Robertson avaient visiblement décidé de laisser ce coin de forêt intact, malgré leur choix de construire ici plutôt qu'en centre-ville.

Bill parvenait à tenir le rythme, trottant à mes côtés, son fusil dans les mains.

— Tu le trouves normal, cet endroit ? demanda-t-il au bout de quelques minutes.

— Non, avouai-je.

Les frondaisons se faisaient de plus en plus fournies, et cent mètres après la pelouse la neige n'atteignait plus le sol. L'humus était à peine mouillé, après des heures et des heures de pluie. Cavaler était facile. S'orienter, beaucoup moins. L'air était lourd, noir comme la mort, et l'espace d'un instant je me sentis projeté quinze ans en arrière : deux jeunes soldats courant dans la nuit d'un pays étranger pour accomplir une mission dont le sens leur échappait.

Pourtant, même à l'époque, jamais je n'avais eu aussi peur. On peut toujours, jusqu'à un certain point, éviter les balles ennemies. Mais ce vers quoi nous courions à présent semblait monter de l'intérieur.

Bill stoppa et dressa la main.

— Bouge pas.

— Quoi ?

Il déglutissait de manière compulsive.

— J'ai entendu quelque chose.

Je ne percevais moi-même qu'un silence implacable, si oppressant qu'il rendait mon pouls bruyant et incongru. Puis il y eut un autre cri venant de notre gauche.

Nous avons rectifié le cap et redémarré. Le sol devint plus raide et caillouteux, les branchages laissaient de nouveau filtrer la lumière de la lune.

— Là-haut ! haleta Bill.

Je le voyais comme lui : les troncs étaient moins resserrés, ce qui semblait confirmer que la forêt débouchait sur autre chose. Il faisait aussi un peu plus chaud, et ce n'était pas seulement dû à l'effort physique. On aurait dit que l'air était retenu depuis l'été, et même depuis toujours, comme s'il n'avait jamais quitté cette enclave. Je repensai aux théories de Carol – beaucoup moins sottes, tout à coup – sur une nature peuplée d'entités invisibles. L'air faisait-il partie de celles-ci ? Et, si oui, que voulait-il ? Qu'attendait-il de nous ?

J'ai accéléré l'allure. Bill a décroché, et après quelques centaines de mètres je ne l'entendais plus. Je n'étais même plus sûr de suivre la bonne direction. Je sprintais, c'est tout.

Soudain, les arbres s'espacèrent, la neige réapparut sur le sol et la forêt s'effaça. Restait une lande dégarnie, et derrière elle un lac.

Je me suis immobilisé.

Il était méconnaissable dans cette lumière et nimbé d'un halo blanc. Je ne l'avais jamais vu sous cet angle – ni avec un Noir étendu sur sa rive, un bras et une jambe dans l'eau, essayant désespérément de se redresser.

Je savais toutefois où j'étais, puisqu'il n'y avait pas deux lacs de cette taille dans la région.

L'eau était parfaitement lisse. Des plaques de glace se formaient sur les bords, nappées de neige et hérissées de bâtons semblables à de petits os.

Bill me rejoignit, pantelant, et alla aussitôt sortir Switch de l'eau. Le gars avait reçu une balle dans le haut de la cuisse, mais sa vie ne semblait pas en danger. Il égrenait des jurons d'une voix basse et véhémente.

— Mais où on est ? demanda Bill.

— On est à Murdo Pond.

Je me dévissai le cou vers la gauche. Notre ancienne baraque se trouvait forcément par là-bas, deux ou trois kilomètres après ce coude qui devait la dissimuler même en plein jour. Ne m'étant jamais rendu chez les Robertson par le passé, et n'ayant même jamais exploré en bateau « notre » portion d'eau, je n'avais pas songé que ce lac était mitoyen à nos deux propriétés.

C'était d'ici qu'émanait l'odeur. Je ne l'avais guère remarquée du temps où nous vivions ici, mais les effluves sucrés perçus chez les Robertson, et avant cela sur la route, prenaient bien naissance sur ce lac.

En me retournant, je vis que les arbres venaient lécher l'eau d'un côté comme de l'autre. Cependant, cinq cents mètres plus loin, je devinais une rive rocheuse ainsi qu'un débarcadère où se dressait une silhouette.

Bill l'aperçut lui aussi.

— Regarde, John !

Le personne debout sur le quai semblait avoir deux têtes, l'une plus petite que l'autre.

On discernait des pleurs d'enfant et les hurlements déchirants d'une femme poussée au-delà de l'hystérie, criant comme pour fendre le cerveau de l'adversaire.

— On va devoir t'abandonner, dis-je à Switch.

Il opina, les traits tirés par la douleur.

— Niquez-les profond.

Nous avons replongé dans les bois et repris notre course.

Dans la mesure du possible, tout au moins, car la forêt s'épaississait vite et le sol entre les arbres était inégal, caillouteux, creusé de petites ravines par où les eaux de printemps ruisselaient jusqu'au lac. La lune peinait à nous éclairer et projetait d'étranges ombres, au point qu'il me parut voir un petit groupe de gens nous suivre sur la droite. Sauf qu'ils ne faisaient aucun bruit, et que certaines de ces formes avaient à peine la taille d'enfants.

Le vent soufflait de plus en plus fort, frottant sans répit les arbres les uns contre les autres. Tout n'était que bruissements, murmures, craquements, et l'irrépressible sensation d'une présence derrière soi, ou à côté, ou même tout autour.

Puis nous sortîmes de la futaie, et le spectacle se figea. Je vis Carol sur la rive, dans une posture implorante, et découvris avec horreur que la créature à deux têtes aperçue plus tôt n'était pas mon ex-femme, mais Brooke Robertson.

Le ponton s'avançait d'une douzaine de mètres au-dessus du lac, et Brooke se tenait au bout, Tyler dans les bras. Le petit se débattait, mais elle était robuste.

Carol se retourna en m'entendant surgir des bois. Son visage était disloqué par la douleur, cramoisi et noyé de larmes. Le visage d'une inconnue.

— John ! cria-t-elle. Ramène-le !

Je me dirigeai vers le quai, mais Brooke montra sa paume.

— Un pas de plus et je le jette à l'eau, menaça-t-elle.

— Deux de plus, renchérit une voix d'homme, et je fais sauter la tête de la mère.

Cory Robertson se tenait de l'autre côté du ponton, appuyé contre un arbre, son fusil de chasse pointé sur Carol. Pour m'être déjà servi d'une arme de ce type, je savais qu'elle pouvait neutraliser un cerf à plus de huit cents mètres. À cette distance, elle aurait transpercé une portière de voiture.

Je me suis retourné pour chercher Bill. Je pensais qu'il m'aurait suivi à travers les bois, mais il n'était nulle part en vue. Pour ne pas montrer que j'attendais un complice, j'ai camouflé mon coup d'œil dans un long regard circulaire, comme si j'étais juste en train d'évaluer la situation, de mesurer à quel point j'étais cerné.

— Personne d'autre à signaler ? lançai-je.

— Rien que nous deux, répondit Brooke. Mais Cory est une fine gâchette.

— Je vous crois volontiers. J'ai vu la galerie de photos.

Une ombre venait pourtant de bouger entre les arbres – une ombre plutôt corpulente.

— Je parie que l'adjoint Greene est assez adroit, lui aussi.

— Bravo, monsieur Henderson. Bon, c'est vrai, je vous ai un peu menti. Quelques amis nous font la gentillesse de nous assister, ce soir. Mais ne comptez pas sur moi pour vous dire combien, ni où.

— Très bien, dis-je, en levant les mains. Dans ce cas, je n'irai nulle part. Vous avez gagné.

— Alors lâchez ce pistolet.

Je laissai tomber mon arme.

— Ramène Tyler ! me cria Carol d'une voix fêlée. Elle va le tuer !

— À quoi rime tout cela, Brooke ? Que voulez-vous à mon fils ?

— Ce n'est pas le vôtre, renvoya-t-elle.

— C'est pourtant ce qui est écrit sur l'acte de naissance.

— Quoi, vous voulez un prix d'héroïsme pour avoir exceptionnellement sauté votre propre épouse ? Vous n'auriez jamais eu ce garçon sans moi.

— Fécondité, 2004. Je sais.

— Excellent !

— Mais je ne savais rien de cette histoire il y a seulement vingt minutes. Et je ne pige toujours pas, d'ailleurs.

— Cela ne m'étonne pas. Voyez-vous, notre petite Carol chérie avait déjà un enfant, mais certaines personnes en veulent toujours plus, n'est-ce pas ? Et, comme elle était catastrophée de voir que le numéro deux mettait du temps à se déclarer, elle est venue rendre visite à sa vieille amie Brooke. Mais elle ne vous en a rien dit, bien sûr. C'est fou tout ce qu'il y a d'invisible dans la vie, vous ne trouvez pas ? Cela dit, ce n'est pas le seul service que Carol m'ait demandé au fil des ans, ni le seul mensonge qu'elle ait commis.

— Nous mentons tous, Brooke. La belle affaire. Mais, dites-moi, combien ça coûte ? Que doit débourser celle qui souhaite gagner l'amour d'un garçon ou tomber enceinte ? Que réclamez-vous aux clients ? Seulement de l'argent ? Que faut-il offrir pour que vous fassiez semblant de réaliser tous ces tours ?

— Je ne prétends rien de tel, mon cher. Mais je connais quelqu'un qui possède ce don.

— Ah oui, une sorcière. Mais pourquoi une sorcière aurait-elle besoin d'un imprésario ? Qu'est-ce qu'elle y gagne ?

— Savez-vous seulement de qui il s'agit ?

— Je ne crois pas à ces conneries, Brooke.

Elle sourit d'un air entendu.

— Vous avez raison. Il y a quelques centaines d'années, une telle position vous aurait sûrement sauvé la vie.

— Et donc vous prélevez un pourcentage sur les honoraires ?

— Avant tout, je tiens le chien en laisse. Car les individus doués d'un tel pouvoir sont facilement instables. Ils ont besoin d'une main modératrice. D'une figure tutélaire. D'une personne qui ait une vue d'ensemble sur les choses.

— Arrêtez votre baratin, Brooke.

Que fabriquait Bill ? Où était-il passé ? Avait-il besoin de quelques secondes supplémentaires ?

— Et tu as parlé de tout ça à Tyler ? demandai-je à Carol. C'est pour cette raison qu'il m'a reproché de ne pas être son vrai père ?

Elle se contenta de me fixer avec des yeux pleins de haine, comme si j'étais entré dans sa vie en bondissant de sous son lit et ne lui avais apporté ensuite que des malheurs.

— Hep ! Cory, jeta Brooke du ton léger qu'on prendrait pour réclamer un deuxième apéro.

Suivirent une seconde de silence puis un tir de fusil.

J'entendis Bill émettre un râle, et je compris qu'à partir de maintenant c'était Brooke qui menait la danse. Cela se vérifia quelques instants plus tard, lorsque tout un tas de gens commencèrent à sortir du bois.

Bill avait dû se replier en voyant qu'ils me tenaient en joue. Il aurait alors essayé de contourner la scène pour neutraliser Cory, avant d'être trahi par un bruit, par le clair de lune ou par le fond de neige derrière sa silhouette.

Cory l'avait touché à la poitrine, mais du côté droit – soit qu'il eût voulu l'épargner, soit qu'il eût simplement tourné son canon trop vite. Toujours est-il que cela suffit. Je sentais d'ici l'odeur de son sang, à moins qu'il ne s'agît d'une nouvelle note dans les relents du lac. Bill était tombé sur le dos, entre deux troncs. Il remuait les membres pour se relever ou pour attraper le fusil tombé hors d'atteinte.

Pendant ce temps-là, les ombres émergeaient des bois. Les copains de Cory, supposai-je tout d'abord. Ceux que j'avais vus en photo. Mais ils étaient plus nombreux que ça. Déjà une dizaine, et il en arrivait encore.

Le premier fut l'adjoint Greene. À sa suite, je reconnus le gars qui vendait son café sur le parking de l'agence bancaire, ainsi que la patronne du salon de coiffure. J'avisai le gérant de la supérette où j'avais acheté des clopes à deux reprises, et aussi des anonymes que j'avais repérés avec un journal chez les Write Sisters, entendus bavarder au Mountain View ou juste croisés dans la rue.

Courtney était de la partie.

Ainsi que Marie, ma taulière.

La plupart s'avançaient de quelques mètres à peine, juste ce qu'il fallait pour ne pas bloquer les suivants. Mais Marie poussa plus loin dans ma direction, les yeux fermés, en remuant les lèvres.

Puis elle s'arrêta et rouvrit les paupières.

Les branches supérieures des arbres s'agitèrent violemment, secouées par un de ces vents froids et cinglants venus des montagnes – ou bien du cœur de la forêt. La bourrasque souleva les cheveux de Marie alors qu'elle me dévisageait. Ce n'était plus la même femme. Elle semblait à la fois plus jeune et très vieille, mais terriblement puissante, comme si ses mains pouvaient déplacer les objets à distance.

Dans cette lumière blafarde qui saisissait la structure profonde de son visage, elle avait un je-ne-sais-quoi de familier.

Je me rendis compte qu'aucun des autres visiteurs ne s'intéressait à moi ni ne semblait conscient de ma présence. Tous contemplaient le lac, ou la rive opposée, et aucun n'était habillé pour le mauvais temps. Postée le plus près de moi, la coiffeuse avait un regard inexpressif et vague, comme celui de Courtney. À croire qu'elle n'avait pas de véritable visage ou que je voyais par transparence le vide qu'il recelait, telle la preuve qu'on ne sait jamais de quoi les êtres sont faits.

— À toi l'honneur, dit Brooke à Carol.

— Va te faire foutre ! répliqua mon ex-femme.

Brooke recula d'un pas, jusqu'à l'extrême limite du ponton, pour placer l'enfant au-dessus de l'eau.

— Ce lac reste froid toute l'année, dit-elle. Votre fiston est un bon nageur ?

Carol me regarda d'un air impuissant. Maintenant que la colère avait quitté ses yeux, je revoyais la jeune fille du temps de notre rencontre, celle qui m'avait persuadé de venir m'installer dans ces montagnes parce qu'elle les aimait et y avait toujours vécu.

Que pouvais-je faire ? La mort planait au-dessus de nos têtes sans autre perspective que de nous frapper. Que nous nous soumettions ou non aux volontés de Brooke, celle-ci poursuivrait son dessein coûte que coûte. La moitié de la population de Black Ridge était venue assister au spectacle, ou s'en faire le témoin. Pour échapper à ce moment funeste, il aurait fallu s'y prendre trois ou quatre ans plus tôt, si ce n'est le jour même de notre naissance. Il aurait fallu ne pas se rencontrer, ne pas être nous-mêmes mais d'autres, avoir toujours été morts sans jamais chercher à vivre. À présent, nous pouvions tout au mieux ralentir le processus.

— Fais ce qu'elle dit, Carol.

Comme elle restait inerte, je me suis avancé vers le ponton.

— Non, protesta Brooke d'une voix un rien tremblante. Carol d'abord.

Mais Carol ne bougea pas. Jouait-elle la montre, elle aussi ? Hélas, je ne voyais qu'une issue possible.

— Écoute-moi, Carol.

— Et pourquoi je t'écouterais, John ? Qu'est-ce qui me permet de croire que tu tiens à lui ?

— Tyler est mon fils, Carol. Toi et moi, c'est terminé, mais lui et moi on est liés pour la vie. À moins qu'il n'y ait un autre secret là-dessous…

— Oh non, John. C'était toi, l'infidèle, pas moi. Tyler est bien ton fils.

— Et c'est aussi le tien. Alors va le chercher, maintenant. Tu préfères qu'il reste tout seul là-bas ?

Après une brève hésitation, elle gravit les trois marches et foula les planches d'un pas décidé.

J'observai Cory du coin de l'œil. Il était toujours à son poste. Le projet de Brooke devait à l'évidence se dénouer au-dessus de ce lac, mais j'ignorais s'il fallait que nous y soyons tous trois réunis, ou si le frangin allait abattre Carol dans le dos avant de s'occuper de Tyler et de moi.

Il la suivait dans son viseur, mais dans une attitude somme toute relâchée : il n'avait pas l'intention de tirer tout de suite. D'ailleurs, à la réflexion, pourquoi les Robertson auraient-ils déployé autant d'efforts et de ruse s'ils n'avaient pas besoin de nous regrouper au-dessus de l'eau ?

J'entendais les pas de Carol sur le ponton. Quelques mètres seulement la séparaient encore de Tyler.

Cory virevolta et fit feu.

Carol tressaillit, mais le coup était destiné à Bill, pour l'empêcher de ramasser son fusil. Cette fois, mon copain fut atteint en haut de la cuisse gauche.

Cory ramena aussitôt sa mire sur Carol.

La forêt tout entière poussa un long soupir, et la chaleur ressentie plus tôt fit place à un froid glacial. Bill produisait le type de sons que les hommes trouvent au fond de la gorge quand ils n'attendent plus qu'une chose : qu'un ange vienne les emporter.

Tous les autres étaient immobiles, cheveux et vêtements battant au vent. Seule Marie avait l'air tout à fait vivante, ainsi que la forme floue apparue à ses côtés.

Carol avait remonté la moitié du ponton. Sous les planches, le lac exsudait une vapeur semblable à un filet de brume. Carol marchait le dos droit, en soutenant le regard de Brooke, et j'étais très fier d'elle.

Je me sentais filer vers un point au-delà duquel tout virerait au noir, et j'avais l'impression que cette obscurité avait, en fait, toujours hanté ma vie, que l'ensemble de mes actes et de mes rêves n'avait été qu'un énorme mensonge. Comme si mon père ne m'avait jamais aimé, ni ma mère, ni Scott, ni personne d'autre sur cette terre. Alors peu importait, au fond, ce qui pouvait m'arriver.

Carol était presque arrivée. Brooke allait sans doute me demander de la rejoindre, après quoi, elle s'éloignerait pour que Cory termine le boulot en expédiant nos trois corps, les restes d'une famille, dans les eaux froides de Murdo Pond.

Puis l'instant que je guettais survint enfin, lorsque le dos de Carol me déroba au regard de Brooke.

Alors une petite voix chuchota dans mon dos, une voix que je n'avais pas entendue depuis fort longtemps.

— Cours, papa ! Cours !

Chapitre 46

J'ai bondi avec la dernière énergie. Comme j'enfilais les trois marches du ponton, un coup de feu claqua. Sitôt sur les planches, je me rabattis sur la gauche, conscient que le sort de la partie reposerait sur les talents de tireur de Cory, mais aussi sur le niveau de risque qu'il était prêt à prendre, étant donné que sa sœur se trouvait dans le même axe.

Carol se retourna. Elle voulut s'écarter mais trébucha et tomba à la renverse.

Un nouvelle détonation. La balle me rata de trente centimètres et arracha un bout de la rambarde. J'obliquai à droite tout en prenant un maximum de vitesse.

Me voyant arriver, Brooke resserra ses griffes sur Tyler. Cory tira de nouveau, mais sa précipitation le desservit une fois de plus.

Toute action est un pari.

Je me jetai sur Brooke.

Je la percutai de plein fouet, la projetant contre le garde-fou, qui se brisa sous le choc. Nous sommes tombés du ponton, Tyler entre nous deux, mon visage si près de celui de Brooke que nous aurions pu nous embrasser. Je l'ai frappée aussi fort que possible, puis nous avons fendu l'eau, la tête la première.

Ce fut comme de recevoir des coups de pied dans les tempes et le cœur. L'eau était si froide que tout mon corps se convulsa, me repoussant loin de Brooke.

Devinant la main de Tyler devant mon visage, je le tirai vers moi et sa tête apparut. Ses yeux n'étaient que pure terreur. J'ignorais s'il savait nager.

Brooke lui envoya son talon dans le crâne, ayant déjà calculé le bénéfice qu'elle pouvait tirer de la situation.

J'agrippai le poignet de Tyler et poussai sur mes jambes pour nous dégager vers le fond. Comme le petit descendait avec moi, je vis que ses joues étaient gonflées : j'espérais que cela indiquait des réserves d'air.

Le pied de Brooke cogna l'arête de mon nez, ce qui acheva de nous éloigner d'elle. Je sentis le sang couler de mes narines en même temps qu'un goût chaud et métallique envahissait ma bouche.

Je coinçai le petit sous mon bras et poursuivis ma brasse en direction du large.

Soudain, ma tête sortit de l'eau, suivie de celle de Tyler. Je lui criai de respirer, et sa bouche s'ouvrit juste avant que je replonge, tiré par son poids et ses mouvements furieux.

Le nuage de sang qui s'échappait de mon nez me brouillait la vue, et pourtant, alors que j'essayais de nous ramener à la surface, il me sembla voir l'ombre et la lumière tourbillonner au fond de l'eau avec une ampleur qui ne pouvait pas être de notre seul fait. Je n'avais jamais connu un froid si cuisant, un froid sans espoir, alourdi par la résignation de ceux qui sont déjà partis. On aurait dit que la terre nous attirait vers son centre ou bien qu'on nous poussait d'en haut et que d'autres malheureux sombraient autour de nous. Mais je refusais de couler avec eux. Ni maintenant ni jamais. J'avais l'impression de me battre contre le sommeil et que des mains me trituraient le visage, l'écorchant avec leurs ongles. J'ai continué de pousser et de pousser encore, des deux pieds et de mon bras libre.

Nous avons enfin ressorti la tête de l'eau, et j'ai fait cap sur le ponton. Brooke avait une longueur d'avance sur nous : elle se hissait déjà sur la rive tout en criant des ordres à son frère, lequel réagit en braquant le fusil sur ma tête.

J'ai replongé pour nous décaler sur le côté et refaire surface quelques brasses plus loin.

Sur la jetée, Carol était comme tétanisée, incapable de bouger dans quelque direction que ce soit.

— Maintenant, Cory !

Brooke pointait son index sur moi, sa voix à peine audible dans le vent qui faisait tournoyer la neige. Le spectacle eût été magnifique si je n'avais été en danger de mort et que cette minitornade n'eût excité la source de l'odeur qui me poursuivait depuis deux jours. Il ne s'agissait ni de cannelle ni d'aucune autre senteur connue, mais de relents si nauséabonds que le cerveau devait leur ménager une catégorie à part, dans les sphères de l'innommable.

Je voulais me rapprocher de la jetée pour nous abriter du fusil. Cory balayait l'air de son canon, sa vision gênée par la neige, tandis que Brooke lui enjoignait d'agir, et d'agir sur-le-champ.

Tyler s'accrochait à moi, sa tête au-dessus de mon épaule, et je le sentis se raidir alors que partait un nouveau coup de feu.

Carol se remit à hurler.

Faute d'idée meilleure, je m'en suis tenu à mon objectif, et j'ai finalement réussi à atteindre l'échelle au bout du ponton. À présent, Tyler criait et se débattait, et je savais seulement que la balle n'avait pas touché sa tête : il la tenait bien droite, il ne perdait pas de sang et semblait entier – pour ce que j'en voyais.

J'ai cherché un point d'appui pour mes pieds, mais c'est à peine si je sentais encore mes jambes, et malgré la proximité du bord mes battements ne trouvaient que de l'eau. J'ai remonté Tyler sur mon torse de façon que son poids le maintienne calé contre moi, ce qui me permit de poser la seconde main sur l'échelle et de nous hisser avec tout ce qu'il me restait de forces, malgré une douleur cuisante aux bras.

Les cris de Tyler n'évoquaient pas la douleur. Ses doigts me labouraient le dos, et en tournant la tête je vis qu'il fixait quelque chose par-dessus mon épaule.

Je réussis à nous hisser d'un degré supplémentaire. J'essayais de faire abstraction de tout ce qui ne concernait pas cette échelle, d'oublier le vent, le bruit des arbres, et surtout d'ignorer l'odeur. Je ne savais plus si celle-ci émanait du lac, des arbres, du sol ou de ma propre personne. Cette odeur était la substance qui enveloppe l'âme quand on repose sous terre, l'odeur du corps pourrissant autour de soi. C'était ce qu'il resterait si l'on exterminait toutes les créatures vivantes, ne laissant derrière soi que les choses invisibles tapies dans les bois et les lacs.

Un nouvel effort me permit de poser le pied sur le premier barreau et de grimper en utilisant mes quatre membres.

En pointant la tête au-dessus du ponton, je découvris Cory étendu dans la neige, de face, le visage dans les bras de Brooke, qui gémissait en une plainte indescriptible. Derrière eux, Marie vociférait contre une nouvelle venue.

Kristina, plantée au seuil du ponton, le fusil de Bill à la main.

Comme je m'écroulais sur les planches, Carol battit en retraite. Je crus d'abord que c'était moi qu'elle regardait, les yeux écarquillés, avant de comprendre qu'elle fixait la chose qui terrorisait Tyler, quelque part derrière moi.

J'ai décroché l'enfant de mon cou et l'ai reposé sur ses jambes.

— Va voir maman, lui dis-je.

Il me considéra, paralysé par la peur. Je retrouvai comment sourire aux enfants de cet âge.

— Vas-y, susurrai-je, enfin plein d'amour pour ce gosse. Va la voir. Dépêche-toi.

Il hésita, recula d'un pas, puis se retourna et s'enfuit tel un souvenir éphémère.

Lorsqu'il eut enfin retrouvé sa mère, Kristina remonta la jetée en sens inverse. Elle paraissait épuisée, nauséeuse, et soudain je me rendis compte, avec un retard inexcusable, que malgré sa maigreur, sa grande taille et ses cheveux teints en noir, c'était elle que j'avais cru voir dans les traits de Marie : elle avait la même mine déconfite que la patronne le jour de mon arrivée au motel.

— Ne regarde pas derrière toi, dit-elle en s'approchant de moi. Pas tout de suite.

Alors que tout le devant de mon corps était engourdi par le froid, mon dos me faisait l'effet de griller au soleil.

Kristina passa un ongle sur les griffures qui me brûlaient le visage.

— C'est le mieux que je puisse faire, dit-elle d'une voix meurtrie. Désolée, mais je débute.

Puis elle s'éloigna à reculons, comme tirée en arrière, rappelée vers un rêve dont je ne faisais plus partie.

— Maintenant, regarde, lança-t-elle.

Je me suis tourné vers le lac.

Et j'ai senti une chose qui était là depuis très, très longtemps, qui trouvait dans ce lieu à la fois ses racines et son corps, une chose présente en chaque arbre, dans le vent et dans la boue, une chose qui résonnait dans chaque écho et tombait avec chaque flocon de neige, une chose à l'œuvre derrière chaque acte, chaque secret, chaque initiative et chaque mot advenu sous ces cieux.

J'avais déjà entendu sa voix lors de matins glauques, et son murmure à mes oreilles au creux des pires nuits. Des années plus tôt, cette chose m'avait aidé à presser des détentes, m'avait fait dire oui des soirs où j'aurais dû dire non – à moins que ce ne fût une relation à double sens, et qu'à chacun de ces pas j'eusse, en fait, alimenté la bête. Je savais que ce soir-là elle reniflait mon sang, et qu'elle le reconnaissait. Et, si je l'avais moi-même interprétée comme une odeur, c'est que mes sens subjugués n'avaient su que faire de cette présence dévorante qu'ils ne pouvaient ni voir, ni toucher, ni combattre, ni repousser.

Alors je n'ai même pas essayé.

Je l'ai laissée s'engouffrer par ma bouche et par mon nez, l'ai inspirée profondément, seule façon d'en protéger ceux placés derrière moi. Tout, en ce monde, emprunte le chemin de la moindre résistance. De la même façon que l'eau suit la pente la plus forte ou que les gens commettent des péchés faciles, cette chose décida d'envahir la personne la plus proche d'elle, dans l'espace comme en esprit, c'est-à-dire moi-même.

Alors, d'un coup, tout s'assombrit, comme si les nuances s'estompaient et que l'ensemble de la création venait se chevaucher en un point unique. Je me rendis compte que des événements centenaires étaient encore vivaces, et que la nuit présente aller s'ancrer ici, à un soupir de toutes les suivantes, jusqu'à la fin des temps : dorénavant, tout individu qui viendrait fouler ce ponton éprouverait un trouble, celui de mon invisible compagnie.

J'ai entendu les ours, les pumas, les créatures qui avaient peuplé ces montagnes et dont nous n'avions pas encore retrouvé les ossements. J'ai entendu hennir des chevaux, tomber des arbres, et des pionniers planter des clous dans des cabanes aujourd'hui en ruine. Et j'ai revu, de dos, à l'extrémité du ponton, les silhouettes du rêve fait la nuit précédente : deux adultes et trois enfants dégoulinants de flotte.

Derrière moi, dans ce qu'il restait d'ici et de maintenant, les cris étranglés de Brooke Robertson sonnaient comme une amère victoire. Pour le reste, mon corps ne sentait que les planches sous mes pieds, ainsi que l'odeur désormais incrustée dans mes os.

Puis les silhouettes disparurent du quai, et le lac qui s'était érigé en mur retomba derrière le rideau de neige. Je pus alors m'en détourner, me détacher de sa masse noire pour regarder vers la terre ferme.

Il ne restait aucun des spectateurs surgis des bois, au point que je me suis demandé s'ils étaient réellement venus, ou s'il ne s'agissait que d'âmes asservies aux Robertson et au pouvoir dont ceux-ci faisaient commerce. Carol tenait Tyler dans ses bras, leurs têtes si proches qu'elles semblaient n'en former qu'une.

Marie s'était volatilisée.

Assise au bord de l'eau, la tête entre les mains, Kristina vomissait, le dos courbé.

La seule personne à me regarder était Brooke.

Elle lâcha la tête de son frère et se redressa, un pistolet à la main. L'aisance avec laquelle elle tenait l'arme suggérait que c'était encore elle la meilleure gâchette du clan.

Elle remonta la moitié du ponton, d'un pas constant, la tête altière. Son visage reflétait toute la force de caractère qui avait poussé des hommes et des femmes à parcourir des milliers de kilomètres pour s'installer dans des régions aussi inhospitalières. Mais on y lisait aussi toute l'abnégation, les sacrifices et les pertes qu'il avait fallu consentir pour faire face aux rigueurs de la montagne ainsi qu'aux forces hostiles qui, aspirant à la solitude, rêvaient de rayer l'être humain de la surface du globe.

Comme Brooke relevait son arme, une voix d'homme se fit entendre.

— Ça suffit, Brooke.

Nous nous tournâmes pour voir le shérif Pierce déboucher seul de la forêt. Son fusil n'était pas pointé sur moi, mais sur elle.

— Ça suffit, répéta-t-il. On ne va pas recommencer ça.

Brooke baissa lentement son pistolet. Elle regarda Carol quelques instants, ou bien l'enfant dans ses bras.

Puis elle revint à moi pour me décocher le plus authentique des sourires, un sourire qui lui donna soudain l'air d'une adolescente, d'une jeune fille pleine d'espérances et promise au bonheur, la jeune et splendide héritière d'une famille bénie de tout temps.

Puis elle pointa l'arme sous son menton et se supprima d'une balle.

Chapitre 47

Il y a un an, bien avant tout cela, un souvenir d'enfance m'est revenu en mémoire. J'avais une quinzaine d'années et je faisais laborieusement mes devoirs sur la table de la cuisine pendant que ma mère s'affairait derrière ses fourneaux avec le soin et la rigueur qu'elle mettait en toute chose. Papa, lui, était occupé dehors. La radio diffusait un programme musical, et à un moment donné, tombant sur un morceau inconnu qui n'était pas à mon goût, j'ai tendu le bras pour changer de station.

Puis j'ai vu le visage de ma mère et je me suis ravisé. Le regard perdu dans les profondeurs du jardin, elle détournait à peine la tête, comme si elle avait lutté de son mieux avant d'être pétrifiée par je ne sais quelle émotion subite. Les veines saillaient à ses tempes et elle déglutissait toutes les deux secondes en clignant des yeux, comme pour contenir le mal qui la brûlait de l'intérieur.

Je me rendis compte qu'elle écoutait la musique. Quand arriva le dernier refrain, je compris que j'avais intérêt à faire celui qui n'avait rien vu. J'ai donc replongé la tête dans mes cahiers en attendant la fin du morceau.

J'avais toujours les yeux baissés lorsque ma mère s'est éclipsée dans le couloir. Je l'ai entendue tousser, comme pour s'éclaircir la gorge, puis se frotter les yeux avec la manche de son corsage.

Elle est bientôt revenue reprendre sa besogne. Et, quand j'ai enfin osé relever les yeux, c'était comme s'il ne s'était rien passé. Mais, lorsque nos regards se sont de nouveau croisés, son visage a revêtu l'expression la plus vide et la plus creuse qu'il m'ait jamais été donné de voir. On aurait dit le sourire d'une morte.

Je n'étais encore qu'un gamin : le lendemain, cet épisode était déjà pour moi de l'histoire ancienne. Je n'ai jamais demandé à ma mère ce qui l'avait tant troublée ce jour-là, et je suis persuadé qu'elle aurait refusé de me répondre. J'ai néanmoins vécu une expérience comparable l'année dernière, soit huit ans après sa mort, alors que je buvais seul dans un bar de Portland. Le juke-box du café a entonné un titre que j'avais écouté avec Jenny Raines, et soudain j'ai cru toucher du doigt ce qui travaillait tant mon père lorsqu'il avait mis fin à nos promenades, cette cassure accidentelle à partir de laquelle je m'étais peu à peu éloigné de lui, jusqu'à fréquenter des voyous, m'engager dans l'armée et ainsi de suite. Je percevais comme une présence dans l'ombre de mon existence, et je pense que, cet après-midi-là, ma mère s'était simplement retrouvée plongée dans une période à laquelle elle s'était toujours interdit de repenser. Cette chanson avait ravivé des émotions refoulées mais persistantes, l'avait entraînée dans le parking sombre à l'arrière de nos têtes pour la frapper jusqu'au sang.

Quand la même chose m'est arrivée, j'ai fait exactement comme elle. J'ai toussé, essuyé mes yeux, puis repris ce que j'étais en train de faire.

J'habite aujourd'hui un petit appartement new-yorkais, dans un coin de l'East Village qui réussit bon an, mal an à ne pas devenir à la mode, où vivent encore des gens dont l'anglais n'est pas la langue maternelle et dont certains, m'a-t-on dit, ne possèdent pas un seul iPod. Les rues sont étroites, les arbres nus en cette saison, et l'ambiance est tout ce que l'on peut attendre d'un quartier. Je travaille à dix minutes d'ici dans un bar-restaurant nommé L'Adriatico, à quelques encablures de MacDougal Street. Je gagne encore moins qu'à Marion Beach, mais au moins je suis le pizzaiolo en titre, alors ne laissez personne affirmer qu'il n'y a aucun espoir d'ascension en ce bas monde.

Quand le bar ferme pour la nuit, je m'attarde un peu avec mes collègues avant de regagner mes pénates par des rues animées où la lumière, le bruit et les bavardages nous empêchent de croire que cet endroit a jamais été une terre sauvage.

Je m'assieds sur les marches du perron pour une dernière cigarette, que je fume en savourant le contact de la pierre froide et le bruit lointain du trafic, avant de monter enfin.

À ma perpétuelle surprise, je ne vis pas seul.

Aux dernières nouvelles, le restaurant de Marion Beach tourne au ralenti. Je sais que Ted songe à fermer complètement pour la morte saison ; mais, chaque fois qu'il repense à ce que lui a coûté le four à pizza, il diffère sa décision.

Lorsque je suis rentré dans l'Oregon avec Becki et Kyle, les grandes explications ont commencé. La nuit où j'avais failli périr dans les eaux de Murdo Pond, Le Pélican avait été la cible d'une tentative d'incendie. Dès notre retour, en apprenant à quel jeu s'était livré Kyle, Ted a piqué une colère noire. Il a interdit au petit con de s'approcher de sa fille, et, alors que je m'attendais à ce que Becki proteste, il s'est avéré qu'elle aussi avait eu son compte. Le soir de Murdo Pond, lorsque Bill avait laissé nos deux jeunes chez les Robertson afin de me suivre dans les bois, Kyle avait abandonné Becki pour détaler comme un lapin.

Elle l'a donc plaqué, mais il n'a pas compris. Ni ça ni le reste. Il était incapable d'admettre qu'elle n'était plus sa copine et qu'il avait perdu son job. Puis il a fait une nouvelle tentative pour intégrer l'industrie de la drogue, et il a vite trouvé son rang, celui de consommateur.

Depuis, le calme est revenu. Le restaurant vivote en attendant le printemps, et Ted laisse Eduardo introduire de nouveaux plats sur la carte, à titre expérimental. Becki s'est retrouvé un petit copain et elle m'explique dans ses mails qu'elle a repris des études, de gestion cette fois-ci, dans le but de faire du Pélican une franchise commerciale.

Je ne suis qu'à moitié surpris.

Je suis aussi resté en contact avec Carol, par mail et même une fois par téléphone. Ce jour-là, à ma demande, elle m'a passé Tyler. Lui et moi n'avions pas grand-chose à nous dire, mais je vais persévérer. Serai-je jamais un vrai père pour lui ? Seul l'avenir nous le dira. On fait ce qu'on a à faire, ensuite, on voit ce que ça donne. Toujours après coup.

Carol me jure que le service qu'elle avait commandé à Brooke Robertson n'était pas dirigé contre moi, et je la crois volontiers. Elle voulait seulement attenter au moral de Jenny. Mais, lorsqu'on lâche un malheur sur le monde, il échappe à tout contrôle. Ces choses-là ont leurs propres desseins et exigences, et nul ne peut soupçonner l'étendue de leur puissance. Jamais Carol n'aurait voulu faire du mal à Scott, sauf que celui-ci était l'être le plus cher au cœur de l'homme avec qui Jenny avait péché.

Alors il s'est produit un drame, parce que.

Nous voudrions rendre les autres responsables de nos infortunes, justifier nos torts par leur attitude, leurs actes ou leurs décisions, mais deux plus deux ne font jamais cinq – il arrive même que cela ne fasse pas quatre. Parfois nous avons simplement deux unités de ci et deux unités de ça, sans aucun amalgame possible.

Je ne puis expliquer tout ce qui s'est passé pendant mon séjour à Black Ridge, mais j'en connais la cause. Tout est parti de moi.

Ce bilan décharge sensiblement Carol. Il m'incrimine d'autant, mais ce n'est que justice.

Le reste aussi me paraît désormais plus clair. Je dispose tout au moins d'un début d'explication, grâce à Carol et à une autre personne.

Je pense que Brooke avait fomenté quelque chose contre son père, Gerry Robertson, après avoir appris de sa bouche qu'il comptait accéder aux désirs d'Ellen en fondant une nouvelle famille. Sans doute s'estimait-elle en devoir de défendre l'héritage de ses ancêtres, mais je pense que la raison profonde était plus personnelle. Il s'avère en effet que le mythe de la lycéenne fatale a été largement escamoté. Le fin mot serait le suivant : un soir, toute à son béguin juvénile, Brooke se présente chez son professeur d'anglais. Celui-ci l'oblige à s'offrir, elle tombe enceinte, et l'avortement clandestin qui s'ensuit lui détruit l'utérus – elle faillit même y laisser la vie, n'eût été l'intervention de Marie Hayes.

Cory représentait donc le dernier espoir de perpétuer la dynastie des Robertson sur Black Ridge. Mais, après cette nuit à Murdo Pond, le pauvre ne pouvait plus rien. L'influence du clan est terminée, à moins que le suicide de Brooke ne soit venu parachever le cycle amorcé par la disparition de la mère et du père. Brooke savait ce qu'elle faisait, et c'était une femme de tête. Son attachement à Black Ridge était sans doute, parmi les émotions dont elle était capable, celle qui se rapprochait le plus de l'amour. Aussi se peut-il que tout ce sang versé suffise pour un temps à rétablir l'emprise des morts sur la forêt.

Après tout, les Robertson formaient une famille, eux aussi. Une famille désormais éteinte.

Chaque fois que je repense à ce nom de Murdo Pond, je m'en veux de ne pas en avoir saisi plus tôt le sens. Il faut dire que cette histoire fut soigneusement cachée. Peu après mon arrivée à New York, j'ai trouvé dans l'*Histoire de la sorcellerie en Nouvelle-Angleterre*, de Fort et Reznikoff (déniché grâce au service des livres rares de la librairie Strand), quelques mots sur une certaine Bridget Hayes. Accusée de sorcellerie, celle-ci fut acquittée en 1693 grâce aux témoignages de moralité apportés par de grandes familles locales comme les Evans et les Kelly. Le nom Robertson n'apparaît pas dans les comptes rendus du procès, mais d'autres archives attestent la présence et l'importance, à cette époque, d'un clan portant ce nom. Elles montrent aussi que ces quatre familles – Hayes, Evans, Kelly et Robertson – partirent ensemble pour l'Ouest presque deux cents ans plus tard. Cet événement figure dans le mince opuscule sur l'histoire de Murraytown que je me suis procuré sur AbeBooks, et dont l'auteur se garde bien, hélas, d'expliquer ce qui put pousser trois familles opulentes à tout plaquer pour l'inconnu en compagnie d'un modeste producteur laitier et de son épouse rousse – les Hayes, donc. Ce second livre apporte néanmoins toutes sortes de précisions intéressantes, telles que le nombre d'enfants dans chacune de ces familles. Les Kelly en avaient deux lorsqu'ils quittèrent le Massachusetts. Il se peut qu'un autre fût alors en route, mais il n'aura pas eu le temps d'atteindre la taille du troisième petit Kelly qu'il me semble avoir aperçu.

Je pense, ou j'espère, qu'il s'agissait là de Scott.

Je n'aime pas imaginer mon fils tout seul dans ces bois, et autant il se peut qu'Ellen ait disposé elle-même l'assortiment de branches et de brindilles au bord de l'aire de pique-nique, autant je doute qu'elle fût à l'origine des griffures dans le mur de mon hôtel. Je préfère croire que l'esprit de Scott essayait de dévier les forces qui peuplent ces bois, non pas sur moi mais loin de moi, en traçant des motifs qui, à bien y regarder, ressemblent étrangement au tracé des rues de Black Ridge. J'ai par la suite revu ce dessin – ou une figure analogue – en maints endroits différents, y compris sur des peintures rupestres mises au jour en Europe. Je me suis alors demandé si ces inscriptions préhistoriques ne visaient pas d'abord à se protéger de certaines créatures invisibles.

Voire, dans certains cas, à leur rendre hommage.

Afin de capter une partie de leur énergie.

Je me suis aussi demandé si Brooke avait vraiment menti en niant m'avoir téléphoné à l'hôtel, juste après que j'eus découvert les marques dans le mur. Quand j'y repense, je me dis que le bruit de fond derrière le silence de la ligne était peut-être dû à un enfant, à un enfant m'appelant de très loin.

Il va de soi que je suis incapable d'expliquer de tels phénomènes. Néanmoins, je me suis rendu récemment à l'East River Park avec la petite urne en terre cuite qui reposait sur mon étagère. Profitant d'un moment où les badauds étaient ailleurs, j'ai jeté les cendres de Scott à l'eau. Dans une urne – comme dans un lac –, on peut rester piégé. Mais, d'ici, j'avais bon espoir qu'il gagne la mer.

Switch a survécu. Il n'a pas voulu de la part promise à son camarade, mais il a touché ses vingt-cinq mille.

Un soir, deux semaines avant mon départ de Marion Beach, j'ai conduit Kyle à Portland. Je l'avais débusqué à Astoria, vautré dans le canapé d'un de ses derniers amis. Cela faisait plusieurs semaines qu'il cherchait à revoir Becki et qu'il l'accostait dans la rue en se montrant de plus en plus agressif. Il avait l'air de penser qu'il suffirait de la plier à sa volonté pour que tout rentre dans l'ordre, ça comme le reste.

Alors on a passé un marché. Je m'engageais à l'emmener à Portland pour régler ses problèmes – quitte à payer une dernière fois de ma poche –, puis à le mettre dans l'avion avec un aller simple pour n'importe quel coin des États-Unis. En échange de quoi il ficherait enfin la paix à la fille de Ted.

Il s'est redressé sur le canapé en reniflant, le visage parcouru de tics, et il a dit banco. Il a dû comprendre qu'il ne pouvait pas espérer mieux dans son état.

À Portland, je l'ai laissé dans un bar à siroter du Bacardi et je suis allé retrouver deux rues plus loin les gars avec qui j'avais rendez-vous : des membres du gang qui lui avait fourgué son stock de départ et que j'avais joints grâce à un numéro transmis par Switch. Ils étaient trois à m'attendre. Je leur ai demandé de ne plus menacer Ted, ni son affaire, ni sa fille, et j'ai précisé la nature de l'arrangement que je proposais.

Ils se sont reculés pour délibérer, ensuite, le plus petit des trois – il s'agit toujours du plus petit, allez savoir pourquoi – est revenu vers moi.

— O.K., a-t-il répondu.

— Et tout sera terminé ?

— J'ai dit O.K. Pousse pas trop.

J'ai souri. Il m'a foudroyé du regard, mais ça n'a pas tenu longtemps. Bien vite, il a cligné des yeux et détourné la tête, comme si une odeur faible mais riche envahissait la rue, tombait du ciel ou s'échappait de ma personne.

Comme un parfum sec et sucré.

— Ouais, a-t-il fait d'un ton plus doux. Après ça, c'est réglé.

Je leur ai indiqué dans quel bar se trouvait Kyle, et je suis rentré seul.

Bill s'en est tiré – après être resté quelque temps entre la vie et la mort – et il a retrouvé la forme des grands jours. Black Ridge semble avoir connu une légère embellie, avec trois créations d'entreprises en un semestre. Voici plusieurs mois, comme Bill faisait escale à New York, nous sommes allés picoler et refaire le monde aux frais de ses clients. Il m'a confié que lui et Jenny se reparlaient et qu'elle semblait plus heureuse. Il lui a même prêté un peu d'argent pour monter sa propre fabrique de bijoux, là-bas, dans le Colorado.

La bonté de certaines personnes ne laisse pas de m'étonner, même si j'espère m'y faire un jour.

Quelques semaines plus tard m'attendait une autre visite.

Ce ne devait être au départ qu'un simple dîner en tête à tête. Sa ville natale était devenue invivable, et elle avait déjà retenu son billet pour l'Europe. En fin de compte, celui-ci ne devait jamais servir, et Kristina Hayes tient désormais le bar de L'Adriatico. Les bagarres et les grossièretés ont disparu depuis qu'elle est là, et le patron la considère comme la deuxième merveille du monde après le pain en tranches. En quoi il n'a pas complètement tort.

Certains soirs, couché à côté d'elle, j'attends le sommeil en examinant les pièces manquantes du puzzle. Je me demande par exemple si Brooke a demandé à Ellen de me contacter en premier lieu contre la promesse – non tenue – de lever le mauvais sort et d'oublier le passé d'Ilena. Une phrase prononcée par Ellen la dernière fois que je l'ai vue vivante – sur un prétendu manque de courage et de vertu de sa part – me conforte plutôt dans cette hypothèse. Mais quand bien même, je ne lui en veux pas. On irait loin pour protéger ceux qu'on aime, y compris sa propre personne.

J'essaie aussi de deviner à quel moment Brooke aura décidé de sacrifier une nouvelle famille – la nôtre – dans les eaux troubles de Murder Pond, puisque c'est bien ainsi qu'il faut entendre ce nom. Les trois années séparant la mort de Scott et les événements d'il y a cinq mois me font espérer que son décès à lui fut bien accidentel, et que Brooke aura seulement vu après coup l'occasion de « recharger » cette ville à laquelle le sacrifice de la famille Kelly avait donné naissance, voici plus d'un siècle.

Kristina dit ne pas connaître la réponse, et je suppose qu'au fond cela n'a pas grande importance. Chaque jour nous mourons un peu, ce qui est déjà en soi une forme de sacrifice, sauf que nos vies et nos problèmes exigent davantage de nous. Voilà en partie ce qui m'a poussé à livrer Kyle. Mais le fond de l'affaire, c'est que le temps file dans une seule direction. On ne peut jamais annuler ses actes ni retirer ses paroles. Le mieux que l'on puisse faire, quand le malheur nous frappe, c'est de s'en servir pour devenir un peu meilleur.

Ou sinon, à défaut, le refiler à d'autres.

Une des images que je garde de Scott est la suivante. Il devait avoir trois ans et il essayait d'escalader le comptoir de la cuisine, chose pourtant formellement interdite. Il y avait du carrelage au sol et il pouvait se faire très mal en tombant de si haut, sans compter qu'il risquait d'attraper les couteaux qui traînaient parfois dans l'évier. Bref, ce comptoir était une zone proscrite, sauf qu'une telle notion n'existe pas dans la tête d'un gamin de cet âge, a fortiori lorsqu'un bocal de biscuits récompense l'intrépide et le courageux. J'étais occupé à je ne sais quoi – préparer le café, certainement –, et, bien qu'ayant vaguement conscience que Scott essayait de grimper sur une chaise, je ne l'avais pas encore rappelé à l'ordre.

Il y eut alors un fracas, et en me retournant je vis qu'un verre s'était brisé sur le sol. Je savais que ce verre était tombé du comptoir, et du point précis où se trouvait encore la main de mon fils. Scott le savait aussi bien que moi, évidemment, et pourtant il a fait ce que nous faisons tous en pareille circonstance.

— C'est pas moi, papa, dit-il avec le plus grand sérieux.

Il y a une semaine, en revenant d'une virée chez les bouquinistes, j'ai trouvé Kristina plantée sur le trottoir, à quelques pas de notre immeuble. Un sac de provisions dans les bras, elle avait visiblement été interceptée par l'une des vieilles pies du quartier. Ce n'est pas rare dans notre rue et cela contribue au charme des lieux, pourvu que l'on supporte la lenteur et la répétition.

Mais, à y regarder de plus près, Kristina n'avait pas vraiment l'air de subir un laïus sur la façon dont c'était bien mieux/bien pire/strictement identique avant. J'avais déjà échangé quelques mots avec la dame frêle et chenue qui lui tenait la jambe. Si ma mémoire est bonne, elle venait de Pologne. La plupart des retraités du quartier montrent une certaine méfiance vis-à-vis de Kristina, mais pas celle-ci. Elle se tenait tout près d'elle et lui parlait d'une voix alerte et basse.

Puis elle s'est interrompue en me voyant approcher.

— C'est bon, lui a dit Kristina. Il est au courant.

La mamie m'a toisé d'un air dubitatif avant de reprendre, à voix basse :

— Je sais où cette chose habite. Pas loin d'ici. Je peux vous montrer.

Ma copine a poliment décliné l'offre, et l'autre a fini par s'en aller. Mais je sais qu'elle reviendra à la charge.

Kristina saura-t-elle résister indéfiniment ? J'en doute fort. On est ce que l'on est, et on fait ce que l'on sait faire.

Qu'on le veuille ou non.

Merci à mes éditrices Jane Johnson et Jennifer Brehl de m'avoir aidé à trouver le bois au milieu de ces arbres ; à mes agents Ralph Vicinanza et Johnny Geller ; à Lisa Gallagher et à Amanda Ridout pour leur soutien ; à Caroline Marino pour son aide tout au long des deux années passées ; au regretté Jean Baudrillard, pour une décennie d'inspiration.

Et, pour la centième année consécutive, le prix de la Patience avec un auteur revient à… Paula, mon épouse.

Photocomposition Nord Compo
Villeneuve-d'Ascq

IMPRIM'VERT®

Achevé d'imprimer
en mars 2010
par Corlet imprimeur
14110 Condé-sur-Noireau

Dépôt légal : mars 2010
N° d'imprimeur : 127494
Imprimé en France

ISBN : 978-2-7499-1198-4